古典文獻研究輯刊

十三編

曾永義 主編

第16冊

徐文長之傳說與故事研究

陳麗淑 著

國家圖書館出版品預行編目資料

徐文長之傳說與故事研究／陳麗淑 著 — 初版 — 新北市：花
木蘭文化出版社，2016〔民 105〕

目 8+262 面：19×26 公分

（古典文學研究輯刊 十三編：第 16 冊）

ISBN 978-986-404-592-1（精裝）

1. 民間文學 2. 文學評論

820.8　　　　　　　　　　　　　　　　　　105002170

ISBN-978-986-404-592-1

9 789864 045921

古典文學研究輯刊

十三編　第十六冊　　　　　　ISBN：978-986-404-592-1

徐文長之傳說與故事研究

作　　者　陳麗淑
主　　編　曾永義
總 編 輯　杜潔祥
副總編輯　楊嘉樂
編　　輯　許郁翎
出　　版　花木蘭文化出版社
社　　長　高小娟
聯絡地址　235 新北市中和區中安街七二號十三樓
　　　　　電話：02-2923-1455／傳眞：02-2923-1452
網　　址　http://www.huamulan.tw 信箱 hml810518@gmail.com
印　　刷　普羅文化出版廣告事業
初　　版　2016 年 3 月
全書字數　426122 字
定　　價　十三編 20 冊（精裝）新台幣 38,000 元

徐文長之傳說與故事研究

陳麗淑　著

作者簡介

陳麗淑，中國文化大學中國文學研究所博士。曾專任於臺北市私立育達商職，兼職於臺北市立南港高中、育達商業科技大學。著有《《百喻經》研究》、《徐文長之傳說與故事研究》及單篇論文〈《百喻經》與《阿Q正傳》〉。

提　要

　　本論文主旨在探究關於明末文士徐文長的傳說與故事，主要以民國以後筆者所蒐集的徐文長的傳說與故事的二十九個文本為研究範圍，並兼及同型之明清筆記小說、少數外國故事與民國後非徐文長之故事。論文中釐清傳說與故事之義界，探究徐文長之生平及文藝，述及徐文長傳說之特色，並依AT分類法而得五十二個已成類型的故事以做討論。可以得到如下結論：在真實與虛構的徐文長之間存在的關係在於故事講述者的視角。其差別在於徐文長傳說是依照徐文長的特色發展而出的，而徐文長故事，則是已先有同樣的故事模式，徐文長其人只是其中一個被借用的角色而已，因此，不具有典型的代表性。

目

次

第一章 緒 論

　　徐文長是晚明時期的全才藝術家，在當世即被視為狂士，才華出眾卻潦
倒一生，其一生經歷富於傳奇色彩，不論在當代還是後世，都是倍受囑目的
奇才。其曲折離奇的一生也使他成為民間傳說與故事中的人物。這位苦心孤
詣於追求藝術價值的文士，為何會引起人們附會與編撰的興趣，並形成眾多
的民間傳說與故事，是一個值得深入探討的問題。因此，引發筆者對徐文長
傳說及故事的相關探索。在進入論文正題之前，先就目前學界及出版業關於
徐渭、徐文長研究成果及出版情形，與本論文之研究方法、採用之工具書籍、
文本取材範圍及傳說與故事之定義做一說明。

第一節　前賢研究成果及相關出版情形

一、關於徐文長的研究

（一）臺　灣

1. 學位論文

　　臺灣學界關於徐文長的研究，研究成果皆為碩士論文。在 1999 年前比較
少，西元 2000 年之後則明顯增多，由文學觀、戲曲、繪畫逐漸觸及其他。分
別表列如下：

次第	學年度	校系名稱	作者	論文題目	研究角度
1	1971	政大中文所	蔡營源	徐渭之生平及其文學觀	文學觀

2	1976	文大藝術所	曾西霸	徐渭「女狀元」之研究	戲曲
3	1989	臺師大中文所	易怡玲	徐渭之曲學及劇作研究	戲曲
4	1992	文大藝術所	楊永雯	徐渭繪畫的探究	繪畫
5	1999	臺師大美術所	范翠華	徐渭的人格發展與其繪畫關係之研究	繪畫
6	1999	文大藝術所	蘇月鴻	徐渭繪畫的創作背景及其風格研究	繪畫
7	2000	臺師大美術所	洪光耀	八法散聖，字林俠客——徐渭書法研究	書法
8	2001	屏東師範學院視覺藝術教育所	許玉芳	書法線條中的情緒表現~以顏眞卿、蘇東坡、徐渭爲例	書法
9	2001	東海中文所	邱寶惠	徐渭文藝理論：氣的觀點	文藝理論
10	2002	中興大學中文所碩專班	林榮森	徐渭書法藝術之研究	書法
11	2002	屏東師範學院國民教育所	黃秋薇	徐渭題畫文學之繪畫理念研究	題畫
12	2003	臺藝大造形藝術所	王俊盛	徐渭大寫意畫風之研究	繪畫
13	2003	中正大學比較文學所	曾明鈺	徐渭之《玉禪師翠鄉一夢》與沙特之《無路可出》中人的存在循環與超脫	戲曲
14	2006	東海美術所	吳南忻	徐渭傳世繪畫作品中題跋之詮譯	題跋
15	2006	臺北市立教育大學中國語文學所	徐瑞香	徐渭及其題畫藝術	題畫
16	2010	臺南大學國語文學所	許郁眞	徐渭及其佛教文學	佛教
17	2010	暨南大學中國語文學所	許若菱	異境/藝境：徐渭詩文中的疾病與自我	疾病
18	2010	成大藝術所	吳蕙君	徐渭花鳥畫藝術自主性研究	繪畫
19	2011	玄奘大學中國語文學所	孫鄂南	徐渭《狂鼓史漁陽三弄》雜劇研究	戲曲
20	2011	臺師大藝術所	郭奕蘭	徐渭《四聲猿》版畫研究	繪畫
21	2012	臺大中文所	謝琬婷	由病入詩／畫：徐渭之精神疾病及其隱喻書寫	疾病

22	2012	新竹教育大學人資處美勞教學碩士班	李佳玲	徐渭與晚明文人畫之個性解放取向	繪畫
23	2012	中央大學藝術學所	林利彣	越俗越雅：徐渭人物畫中的俚俗性	繪畫

　　這些論文或從文藝理論，或從書法，或從繪畫，或將繪畫與文學結合談題畫，談題跋，有的則從戲曲，也有從佛教的角度切入談徐文長的文學作品，另外，還有將他的疾病與作品做一聯繫，由詩文看其疾病，談徐文長將疾病的異境轉成作品的藝境，以及由病入詩畫，研究徐文長之精神疾病的可能成因、結果及其對徐文長生命、創作所造成的影響等等不同的切面。

2. 專書、期刊論文

　　在專書部分，關於徐文長著作以記述其生平傳記書籍居多，有學術性的著作，如梁一成《徐渭的文學與藝術》〔註1〕、張孝裕：《徐渭研究》〔註2〕；也有偏於故事性的著作，如王鋼《徐渭》〔註3〕，其他還有其書法〔註4〕、繪畫〔註5〕、戲曲〔註6〕作品的出版；期刊論文部分，國家圖書館所登錄的關於徐渭、徐文長的資料至 2012 年底也有一百三十三筆。

（二）大　陸

1. 學位論文

　　大陸學界以徐渭、徐文長為研究主題之博碩士論文皆具，據博碩士學位論文全文數據庫之資料，自 2001 年迄 2015 年，約有兩三百篇碩士論文發表。2004 年迄 2013 年，共有七篇博士論文發表。研究成果相當豐碩，廣泛探索徐渭思想、文化觀、創作觀、散文（小品文）、詩歌、詩文、繪畫、書法、戲曲、人格、個性等等各類題材。

　　思想方面，如以下七篇：

〔註1〕梁一成編著：《徐渭的文學與藝術》（臺北：藝文印書館，1977 年 1 月）。
〔註2〕張孝裕：《徐渭研究》（臺北：學海出版社，1978 年 3 月）。
〔註3〕王鋼：《徐渭》（臺北：知書房出版社，2000 年 2 月），此書的筆法雖為故事性，卻有嚴謹的參考資料。
〔註4〕邵捷：《徐渭》（臺北：石頭出版股份有限公司，2005 年 2 月）。
〔註5〕袁寶林：《徐渭》（中國巨匠美術週刊）（臺北：錦繡出版公司，1996 年 7 月）。
〔註6〕楊家駱主編：《南詞敘錄》（臺北：中國學典館復館籌備處發行，1974 年 2 月）；
　　　〔明〕徐渭著，周中明校注：《四聲猿》（臺北：華正書局，2003 年 9 月）。

（1）張金環《眼空千古，獨立一時──論徐渭文學思想與心學的淵源關係》〔註7〕。

（2）鄭小雅《面向「大地眾生」反映「人生本色」──論徐渭的戲曲美學思想》〔註8〕。

（3）張劍《心學與徐渭藝術思想研究》〔註9〕。

（4）佟昊《徐渭詩歌思想內容研究》〔註10〕。

（5）畢思峰《徐渭戲曲美學思想研究》〔註11〕。

（5）王鳳雪《徐渭的美學思想研究》〔註12〕。

（6）孫楠《明代中后期戲曲尚「眞」美學思想研究》〔註13〕。

（7）張祥帥《徐渭書法的「求變」藝術思想研究》〔註14〕。

分別探究徐文長文學思想、戲曲美學思想、藝術思想、詩歌思想內容或書法之藝術思想。

文化觀方面，如下：

（1）汪沛《徐渭文化心態研究》〔註15〕。

從文化研究的角度探究晚明文化轉型的演變軌跡和發展動力。

創作觀方面，如以下四篇：

（1）張慧群《徐渭本色論內涵及其在晚明文學思想演變中的地位》〔註16〕。

〔註7〕 張金環：《眼空千古，獨立一時──論徐渭文學思想與心學的淵源關係》（曲阜：曲阜師範大學碩士論文，2002 年 4 月）。

〔註8〕 鄭小雅：《面向「大地眾生」反映「人生本色」──論徐渭的戲曲美學思想（福州：福建師範大學碩士論文，2002 年 6 月）。

〔註9〕 張劍：《心學與徐渭藝術思想研究》（北京：中央美術學院博士論文，2007 年 6 月）。

〔註10〕 佟昊：《徐渭詩歌思想內容研究》（呼和浩特：內蒙古大學碩士論文，2007 年 6 月）。

〔註11〕 畢思峰：《徐渭戲曲美學思想研究》（濟南：山東師範大學碩士論文，2010 年 4 月）。

〔註12〕 王鳳雪：《徐渭的美學思想研究》（濟南：山東師範大學碩士論文，2011 年 5 月）。

〔註13〕 孫楠：《明代中后期戲曲尚「眞」美學思想研究》（臨汾：山西師範大學碩士論文，2014 年 6 月）。

〔註14〕 張祥帥：《徐渭書法的「求變」藝術思想研究》（曲阜：曲阜師範大學碩士論文，2014 年 6 月）。

〔註15〕 汪沛：《徐渭文化心態研究》（西安：陝北師範大學博士論文，2007 年 10 月）。

〔註16〕 張慧群：《徐渭本色論內涵及其在晚明文學思想演變中的地位》（北京：首都

（2）敬曉慶《明代戲曲本色說考論》〔註17〕。

（3）李曉蕾《徐渭「本色」論的理論內涵及價值研究》〔註18〕。

（4）楊玲燕《徐渭本色戲曲創作論研究》〔註19〕。

皆從本色論定位徐文長之創作觀。

散文方面，如以下三篇：

（1）傅瓊《徐渭散文的特色及其在文學史上的地位》〔註20〕。

（2）杜宏波《徐渭及其散文研究》〔註21〕。

（3）李子良《徐渭小品的審美取向和創作姿態》〔註22〕。

探討徐文長散文作品之特色、定位、內容或小品文審美觀及特色。

詩歌方面，如以下四篇：

（1）傅瓊《命運悲歌與人生戀歌──徐渭詩歌的雙重解讀》〔註23〕。

（2）郭皓政《論徐渭對杜詩的接受》〔註24〕。

（3）張淼《徐渭詩歌研究》〔註25〕。

（4）蔡丹《徐文長詩歌創作研究》〔註26〕。

從詩歌作品解讀、探索徐文長。

詩文方面，如以下四篇：

師範大學碩士論文，2003 年 5 月）。

〔註17〕 敬曉慶：《明代戲曲本色說考論》（蘭州：西北師範大學碩士論文，2004 年 6 月）。

〔註18〕 李曉蕾《徐渭「本色」論的理論內涵及價值研究》（濟南：山東大學碩士論文，2007 年 4 月）。

〔註19〕 楊玲燕：《徐渭本色戲曲創作論研究》（南寧：廣西民族大學碩士論文，2011 年 4 月）。

〔註20〕 傅瓊：《徐渭散文的特色及其在文學史上的地位》（上海：復旦大學博士論文，2004 年 4 月）。

〔註21〕 杜宏波：《徐渭及其散文研究》（呼和浩特：內蒙古大學碩士論文，2006 年 6 月）。

〔註22〕 李子良：《徐渭小品的審美取向和創作姿態》（長春：東北師範大學碩士論文，2007 年 5 月）。

〔註23〕 傅瓊：《命運悲歌與人生戀歌──徐渭詩歌的雙重解讀》（曲阜：曲阜師範大學碩士論文，2001 年 4 月）。

〔註24〕 郭皓政：《論徐渭對杜詩的接受》（濟南：山東師範大學碩士論文，2005 年 4 月）。

〔註25〕 張淼：《徐渭詩歌研究》（上海：復旦大學博士論文，2008 年 4 月）。

〔註26〕 蔡丹：《徐文長詩歌創作研究》（西安：陝西師範大學碩士論文，2009 年 4 月）。

（1）張瑞芳《論徐渭的詩文理論》〔註27〕。

（2）李利軍《徐渭詩文研究》〔註28〕。

（3）李春雨《徐渭詩文編年考論》〔註29〕。

（4）李殿君《徐渭題畫文學研究》〔註30〕。

分別從理論、作品、著作時間、題畫文學切入徐文長之詩文。

繪畫方面，如以下九篇：

（1）劉洋《徐渭大寫意繪畫風格研究》〔註31〕。

（2）劉雅竹《徐渭繪畫作品研究》〔註32〕。

（3）孫明道《布衣與簪裾──科舉下的徐渭董其昌畫風》〔註33〕。

（4）張耀龍《徐渭的大寫意風格》〔註34〕。

（5）孫英《徐渭大寫意花鳥畫筆墨初探》〔註35〕。

（6）黃斐斐《徐渭大寫意花鳥「放逸」風格探析》〔註36〕。

（7）曹海洋《「道在戲謔」──論徐渭繪畫的精神旨趣》〔註37〕。

（8）曹蒙娜《寫意花鳥畫中「破墨法」之研究和實踐》〔註38〕。

（9）黎丹《淺析中國畫作品中的抒情性》〔註39〕。

從風格、作品、精神旨趣、身分或繪畫技法等角度談論。

〔註27〕張瑞芳：《論徐渭的詩文理論》（鄭州：鄭州大學中國碩士論文，2002 年 5 月）。

〔註28〕李利軍：《徐渭詩文研究》（蘭州：西北師範大學碩士論文，2005 年 6 月）。

〔註29〕李春雨：《徐渭詩文編年考論》（西安：西北大學碩士論文，2011 年 6 月）。

〔註30〕李殿君：《徐渭題畫文學研究》（南京：南京大學碩士論文，2013 年 5 月）。

〔註31〕劉洋：《徐渭大寫意繪畫風格研究》（保定：河北大學碩士論文，2006 年 6 月）。

〔註32〕劉雅竹：《徐渭繪畫作品研究》（北京：中央民族大學碩士論文，2011 年 5 月）。

〔註33〕孫明道：《布衣與簪裾──科舉下的徐渭董其昌畫風》（北京：中國藝術研究院博士論文，2012 年 6 月）。論文後經出版。孫明道：《布衣與簪裾：科舉下的徐渭董其昌畫風》（北京：中國社會科學出版社，2013 年 9 月）。

〔註34〕張耀龍：《徐渭的大寫意風格》（蘭州：西北師範大學碩士論文，2012 年 6 月）。

〔註35〕孫英：《徐渭大寫意花鳥畫筆墨初探》（杭州：中國美術學院碩士論文，2013 年）。

〔註36〕黃斐斐：《徐渭大寫意花鳥「放逸」風格探析》（南昌：江西科技師範大學碩士論文，2013 年 6 月）。

〔註37〕曹海洋：《「道在戲謔」──論徐渭繪畫的精神旨趣》（北京：北京服裝學院碩士論文，2013 年）。

〔註38〕曹蒙娜：《寫意花鳥畫中「破墨法」之研究和實踐》（南京：南京師範大學碩士論文，2014 年 5 月）。

〔註39〕黎丹：《淺析中國畫作品中的抒情性》（長春：吉林大學碩士論文，2014 年 6 月）。

另有與其他畫家做一相較者，如以下四篇：

（1）邱春林《凡高、徐渭比較研究》〔註40〕。

（2）仇國梁《凡高與徐渭——兩位瘋癲藝術家之比較》〔註41〕。

（3）高遠《狂傲與瘋癲——論徐渭、凡高癲狂之同象異質》〔註42〕。

（4）劉曉《陳淳與徐渭藝術風格之比較》〔註43〕。

從繪畫、性格、疾病方面與梵谷做一相較，或從藝術風格與陳淳做一相較。

書法，如以下三篇：

（1）馬煒《徐渭書法風格論》〔註44〕。

（2）鞏緒發《晚明浪漫書風研究》〔註45〕。

（3）郭麗媛《徐渭在明代書史的定位問題考察》〔註46〕。

談論徐文長之書法風格或在明史上之定位問題。

繪畫、書法並論，如以下六篇：

（1）范美俊《明代中后期徐渭書畫轉型的成因研究》〔註47〕。

（2）潘嬌嬌《徐渭題畫書法研究》〔註48〕。

（3）王東民《「書畫同體」觀念與徐渭大軸書法的繪畫性表現》〔註49〕。

（4）宋曉薈《以書入畫，格高氣盛——陳淳、徐渭大寫意花鳥畫風之研究》〔註50〕。

〔註40〕邱春林：《凡高、徐渭比較研究》（南京：南京藝術學院博士論文，2004年4月）。

〔註41〕仇國梁：《凡高與徐渭——兩位瘋癲藝術家之比較》（南京：南京大學碩士論文，2005年4月）。

〔註42〕高遠：《狂傲與瘋癲——論徐渭、凡高癲狂之同象異質》（南京：南京藝術學院碩士論文，2010年5月）。

〔註43〕劉曉：《陳淳與徐渭藝術風格之比較》（青島：青島大學碩士論文，2014年5月）。

〔註44〕馬煒：《徐渭書法風格論》（重慶：西南師範大學碩士論文，2002年5月）。

〔註45〕鞏緒發：《晚明浪漫書風研究》（濟南：山東師範大學碩士論文，2006年4月）。

〔註46〕郭麗媛：《徐渭在明代書史的定位問題考察》（北京：首都師範大學碩士論文，2014年4月）。

〔註47〕范美俊：《明代中后期徐渭書畫轉型的成因研究》（成都：四川大學碩士論文，2005年4月）。

〔註48〕潘嬌嬌：《徐渭題畫書法研究》（南京：南京師範大學碩士論文，2011年5月）。

〔註49〕王東民：《「書畫同體」觀念與徐渭大軸書法的繪畫性表現》（杭州：浙江大學碩士論文，2012年2月）。

〔註50〕宋曉薈：《以書入畫，格高氣盛——陳淳、徐渭大寫意花鳥畫風之研究》（曲

（5）黃騁龍《試論徐渭的書畫藝術》〔註51〕。

（6）武靜《以徐渭的作品論中國的繪畫與書法的相融性》〔註52〕。

探索徐文長書畫階段性轉型之原因，及書畫同體之觀念。

戲曲方面，如以下十一篇：

（1）王燕飛《越中派初探》〔註53〕。

（2）曾維芬《徐渭戲曲淺論》〔註54〕。

（3）陳爽《中國古代早期的獨幕劇——明代一折短劇研究》〔註55〕。

（4）張洪橋《借其異跡，吐我奇氣——徐渭《四聲猿》中的女扮男裝現象透視》。〔註56〕

（5）陶小紅《論徐渭的戲劇理論》。〔註57〕

（6）馬小明《徐渭和他的雜劇考論》〔註58〕。

（7）鄭恩玉《徐渭戲曲與戲曲論研究》〔註59〕。

（8）高亞娟《論徐渭戲劇的創新精神與藝術特色》〔註60〕。

（9）洪敏《徐渭雜劇藝術探究》〔註61〕。

（10）任立欣《徐渭生平及戲曲創作研究述論》〔註62〕。

（11）呂行《以表演爲重心：徐渭南戲理論研究》〔註63〕。

阜：曲阜師範大學碩士論文，2013 年 6 月）。

〔註51〕黃騁龍：《試論徐渭的書畫藝術》（曲阜：曲阜師範大學碩士論文，2013 年 6 月）。

〔註52〕武靜：《以徐渭的作品論中國的繪畫與書法的相融性》（石家莊：河北師範大學碩士論文，2013 年 5 月）。

〔註53〕王燕飛：《越中派初探》（濟南：山東師範大學碩士論文，2002 年 4 月）。

〔註54〕曾維芬：《徐渭戲曲淺論》（廣州：華南師範大學碩士論文，2003 年 5 月）。

〔註55〕陳爽《中國古代早期的獨幕劇——明代一折短劇研究》（揚州：揚州大學碩士論文，2004 年 5 月）。

〔註56〕張洪橋：《借其異跡，吐我奇氣——徐渭《四聲猿》中的女扮男裝現象透視》（武漢：華中科技大學碩士論文，2005 年 5 月）。

〔註57〕陶小紅：《論徐渭的戲劇理論》（烏魯木齊：新疆大學碩士論文，2008 年 5 月）。

〔註58〕馬小明：《徐渭和他的雜劇考論》（蘭州：蘭州大學碩士論文，2008 年 5 月）。

〔註59〕鄭恩玉：《徐渭戲曲與戲曲論研究》（上海：上海戲劇學院博士論文，2010 年 4 月）。

〔註60〕高亞娟：《論徐渭戲劇的創新精神與藝術特色》（西寧：青海師範大學碩士論文，2012 年 6 月）。

〔註61〕洪敏：《徐渭雜劇藝術探究》（泉州：華僑大學碩士論文，2014 年 3 月）。

〔註62〕任立欣：《徐渭生平及戲曲創作研究述論》（蘭州：蘭州大學碩士論文，2014 年 5 月）。

分別從戲曲理論、戲曲表現形式、女扮男裝現象、創新精神與藝術特色等角度探討。

人格方面，如下：

（1）陳志國：《徐渭人格論》〔註64〕。

從徐渭詩歌、散文、戲曲等各種文體綜合考察，再以文史對照的方法，逐步梳理出徐渭一生的多元人格走向。

個性方面，如以下兩篇：

（1）吳鵬《徐渭的藝術精神》〔註65〕。

（2）辛立松：《論徐渭狂性美學》〔註66〕。

從畸狂之性、禪悅之趣、儒道之境、本色之眞、煙雲之興等方面解讀其藝術精神或從徐渭之狂，探討其與美學之關係。

從博碩士學位論文全文數據庫登載之資料可知，2001 年迄今，大陸學界所發表的學位論文，數量甚多，且涵蓋各個層面的討論，近期研究的趨勢則以繪畫、戲曲、書法的討論爲最多。

2. 專書、期刊論文

專書部分，分爲以下四大類：

（1）關於徐文長的著作以記述其生平傳記書籍居多，條列如下：

　　①李德仁《徐渭》〔註67〕。

　　②丁家桐《東方畸人徐文長傳》〔註68〕。

　　③周時奮《徐渭畫傳》〔註69〕。

　　④王家誠《徐渭傳》〔註70〕。

　　⑤江興祐《畸人怪才：徐渭傳》〔註71〕。

〔註63〕呂行：《以表演爲重心：徐渭南戲理論研究》（恩施：湖北民族學院碩士論文，2014 年 6 月）。

〔註64〕陳志國：《徐渭人格論》（濟南：山東師範大學碩士論文，2002 年 4 月）。

〔註65〕吳鵬：《徐渭的藝術精神》（貴陽：貴州師範大學碩士論文，2005 年 6 月）。

〔註66〕辛立松：《論徐渭狂性美學》（南京：南京師範大學碩士論文，2011 年 4 月）。

〔註67〕李德仁：《徐渭》（長春：吉林美術出版社，1996 年 5 月）。

〔註68〕丁家桐著《東方畸人徐文長傳》（上海：上海人民出版社，1999 年 10 月）。

〔註69〕周時奮著：《徐渭畫傳》（濟南：山東畫報出版社，2003 年 2 月）。

〔註70〕王家誠：《徐渭傳》（天津：百花文藝出版社，2008 年 8 月）。

〔註71〕江興祐：《畸人怪才：徐渭傳》（杭州：浙江人民出版社，2008 年 11 月）。

⑥張志民《徐渭》〔註72〕。

此外，尚有不同角度的著筆方式，如：

①郭曉飛《顛沛的命運與不羈的靈魂：徐渭心理論》〔註73〕，從徐文長人生際遇的不幸事件及其心理影響切入，對徐文長的心路歷程進行心理分析。提出徐文長患有偏執型人格障礙、情感不穩型人格障礙、強迫型人格障礙等，爲混合型人格障礙。

②王長安《徐渭三辨》〔註74〕，對徐文長文藝理論「本色」虛實、《歌代嘯》歸屬（討論作者是否爲徐文長）、「瘋狂」眞僞進行考辨。

③邱春林《聖徒與狂徒：凡高、徐渭比較研究》〔註75〕，將東西方兩位畫家做一比較。

④李祥林、李馨《中國書畫名家畫語圖解・徐渭》〔註76〕，從藝術美學的角度，探討徐渭在繪畫上的藝術人生，解讀其卓越的藝術創作和獨特的美學思想。

⑤陳遠洋《徐渭戲劇研究》〔註77〕，從徐渭戲劇的文學生態考察，地域、家世、人生與徐渭戲劇，徐渭戲劇作品研究（上）、（下），徐渭「本色」論戲劇觀，徐渭戲劇特點及影響等六章架構全書。對徐渭的戲劇做全面性地研究。張新建《徐渭論稿》〔註78〕，分述：徐文長生平、戲曲理論淵源、戲曲理論、《四聲猿》研究及對明代曲壇的影響。

⑥駱玉明、賀聖遂的《徐文長評傳》〔註79〕、周群、謝建華的《徐

〔註72〕張志民編著：《徐渭》（太原：山西教育出版社，2010年9月）。

〔註73〕郭曉飛：《顛沛的命運與不羈的靈魂：徐渭心理論》（北京：光明日報出版社，2011年10月）。

〔註74〕王長安：《徐渭三辨》（北京：中國戲劇出版社，1995年10月）。

〔註75〕此書原爲2004年南京藝術學院之博士論文《凡高、徐渭比較研究》，後經出版。邱春林：《聖徒與狂俠：凡高、徐渭比較研究》（上海：中西書局，2010年10月）。

〔註76〕李祥林、李馨編著：《中國書畫名家畫語圖解・徐渭》（北京：中國人民大學出版社，2005年11月）。

〔註77〕陳遠洋：《徐渭戲劇研究》（北京：中國社會科學出版社，2014年3月）。

〔註78〕張新建：《徐渭論稿》（北京：文化藝術出版社，1990年9月）。

〔註79〕駱玉明、賀聖遂：《徐文長評傳》（杭州：浙江古籍出版社，1987年8月）。

渭評傳》〔註 80〕，兩書皆爲全面性的關照角度。

（2）對徐文長作品的收集，條列如下：

① 《徐渭集》〔註 81〕，收錄《徐文長三集》、《徐文長逸稿》、《徐文長佚草》、《四聲猿》、《歌代嘯》等詩文戲曲創作作品。

② 《徐渭生平與作品鑑賞》〔註 82〕，介紹徐渭的生平與個性及其書畫藝術，並將其作品依題畫詩、畫語錄、論書法、論文學等類分別收錄，最後介紹歷代名家對他作品的評述與關於徐渭之逸聞錄。書中最大的特點是文字介紹之外，穿插許多徐渭之書畫作品。

③ 《徐渭書畫集》〔註 83〕，爲書畫作品集。

（3）對徐文長作品的注譯，如：

① 劉楨《徐文長小品》〔註 84〕。

② 黃桃紅、劉宗彬《徐渭小品》〔註 85〕。

③ 傅傑《徐渭詩文選譯》〔註 86〕。

④ 徐渭、董懋策《唐李長吉詩集》〔註 87〕。

⑤ 周中明《四聲猿》〔註 88〕。

〔註 80〕 周群、謝建華：《徐渭評傳》上下卷（南京：南京大學出版社，2011 年 4 月）。

〔註 81〕 〔明〕徐渭：《徐渭集》（北京：中華書局，1983 年 4 月）。

〔註 82〕 紫都、杜海軍編著：《徐渭生平與作品鑒賞》上下冊（呼和浩特：遠方出版社，2005 年 1 月）。

〔註 83〕 〔明〕徐渭繪：《徐渭書畫集》上下卷（北京：北京工藝美術出版社，2005 年 1 月）。其他還有如：袁寶林：《徐渭》（中國巨匠美術週刊）（臺北：錦繡出版公司，1996 年 7 月）；《第一影響力藝術寶庫》編委會編著：《水墨絕唱——徐渭》（北京：北京出版社，2005 年 1 月）；袁劍俠編：《徐渭》（集叢名：中國歷代繪畫名家作品精選系列）（鄭州：河南美術出版社，2010 年 6 月）；陳連琦主編：《徐渭》（集叢名：中國畫大師經典系列叢書）（北京：中國書店，2011 年 4 月）；劉正成主編：《徐渭》（北京：榮寶齋出版社，2010 年 1 月）；康耀仁編：《徐渭行書唐詩》（成都：四川美術出版社，2010 年 5 月）；何海林編：《徐渭書前赤壁賦》（上海：上海辭書出版社，2012 年 6 月）；何海林編：《徐渭書唐詩宋詞》（上海：上海辭書出版社，2012 年 6 月）等等。

〔註 84〕 劉楨選注：《徐文長小品》（北京：文化藝術出版社，1996 年 8 月）。

〔註 85〕 黃桃紅、劉宗彬編：《徐渭小品》（南昌：江西人民出版社，2010 年 10 月）。

〔註 86〕 傅傑選注：《徐渭詩文選譯》（南京：鳳凰出版社，2011 年 5 月）。

〔註 87〕 〔唐〕李賀撰，〔明〕徐渭、董懋策批註：《唐李長吉詩集》，收入《叢書集成》三編（臺北：新文豐出版社影印本，1997 年 3 月）。

〔註 88〕 〔明〕徐渭著，周中明校注：《四聲猿》（臺北：華正書局，2003 年 9 月）。書

⑥李復波、熊澄宇《南詞敘錄注釋》〔註89〕。
　（4）對徐文長作品的研究，如：
　　①傅瓊《徐渭散文研究》〔註90〕。
　　②杜永剛《徐渭的寫意花鳥畫》〔註91〕。
　　③任軍偉《書畫同源・徐渭》〔註92〕。
　至於期刊論文，從各角度著眼，不斷地推陳出新，數量相當可觀。

二、關於徐文長傳說與故事的研究

（一）學位論文

　兩岸在學位論文部分，以徐文長為研究主題的有陳雅貞的《徐文長故事與人物形象研究》以及馬汀的《民間視野中的「徐文長」》等兩篇論文。另有高靖琪的《唐伯虎與風流才子——歷史與傳說的糾葛》，將徐文長列為考察人物之一，與其論文主題人物唐伯虎作一對照。三篇碩士論文各有其關照點，依次說明如下：

1. 陳雅貞《徐文長故事與人物形象研究》〔註93〕

　陳雅貞先提出徐文長的歷史形象，次為故事內容做分類，提出機智與公正的徐文長、愛惡作劇的徐文長、貪佔便宜的徐文長、挾怨報復的徐文長、其他故事裡的徐文長等五大類，並標注出相應的 AT 分類型號。然後，將故事與大眾趣味扣合，並指出徐文長系列故事的時代意義，最後提出魯迅《阿 Q 正傳》中阿 Q 的原型人物為徐文長的觀察。

　陳雅貞所採用的文本以林蘭的《徐文長故事集》〔註94〕、《徐文長故事外集》〔註95〕二書為主要討論對象，並配合《中國民間故事集成》之陝西、浙江、四川、江蘇、北京、福建、寧夏等七卷相類故事來觀察徐文長故事。

　　中收錄了《四聲猿》及《歌代嘯》及相關資料，《四聲猿》並與其他版本做過對勘，故有校注，並對一些疑難詞語作了注釋。
〔註89〕李復波、熊澄宇：《南詞敘錄注釋》（北京：中國戲劇出版社，1989 年 1 月）。
〔註90〕傅瓊：《徐渭散文研究》（上海：上海古籍出版社，2007 年 12 月）。
〔註91〕杜永剛編著：《徐渭的寫意花鳥畫》（長春：吉林文史出版社，2010 年 1 月）。
〔註92〕任軍偉：《書畫同源・徐渭》（中國畫研究叢書）（北京：榮寶齋出版社，2013 年 4 月）。
〔註93〕陳雅貞：《徐文長故事與人物形象研究》（臺中：國立中興大學中國文學研究所碩士論文，2008 年 6 月）。
〔註94〕林蘭編：《徐文長故事集》（上海：北新書局，1929 年）。
〔註95〕林蘭編：《徐文長故事外集》（上海：北新書局，1930 年）。

2. 馬汀《民間視野中的「徐文長」》

馬汀指出其形象具「歷史人物徐渭」、「民間故事主人公徐文長」雙線性，對徐文長故事整體流傳、輯錄情況作一綜述，分故事為七類，並定位徐文長是漢族機智故事之集大成者。進而將民間故事中的徐文長形象抽化為狂生、「惡」訟師、風流才子等三個人物形象符號，揭示徐文長形象所蘊藏的民間文化內涵，同時指出徐文長故事中所具有的地域性。最後談徐文長及其故事的現實價值與意義，並針對其在現代社會裡的留存與應用提出保護與傳承方面的一些看法。〔註96〕

馬汀所採用的文本主要是林蘭的《徐文長故事集》〔註97〕、謝德銑等《徐文長的故事》〔註98〕。另外，還述及《中國民間故事集成》浙江卷及《徐文長故事外集》〔註99〕中其他省分的機智人物。

《徐文長的故事》雖出版於1982年，不過，謝德銑、阮慶祥、壽能仁、李韓林等人參與了1950年代紹興縣開展民間文學的蒐集整理工作，並於1960年起，開始在報章雜誌刊物上陸續發表，所以，兩本主要採用的文本都算是目前所能見到的關於徐文長故事較早期的資料。

3. 高靖琪《唐伯虎與風流才子——歷史與傳說的糾葛》

高靖琪以「風流才子」為探討主軸，探索「唐伯虎」與「風流才子」之間的關係與現象，作者從歷史上的唐寅的生平、性格、作品中點出「風流才子」形象附會的契機，以了解歷史如何滋養、茁壯傳說故事的產生。另外，將同時期性格、名望、才華同樣具備「風流才子」形象原型的文人祝允明、文徵明、張靈、徐禎卿，及稍後的徐文長與唐寅作一對照、比較，以凸顯出唐寅的個人特色。最後指出「風流才子」唐伯虎，他代表的不只是「唐寅」這個人的個人特色，更是繼承過往文人形象內涵，而帶著中、晚明時期裡的創新，可見明代社會、文化改變的痕跡。〔註100〕

〔註96〕　參馬汀：《民間視野中的「徐文長」》（上海：華東師範大學碩士論文，2008年5月），〈引言〉，頁1。
〔註97〕　馬汀所採用的徐文長故事版本如下：林蘭編：1《徐文長故事集》，收入《東方故事》（臺北：東方文化書局，1971年秋季）；2《徐文長故事二集》（北京：北新書局，1925年）；3《徐文長故事三集》（北京：北新書局，1925年9月）；4《徐文長故事四集》（北京：北新書局，1925年11月）。
〔註98〕　謝德銑等編：《徐文長的故事》（杭州：浙江人民出版社，1982年1月）。
〔註99〕　林蘭編：《徐文長故事外集（中）》（北京：北新書局，1930年7月）。
〔註100〕　　參高靖琪：《唐伯虎與風流才子——歷史與傳說的糾葛》（臺中：私立東

作者指出徐文長於傳說故事中的形象，大致可分爲二種，一是運用智慧，助人解決難題，展現機智的正面形象。另一種是精於算計而愛捉弄人、放蕩、猥褻甚至惡劣的形象。〔註101〕

（二）專　書

兩岸在關於徐文長的傳說、故事方面，專書部分多爲故事集〔註102〕，亦有入機智人物成書〔註103〕，或入才子〔註104〕、紹興師爺〔註105〕、文人〔註106〕等等而成書。此外，有以徐文長故事爲其中一單元論述者，如以下二書：

1.〔美〕洪長泰《到民間去：1918～1937 年的中國知識分子與民間文學運動》

洪長泰將〈風流才子徐文長〉列於〈傳說〉一章中討論，此處之傳說是與故事合爲一體的。洪長泰從 1930 年代徐文長故事熱談起，簡介徐文長生平與故事，他將徐文長故事內容分爲五類：惡作劇型、幽默機智型、報復型、打抱不平型和徐文長取笑別人反被捉弄、自己失敗型（前四類爲趙景深所分）。言及中國許多省分地區都有自己的徐文長，林蘭的《徐文長故事外集》便是這類傳說異式的薈萃。並介紹趙景深、錢南揚、胡適等人對徐文長傳說的研究成果，最後，探索徐文長故事得以長期流傳的原因，除周作人所言徐文長故事反映了民眾的思想願望之外，洪長泰認爲對儒學道德觀念進行不懈的嘲諷也是原因之一，「徐文長」其人在民間傳說中的特殊意義在於他是一個「中介性人物」，是把民眾與知識份子連繫在一起的人。〔註107〕

2. 顧希佳《浙江民間故事史》

顧希佳將〈徐文長故事及其他〉列於〈現代浙江民間故事〉一章中討論，從機智人物的角度談徐文長故事。首先提出徐文長之叛逆性格和乖戾性情，

海大學中國文學研究所碩士論文，2010 年 2 月）。
〔註101〕書同註 100，頁 73。
〔註102〕如：1 林蘭編：《徐文長故事集》，收入《東方故事》，書同註 97，1971 年版。2 謝德銑等編：《徐文長的故事》，書同註 98。
〔註103〕祈連休選編：《中國機智人物故事大觀》（石家莊：河北教育出版社，1991 年10 月）。
〔註104〕浙江文藝出版社編：《七個才子六個癲》（杭州：浙江文藝出版社，2009 年 4 月）。
〔註105〕浙江文藝出版社編：《紹興師爺的故事》（杭州：浙江文藝出版社，2009 年 4 月）。
〔註106〕王一奇編：《中國文人傳說故事》（北京：中國民間文藝出版社，1982 年 12 月）。
〔註107〕〔美〕洪長泰著，董曉萍譯：《到民間去：1918～1937 年的中國知識分子與民間文學運動》（上海：上海文藝出版社，1993 年 7 月），頁 137～155。

促成徐文長故事的產生。其次,提出明清典籍中並沒有將徐文長說成機智人物故事的故事文本,但是記在別人名下的機智故事則已有不少,由人物的地域分布看,故事已逐漸流播開來,到 20 世紀上半葉,才一概被依附到徐文長身上。然後,談及 1930 年代的發表、採錄的徐文長故事熱,他將徐文長故事內容大致分為兩大類:

　　一類講述徐文長熱心幫助底層民眾,能為窮苦人伸張正義,表揚他不畏強暴、嫉惡如仇、臨危不懼、詼諧風趣,總是以機智的手段巧妙地排憂解難、克敵制勝,在笑聲中表達出民眾對社會生活的評判。

　　另一類講述徐文長故意捉弄別人,甚至自作自受,屬於滑稽故事,有的甚至近乎惡作劇,反映出這個時代裡一部分人的病態心理。

　　顧希佳接著提到趙景深為當代《徐文長故事》所做的序言和謝德銑等人的〈後記〉都提到一個觀點,認為民國時期採錄發表的徐文長故事中,有一部分作品貶低了徐文長,是統治階級的有意歪曲和捏造等等。顧希佳認為值得商榷。

　　顧希佳最後言及在 20 世紀 90 年代浙江全省開展民間文學普查中,各地發現的機智人物故事更多了,以《中國民間故事集成‧浙江》的作品為例,就涉及到紹興的徐文長,淳安的念四鬍子,蘭溪的畢矮,東陽的馬坦、九九姑,桐廬的趙莫測……,他認為在某種意義上說,這些故事中所表達出來的聰明才智已經不僅僅屬於故事中的那幾個主人公,而應屬於全體浙江民眾。〔註 108〕

(三)期刊論文

至於期刊論文,有以下幾篇:

1. 鹿憶鹿〈從徐文長到阿 Q 的「精神勝利法」〉

許多學者對包含徐文長在內機智故事的研究,多著重在他們同情弱小的特點上,描寫他們敢捉弄、嘲笑、挖苦和諷刺權勢者,鹿憶鹿則提出不同於這一面向的看法,指出從徐文長、謊張三、白賊七到阿 Q,主角常是小混混的習性。或以愚弄權貴為樂,或以欺凌弱小、卑微者為榮。他們偶爾表現的機智不過是「出了一口氣」,或暫時讓強勢者灰頭土臉,所謂機智人物的卑微未曾改變,上位者的權勢未曾毀損;故事情節中更多的是,徐文長捉弄不相

〔註 108〕顧希佳:《浙江民間故事史》(杭州:杭州出版社,2008 年 1 月),頁 439～444。

干的小人物，他捉弄攤販，捉弄女人，甚至捉弄自己的父親、老師、岳母，無聊到欺騙他們吃瀉藥拉肚子，表現出令人瞠目結舌的下流行徑，徐文長常耍的小聰明，充其量只得到「精神上的勝利」，認爲魯迅的阿 Q 繼承的也是徐文長等人的「精神勝利法」。〔註 109〕

2. 黃永林〈一個機智人物故事的原型與流傳──AT1635A 型故事的中國原型探尋〉

黃永林根據他個人蒐集的五十一個異文運用情節單元的觀念進行分析，架構出 AT1635A 型故事「虛驚」（惡作劇者兩頭騙人，被騙者虛驚一場）的基本原型結構，推斷出此型故事在中國最初的發源地是湖北中西部，然後以口頭方式沿著長江水運向各地傳播，但這種方式的傳播範圍與速度極爲有限。故事在清朝末年與徐文長的有關故事結合，隨著民國時期徐文長故事的大量出版，借助書面形式而傳播到全國。作者認爲此型故事能在中國產生與流傳的原因有三：社會歷史背景的影響、智慧結構特點的原因與集體無意識積澱的原因。〔註 110〕

3. 宋浩成〈民間文化視野中的徐渭〉

宋浩成將所蒐集的一百多個傳說故事內容分爲：智慧傳說、惡作劇傳說、猥藝傳說等三類。並將智慧傳說故事來源歸納爲：徐文長軼聞在民間的演繹、各種民間傳說在徐文長身上的附會兩種。這類故事傳達出的是越地百姓對徐文長這個歷史人物的喜愛和崇敬。而惡作劇傳說和猥藝傳說則是一種民間的文化特徵：即徐文長傳說是於越民間文化性格的一個特殊載體，故事展示一種民間趣味，一種民間文化的個性。作者認爲民間文化造就了傳說中的徐文長，而不是徐文長創造了自己，徐文長的平民生活僅僅是這些傳說的觸發因素和基礎素材，可看作是徐渭進入民間的開始。所以，民間傳說中的徐文長是徐渭歷史形象的演繹，也是民眾歷史情感的表達途徑，更是於越民間文化的一枚性格烙印：它充分展現了越地百姓的機智、幽默、風趣的性格特徵，同時也眞實的反映了民間文化中原始、純樸、充溢著田野趣味的歡樂

〔註 109〕 本文原刊於 2001 年《東吳中文學報》第 7 期（2001 年 5 月），頁 141～160。後經修潤，主旨不變，再刊於 2014 年《民間文化論壇》第 229 期（2014 年第 6 期），頁 36～45。

〔註 110〕 參黃永林：〈一個機智人物故事的原型與流傳──AT1635A 型故事的中國原型探尋〉，《華中師範大學學報》（人文社會科學版）第 41 卷第 3 期（2002 年 5 月），頁 113～119。

性格。〔註111〕

4. 傅瓊〈徐渭研究百年述評〉

　　傅瓊將百年（1912～2004）來關於徐文長的研究書目與期刊論文做了一番整理，指出不同階段徐文長研究方向的差異性。他將關於徐文長的研究分為三個階段：1912～1960 年為第一階段，尚處於學術的邊緣，此時期蒐集、出版民間故事，人們認識徐文長的管道主要來自於徐文長故事。同時，他的小品文也受到重視；1961～1979 年為第二階段，從 1961 年徐文長被列為「中國古代十大畫家」之一被紀念開始，徐文長研究由繪畫漸及雜劇。文革十年，內地研究中斷，臺灣則取得不錯的成果，在詩文、戲曲、繪畫、文藝觀和著述情況都有值得注意之處。國外也有美、日學者關注到徐文長的繪畫、戲曲與其在文學史上的定位；1980～2002 年為第三階段，徐文長的著作被出版、選注、選譯，探討徐文長生平的年譜、評傳陸續出版，探討文藝思想、心態人格、作品風格特色的論文顯著增加，美學思想是新範疇的研究開展。大體說來，1980 年代，大陸的徐文長研究重新進入常態，由外部研究為主轉為以本體研究為主，徐文長的美學思想和藝術特色研究成為焦點；1990 年代以來，徐文長研究引進了西方文藝理論的新方法，開拓了香港研究的新天地。第三階段整體發展呈現出向深度掘進、向本體靠攏、向多元發展的態勢。傅瓊為百年徐文長研究所下的結論是：在地位上從民間到學術、內容上從一元到多元、方法上從傳統到現代的發展歷程。〔註112〕

第二節　研究方法及採用之工具書籍

　　民間故事在十九世紀初的歐洲開始受到重視，學者們從不同的角度來解釋世界民間故事在大範圍內的類同現象〔註113〕，不過，直到芬蘭學者使用歷

〔註111〕參引宋浩成：〈民間文化視野中的徐渭〉，《紹興文理學院學報》第 24 卷第 3 期（2004 年 6 月），頁 45～49。

〔註112〕參傅瓊：〈徐渭研究百年述評〉，《藝術晨家》總第 75 期（2004 年），頁 32～38。

〔註113〕這些學派如：把神話看作民族文化的淵源，並以神話來闡明整個民間創作的起源和意義，認為傳說、故事、敘事詩等體裁均由神話演化而成的神話學派的故事研究，代表人物有德國學者格林兄弟；從文化遺留物研究原始文化的面貌及其演進軌跡。代表人物有英國學者泰勒；認為情節類同的故事出現在世界上許多地方是情節遷徙、流動的結果的故事流傳學派，代表人物有德國特奧多爾・本菲；以心理分析學說分析民間故事的類同性，代表人物有精神

史地理的資料進行研究之前，民間文學並沒有特別的研究方法。發展至今，歷史地理學派已成為現代比較故事學的主要代表學派。

歷史地理學派於十九世紀末、二十世紀初興起於芬蘭，也稱為芬蘭學派，其創立者是科隆父子（Julius Krohn，1835～1888 和 Kaarle Krohn，1863～1932）。阿爾奈（Antti Aarne，1867～1925）也是這一學派的重要代表。將之用於故事學的研究上，所希望達到的目的便是：透過不同故事的比較，探索故事的形成時間和流布的地理範圍，盡可能地追尋出故事的最初形態和發源地。

一、民間故事之分類標準

民間故事在進入研究工作之前，為了研究者檢索和比較所得的文本資料，對故事資料做一分類是一個基本工作。分類從兩方面著手：類型（type）、情節單元（motif）。分別敘述如下：

（一）類型（type）

芬蘭學者阿爾奈（Antti Aarne）在 1910 年發表《民間故事類型索引》（*Verzeichnis der Märchentypen*）將所蒐集的北歐故事分為「動物故事」、「一般民間故事」、「笑話」等三大類，依故事的主角和故事性質區分細類，共列出 540 個類型。美國學者湯普遜（Stith Thompson，1885～1976）將阿爾奈的書譯成英文，並增設「程式故事」和「難以分類的故事」兩大類，還加入許多新材料，不過，對南歐、東南歐和亞洲故事仍然觸及不多，此書在 1928 年出版。1935 年民俗學研究會議中論及阿爾奈這書的修訂問題，大家公認，如果世界各國的民間故事能用同一種分類法作比較研究會比較方便。之後，湯普遜花費五年時間蒐集各國新出資料，為他的英譯增訂本再作增訂，地區擴及世界各國，確定了這個分類法的國際性。1961 年書籍重新出版，名為《民間故事類型》（*The Types of the Folktale*）。由於這個分類架構是由阿爾奈（Aarne）創建，湯普遜（Thompson）補充修訂，便取兩個人姓氏的第一個字母為名，合稱為「AT 分類法」，被各國民間文學工作者所公認、通行的一個國

分析學創始者奧地利學者弗洛依德、分析心理學創始者瑞士學者榮格；以結構主義剖析民間故事型態，代表人物有法國學者列維‧斯特勞斯、俄國學者弗‧普羅普。參劉守華：《比較故事學論考》（哈爾濱：黑龍江人民出版社，2003 年 5 月），頁 3～71。

際性的分類方式。〔註114〕

　　「AT分類法」運用的觀念即是「故事類型」。據金師榮華對「故事類型」所下的定義是：

　　　　就整個故事的內容和結構作分析，把基本內容和主要結構相同而細節卻或有異的故事歸集在一起，取同捨異，就成為一個故事類型。〔註115〕

　　「細節卻或有異」其意為不影響核心結構的內容，細節有所不同，其實便是一個故事的不同說法，通常以「異說」（異文）稱之。異說的產生與故事在流傳過程中人、事、地的不同有關，將這些異說聚合一處，便成為一個故事類型。而故事類型數量一多，便有進行分類的必要性，從而架構起一個個的故事群，這便是類型分類。〔註116〕不過，並不是所有的故事都能成為類型的，能成型的故事通常是比較精彩的、有趣的，才能讓人留下深刻印象而吸引不同時地的人廣加流傳。

（二）情節單元（motif）

　　在民間故事學中與「type」相關的，還有一個常見概念是「motif」。「motif」舊譯作「母題」，常和「主題」相混淆，金師榮華便在撰述《六朝志怪小說情節單元分類索引》序文中提出將「母題」譯名改為「情節單元」〔註117〕，使文義更為明確。這個概念來自於決定一個故事能不能使人感到有趣或有意義，而一再被人轉述是因為「情節」，故事在轉述過程中，因為故事裡人、時、地的概念化和含糊性，才能使故事彈性地適應不同時代、不同地區、甚至不同文化背景的講述者和聽眾，因而廣泛流傳。〔註118〕所謂「情節」，是指在生活中罕見的人、物或事。所謂「單元」，就是對這不常見的人、物或事所做的扼要而完整的敘述。所以，以故事裡每一個敘事完整而不能再細分的情節作

〔註114〕轉引自金榮華：《中國民間故事與故事分類》（新北市：中國口傳文學學會，2007年9月），頁10～11。《民間故事類型索引》出處：Antti Aarne, *Verzeichnis der Märchentypen*（FFC No3）Helsinki, 1910。《民間故事類型》資料出自：丁乃通：〈民間故事類型第二次修訂版的介紹與評價〉，《清華學報》新7卷第2期（1969年8月），頁233～238。

〔註115〕書同註114，金榮華：《中國民間故事與故事分類》，頁9。

〔註116〕書同註114，頁9～10。

〔註117〕金榮華：《六朝志怪小說情節單元索引·序》（甲編）（臺北：中國文化大學中國文學研究所，1984年3月）。

〔註118〕書同註114，頁2。

為一個單元，謂之「情節單元」。〔註 119〕

所以，類型和情節單元兩者是不同的概念，類型是一個完整的故事，故事的核心結構是固定的，而情節單元是故事中最小的敘述單元，是流動的，它可以和不同的情節單元結合成不同的故事，因而產生出不同的趣味性。在一個故事中至少包含有一個情節單元，才可能因其趣味性而被流傳。

首先把「情節單元」從各個故事中提取出來進行分類和編目工作的是美國的湯普遜，他在 1932～1936 年完成《民間文學情節單元索引》（*Motif-Index of Folk-Literature*）一書，後來又作大規模的增訂，登錄了四萬多個「情節單元」，每個單元都注明出處，於 1955 年分為六冊出版。此書收錄地區涵蓋亞洲、歐洲、南北美洲、大洋洲、非洲各國的材料；收錄題材除民間故事之外，也包括了神話、傳說、寓言、笑話、歌謠等記錄；採集時間則是古今作品兼收。因其具備國際性，所以為各國致力情節單元分類者所依用。〔註 120〕

二、關於民間故事類型索引採用之工具書籍

「AT 分類法」問世後，各國學者隨之相繼採用這種方法編纂本國的類型索引。中國最早開始於 1931 年，鍾敬文（1903～2002）發表了〈中國民間故事型式〉一文，列出四十五個類型及其情節提要，〔註 121〕為中國故事分類的開創先鋒。

接下來是美籍德裔學者艾伯華（Wolfram Eberhard，1909～1989）在中國人曹松葉的協助下，用德文寫成《中國民間故事類型》（*Typen Chinesischer Volksmärchen*）一書，1937 年在芬蘭首都赫爾辛基出版，1999 年中文譯本出版。〔註 122〕艾伯華對民間故事採取廣義的定義，蒐集神話、傳說、民間故事等資料，共三百多種書刊，包含史籍、縣志、章回小說、筆記小說、國外出版的中國故事集、他所採錄到的故事與一大部分的 1930 年代出版的民間故事集與民

〔註 119〕書同註 114，金榮華：《中國民間故事與故事分類》，頁 4。

〔註 120〕書同註 114，頁 5～6。《民間文學情節單元索引》出處：Stith Thompson, *Motif-Index of Folk-Literature*（Bloomington, Indiana University press, 1975），6 Volumes。

〔註 121〕鍾敬文：《鍾敬文文集》（民間文藝學卷）（合肥：安徽教育出版社，2002 年 12 月），頁 621～636。

〔註 122〕Wolfram Eberhard, *Typen Chinesischer Volksmärchen*（FFC No120）Helsinki, 1937。中文譯本：（德）艾伯華著、王燕生、周祖生譯：《中國民間故事類型》（北京：商務印書館，1999 年 2 月）。

俗雜誌等等,共歸納出 246 個類型,包含故事類型 215 種,滑稽故事類型 31種,分成十五類。是第一本對中國民間故事分類的專書。他大致掌握了杭州、廣州、寧波等地的期刊與北新書局所出版的民間傳說故事集,他的類型分類資料也包括了徐文長的故事,歸於滑稽故事,分屬徐文長 I(徐文長純粹出於惡意讓他人陷入尷尬、可笑或者不利的處境)、II(徐文長要爲所受的一次真的或假想的侮辱而復仇,他使其他人陷入尷尬、可笑或者對他們來說不利的境地)、III(徐文長能辦到別人認爲是不可能的事,起因往往是和別人打賭)、IV(徐文長通過一個巧妙的計劃或者一個騙局幫助他人逃脫險境)等四類。

不過,本書的分類方式不是採取國際通用的 AT 分類編目的方式,而其索引之參考資料,有許多也爲後來的丁乃通依 AT 建構分類方式編入類型,故而被取代,而失去其實用性。

就現階段而言,在中國民間故事類型索引中,以下二書有其重要之指標意義,遂爲筆者選用之工具用書。二書分別說明如下:

(一)丁乃通《中國民間故事類型索引》

美籍華人丁乃通(1915～1989)在四十一年後,蒐集六百二十多種古今民間故事書籍及相關文獻,以 AT 分類方式,用英文寫成《中國民間故事類型索引》(*A Type Index of Chinese Folktales*),1978 年在芬蘭首都赫爾辛基出版。〔註123〕1983 年中文節譯本出版,各型故事出處只保留一個。1986 年全譯本出版,不過,限於印刷經費不足,將 AT 原書之故事大要或分析完全刪除,只保留具有中國特色的部分。所以,中國的使用者在閱讀中文本時必須要配合 AT原書一起參考,才算完整。〔註124〕直到 2008 年全譯本才完整出版。〔註125〕

丁乃通對民間故事採取狹義的定義,他歸納出八百四十三個類型,其中二百六十八個是中國所特有的類型,書中引用六百二十多種古今資料,含括中國境內各地各族故事,在類型數量上遠多於艾伯華,對每個類型的描述也更爲精細,而且,因爲他的分類方式是採用 AT 分類法的方式將故事型態相同

〔註123〕 書同註 114,金榮華:《中國民間故事與故事分類》,頁 85～86。丁氏《中國民間故事類型索引》英文版出版資料:Nai-Tung Ting, *A Type Index of Chinese Folktales*(FFC No223)Helsinki, 1978。

〔註124〕 書同註 114,頁 87～88。節譯本出版資料:孟慧英等人合譯:《中國民間故事類型索引》(瀋陽:春風文藝出版社,1983 年);全譯本出版資料:鄭建成等人合譯:《中國民間故事類型索引》(北京:中國民間文藝出版社,1986 年)。

〔註125〕〔美〕丁乃通編著:《中國民間故事類型索引》(武漢:華中師範大學出版社,2008 年 4 月)。

或相近的中國民間故事安置到 AT 分類法的編號中，所以，便於檢索或比較。整體而言，是民間文學研究者的一本具實用性的工具書。

然而，每一種故事類型之分類體系都有其侷限，在不同的文化中更容易呈現出來，丁氏完全沿用以歐洲民間故事建構出的 AT 分類法的架構，中國的民間文學工作者在使用時會遇到幾個問題：

1、AT 本身有些類型分類不當，致檢索不易。

2、有的類型故事大意因 AT 原書已有，丁本說明並不完整，或者予以省略。有的類型名稱之用詞雖為西方社會所熟知，但經翻譯過後，中國民間文學工作者並不容易掌握到故事核心。

3、中西各有吃人笨魔和長工鬥地主等角色不同之同型故事，中國民間文學工作者如何就中國故事檢索相關之西方資料問題。〔註 126〕

4、有些中國故事在 AT 架構中顯得格格不入，譬如宗教故事。在中國，關於佛教、道教信仰而生的傳說故事數量不少，然而，純宗教性的作品，一般不作民間文學看待，如果是趣味性的神仙佛道故事，則不適宜列入宗教故事之中。〔註 127〕

5、丁書之參考書目，雖然有助於研究者了解一個類型在中國早期的流播情形，不過，其中許多資料如今已難找到，如果要做比較時，還是有其困難，在使用上並不方便。

（二）金師榮華《民間故事類型索引》

金師榮華自 1986 年秋，在臺北的中國文化大學中文研究所開設「民間文學研究」課程，有感於故事類型缺乏適當教材。而丁乃通的英文原著《中國民間故事類型索引》（*A Type Index of Chinese Folktales*）雖已譯為中文出版，但是，參考時，仍須與阿爾奈、湯普遜合編的《民間故事類型》（*The Types of the Folktale*）第二次修訂版（1973）合用，故事提要才比較完整，而丁乃通的《中國民間故事類型索引》中文本因為由四人分工合譯而成，有譯詞未曾統一、主題索引功能不足問題，其索引資料也因大部分難以取得，難以做實際討論印證。於是取當時《中國民間故事集成》中已出版之四川、浙江、陝西等三個省卷本，採 AT 之《民間故事類型》及丁氏《中國民間故事類型

〔註 126〕第一至三點參金榮華：〈中國民間故事和 AT 分類〉，收入《禪宗公案與民間故事》（新北市：中國口傳文學學會，2005 年 6 月），頁 336～337。

〔註 127〕劉守華主編：《中國民間故事類型研究》（武漢：華中師範大學出版社，2002年 10 月），頁 16。

索引》（1986）之編目架構，對民間故事採取狹義的定義，撰寫所見各型之故事大要，並以〈中國民間故事和 AT 分類〉一文代序，略述分類大要，編成《中國民間故事集成類型索引（一）》，做爲教學之輔助。其後，又取北京、吉林、遼寧、福建等四個省、市卷本，編纂爲《中國民間故事集成類型索引（二）》〔註128〕。

金師榮華後來將索引材料繼續擴充至以二十世紀後半採錄成書之專集，包括：《中國民間故事集成》後來陸續出版之各省、市卷本，也收入《中國民間故事全集》（四十冊）、《中華民族故事大系》（十六冊）、中國口傳文學學會所出版的採錄故事集等等；並編入一些已經漢譯的外國民間故事集，不拘於成書時間。如德國的《格林童話》、英國的《坎特伯利故事集》、阿拉伯的《一千零一夜》、古希臘的《伊索寓言》、古印度的《五卷書》和佛教的《雜譬喻經》等。於 2007 年初編爲《民間故事類型索引》〔註129〕出版。書籍之性質已由原先的教材功能轉而成爲研究民間故事者之工具用書。

金師榮華並於其後再增補資料，包含《中國民間故事集成》在 2007 年《民間故事類型索引》出版時尚未出版或剛出版之九個省、市卷本，及一些當代民間故事家，如湖南的劉德培、遼寧的譚振山、吉林朝鮮族的金德順等人的故事專集，以及各地少數民族故事集；漢譯的世界各國民間故事與外國故事也有所增添。2014 年編爲《民間故事類型索引》（增訂本）〔註130〕。

2014 年版之圖書增訂，中國部分增加 154 種；外國部分，增加 127 種。與前用者合計，中國部分爲 173 種；外國部分爲 201 種，總共用書 374 種 470 冊，類型總數 1,067 則，其中 191 則爲本書所新設。與 2007 年版不同的是除了顯示故事類型流傳之地域與族群之分布情形外，增訂版在部分類型下說明其最早或較早的資料之所見，顯示其歷史之一面，有助於對類型故事較全面性的了解。這是目前包括 AT 之《民間故事類型》（*The Types of the Folktale*）

〔註128〕金榮華：《中國民間故事集成類型索引（一）》（臺北：中國口傳文學學會，2000年 1 月）；《中國民間故事集成類型索引（二）》（臺北：中國口傳文學學會，2002 年 3 月）。〔美〕丁乃通編著、鄭建成等人合譯：《中國民間故事類型索引》，書同註 122，1986 年版。《民間故事類型》出處：Stith Thompson, *The Types of the Folktale*（FFC No184）Helsinki, 1973。

〔註129〕金榮華：《民間故事類型索引》（上中下）（臺北：中國口傳文學學會，2007年 2 月）。

〔註130〕金榮華：《民間故事類型索引》（增訂本）（4 冊）（新北市：中國口傳文學學會，2014 年 4 月）。

第二次修訂版（1973）〔註131〕、德國烏特（Hans-Jörg Uther）〔註132〕的《國際民間故事類型》（*The Types of International Folktales*）與本書等三部國際民間故事類型索引中，唯一一部以中文撰寫，具有中國特色的民間故事類型索引。〔註133〕

本索引之特色為：

1、重寫所有故事類型之名稱，並重新撰寫各類型之故事提要，2007 年版之故事提要較 2000 年版又更為簡練。類型名稱配合故事提要的介紹，已無丁本中文本掌握不到故事核心之困擾。

2、故事如為複合類型，在篇名之後以括號標示其他類型之型號，有助於對故事類型結合的了解。

3、新增類型，並對 AT 本身有些分類不當之類型做了調整，重新予以歸類編號。並於新號與舊號之下都標示互見說明，故不會與原有系統脫節，也可提供 AT 原書再修訂時的參考。

4、採用在 AT「愚蠢妖魔的故事」類中加入如「財主惡霸」等字，標明兩者為同一類的方式，即可解決中西方吃人笨魔和長工鬥地主等角色不同之同型故事的問題。如此，中國民間文學工作者便不難依據長工鬥地主的型號而檢索西方同型的妖魔資料了。〔註134〕金師榮華 2000年《中國民間故事集成類型索引（一）》將此類名稱改為「惡地主惡霸與笨魔的故事」，2002 年《中國民間故事集成類型索引（二）》再修改為「惡地主與笨魔的故事」，名稱更為簡練。

5、「宗教故事」類的問題，金師榮華考量的重點是故事核心的目的性，視故事核心而做其分類，故依故事主體結構而置於「宗教故事」類或其他類別之中。因為是否神仙身分非故事重點所在，而情節單元具流動性，未必皆能安置於此類之中。

6、由於本書距離丁氏《中國民間故事類型索引》又有二十多年的時間，

〔註131〕阿爾奈、湯普遜《民間故事類型》出處，書同註128。
〔註132〕Uther, Hans- Jörg. *The Types of International Folktales*（FFC No285）Helsinki, 2004, 3 Volumes。
〔註133〕關於金榮華編定《民間故事類型索引》之三個階段，參考自前書：《民間故事類型索引‧增訂緒言》（增訂本，冊1），頁Ⅲ～Ⅵ。
〔註134〕第一、三、四點同參註126，金榮華：〈中國民間故事和 AT 分類〉，收入《禪宗公案與民間故事》，頁336～337。

所得資料又隨時間之推移而有不同，2007 年版以二十世紀後半採錄成書者爲主，其中的《中國民間故事全集》、《中國民間故事集成》、《中華民族故事大系》等三大套書在臺灣各大學圖書館中可以找到，基本上，這部索引在現階段對民間故事研究者而言，可說是最具實用性的工具用書。

此六大特色改善了前述丁本之五大問題，並具新的價值。譬如，改善了丁本原先以西方社會爲主體的類目名稱之寫作方式，東方社會之讀者不容易立即掌握到故事核心之問題。金本對類目名稱之寫作方式，使讀者一見即能掌握到故事核心。而原先不完整或省略的故事大意，經過金本的補充，也已完備。至於 AT 本身分類不當之類型，金本也予以調整，並以互見與原有系統做一連結。宗教故事類與中西方吃人笨魔和長工鬥地主等角色不同之同型故事，也以分合而做處理。而丁書索引中所列之參考書目，如今不易檢索之問題，也因金本新書目資料的建立具有當代的實用性。而金本對複合類型型號之標示，有助於相關研究者對故事類型的探索，也爲這本索引帶來新的價值。

由於徐文長故事的情節單元都很簡單，早期資料幾乎都只有一個情節單元，故本文中不討論情節單元部分。而是以故事類型之分類方式加以歸納及探討，探索關於徐文長故事之特色及視角。關於故事類型索引，所採用之工具書籍有：阿爾奈、湯普遜合編的《民間故事類型》（*The Types of the Folktale*, 1981）〔註135〕、烏特的《國際民間故事類型》（*The Types of International Folktales*, 2004）〔註136〕、丁乃通的《中國民間故事類型索引》（2008）〔註137〕、金榮華的《民間故事類型索引》（增訂本，2014）〔註138〕等書籍。

第三節　文本取材範圍

本論文同時觀照到徐文長史實與故事部分之取材，史實部分，介紹徐文長之生平，以其自作之年譜《畸譜》爲本，其中若有牽涉到倭戰、官職內容或相關人士，則參考《明史》〔註139〕、《明史紀事本末》〔註140〕、《嘉靖東

〔註135〕書同註 128。
〔註136〕書同註 132。
〔註137〕書同註 125。
〔註138〕書同註 130。
〔註139〕〔清〕張廷玉等撰，楊家駱主編：《明史》（臺北：鼎文書局，1982 年 11 月）。

南平倭通錄》〔註141〕、《明實錄》〔註142〕、《明代傳記叢刊》〔註143〕及各地府志、縣志之資料，力求能補足徐文長作品中之多未予繫年問題。作品部分，論文論述時有需徵引之處，筆者採北京中華書局出版之《徐渭集》爲底本，〔註144〕本書只收詩文戲曲創作，未收專書，以《徐文長三集》、《徐文長逸稿》、《徐文長佚草》爲底本，順序編次，不加變動，僅在《徐文長逸稿》中刪除已見於《徐文長三集》的幾首詩。另據《盛明百家詩》、《一枝堂稿》等及書畫題記補輯一些佚作，作爲補編。徐文長自著之《畸譜》也附於卷末。並收有徐文長自書之詩帖和題畫詩，題畫詩已去其重複，正其缺訛，文字互異者選取較完善之本，算是目前較完善之本，且蒙故宮博物院、中國歷史博物館……紹興市文物管理委員會等單位提供不少珍貴資料，及傅惜華、徐崙、佟多等人協助。〔註145〕此等規模，非個人之力所能及，故作爲史實部分採用之底本。

　　至於故事部分，由於明清文人筆記上關於徐文長逸事逸聞的記載還很少見，民國以後關於徐文長的故事方才大量湧現，故本論文的取材範圍主要在於民國以後徐文長的傳說與故事。亦即包含「傳說」與狹義定義的「故事」或「民間故事」。

　　關於本論文的故事文本蒐集，以故事性的文體爲討論範圍，異說（異文）在討論之中。至於傳記性文體內的故事不在討論範圍之內。大部分故事集來源爲大陸出版，以徐文長爲主角的故事（不含異文數）共計 607 篇故事，其中因文本來源相同或整理者爲同一人而致文字相同或相近者，共有 148 篇。因此，本論文主要討論之故事篇數共爲 459 篇，各篇目可詳見附錄一〈徐文長傳說故事 459 篇篇目表〉。另外，蒐集徐文長的故事之外，筆者也盡可能蒐錄旁及的與徐文長故事爲相同類型，但主角非徐文長的故事，此 600 多篇故事於論文第四、五章之中同做討論，不過，僅於具特色者或關於故事之流行

〔註140〕〔清〕谷應泰：《明史紀事本末》（臺北：臺灣商務印書館，1986 年 3 月影清文淵閣《四庫全書》本）。

〔註141〕〔明〕徐學聚：《嘉靖東南平倭通錄》（北京：全國圖書館文獻縮微複製中心出版，2004 年 5 月）。

〔註142〕〔明〕董倫等修：〔明〕解縉等重修：〔明〕胡廣等復奉敕修：《明實錄》（臺北：中央研究院歷史語言研究所校刊，1964～1966）。

〔註143〕周駿富輯：《明代傳記叢刊》（臺北：明文書局，1991 年 1 月）。

〔註144〕書同註81，〔明〕徐渭：《徐渭集》。

〔註145〕書同註81，《徐渭集》〈出版說明〉，冊1，頁3～5。

區域處言及。關於此部分之故事文本同列於引用書目之中。

　　論文中所援引之徐文長故事內容，由於篇數不少，且原文篇幅較長，動輒數頁，故筆者率經濃縮改寫處理，援引時，採保留原本之故事情節，在文詞上力求精練之做法，以呈現原故事之核心為原則，使能集中焦點以做討論。至於故事之完整內容須參見原來出處。以下分別簡介 459 篇故事之文本來源：

一、《明清笑話集》

　　本書是周作人編選的明清笑話集。本書取材自〔明〕趙南星《笑贊》、〔明〕馮夢龍《笑府》、〔清〕陳皋謨《笑倒》、〔清〕石成金《笑得好》等書。〔註146〕在本書的附錄中，附有周作人於 1924 年 6 月 6 日所記之八則徐文長的故事。此份資料應該就是周作人在同年 7 月 9 日和 10 日以「朴念仁」之名在《晨報》副刊發表的兩篇文章中所列舉的八個故事〔註147〕。不過，周作人雖然標示為八個故事，其實「其五」包含了兩個故事，只是都和「墮貧」有關，故被歸納在一處，其實他所收錄的故事總數應為九個。這九個故事都被林蘭的《徐文長故事集》收入。

二、《徐文長故事集》

　　在周作人發表徐文長的故事兩天後，7 月 12 日林蘭也在《晨報》副刊刊出了他所蒐集的徐文長故事，其內容多有鮮為人道者。很快地，便形成了一股整理熱潮，大批徐文長故事在其他雜誌上出現，隨後，林蘭將所徵集到的各省區徐文長故事結集在北新書局出版，並將同屬徐文長故事羣的不同人物故事也收入其中，大陸地區先後出版過林蘭編《徐文長故事》（1～3）（北新書局 1925 年 6 月、1925 年 7 月、1926 年 10 月）、林蘭編《徐文長故事集》（北新書局 1929 年 8 月）、林蘭編《徐文長故事外集》（上、中、下合訂本）（北新書局 1931 年版）。《徐文長故事》因為篇目不斷增加，彙編為一冊《徐文長故事》與三冊《徐文長外集》。〔註148〕

　　筆者持有的是由婁子匡主編，臺北東方文化書局「東方故事」系列的第二十八本《徐文長故事集》（1971 年版）、二十九本《徐文長故事外集》（1971

〔註146〕〔明〕趙南星等編；周作人校訂；止庵整理：《明清笑話集》（北京：中華書局，2009 年 1 月），頁 184～190。

〔註147〕書同註 146，《明清笑話集・整理後記》，頁 196。

〔註148〕書同註 96，馬汀：《民間視野中的「徐文長」》，頁 7。

年版）〔註149〕。此本原稿由德裔美籍學者艾伯華（Wolfram Eberhard）處得來，據馬汀所言是刊印北新書局 1929 年 8 月版，是 1925、1926 年版的合集〔註150〕。收有一百零二則故事，〔註151〕故事的來源爲田野調查與讀者投書，比較能保留故事的原貌。《徐文長故事外集》也在探討範圍內，本書所收集的是其他人物的一百零二個故事，不過，筆者只取其中的三十二個故事來做討論。因爲，書中的故事粗見雖像是徐文長型的故事，如從「情節單元」的角度來看，則未必眞屬於徐文長故事類型。故筆者揀選故事的原則是從徐文長故事本身曾出現過的情節單元、類型加以認定，如此而得三十二個故事。

三、《徐文長故事集》【第二集】

本書從 1938 年 3 月初版，出版至 1947 年 3 月第十一版。共四集。第一集 103 頁，收 60 篇故事。第二集 101 頁，收 60 篇故事。第三集 99 頁，收 60 篇故事。第四集 86 頁，收 50 篇故事。〔註152〕筆者在數年時間裡，經過多方蒐集，僅得四集故事之第二集。〔註153〕其他只得暫時擱置，有待將來繼續補足其他未得之三集故事。

四、《徐文長的故事》〔註154〕

1950 年代紹興縣開展民間文學的蒐集整理工作，著重蒐集了流傳於徐文長家鄉浙江山陰（今紹興縣）的徐文長故事，本著「去粗存精，去僞存眞」的原則，整理出多篇徐文長故事，從 1960 年起，謝德銑、阮慶祥、壽能仁、李韓林等人開始在《民間文學》、《東海》、《西湖文藝》、《山海經》、《故事會》、《群眾演唱》、《寧波大眾》等報章雜誌刊物上陸續發表。1979 年 7 月，《西湖文藝》月刊編輯部和紹興縣文化局把蒐集整理出的三十九篇的故事匯成集子，之後又在浙江人民出版社協助下，重新進行修改整理，並增補部分新蒐集的故事，共計四十六篇，在 1982 年 1 月出版，二書書名皆爲《徐文長的故

〔註149〕林蘭編：《徐文長故事外集》，收入《東方故事》（臺北：東方文化書局，1971年秋季）。

〔註150〕書同註 96，馬汀：《民間視野中的「徐文長」》，頁 8。

〔註151〕書同註 102，林蘭編：《徐文長故事集》。

〔註152〕祈連休、蕭莉主編：《中國傳說故事大辭典》（北京：中國文聯出版公司，1997 年 11 月），頁 795。

〔註153〕王忱石：《徐文長故事》【第二集】（上海：上海經緯書局發行，1938 年 3 月）。

〔註154〕書同註 98，謝德銑等編：《徐文長的故事》。

事》，被列入「浙江民間文學叢書」。〔註155〕1984年8月浙江人民出版社曾再版，篇數仍是四十六篇。

本書編寫時依照徐文長之生平經歷編排，從年少時的傳說故事寫起，到他的臨終遺囑。全面書寫他的正面形象，寫他對於土豪劣紳的懲罰，對倭寇的戰績，在詩、對聯、書畫上的才華及解決疑難問題的智慧和謀劃；既寫他對敵對人物的極盡嘲諷，也寫他對朋友的愛護〔註156〕，全面性地表現出他歷史人物的性格。本書因為是由紹興地區收集的故事，所以，有留念、宣揚的意義，所以，都是表現徐文長才智的正面故事。然而，故事的流傳本是自然，某種說法之存在或有其當時所具之意義，刪除掉民間故事所流傳出的另一種面貌的徐文長的性格，恐怕也刪除掉關於徐文長傳說與故事背後意義的一些可能性，誠如顧希佳所言，將貶低徐文長的故事視作統治階級的有意歪曲和捏造等等，的確有值得商榷之處。〔註157〕

五、《中國文人傳說故事》

本書出版於1982年，收錄中國各代有名文人的傳說故事，共收錄五篇徐文長的故事。〔註158〕

六、《紹興民間傳說》

本書出版於1989年，寫作的對象是少年兒童。內容在介紹紹興當地的名人、名勝和名產的傳說故事，共收錄八篇徐文長的故事。〔註159〕

七、《徐文長傳》

作者山木，本名李韓林，1960年起，便開始在雜誌書報上發表徐文長故事與其他短篇民間傳說故事，1979年11月便曾與謝德銑、阮慶祥、壽能仁三人一起出版過《徐文長的故事》。本書於1990年在臺北出版，共收錄五十四篇徐文長故事，取材的角度多是表現徐文長正面形象的故事。〔註160〕

〔註155〕書同註98，謝德銑等編：《徐文長的故事·後記》，頁144～145。
〔註156〕書同註98，〈《徐文長的故事》序〉，頁2。
〔註157〕書同註108，顧希佳：《浙江民間故事史》，頁443～444。
〔註158〕書同註106。
〔註159〕紹興市少年宮、紹興市越城區文教局編：《紹興民間傳說》（南京：江蘇少年兒童出版社，1989年4月）。
〔註160〕山木：《徐文長傳》（臺北：國際文化事業有限公司，1990年12月）。

八、《中國機智人物故事大觀》

本書共收三十五個民族的一百三十八個機智人物的故事，收錄了十二個徐文長的故事。〔註161〕

九、《浙江省民間文學集成・紹興市故事卷》、《中國民間文學集成》浙江省縣卷本

1950 年 3 月 9 日的中國民間文藝研究會在北京成立，1982 年初，中國民間文藝研究會在北京召開了常務理事擴大會，議定在全國普查的基礎上，編輯《中國民間故事集成》、《中國民歌、民謠集成》、《中國諺語大觀》三大套書〔註162〕。《中國民間故事集成》的編輯工作發起於 1984 年。5 月 28 日由文化部、國家民族事務委員會、中國民間文藝研究會（今中國民間文藝家協會）聯合簽發〈關於編輯出版《中國民間故事集成》、《中國歌謠集成》、《中國諺語集成》的通知〉，中國民間文學集成全國編輯委員會遵照〈通知〉精神，提出了科學性、全面性、代表性的編纂工作原則。在全國範圍內進行全面性的普查，採錄後，以縣為單位編印民間文學的資料本。各省、自治區、直轄市編輯委員會彙集縣、地、市普查出版的成果，根據全國編委會確定的要求和規格，編纂故事、歌謠、諺語的省（自治區、直轄市）卷本，經全國編委會審定後，公開出版。〔註163〕這一次的普查，中國民間文藝研究會先後動員二百多萬名民間文藝工作者，從事有史以來規模最大的民間文學普查。

《紹興市故事卷》便是從紹興市屬各縣（區）民間故事集成中精選出的，關於徐文長的故事共計十九篇。〔註164〕

縣卷本便是前面所提的在普查後所建立的以縣為單位編印出的資料本。筆者所蒐集到的縣卷資料，包含：《中國民間文學集成・浙江省・紹興市・越城區故事歌謠諺語卷》十一篇〔註165〕、《中國民間文學集成・浙江省

〔註161〕書同註 103。

〔註162〕李永鑫主編：《徐文長故事》（杭州：浙江攝影出版社，2012 年 5 月），頁 33。

〔註163〕中國民間文學集成全國編輯委員會《中國民間文學集成・浙江卷》編輯委員會：《中國民間故事集成・浙江卷》〈總序〉（北京：中國 ISBN 中心，1997年 9 月），頁 1。

〔註164〕紹興市民間文學集成編委會編：《浙江省民間文學集成・紹興市故事卷》（共2 冊）（北京：中國民間文藝出版社，1989 年 12 月）。

〔註165〕越城區民間文學集成辦公室編：《《中國民間文學集成・浙江省・紹興市・越

紹興市・紹興縣故事卷》五篇〔註166〕、《中國民間文學集成・浙江省嵊縣故事卷》〔註167〕兩篇、《中國民間文學集成・浙江省・紹興市・上虞縣故事歌謠諺語卷》〔註168〕兩篇。

十、《中國民間故事集成》

本套書共三十卷，三十三冊。以徐文長爲名的故事出現在《中國民間故事集成》中，浙江、上海、甘肅三卷，共八篇故事。〔註169〕

十一、《中國民間故事全集》

本套書廣泛蒐羅自五四時代劉半農以來民間故事採集的總成績，廣泛蒐集自大陸各省暨巴黎、東京、莫斯科、美國各大圖書館資料。編爲四十冊，共收有中國三十五省的地方民間故事及五十六個少數民族的神話故事。徐文長的故事出現在第二十二冊浙江民間故事集，共有四篇。〔註170〕

十二、《中華民族故事大系》

本套書收錄中國地區包括漢族和少數民族在內的五十六個民族的民間故事，全書十六卷。徐文長的故事出現在第一卷漢族民間故事，僅有一篇。〔註171〕

十三、《徐渭（文長）的故事》、《紹興書畫家的故事》

此二書編列於台海出版社《中國歷史文化名城紹興民間故事叢書》一套

城區故事歌謠諺語卷》（浙江省民間文學集成辦公室，1988 年 11 月）。
〔註166〕紹興縣民間文學集成工作小組編：《中國民間文學集成・浙江省・紹興市・紹興縣故事卷》（浙江省民間文學集成辦公室，1989 年 10 月）。
〔註167〕嵊縣民間文學集成辦公室編：《中國民間文學集成・浙江省・紹興市・嵊縣故事卷》（浙江省民間文學集成辦公室，1989 年 6 月）。
〔註168〕上虞縣民間文學集成辦公室編：《中國民間文學集成・浙江省・紹興市・上虞縣故事歌謠諺語卷》（浙江省民間文學集成辦公室，1989 年 9 月）。
〔註169〕中國民間故事集成編委會：《中國民間故事集成》（北京：中國 ISBN 中心，1992 年 11 月～2008 年 10 月）。
〔註170〕陳慶浩等主編：《中國民間故事全集》（臺北：遠流出版社，1989 年 6 月）。
〔註171〕《中華民族故事大系》編委會編：《中華民族故事大系》（上海：上海文藝出版社，1995 年 12 月）。

十冊的叢書之中，分別介紹紹興的人物、地名故事，徐文長的故事獨立在第二冊《徐渭（文長）的故事》，共收四十二篇徐文長故事。〔註172〕第五冊《紹興書畫家的故事》也收有兩篇故事。故事取材多是表現徐文長才智的正面故事。〔註173〕

十四、《紹興師爺的故事》、《七個才子六個癲》

此二書編列於浙江文藝出版社《山海經故事叢書》一套十冊的叢書之中，徐文長的故事見於第一冊《紹興師爺的故事》，收錄三篇故事。〔註174〕第四冊《七個才子六個癲》則收錄七篇故事。〔註175〕

十五、《中國民間故事全書・浙江・倉前卷》、《中國民間故事全書・江蘇・海門卷》

2003 年大陸地區進行中國民間文化遺產搶救工程，編纂出版包括《中國民間故事全書》在內的《中國民間文學全書》為其工作之一。而從 1984 年起，中國民間文藝家協會（當時稱中國民間文藝研究會）曾先後動員二百多萬名民間文藝工作者從事有史以來規模最大的民間文學普查，其最終成果《中國民間故事集成》、《中國歌謠集成》、《中國諺語集成》等三套集成在當時正在做省卷本的收尾工作，大多數地區也都已編定有關縣卷本，於是這些資料成為中國民間文化遺產搶救工程的第一批收穫。搶救工程可視為中國民間文學三套集成的繼承與延續，在範圍上並予擴充。〔註176〕浙江省並於 2008 年全省開展非物質文化遺產普查，使得大量的徐文長故事被挖掘、整理，得到紀錄並被保護和傳承下來。〔註177〕《中國民間故事全書》此一叢書全套共有三千卷。

《浙江・倉前卷》包含一篇徐文長的故事，〔註178〕《江蘇・海門卷》則

〔註172〕吳傳來等主編：《徐渭（文長）的故事》（北京：台海出版社，2003 年 4 月）。
〔註173〕吳傳來等主編：《紹興書畫家的故事》（北京：台海出版社，2003 年 4 月）。
〔註174〕書同註105。
〔註175〕書同註104。
〔註176〕白庚勝主編：《中國民間故事全書・浙江・倉前卷》（北京：知識產權出版社，2010 年 1 月）〈代總序〉，p1～7。
〔註177〕書同註162，李永鑫主編：《徐文長故事》〈序言〉。
〔註178〕書同註176。

有兩篇徐文長的故事。〔註179〕

十六、《越地徐文長》

　　此書編列於西泠印社出版社《紹興民間文化叢書》一套十冊的叢書之中，《越地徐文長（故事）》見於第二冊，收錄一百九十三篇故事。前面吸納了謝德銑、阮慶祥、壽能仁、李韓林、吳傳來…等當代故事之採錄、蒐集者之故事，不過，越到後面，文章越長，情節單元越多，越見文人筆法，越失去民間故事之口傳性的特徵，與口傳故事的素樸文字、簡單情節單元有別。本書取材的角度多是表現徐文長正面形象的故事。〔註180〕

十七、《紹興師爺》

　　此書由紹興縣政協文史資料委員會、紹興縣旅遊局、紹興縣安昌鎮人民政府印行，收錄有關紹興師爺的文章和資料四十四篇，還有二十二則紹興師爺軼聞與傳說附錄於書後，其中徐文長的故事有兩篇。〔註181〕

十八、《中國對聯故事》、《中國詩林故事》

　　此二書編列於漢欣文化《中國掌故叢書》中，全套書共計八十四冊。《中國對聯故事》見於第五十二冊，收錄一篇徐文長故事；〔註182〕《中國詩林故事》上下冊見於第七十、七十一冊，徐文長故事見於第七十一冊，收錄三篇徐文長故事。〔註183〕

十九、《藝林趣談》

　　《藝林趣談》編列於莊嚴出版社《中國傳奇》中，包含總目錄全套書共

〔註179〕白庚勝主編：《中國民間故事全書・江蘇・海門卷》（北京：知識產權出版社，2010 年 8 月）。

〔註180〕李永鑫主編：《越地徐文長》（杭州：西泠印社出版社，2011 年 1 月）。

〔註181〕胡錫財主編：《紹興師爺》（紹興縣文史資料第二十一輯）（紹興：紹興縣政協文史資料委員會、紹興縣旅遊局、紹興縣安昌鎮人民政府委印，2009 年 8 月）。

〔註182〕鄒紹志：《中國對聯故事》，收入《中國掌故叢書》（臺北：漢欣文化事業有限公司，1994 年 8 月）。

〔註183〕陳文道：《中國詩林故事》，收入《中國掌故叢書》（新北市：漢欣文化事業有限公司，1996 年 11 月）。

計三十三冊。《藝林趣談》上下冊分屬第二十七、二十八冊,徐文長故事見於第二十七冊,收錄三篇徐文長故事。〔註184〕

綜上所述,本論文所討論之故事文本來源,取自上述二十九個徐文長故事文本,共計六百零七個故事。

第四節　傳說與故事之定義

迄目前為止,學界對「徐文長故事」之探討,多將傳說與故事視為一體,然而,如果能將傳說與故事加以析分、釐清,便可區隔出徐文長之傳說與故事特色之不同處,並可探究兩者與史實中徐文長其人之關係。因此,本文主旨在探討徐文長之傳說與故事,對民間故事的定義採取的是狹義的義界。亦即包含「傳說」與狹義定義的「故事」或「民間故事」。以下針對「傳說」與「故事」之內涵做一界定,以區隔二者之差別。

一、傳　說

所謂「傳說」,是指傳說的主角,無論是人、是地、是事(風俗節日)或是物,都是真實存在的,或是曾經真實存在過的。但關於傳說主角的種種說法則未必或不是真實。傳說依其內容大致可分為六大類:人物傳說、動植物傳說、地方傳說、工藝傳說、土特產傳說、風俗傳說。〔註185〕

故以徐文長這個人物為主的傳說是為徐文長傳說,徐文長(1521～1594)為史上真實存在過之落拓文士,徐文長傳說則是敘述徐文長做的某一件特別的事〔註186〕,以徐文長為主的單一主角,事件是有趣的,其中不一定有衝突性,也未必是真的,並且大概只有一個情節單元,少有異說,不成為類型故事。徐文長傳說流傳的目的是彰顯徐文長具文才、有正義感、有謀略、會諧謔他人…等不同面向的人格特質,傳說內容可能是真的,可能是荒誕的,但是,別人很難套用同樣的情節單元上去,所呈顯出的人物形象是鮮明的,為徐文長所專有。故徐文長傳說是依照徐文長的特色發展而出的。

〔註184〕姜濤主編:《藝林趣談》,收入《中國傳奇》(臺北:莊嚴出版社,1990 年 10 月)。
〔註185〕金榮華:《民間文學概說》(新北市:中國口傳文學學會,2015 年 1 月),頁 33～34。
〔註186〕書同註185,頁 34。

二、故　事

　　所謂「故事」或「民間故事」，基本上有兩個具體互動的角色，有對立面的完整事件。依照主角的屬性和故事的性質，民間故事可分爲五大類：動物故事、宗教神仙故事、神奇故事、生活故事、笑話。〔註187〕

　　如第二節〈研究方法〉中所言，由於故事的主體是情節，情節決定一個故事能不能使人感到有趣或有意義，而一再被人轉述。而在轉述過程中，故事裡人、時、地的概念化和含糊性，使故事彈性地隨著不同的時空背景而廣泛流傳。〔註188〕因此，可以見到不少基本結構相同，而細節卻或有異的「異說」。將這些故事聚集一起，取同捨異，〔註189〕這便是民間文學研究者對「故事類型」的討論。

　　關於徐文長的故事，都是已成類型的故事，流傳於全國各地。如ATK1530A「賣蛋小販上了當」，故事的主角可能是浙江的徐文長、駱思賢，江蘇的曹秀珍，安徽的劉之治、張道緒，福建的邱蒙，臺灣的邱妄舍、謝能舍等等，顯示這個故事模式早先已有，非爲徐文長而設，徐文長只是其中一個被借用的角色而已。所以，不能夠眞正代表徐文長做了什麼事。

　　故事的重點在於講述故事的「情節單元」，可能爲了用來表現地主的可惡、捉弄城裡的太太、小姐或是欺負鄉民、被欺負等等，講故事的人只是想講一個有趣的「情節單元」，而非講「徐文長」做了某一件事。

〔註187〕書同註185，金榮華：《民間文學概說》，頁55。
〔註188〕書同註114，金榮華：《中國民間故事與故事分類》，頁2。
〔註189〕書同註114，頁9。

第二章 徐文長的生平及文藝

　　本章主旨在談史實中徐文長其人的一生。第一節記述徐文長的生平,第二節記述徐文長的文學藝術。前者為文目的在於與後面傳說、故事部分所呈現出的徐文長人物形象做一對照。後者主旨在於介紹徐文長豐富的創作體裁,以呈現出徐文長全面性的文學才華。

第一節 徐文長的生平

　　關於徐文長的生平著作相當豐富,誠如第一章第一節〈前賢研究成果及相關出版情形〉所言,從心理、疾病、詩文、繪畫、書法、戲曲、文學觀或全面性的角度談論其生平者所在多有。筆者以〔明〕徐文長自編的年譜《畸譜》為本,並配合可繫年之文學作品架構而成。間亦參考駱玉明、賀聖遂《徐文長評傳》〔註1〕、張新建《徐渭論稿》〔註2〕、江興祐《畸人怪才:徐渭傳》〔註3〕及盛鴻郎《徐文長先生年譜》〔註4〕,至於述及倭戰過程,另參考卞利《胡宗憲傳》〔註5〕。由徐文長的一生履歷、徐文長的交遊情形兩部分談論徐文長其人。

〔註1〕 駱玉明、賀聖遂:《徐文長評傳》(杭州:浙江古籍出版社,1987年8月)。

〔註2〕 張新建:《徐渭論稿》(北京:文化藝術出版社,1990年9月)。

〔註3〕 江興祐:《畸人怪才:徐渭傳》(杭州:浙江人民出版社,2008年11月)。

〔註4〕 盛鴻郎:《徐文長先生年譜》,收入《中國詩歌研究》(第五輯)(北京:中華書局,2008年12月)。

〔註5〕 卞利:《胡宗憲傳》(合肥:安徽大學人民出版社,2013年1月)。

一、徐文長的一生履歷

　　關於徐文長的一生，由徐文長所作之年譜《畸譜》可明其對自我之了解，「畸」字說明他性格中的不群，與常人相違。不論是張揚、任誕或狂傲，都非尋常規矩所得以束縛。不過，誠如《莊子・大宗師》所言：「畸人者，畸於人而侔於天。」〔註6〕他順從本心、不假雕飾地行事、爲詩文、作畫、寫書法、作戲曲，其出於規格外之人生，所揮灑出的藝術境界也非一般人所能企及，故能成就一家。

　　徐家世居山陰（今紹興），〔註7〕明初時祖先原是掾吏，後來從軍到貴州，故有貴州龍里衛的軍籍。〔註8〕徐家在徐文長父輩之前，爲比較富足的平民家庭，到徐文長父輩這一代稍微顯達些，徐鏓做到四川夔州府同知，〔註9〕爲正五品。〔註10〕徐鏓的弟弟徐鏓，成化十六年（1480）中舉，〔註11〕在正德年間做到福建邵武府的同知。〔註12〕爲正五品。徐鏓的族弟徐冕，於弘治五年（1492）中舉，〔註13〕曾任寶應縣令，〔註14〕最後做到刑部郎中。知縣

〔註6〕　〔清〕王先謙：《莊子集解・大宗師》（臺北：世界書局，2006年8月），卷6，頁65。

〔註7〕　〔明〕徐渭：《徐渭集・徐文長逸稿・贈族兄序》（北京：中華書局，1983年4月），冊3，卷15，頁951：「徐自偃王入越，迄今數千年」。

〔註8〕　書同註7，《徐渭集・徐文長三集・從子國用至自軍中》，冊1，卷4，頁86：「高皇得大物，創始日不暇，草草約三章，未及詳誤註。吾宗本掾流，困書出休假，干軌苦不多，負戈蒙絳帕。遠戍致夜郎，屨報趨傳舍，終年苦肩臂，幸不死戎馬。」

〔註9〕　〔明〕吳潛修輯・林超民等編：《夔州府志》（蘭州：蘭州大學出版社，2003年8月影印1963年上海古籍書店複製寧波天一閣藏明正德刻本），卷8〈職官題名〉，頁262。

〔註10〕　〔清〕龍文彬撰：《明會要》（北京：中華書局，1956年10月），冊上，卷43〈職官十五〉，頁792。

〔註11〕　〔清〕李亨特總裁：平恕等修：《紹興府志》（臺北：成文出版社，1975年影印清乾隆五十七年刊本），冊3，卷32〈選舉志三・舉人上〉，頁761：2〔清〕徐元梅等修：朱文翰等輯：嘉慶《山陰縣志》（臺北：成文出版社，1983年3月影印清嘉慶八年修，民國二十五年紹興縣修志委員會校刊鉛印本），冊1，卷10〈選舉一〉，頁186。

〔註12〕　〔清〕王琛等修：〔清〕張景祁等纂：福建省《邵武府志》（臺北：成文出版社，1967年12月影印清光緒二十六年刊本），卷14〈職官〉，頁240～241。

〔註13〕　書同註11，1《紹興府志》，冊3，卷32〈選舉志三・舉人上〉，頁762：2嘉慶《山陰縣志》，冊1，卷10〈選舉一〉，頁188。

〔註14〕　〔清〕戴邦楨等修：馮煦等纂：江蘇省《寶應縣志》（臺北市：成文出版社，1970年影印民國二十一年鉛印本），冊2，卷9〈官師志〉，頁491。

爲正七品，六部郎中爲正五品。〔註15〕

　　徐鏓這一家，至徐淮這一代，徐潞、徐渭只是秀才。徐鎡這一家，只是一個普通的務農家庭。徐晃這一家，徐桓是整個徐氏家族仕宦品級最高者，他在萬曆四年（1576）中舉，萬曆八年中進士（1580），〔註16〕在萬曆八年任江蘇丹徒縣縣令，〔註17〕後來歷給事中，到按察副使。給事中爲從七品，按察副使爲正四品。〔註18〕這樣的官職位階，對居全國前列之浙江進士而言，實在不足道來。就明代紹興府科舉人才的分布而言，餘姚縣、山陰縣、會稽縣爲進士、舉人數量之前三名，〔註19〕故就人才濟濟的山陰縣而言，徐家並不能算是簪纓縉紳之家。

　　以下分三階段敘述徐文長的生平。其後，再輔以一簡要生平繫年。

（一）出生至仕途蹇滯期

　　徐渭（1521～1594），字文清，後改字文長。以字行，在民間故事的流傳中，多以「徐文長」稱之。正德十六年（1521）二月四日出生於浙江省紹興府山陰城大雲坊的觀橋大乘庵東榴花書屋。〔註20〕

1. 徐鏓生平

　　父親徐鏓（？～1521），字克平，喜竹，號竹庵主人。因祖先在貴州龍里衛列有軍籍，弘治二年（1489）在雲南中舉（明嘉靖十六年，貴州始設貢院。之前，雲、貴兩省鄉試合併於雲南）〔註21〕，官雲南巨津知州。〔註22〕隨後在雲南歷任嵩明、鎮南、潞南、江川、祿豐、三泊等諸州縣，〔註23〕正

〔註15〕　書同註10，〔清〕龍文彬撰：《明會要》，頁794、792。

〔註16〕　書同註11，1《紹興府志》，冊3，卷31〈選舉志二‧進士〉，頁737：卷32〈選舉志三‧舉人上〉，頁774：2 嘉慶《山陰縣志》，冊1，卷10〈選舉一〉，頁206、207。

〔註17〕　〔清〕何紹章等修‧〔清〕楊履泰等纂：江蘇省《丹徒縣志》（臺北：成文出版社，1970年5月影印清光緒五年刊本），冊1，卷21〈職官表‧縣令〉，頁375。

〔註18〕　書同註10，頁794、792。

〔註19〕　葉曄：〈明代紹興府進士地理分布與望族的關係〉，收入王建華主編：《中國越學》第二輯（北京：中國文聯出版社，2010年7月），頁200、201。

〔註20〕　書同註11，嘉慶《山陰縣志》，冊1，卷7〈古跡〉，頁117：「榴花書屋，在大雲坊大乘庵之東，徐渭降生處，中有大安石榴一本（舊志）。」

〔註21〕　〔清〕周作楫修：蕭琯等纂：道光《貴陽府志》（南京：鳳凰出版社，2006年影印咸豐二年朱德璲綏堂刻本），卷15〈選舉〉，頁242。

〔註22〕　書同註7，〔明〕徐渭：《徐渭集‧徐文長三集‧題徐大夫邊墓》，冊2，卷26，頁638。

〔註23〕　書同註7，《徐渭集‧徐文長三集‧嫡母苗宜人墓誌銘》，冊2，卷26，頁631。

德七年（1512）升任四川夔州府同知，〔註24〕幾年後退休還鄉，回紹興原籍。〔註25〕

　　徐鏓原配童氏，生二子，長子徐淮（1492～1545），長徐文長二十九歲；次子徐潞（1501～1540），長徐文長二十歲。〔註26〕童氏中年死於雲南。繼室苗夫人（1476～1534），是雲南澂江府諸生苗有文之女〔註27〕，嫁到徐家後未生育。徐鏓晚年通房於苗夫人陪嫁的侍女〔註28〕，生徐文長。

2. 依嫡母苗氏為生

　　徐文長出生百日後，徐鏓過世，由只比長子徐淮大十六歲的繼室苗夫人主持家務。「宜人性絕敏，略知書，其持身嚴毅尊重，內外莫不敬憚。」〔註29〕苗夫人持家能得到親戚、僕人的敬服，不管是家裡的農務或是對外的應酬，她有主見且幹練，別人對她不敢小覷。

　　由於苗夫人未生育，把希望寄託在徐文長身上，徐文長自小穩重，四歲時，長嫂楊氏去世，他能迎送來弔唁的客人。他的讀書稟賦也自小可見，六歲時，管士顏先生每天教授幾百字，先生一教完字，徐文長便能在老師面前背誦出來。八歲拜陸如岡為師，學習八股文，得到老師「徐門之光」、「謝家之寶樹」〔註30〕的稱許。連紹興府學官陶曾蔚都要徐潞帶徐文長去見他，他的才智已得到學官的認可，自然也讓家人對他寄予厚望。十歲時，因傭僕一家逃跑，仲兄徐潞帶徐文長前往知縣劉昺處告狀，因此得到劉公要他多讀古書，期於大成，不要只是為科舉而爛記程文而已的勉勵。

　　直至徐文長十四歲苗夫人過世前，徐文長的生活大抵是穩定的，苗夫人全力栽培徐文長，「其保愛教訓渭，則窮百變，致百物，散數百金，竭終身之心力，累百紙不能盡。」〔註31〕希望徐文長能出人頭地，徐文長也感念在心，

〔註24〕　書同註 9。
〔註25〕　書同註 7，〔明〕徐渭：《徐渭集・徐文長三集・嫡母苗宜人墓誌銘》，頁 631。
〔註26〕　書同註 7，據〈伯兄墓誌銘〉、〈仲兄墓誌銘〉、《畸譜》推算。〈伯兄墓誌銘〉、〈仲兄墓誌銘〉見於《徐渭集・徐文長三集》，冊 2，卷 26，頁 632～634。《畸譜》見於《徐渭集・補編》，冊 4，頁 1327。
〔註27〕　書同註 7，頁 631。
〔註28〕　〔民國〕金城修；陳畬等纂：浙江省《新昌縣志》（臺北：成文出版社，1970年 7 月影印民國八年鉛印本），冊 1，卷 5〈禮制〉，頁 622：「家般富多畜侍婢與通房。士民縶以媵女為妾。」新昌與山陰同屬紹興府，風俗應有相近之處。
〔註29〕　書同註 7，頁 632。
〔註30〕　書同註 7，《徐渭集・補編・畸譜》，頁 1325～1326。
〔註31〕　書同註 7，頁 632。

對苗夫人的厚望努力以赴。在讀書之外，十二三歲時，徐文長曾和鄉先輩陳良器學古琴。十四歲起，和塾師王政學時文的兩三年時間裡，因爲王政擅長彈琴，教了徐文長一曲《顏回》，徐文長便能自己打譜。十五六歲時，他和同鄉武舉人彭應時學過劍，但沒有學成。

3. 依長兄徐淮為生

苗夫人過世後，徐文長一直跟長兄徐淮生活。不過，徐淮自父親回紹興後，便到處客遊，他性喜丹術，結交方士，想煉丹成仙，又不擅營生，常施貸，數千金家產漸漸爲他散盡。生活吃緊，使得兄弟間的關係也逐漸有所變化。

嘉靖十六年（1537），十七歲的徐文長第一次參加童試，沒有考取。十九年（1540），二十歲的徐文長又應試，仍然沒有考取。徐淮對徐文長執意於科舉考試不能理解，而徐文長又對自己期許甚高不願放棄。於是，他試著寫信給浙江提學副使張岳〔註 32〕，提及自己兩次考試皆因「不合規寸」而失敗，致學無效驗，不能取信於兄長…等自己的艱難處境與心態。〔註 33〕請求能給予複試之機會，得到張副使的允許，複試後爲山陰知縣方廷璽錄取爲諸生，成爲秀才。同年，徐文長首次參加鄉試，沒有考取。此後每三年一次的科舉考試，次次名落孫山外。直至嘉靖四十五年（1564）四十六歲時，他殺死繼妻張氏入獄，諸生資格被取消，仕途就此斷絕。

4. 入贅潘家

徐文長考取秀才之時，表兄童某在北京遇到在錦衣衛當名法給事的山陰人潘克敬，無意中提及徐文長「九歲能爲舉子文，十二三賦雪詞，十六擬楊雄〈解嘲〉作〈釋毀〉」〔註 34〕，潘克敬看中徐文長的才華，得知徐文長尚未娶妻，趁去廣東陽江縣就任主簿之機，向徐家提親。長兄徐淮同意文長入贅，冬季，文長便跟隨岳父一起去廣東就任。嘉靖二十年（1541）六月，二十一歲的徐文長與十四歲的潘氏成婚。潘氏自幼依靠繼母撫育，處於複雜家庭人際中行事小心翼翼，與徐文長說話也「必擇而後發，恐渭猜，蹈所諱。」

〔註32〕 張岳於嘉靖（己亥）十八年任浙江提學副使。參〔明〕陳善等修：《杭州府志》（臺北：成文出版社，1983 年 3 月影印明萬曆七年刊本），冊 12，卷 62〈名宦二〉，頁 3883～3884。

〔註33〕 書同註 7，〔明〕徐渭：《徐渭集・徐文長佚草・上提學副使張公書》，冊 4，卷 3，頁 1107。

〔註34〕 書同註 7，《徐渭集・徐文長三集・贈婦翁潘公序》，冊 2，卷 19，頁 546。

〔註35〕故在徐文長所曾婚配的四次妻妾關係中，首次婚姻爲最圓滿的一次。他在妻子過世後，曾寫下兩首〈述夢〉追憶妻子：

　　伯勞打始開，燕子留不住。今夕夢中來，何似當初不飛去？憐羈雄，嗟惡侶，兩意茫茫墜曉煙，門外鳥啼淚如雨。

　　跣而濯，宛如昨，羅鞋四鉤閒不著。棠梨花下踏黃泥，行踪不到棲鴛閣。

妻子入夢，透露出他對妻子的深沉思念，伊人不再，使得徐文長只能藉由捕捉點滴回憶來留住與她之間的情感聯繫，藉由思念這座橋樑繼續深化與妻子之間的感情，這份無人能替的孤寂與悲傷反映出他對妻子的婉轉深情。

5. 家變

嘉靖二十年秋，徐淮至陽江報訊徐潞於十九年秋八月卒於貴州。二十四年（1545），徐文長二十五歲時，長子出生，取名徐枚。夏天，長兄徐淮去世。徐文長〈伯兄墓誌銘〉〔註36〕中雖未談及死亡之因，不過，應與服食丹藥致體內長期性地累積鉛、汞有關，鉛、汞是作用全身各系統的毒物，主要累及神經、血液、消化、心血管和泌尿系統，嚴重者可引起中毒性肝、腎、腦病及溶血性貧血等。〔註37〕

多天，徐家家產被毛氏所奪。徐文長訴訟失敗。二十五年（1546）十月，妻子潘氏病死，年僅十九歲。六年之間，家人紛紛凋零。他料理完喪事，前往太倉尋求機會，但是，失意而返。

嘉靖二十七年（1548），二十八歲的徐文長離開潘家，〔註38〕在城東租屋，

〔註35〕書同註7，〔明〕徐渭：《徐渭集・徐文長三集・亡妻潘墓誌銘》，冊2，卷26，頁634。

〔註36〕書同註7，《徐渭集・徐文長三集・伯兄墓誌銘》，冊3，卷26，頁632～633。

〔註37〕張華、冷梅、繆璐：〈藥源性急性鉛汞混合中毒20例分析〉，《職業衛生與應急救援》第19卷第1期（2001年3月），頁52。

〔註38〕關於徐渭搬出岳父潘克敬家的時間有二說，主要是因爲徐渭在〈自爲墓誌銘〉與《畸譜》中的說法不同，〈自爲墓誌銘〉說：「又一年冬，潘死。明年秋，出僦居，始立學。」潘氏死於嘉靖二十五年，故一枝堂設於嘉靖二十六年時；《畸譜》二十八歲下說：「自潘遷寓一枝堂。」故一枝堂設於嘉靖二十七年時。〈自爲墓誌銘〉寫於四十五歲，《畸譜》一般認爲作於去世之前。故江興祐《畸人怪才：徐渭傳》便認爲〈自爲墓誌銘〉所述較符合事實，後者爲暮年記憶，時間偶有舛錯，亦不足爲奇。然而，如果洛地〈關於徐文長先生事四問〉一文對於《畸譜》的寫作方式推理正確，《畸譜》爲逐年記著，非七十三歲一次補記，乃數年一記；而著筆之日，當在該年之「除」日也。這樣的記述方式當較寫於四十五歲所作〈自爲墓誌銘〉的內容更爲精準。因此，《畸譜》所言

招收學生，學堂命名爲「一枝堂」。同年，開始師事季本，探究王陽明學說。二十八年（1549），二十九歲的徐文長接回生母苗氏奉養。買妾杭州胡氏，但因胡氏對母親奉養態度不佳，經濟亦困頓，他因此賣掉胡氏。胡氏甚至提出訴訟，往來耗費許多心力。

6. 拒絕嚴氏婚事

嘉靖三十年（1551），三十一歲的徐文長因爲經濟情況不佳，在杭州瑪瑙寺伴讀於一個湖州富家子弟潘釴兩個月，由潘釴供給伙食。隔年，在潘釴介紹下欲娶妻湖州歸安雙林鄉嚴氏，但因懷疑嚴父癡呆，所以，拒絕了這門婚事。不過，嘉靖三十四年（1555）十一月，倭寇侵擾雙林鎮，嚴家遭劫，嚴父被砍斷一臂而死。長女被擄後墮橋跳水而死，二女放還亦死。徐文長聽說後痛悔不已，先後作〈宛轉詞〉〔註 39〕、〈湖嚴氏有二女，其翁以長者許渭繼室，渭自愆盟……〉〔註 40〕等兩首五言律詩，及〈嚴烈女傳〉〔註 41〕，表達對嚴氏父女的負疚與懊悔。

嘉靖三十一、三十四年，徐文長在鄉試之前試雖順利取得第一、第二名成績，不過，正式的鄉試仍然敗北。

（二）中年事業開展至殺死繼妻期

此時期徐文長的生平可從職場與疾病兩方面分而言之，職場上，徐文長事業開展與入胡宗憲幕府及東南沿海的抗倭戰爭有密切關係，故生活主要圍繞著幕主胡宗憲及其政治後臺嚴嵩而轉。疾病則言及徐文長之精神疾患症狀、壓力來源與殺妻。

1. 職場：胡、徐開始接觸

嘉靖三十六年（1557）正月，阮鶚改福建巡撫，胡宗憲兼浙江巡撫。

反而更爲可信。〈自爲墓誌銘〉，見〔明〕徐渭：《徐渭集・徐文長三集》，書同註 7，冊 2，卷 26，頁 639。《畸譜》，見《徐渭集・補編》，書同註 7，冊 4，頁 1328。江興祐：《畸人怪才：徐渭傳》，書同註 3，頁 37。洛地：〈關於徐文長先生事四問〉，《中華戲曲》（1996 年第 1 期），頁 318。

〔註 39〕書同註 7，《徐渭集・徐文長三集・宛轉詞》，冊 1，卷 6，頁 171。

〔註 40〕書同註 7，《徐渭集・徐文長三集・湖嚴氏有二女，其翁以長者許渭繼室，渭自愆盟。頃聞爲海寇斷其翁臂，二女俱被執，旋復放還，便已作宛轉詞憐之。後知其長女被執時，即自奮墮橋死，幼女放還亦死，因復賦此。宛轉詞中覆水中，正悔愆盟也》，冊 1，卷 6，頁 172。

〔註 41〕書同註 7，《徐渭集・徐文長逸稿・宛轉詞》，冊 3，卷 22，頁 1045～1046。

〔註42〕胡宗憲（1512～1565）請徐文長為他撰寫〈胡總督謝新命督府表〉
〔註43〕，表達對明世宗委任的感謝及戮力以赴的忠誠。這應該是徐文長幫忙
胡宗憲代為處理往來文書最早的資料。此年，徐文長三十七歲。不過，在此
之前，雙方應該便有來往，如他在〈自為墓誌銘〉中所說「一旦為少保胡公
羅致幕府，典文章，數赴而數辭，投筆出門。使折簡以召，臥不起。」〔註44〕
而讓他「數赴而數辭」之因，很大原因是與他心中之「義」有違。「渭為人
度於義無所關時，輒疏縱不為儒縛，一涉義所否，干恥詬，介穢廉，雖斷頭
不可奪。」〔註45〕意即在大是大非的問題上，他的立場是鮮明的，胡宗憲
的政治靠山是趙文華與嚴嵩，趙文華在嘉靖三十六年（1557）九月已被削職
為民，〔註46〕不久重病身亡。嚴嵩結黨營私，殺害夏言、張經、李天寵、
楊繼盛，構陷沈鍊等忠義之士，因此，他不願與之同謀。

　　不過，一則他知胡宗憲有幹才，勇於任事，能領導抗倭大戰，出人民生
活於水火之中；二則胡宗憲幕下文武兼備，如茅坤、王寅、沈明臣、田汝成、
周述學、鄭若曾、陳可願、蔣洲…等，〔註47〕各有所長，在胡幕中，能發揮
他保家衛國理想，貢獻己力；三則胡宗憲折節相待；四則他理解到胡宗憲的
為難處，想報效國家，完成交付使命，光耀門楣，獲得高官厚祿，後方必須
有堅強的靠山才能達到。故幾經權衡之餘，終於在嘉靖三十七年（1558）正
月初三，三十八歲時入幕。

2. 職場：入幕後文采表現

　　徐文長入幕後，胡宗憲主要借重的是當初山陰知縣劉昺期許他多讀古書
所累積出的學養及文采，身為東南抗倭領袖，有許多官方往來或是應酬文書，
皆需要幕下文士為胡宗憲代筆為文，這種身分也許能參預軍機，但應非屬於

〔註42〕《明世宗實錄》（臺北：中央研究院歷史語言研究所校印，1965 年 1 月），冊
　　　　88，卷 443，嘉靖三十六年正月丁卯，頁 7571。
〔註43〕書同註 7，〔明〕徐渭：《徐渭集・徐文長三集・胡總督謝新命督府表》，冊 2，
　　　　卷 13，頁 430。
〔註44〕書同註 7，《徐渭集・徐文長三集・自為墓誌銘》，冊 2，卷 26，頁 639。
〔註45〕書同註 7，頁 639。
〔註46〕書同註 42，《明世宗實錄》，冊 88，卷 451，嘉靖三十六年九月辛亥，頁 7653
　　　　～7654。
〔註47〕呂靖波指出胡幕中除徐渭外，據《明史》、史料筆記及明清方志等記載，有姓
　　　　名、事蹟可考者尚有十六位。參呂靖波：〈胡宗憲幕府人物考略〉，《滁州學院
　　　　學報》第 10 卷第 4 期（2008 年 7 月），頁 5～7。

出謀劃策或實際執行者。譬如，在嘉靖三十七年（1558）正月底王直下獄後，王直義子王滶立即殺了作爲人質的夏正以示報復，並據岑港固守。胡宗憲督師戚繼光、俞大猷、吳成器等部圍攻，四月，正在岑港久攻不下，朝廷已起不滿聲浪之時，胡宗憲得一白鹿於海，作爲祥瑞獻給世宗，目的當然希望能化解危機。這段記事可見於陶望齡的〈徐文長傳〉：

> 胡少保宗憲總督浙江，或薦渭善古文詞者，招致幕府，笺書記。時方獲白鹿海上，表以獻。表成，召渭視之，渭覽罷，瞠視不答。胡公曰：「生有不足耶？試爲之。」退具藁進。公故豪武，不甚能別識，乃寫爲兩函，戒使者以視所善諸學士董公份等，謂孰優者即上之。至都，諸學士見之，果賞渭作。表進，上大嘉悦。其文旬月間遍誦人口。公以是始重渭，寵禮獨甚。〔註48〕

胡宗憲從其他學士的判斷證明自己努力網羅徐文長的眼光無誤，〈初進白牝鹿表〉〔註49〕巧妙將聖君與祥瑞作一結合，得到世宗的喜愛，爲胡幕主客間帶來一個良好的開始。

同年閏七月，齊雲山又得到雄性白鹿一隻，徐文長又代寫了〈再進白鹿表〉〔註50〕。這二進、二謝表，蒙世宗賜給錢財錦緞，還賜予一品官俸，不但緩解了胡宗憲的政治危機，也奠定世宗對胡宗憲的寵信。嘉靖三十九年（1560）八月，胡宗憲進獻靈芝五株，白龜二隻，被賜銀五十兩，金鶴衣一襲。〈進白龜靈芝表〉〔註51〕、〈謝欽賞表〉〔註52〕二進、謝表，均出自徐文長之手。幾年之間，胡宗憲有數次被大臣彈劾，未獲世宗加罪，其謝表亦爲徐文長所代寫。

除了上對世宗外，對嚴嵩或其他大臣之往來文書，其中不乏阿諛奉承之言，有許多違心之論。譬如：〈賀嚴公生日啓〉：「知我比於生我，益徵古語之非虛，感恩圖以報恩，其奈昊天之罔極。」〔註53〕；或是〈又啓三首〉之一：「凡人有疾痛痒痾，必求免於天地父母。然天地能覆載之，而不能起於顛擠；

〔註48〕書同註7，〔明〕陶望齡：《徐渭集‧附錄‧徐文長傳》，冊4，頁1339。
〔註49〕書同註7，〔明〕徐渭：《徐渭集‧徐文長三集‧代初進白牝鹿表》，冊2，卷13，頁430～431。
〔註50〕書同註7，《徐渭集‧徐文長三集‧代再進白鹿表》，冊2，卷13，頁432～433。
〔註51〕書同註7，《徐渭集‧徐文長逸稿‧代進白龜靈芝表》，冊3，卷11，頁881。
〔註52〕書同註7，《徐渭集‧徐文長逸稿‧代謝欽賞表》，冊3，卷11，頁881～882。
〔註53〕書同註7，《徐渭集‧徐文長三集‧賀嚴公生日啓》，冊2，卷15，頁445。

父母欲保全之，而未必如斯委屈。」〔註 54〕代胡宗憲感謝嚴嵩對他的保全，也宣示對嚴嵩的效忠。這些在胡幕中因公所需而代作之文書，後來被徐文長集結成書，並作了〈抄代集小序〉〔註 55〕、〈幕抄小序〉〔註 56〕、〈抄小集自序〉〔註 57〕等數篇序文表明自己「於文不幸若馬耕耳」的心態並爲自己盡顯阿諛之文辭作一解釋。計五年記事之職，徐文長撰寫之文約有百篇，至寫序時，僅存其半。〔註 58〕

3. 職場：賓主相歡

徐文長在幕府中是受到重視的，甚至也能「藉氣勢以酬所不快」〔註 59〕，五年幕府光陰應該是徐文長一生中最得意的時光。

《舌華錄》〈狂語〉卷中也記載了兩篇關於徐文長之瑣聞，其一是：

> 徐文長爲胡總制公客，有一將士病瘧，恐胡公督練急，乃轉求寬於徐。徐曰：「君正當求我，不當求胡。」令將士急磨墨，取筆書舊作詩一首，付之曰：「君可謹佩，百鬼自不敢來。」〔註 60〕

雖然是一則瑣聞，不過，仍然可以見出幾點：一、徐渭「矯節自好，無所顧請」，不願任意濫用胡公對他的信任的一面。二、懷抱爲人解決疑難雜症的熱誠。三、具道術，有能力爲人安神、解厄，並對自己的道術能力抱持自信〔註 61〕。

其二則談到倆人間彼此之信任關係：

> 會稽徐渭，嘉靖間爲胡梅林公幕客，甚被親遇。胡謂徐曰：「君文士，君無我不顯。」徐曰：「公英雄，公無我不傳。」又語公曰：

〔註 54〕 書同註 7，〔明〕徐渭：《徐渭集·徐文長三集·又啓三首》之一，冊 2，卷 15，頁 445。

〔註 55〕 書同註 7，《徐渭集·徐文長三集·抄代集小序》，冊 2，卷 19，頁 536。

〔註 56〕 書同註 7，《徐渭集·徐文長三集·幕抄小序》，冊 2，卷 19，頁 536。

〔註 57〕 書同註 7，《徐渭集·徐文長三集·抄小集自序》，冊 2，卷 19，頁 536～537。

〔註 58〕 書同註 7，《徐渭集·徐文長三集·幕抄小序》，頁 536。

〔註 59〕 書同註 7，〔明〕陶望齡：《徐渭集·附錄·徐文長傳》，冊 4，頁 1339。

〔註 60〕 〔明〕曹藎之：《舌華錄·狂語》，收入《叢書集成》三編（臺北：新文豐出版社影印本，1997 年 3 月），冊 73，卷 2〈狂語第四〉，頁 350 上。

〔註 61〕 張松輝便認爲他別號「青藤道士」，認爲他應該是位入道的火居道士。因此，學習過一些息災解厄之術法，將之化入詩作中，便屬於道士合理的能力。張松輝：〈談徐渭的道士身分及其與道家道教的關係〉，《古籍整理研究學刊》（2000 年第 6 期），頁 10。

「公惠我以一時，我答公以萬世。」徐渭眞長者哉！〔註62〕

此條瑣聞，同時見於《玉塵新譚》〈清言〉卷。〔註63〕其中存有彼此之相知相惜及胡公惜才的包容。

在胡幕中，因爲胡宗憲受到朝廷的肯定，幕府生活大抵安定，一群同樣來自倭患深重地區的幕友，爲共同理想抗倭大業貢獻才智而努力，因爲胡幕，他有機會擴展自己的視野，看到官方與幕主對事情的考量點，也有機會結識到武將，而胡宗憲爲他成家、安家，也是他人生中經濟較無虞的一段時期。不過，他不甘心僅安於幕府記事，希望能建功立業。

4. 職場：生活奔波勞碌，精神困擾開始

然而，現實生活中，他鄉試始終無法順利考取。記事工作雖讓他能謀生，卻又讓他感到違心，正邪不兩立的他，須做些不合自己價值觀之文章。他的婚姻生活在這段時期內也不如意，嘉靖三十八年（1559）夏，三十九歲的他曾入贅王家，但秋天時，便離開王家。嘉靖四十年（1561）娶繼室張氏，與張氏的婚後生活，《畸譜》中雖未見記載，不過，從此年徐文長開始見「祟」，可推知夫妻關係未見得好。他渴望婚姻生活的溫暖，卻又無法過好家庭生活。他生命中的衝突點太多，卻又無法稍有折衝，是以精神終究難以負荷，四十一歲這年，精神問題開始困擾他〔註64〕。

嘉靖四十年（1561）四月至五月間，明軍贏得寧、臺、溫大捷，浙江地區倭患徹底肅清。不過，贛、閩、廣各地倭寇、山賊連成一體，形成「群寇狷獗，禍連三省」的局面〔註65〕。七月，江西的民變不斷，世宗命「浙直總督胡宗憲兼節制江西，發兵應援」。〔註66〕九月，胡宗憲被晉加少保之銜，〔註67〕此爲胡宗憲仕途之最高峰。影響所及，幕僚生活自是更加忙碌。

十月，閩、廣地區的山寇流賊自福建邵武轉掠江西鉛山、貴溪等處，〔註68〕胡宗憲一直在率軍或督師中。冬天，胡宗憲督師江西廣信，徐文長於年底赴廣信隨行，嘉靖四十一年（1562）正月初二到達蘭溪，聽說胡宗憲

〔註62〕 書同註60，〔明〕曹蓋之：《舌華錄·狂語》，頁351上。

〔註63〕 〔明〕鄭仲夔：《玉塵新譚·清言》（上海：上海古籍出版社，2002年3月《續修四庫全書》影印上海圖書館藏明刻本），卷9〈排調〉下，頁397下。

〔註64〕 書同註7，〔明〕徐渭：《徐渭集·補編·畸譜》，冊4，頁1328。

〔註65〕 書同註42，《明世宗實錄》，冊90，卷499，嘉靖四十年七月癸巳，頁8258。

〔註66〕 書同註42，冊90，卷499，嘉靖四十年七月己亥，頁8262。

〔註67〕 書同註42，冊90，卷501，嘉靖四十年九月甲辰，頁8284～8286。

〔註68〕 書同註3，江興祐：《畸人怪才：徐渭傳》，頁119。

轉往老家安徽徽州，徐文長又騎馬冒雪趕往徽州，從休寧出來剛走數里，腦風復發，身熱骨痛，只得派遣僕役將胡宗憲讓他起草的謝啓先送呈。他則停留在齊雲巖下的客店調養〔註69〕，然後，胡宗憲取得西江大捷，前往廣信龍虎山這個道教聖地爲世宗祝壽，接著，又揮師到福建建寧，因而取消回安徽的計畫。於是，徐文長從休寧到歙縣又再啓程回紹興。〔註70〕

5. 職場：胡宗憲被彈劾，回鄉閒居

嘉靖四十一年朝廷政局產生變化，五月，在徐階的授意下，御史鄒應龍上書劾嚴嵩之子嚴世蕃貪贓枉法，並帶到嚴嵩「逆愛惡子，植黨蔽賢」。〔註71〕於是世宗下令嚴世蕃遠戍雷州，並罷免嚴嵩，讓他回江西養老，以徐階爲內閣首輔。朝廷局勢逐漸變化。

嘉靖四十一年七月，由於福建倭亂嚴重，在福建巡撫游震得的請求下，胡宗憲派戚繼光、戴沖霄和王如龍等將領入閩增援。隨後他親自入閩視師。八月陸續贏得橫嶼大捷、牛田大捷，九月中旬，取得林墩大捷。福建倭寇至嘉靖四十三年（1564年）二月仙游大捷後平定。〔註72〕

嘉靖四十一年十一月，徐階策動南京給事中陸鳳儀彈劾胡宗憲「欺橫貪淫十大罪狀」，十一月底，世宗命錦衣衛將胡宗憲械繫至京發問。〔註73〕總督府解散，徐文長回到紹興。十二月，胡宗憲被押解到北京，被明世宗赦免，令他回安徽績溪龍川村閒居。〔註74〕這年冬天，四十二歲的徐文長次子徐枳出生。

6. 職場：受邀入李春芳幕府

嘉靖四十二年（1563）冬天，徐文長收到禮部尚書李春芳托門人杭州查某以六十兩聘銀請他北上入幕的邀請。不過，嘉靖四十三年二月，他隨即辭歸。這年準備科考時，受到李春芳的威脅，因爲恐懼而棄考。後委由任翰林院編修諸大綬出面幫忙說情，才解決此事。

〔註69〕書同註7，〔明〕徐渭：《徐渭集·徐文長三集·奉答少保公書》之五，冊2，卷16，頁460。
〔註70〕書同註3，江興祐：《畸人怪才：徐渭傳》，頁122～123。
〔註71〕書同註42，《明世宗實錄》，冊90，卷509，嘉靖四十一年五月壬寅，頁8386～8389。
〔註72〕書同註5，卞利：《胡宗憲傳》（合肥：安徽大學出版社，2013年1月），頁198～201。
〔註73〕書同註42，冊90，卷515，嘉靖四十一年十一月丁亥，頁8459～8460。
〔註74〕書同註42，冊90，卷516，嘉靖四十一年十二月丁丑，頁8479。

7. 職場：胡宗憲再次被彈劾，死於獄中

　　嘉靖四十四年（1565）三月，御史林潤逮捕逃離戍地的羅龍文和嚴世蕃至京，疏文中並羅織倆人過去勾結王直，如今又企圖外投日本的罪名，倆人因而被誅。〔註 75〕十月，直隸巡按御史王汝正〔註 76〕在奉命對羅龍文進行抄家時，發現了胡宗憲被彈劾時寫給羅龍文以賄求嚴世蕃為內援的信件，信中有自擬聖旨一道。王汝正立即向明世宗疏奏此事。明世宗大怒，降旨錦衣衛立即將胡宗憲捉拿至京詰問，並革去胡宗憲次子胡松奇世襲錦衣衛千戶之職。〔註 77〕嘉靖四十四年十月二十三日，胡宗憲被押到北京，十一月三日自殺死於獄中。〔註 78〕此年，徐文長四十五歲。當徐文長得知胡宗憲死於獄中的消息時，認為是徐階為剷除嚴嵩勢力所致，內心情緒隱晦宣洩在詩文作品之中，如〈雪竹〉詩之二：

　　　　　萬丈雲間老檜姜，下藏鷹犬在塘西。快心獵盡梅林雀，野竹空

空雪一枝。〔註 79〕

詩中用「雲間」與「塘西」影射徐階（松江府華亭縣人，雲間是松江府的別稱，今屬上海市松江縣）像秦檜般的陷害忠良，和陸鳳儀（浙江蘭溪人，蘭溪在錢塘之西）倆人聯手對胡梅林趕盡殺絕，使得朝廷中再也沒別的聲音了。這種黨同伐異的肅殺，讓人感受到政治鬥爭的殘酷，興起一種悲憤不平之氣與恐懼。

　　再如哀悼胡宗憲的〈祭少保公文〉：

　　　　　於乎痛哉！公之律己也則當思己之過，而人之免亂也則當思公

之功，今而兩不思也遂以罹於凶。於乎痛哉！公之生也，渭既不敢

以律己者而奉公於始，今其歿也，渭又安敢以思功者而望人於終？

蓋其微且賤之若此，是以兩抱志而無從。惟感恩於一盼，潛掩涕於

〔註 75〕　書同註 42，《明世宗實錄》，冊 91，卷 544，嘉靖四十四年三月辛酉，頁 8789
　　　　　～8793。

〔註 76〕　《明世宗實錄》、《明史稿》作「王汝正」，《明史》作「汪汝正」。《明世宗實
　　　　　錄》，書同註 42，冊 91，卷 551，嘉靖四十四年十月丙戌，頁 8881。〔清〕王
　　　　　鴻緒等撰，周駿富輯：《明史稿列傳（二）》，收入《明代傳記叢刊・綜錄類 9》
　　　　　第 96 冊（臺北：明文書局，1991 年 1 月），頁 214。〔清〕張廷玉等撰，楊家
　　　　　駱主編：《明史・胡宗憲傳》（臺北：鼎文書局，1982 年 11 月），冊 8，卷 205，
　　　　　頁 5415。

〔註 77〕　書同註 42，冊 91，卷 551，嘉靖四十四年十月丙戌，頁 8881～8882。

〔註 78〕　書同註 3，江興祐：《畸人怪才：徐渭傳》，頁 150。

〔註 79〕　書同註 7，〔明〕徐渭：《徐渭集・徐文長逸稿・雪竹》，冊 3，卷 8，頁 844。

蒿蓬。〔註80〕

祭文感歎自己身分微賤，當胡宗憲得意時雖有勸諫之意而無法對他直言，在胡宗憲遭難後雖有不平之心卻無力爲之辯白，無鋪張渲染之筆，眞實表達出自己的感慨與悲楚心聲。

8. 疾病：精神疾患症狀、壓力來源

從《畸譜》中可以見到徐文長開始發現他的精神狀態不佳是在嘉靖四十年（1561）四十一歲之時，這一年他參加人生中最後一次的鄉試，不幸又敗北。而胡宗憲抗倭的軍事行動一直在進行中，身爲幕客，必須配合幕府隨行在側，旅途勞頓更自然容易引起內外交攻，身心耗損。從他在嘉靖四十年夏末至四十一年初寫給胡宗憲的幾封〈奉答少保公書〉不能隨行幕府之告假書信中所提到的症狀，約有：心疾；蓬跣不支，親友入視，送迎之禮全廢〔註81〕。夜中驚悸自語；心隱痛，四肢掌熱，氣常太息；頭痛，志慮荒塞，健忘，精神日離〔註82〕。腦風，身熱骨痛〔註83〕。可以見出他精神失調的徵兆已經外顯了。

而後，眼見對他有知遇之恩的胡宗憲在人生處於最高峰時突然身繫囹圄，不僅當事人無法消解，身爲幕客的他也很難從朋黨之爭、斬草除根的恐懼中走出。胡宗憲第二度入獄，自知路絕，故自裁而亡。幕府成員蔣洲、陳可願被捕，〔註84〕茅坤也受到牽累，幾至破家。〔註85〕也使得徐文長感受到威脅，因爲，誘擒王直，他可能曾出謀獻策過，而論到勾結嚴黨，許多往來信函可能都出自他的筆下。他人生的矛盾是他始終反對嚴黨，可是，想爲國做事，卻得在嚴嵩的庇護下才能放手去做，嚴黨倒臺，個人雖然高興，然而，胡宗憲卻也因嚴黨而遭受牽連，對於恩人的受難，他有著無力營救的悲愴。

而嘉靖四十三年（1564）與禮部尚書李春芳的不歡而散，此時也帶來了壓力。李春芳在嘉靖四十四年（1565）四月，以禮部尚書兼武英殿大學士入內閣，當時京城內正在清查嚴世蕃、羅龍文事，胡宗憲被劃爲嚴嵩黨，情勢自然是緊張地，徐文長歷經接二連三生命的困頓，面臨到生存的焦慮感，精神終於

〔註80〕 書同註7，〔明〕徐渭：《徐渭集・徐文長三集・祭少保公文》，冊2，卷28，頁658。

〔註81〕 書同註7，《徐渭集・徐文長三集・奉答少保公書》之一，冊2，卷16，頁458。

〔註82〕 書同註7，《徐渭集・徐文長三集・奉答少保公書》之二，冊2，卷16，頁459。

〔註83〕 書同註7，《徐渭集・徐文長三集・奉答少保公書》之五，冊2，卷16，頁460。。

〔註84〕 書同註1，駱玉明、賀聖遂著：《徐文長評傳》，頁119。

〔註85〕 書同註47，呂靖波：〈胡宗憲幕府人物考略〉，頁5。

承受不住，決意自殺。自殺前，他給自己寫下了〈自爲墓誌銘〉〔註86〕。談到他的讀書心得、履歷、性格、曾經拒絕入幕之因、後事之委託。爲文時，思慮是清晰的。

除了死意堅定之外，他精神的失控，應該有很大的原因是起於他的腦風，發作時頭痛難忍，仇國梁認爲徐文長的頭痛應屬於神經病學上一種功能性或精神性頭痛，多由精神緊張、焦慮等引起。〔註87〕不過，頭痛、頭暈、乏力、下肢酸痛、腹痛、煩躁、失眠、納差（食慾不佳）等也是鉛、汞中毒主要臨床症狀，其中，頭痛爲最主要徵候。皮疹、痛覺過敏、發熱、牙齦腫脹…等也是其異常的病理現象，它可以引起神經、精神、消化、皮膚等多系統的損害問題。在潛伏期時，易被誤診，精神病便是其中之一。〔註88〕因此，服食丹藥所造成的慢性中毒，應該對徐文長的精神疾病有著直接、間接地影響。

當痛到失控時，他的自殘是令人驚心動魄的，他曾言：

> 予有激於時事，病瘲甚。若有鬼神憑之者，走拔壁柱釘可三寸許，貫左耳竅中，顛於地，撞釘沒耳竅，而不知痛。逾數旬，瘡血迸射，日數合，無三日不至者，越再月以斗計，人作螘蚳形，氣斷不屬，遍國中醫不效。〔註89〕

當發作時，完全無法自主，他曾從壁柱上拔出一枚三寸長的鐵釘塞入耳竅，頭撞地，把釘子撞入耳竅卻不知痛。幾十天後，傷口膿血迸射出來，越流越多，人只剩一口氣，醫生治不好，家人也已準備了棺材。〔註90〕後來，一個姓華的工匠用海上藥方止住了血，再服聖母散三十帖便可起身，〔註91〕病況到冬天已有起色。

不過，在這段時間裡，他的自殺行爲常常在發生，〔註92〕陶望齡〈徐文長傳〉裡說他還「以椎擊腎囊，碎之」〔註93〕，袁宏道的〈徐文長傳〉也說

〔註86〕書同註7，〔明〕徐渭：《徐渭集·徐文長三集·自爲墓誌銘》，頁638～640。

〔註87〕仇國梁：〈徐渭瘋狂新論〉，《揚州職業大學學報》第8卷第1期（2004年3月），頁18。

〔註88〕崔萍、馬藍等：〈藥源性鉛、汞中毒45例臨床分析〉，《中國職業醫學》第34卷第5期（2007年10月），頁406、407。

〔註89〕書同註7，《徐渭集·徐文長三集·海上生華氏序》，冊2，卷19，頁555。

〔註90〕書同註7，《徐渭集·徐文長三集·感九詩》，冊1，卷4，頁74。

〔註91〕書同註7，《徐渭集·徐文長三集·海上生華氏序》，頁555。

〔註92〕書同註7，《徐渭集·徐文長三集·讀餘生子傳》，冊2，卷20，頁576。

〔註93〕書同註7，〔明〕陶望齡：《徐渭集·附錄·徐文長傳》，冊4，頁1340。

他「自持斧擊破其頭，血流被面，頭骨皆折，揉之有聲，或槌其囊，或以利錐錐其兩耳，深入寸餘」〔註94〕。倆人皆指出徐文長求死之方式激烈，可見其死意甚堅。

9. 疾病：殺妻入獄

嘉靖四十五年（1566），徐文長的精神疾患又發作起來，殺死了自己的繼室張氏。關於徐文長殺妻的原因，山陰地區流言紛陳，多數人都不相信張氏眞有姦情。其後之筆記小說如：〔明〕錢希言《獪園》〔註95〕、〔明〕馮夢龍《情史》〔註96〕、〔清〕顧公燮《消夏閑記摘鈔》〔註97〕等，三者皆繞因果報應而轉，言徐文長因害僧命，被僧鬼報復，讓徐文長誤以爲繼室與僧人苟且，致怒極殺妻。僅〔清〕顧景星《白茅堂集》〔註98〕所蒐集到的軼事說法較爲不同：

> 文長之椎殺繼室也。雪天有僮蹒竈下，婦憐之，假以褻服。文
> 長大詈，婦亦詈。時操櫂收冰（櫂音瞿。釋名：四齒耙也）怒擲婦，
> 誤中，婦死。

這個說法符合於陶望齡認爲是由「猜而妒」〔註99〕引起，袁宏道也認爲是「疑」〔註100〕所造成。

而徐文長在被捕下獄後，與朋友郁言（號心齋）求助時，指出因妻子張氏有外遇之故，以致憤而殺妻。〔註101〕不過，晚年作《畸譜》，記述的是：「四十六歲。易復，殺張入獄。」筆者認爲徐文長固然有性格缺陷的問題，不過，至於殺妻，明顯已經是精神失調所致。〈上郁心齋〉之言乃徐文長言及事發時自身之幻視所見，《畸譜》所記則顯示此時他對自身精神病態的認

〔註94〕 書同註7，〔明〕袁宏道：《徐渭集・附錄・徐文長傳》，冊4，頁1343。

〔註95〕 〔明〕錢希言：《獪園・徐文長冤報》（上海：上海古籍出版社，2002年3月《續修四庫全書》影印北京圖書館藏清抄本），卷7，頁643～644。

〔註96〕 〔明〕馮夢龍評輯，周方等校點：《情史・徐文長》，收入《馮夢龍全集》（南京：江蘇古籍出版社，1993年3月），冊7，卷13〈情憾類〉，頁426～427。

〔註97〕 〔清〕顧公燮：《消夏閑記摘鈔・徐幕扮僧戲王翠翹》（上海：商務印書館影涵芬樓秘笈第二集鈔本，1917年2月），冊上，頁24。

〔註98〕 〔清〕顧景星：《白茅堂集》（臺南：莊嚴文化，1997年6月《四庫全書存目叢書》影印福建省圖書館藏清康熙刻本），卷43，頁417下。

〔註99〕 書同註7，〔明〕陶望齡：《徐渭集・附錄・徐文長傳》，冊4，頁1340。

〔註100〕 書同註7〔明〕袁宏道：《徐渭集・附錄・徐文長傳》，冊4，頁1343。

〔註101〕 書同註7，〔明〕徐渭：《徐渭集・徐文長逸稿・上郁心齋》，冊3，卷11，頁885～886。

知能力已經能做正確分析和判斷。至於筆記所言，應該是由他的幻視所見而推展出因果報應的情節。

在精神狂暴過後，徐文長需要直接承擔的惡果是他的秀才資格被除名。

（三）入獄至晚年創作期

此時期徐文長的生活內容，概可分為出獄、著述、旅遊、交遊、入幕、去世等方面言之。依其生活內容時間發生先後而述，僅於細目前做一標目。

1. 朋友救援出獄

徐文長入獄後，朋友紛紛展開救援行動。駱玉明、賀聖遂《徐文長評傳》便提及從前胡幕中與他交好之幕友沈明臣、王寅，「越中十子」〔註102〕之楊珂、柳文，縣學中的同學張天復是其中之主要人物，因為他從雲南提學副使罷官還鄉，在地方上仍有相當的影響力。京城也同時進行救援行動，諸大綬、朱賡、沈襄等都參與幫忙，不過，因為對他惡之欲其死之人也很多，他終是品嘗到勢使盡而禍至之惡果。

直到隆慶三年（1569），徐文長四十九歲這年，經過張天復、諸大綬等人多方努力，徐文長終於獲得免於死刑的結果。〔註103〕隆慶五年（1571），張元忭狀元及第授為翰林修撰後，對解救徐文長之事更有幫助。隆慶六年（1572），新皇登基，宣布隔年改元萬曆，依例會大赦天下，徐文長在張家父子幫助下，在除夕（新曆已是萬曆元年，1573 年 2 月）這天，被保釋出獄。〔註104〕這年，徐文長五十三歲。直到萬曆三年（1575），徐文長五十五歲時，他才被正式釋放。

2. 著述：獄中注釋《參同契》、《葬經》

徐文長在獄之前幾年，因為身上有枷鎖，行動尚不便利，直到隆慶三年（1569）免於死刑時才拿掉枷鎖。入獄前期主要是閱讀〔東漢〕魏伯陽撰的

〔註102〕（徐）渭與蕭柱山勉、陳海樵鶴、楊秘圖珂、朱東武公節、沈青霞鍊、錢八山楗、柳少明文及諸龍泉、呂對明稱越中十子。參〔清〕李亨特總裁：平恕等修：《紹興府志》，書同註11，冊5，卷54〈人物志十四・文苑〉，頁1314。

〔註103〕書同註1，駱玉明、賀聖遂：《徐文長評傳》，頁127～129。其中129頁提及朱金庭其人，為山陰籍的內庭司禮監太監，恐有疑義之處。一則徐渭如何與內庭司有所接觸？二則「越中十子」朱公節之子朱賡，字少欽，號金庭，山陰人。故筆者於此將朱金庭作朱賡其人。參〔明〕過庭訓纂集：《明分省人物考（六）》，收入《明代傳記叢刊・綜錄類36》第134冊，書同註76，卷51〈浙江紹興府三〉，頁307。

〔註104〕書同註1，駱玉明、賀聖遂：《徐文長評傳》，頁132。

三卷《參同契》。《參同契》，即《周易參同契》的簡稱，是道教論述煉丹術的最早著作。《參同契》參同方士煉丹、黃老養性與《周易》卦爻三家理法，以求「妙契大道」。既談外丹爐火，又講內養修煉。認爲外食丹藥、內養精氣和配以服食，才能達到養生、長生乃至成仙的目的，並指斥當時流行的歪門邪道。不過，徐文長雖一直研究《參同契》，卻直到隆慶三年六月二十日才突然感到徹悟，於是，從十月初九日起著手注釋《參同契》，完稿於十月二十二日。〔註105〕書成時，曾作〈養生書成紀事與夢〉〔註106〕七言律詩一首，題下有小記云：「注《參同契》成，家釜炊飯盡黃，夢小溪蟹如斗大，脫殼出嬰兒，已而復入殼，時尙繫。」記述其個人的一次修行經驗。此書如今雖已失傳，不過，在〈奉答馮宗師書〉〔註107〕、〈答人問參同〉〔註108〕、〈論玄門書〉二則〔註109〕、〈書古本參同誤識〉〔註110〕等文中，仍可見他闡述關於《參同契》的觀點。〔註111〕

由前所言，內、外丹須相輔相成。外丹之鑄鼎煉造固然有其成敗之條件，然而，內丹之修練也不容易。內丹修的是「吾身中有一種日月之火候，即天地日月之火候」，〔註112〕體內修練成丹才能與服食外丹齊起作用。而「辟穀」爲修練過程的其中一個步驟，《三洞珠囊》卷三《服食品》引眞人涓子云：「必欲服食者（服食藥餌以求長生之法），當先去三屍。三屍不去，雖斷穀絕五味，蟲猶不死，人體重滯……」〔註113〕，故道教服食養生者嘗試從飮食法、服藥法、服氣法、服符法、辟穀法等法交錯使用，以去除三屍九蟲。〔註114〕

〔註105〕書同註7，〔明〕徐渭：《徐渭集・徐文長三集・答人問參同》，冊2，卷16，頁476。

〔註106〕書同註7，《徐渭集・徐文長三集・養生書成紀事與夢》，冊1，卷7，頁273～274。

〔註107〕書同註7，《徐渭集・徐文長三集・奉答馮宗師書》，冊2，卷16，頁470～472。

〔註108〕書同註7，《徐渭集・徐文長三集・答人問參同》，頁473～478。

〔註109〕書同註7，《徐渭集・徐文長三集・論玄門書》二則，冊2，卷16，頁478～479、479～480。

〔註110〕書同註7，《徐渭集・徐文長三集・書古本參同誤識》，冊2，卷29，頁679～681。

〔註111〕參考以下二書：1張新建：《徐渭論稿》，書同註2，頁45～47。2江興祐：《畸人怪才：徐渭傳》，書同註3，頁164～165。

〔註112〕書同註7，《徐渭集・徐文長三集・答人問參同》，頁479。

〔註113〕白雲觀長春眞人編纂：《正統道藏》（臺北：新文豐出版公司，1985年12月），冊42，頁652下。

〔註114〕黃永鋒：《道教服食技術研究》（北京：東方出版社，2008年4月），頁91、96。

希望修成長生不老。徐文長曾隨長兄徐淮跟著蔣鏊（字汝濟，號湘崖）在會稽山中共同煉丹修道，〔註 115〕康熙《永州府志》亦云徐淮好辟穀，乃師事之。〔註 116〕《徐渭集》中有數處提及辟穀，〔註 117〕想必是徐文長受到蔣鏊、徐淮之影響，晚年時，一則修養身心，二則用以控制精神失調，三則生活艱難之故，故身體進行這樣的調整。不過，徐文長並不如張汝霖所言那般神奇，因為道教做這樣的修持應該是藉由少食達到少欲之目的，然而，徐文長只是不穀食，但從他食蟹、吃魚、喝酒而言，偉碩如常，並無可驚異之處。

入獄後期，徐文長注釋〔東晉〕郭璞的《葬經》，徐文長在萬曆元年（1573）出獄這年的清明節注釋完畢，寫下〈著郭子序〉。〔註 118〕此書今也已亡佚，僅存序。〔註 119〕

3. 旅遊：暢游五泄

被保釋出獄後，萬曆元年春，徐文長與門生馬策之遊覽了當地若耶溪一帶。萬曆二年（1574）五十四歲冬，又帶著王圖、吳系、馬策之幾個學生遊諸暨五泄。五泄在紹興府諸暨縣，因五條瀑布而得名，徐文長騎驢和弟子登上五泄寺，然後去看七十二峰，並題名「七十二峰深處」，徐文長的題字鐫刻在寺的石鼓上，至今尚存。這趟旅途非常輕鬆愜意，徐文長和門人雖跌下驢背，摔入山溪，但心情卻很愉快。

4. 著述：「景賢祠」成，撰文追念

萬曆二年二月初，越中士紳提議建立祠堂以紀念季本，祠堂建成，命名

〔註 115〕書同註 7，〔明〕徐渭：《徐渭集・徐文長三集・蔣扶溝公詩並序》之五，冊 1，卷 4，頁 81：「憶昔兄與弟，相樂和鳴琴，奉君會稽山，回睇香爐岑，兩兩捧清爵，一一聆徽音」。

〔註 116〕〔清〕劉道著修：〔清〕錢邦芑纂：康熙《永州府志》（北京：中國書店，2007 年 2 月），卷 24〈外志・仙釋〉，頁 713。

〔註 117〕《徐渭集》中有數處提及徐渭辟穀：如：〔明〕徐渭：《徐文長三集・與季子微》，書同註 7，冊 2，卷 16，頁 481：「昨一病幾死，病中復多異境，不食者五旬，而不饑不渴，又值三伏酷炎中也。」〔明〕陶望齡：《附錄・徐文長傳》，冊 4，頁 1340：「晚絕穀食者十餘歲，人問何居，曰：『吾啖之久，偶厭不食耳，無他也。』」。〔明〕張汝霖：〈附錄・刻徐文長佚書序〉，冊 4，頁 1349：「歸則捷户，不肯見一人，絕粒者十年許，挾一犬與居。」

〔註 118〕書同註 7，《徐渭集・徐文長三集・著郭子序》，冊 2，卷 19，頁 555～556。

〔註 119〕駱玉明、賀勝遂、江興祐採此說，不過，張新建則認為徐渭注釋《葬經》時間是在萬曆五年（1577）。駱玉明、賀勝遂：《徐文長評傳》，書同註 1，頁 130；江興祐《畸人怪才：徐渭傳》，書同註 3，頁 177；張新建：《徐渭論稿》，書同註 2，頁 56。

爲「景賢祠」。許多人寫文章追敘季本在紹興講學的事蹟，文章被彙集成冊，名爲《景賢祠集》，徐文長對此事著力甚深，分別代張元忭寫成〈季先生祠堂碑〉〔註120〕及張天復和某人撰寫了〈景賢祠集序〉〔註121〕。他自己並寫了〈季彭山先生舉鄉賢呈〉〔註122〕、〈景賢祠上樑文〉〔註123〕、〈季先生入祠祭文〉〔註124〕、〈時祭文〉〔註125〕、〈縣祭文〉〔註126〕、〈入鄉賢祠府縣祭文〉〔註127〕、〈先師彭山先生小傳〉〔註128〕等文。同時，還撰寫了兩副對聯〔註129〕，充分肯定了季本講學的功績。

5. 著述：編纂《會稽縣志》

萬曆元年冬，張元忭因父病告假回籍，二年八月末，張天復病故，張元忭留籍守制。新任會稽縣令楊維新於是請他主持編纂《會稽縣志》，張元忭答應後，讓徐文長作實際的編撰工作。徐文長在原有檔案材料的基礎上，以數月時間完成編纂任務，分地理總論、治書總論、戶書總論、禮書總論四總類，以下分十六分論，徐文長撰寫了《會稽志序》、總論和分論之序文。本書刻成於萬曆三年三月。

6. 旅遊：暢遊天目山

《會稽縣志》刻成之後，在張元忭的努力和疏通下，徐文長被正式釋放。中秋節前一天晚上，徐文長去向張元忭告別。中秋佳節，徐文長在朋友韓達夫和學生吳系、馬策之的陪同下，出門旅遊了天目山、西湖、映江樓、長春

〔註120〕書同註7，〔明〕徐渭撰：《徐渭集・徐文長三集・代季先生祠堂碑》，冊2，卷24，頁616～618。

〔註121〕書同註7，《徐渭集・徐文長三集・代景賢祠集序》，冊2，卷19，頁550～551。

〔註122〕書同註7，《徐渭集・徐文長三集・季彭山先生舉鄉賢呈》，冊2，卷29，頁669～670。

〔註123〕書同註7，《徐渭集・徐文長三集・景賢祠上樑文》，冊2，卷29，頁672。

〔註124〕書同註7，《徐渭集・徐文長三集・季先生入祠祭文》，冊2，卷28，頁660～661。

〔註125〕書同註7，《徐渭集・徐文長三集・時祭文》，冊2，卷28，頁661。

〔註126〕書同註7，《徐渭集・徐文長三集・縣祭文》，冊2，卷28，頁661～662。

〔註127〕書同註7，《徐渭集・徐文長三集・入鄉賢祠府縣祭文》，冊2，卷28，頁662。

〔註128〕書同註7，《徐渭集・徐文長三集・先師彭山先生小傳》，冊2，卷16，頁628～629。

〔註129〕書同註7，《徐渭集・徐文長佚草・季彭山先生祠》，冊2，卷7，頁1152；《徐渭集・徐文長佚草・景賢祠堂上》，冊2，卷7，頁1166。

祠等地。從天目山回到紹興不久，便前往南京，除了如《畸譜》所言「縱觀諸名勝」，暢遊了燕子磯、朝天宮、明孝陵、清涼寺、雨花臺、靈谷寺、報恩寺、鳳凰臺、牛首山、棲霞山等地，其實應該也在嘗試謀求生活出路。只是，沒有甚麼收穫。不過，客居南京時，常與繪畫名家交往、切磋，如劉雪湖、璩仲玉…等，對繪畫視野及技藝的提升助益不小，以後開創了中國繪畫史上的青藤畫派。

7. 入幕：入吳兌幕府、結識李如松

萬曆四年（1576）五十六歲的徐文長接受同學吳兌（1525～1596）的入幕邀請，四月從南京北上，徐文長約夏末，至遲在中秋節前到達宣府。這時俺答封貢已經六年，邊塞呈現一片和平景象。塞北風光、蒙漢貿易、蒙漢和平的關鍵性人物三娘子的英姿、到蒙古族人家中做客、對邊防的看法……，一一都成爲他筆下邊塞詩的題材。這一段時期也是徐文長書畫創作的多產期。不過，由於北方嚴寒天氣讓徐文長很難適應，於是，到了萬曆五年（1577）春天二月份左右，徐文長便辭去幕僚之職，四月左右抵達京城。

在北京期間，結識了遼東名將寧遠伯李成梁的長子李如松（1549～1598）。〔註130〕李如松喜歡詩書畫，徐文長則喜歡聽其談及軍旅之事，倆人一見如故，結爲至交。

夏秋之交，徐文長患起痢疾，仲秋時，徐文長南歸紹興。歸途中，長子徐枚聯合外寇，搶走吳兌及京中交往者贈與的錢財。使得回到紹興的他生活依然困窘。

8. 交遊：李子遂探視

往後幾年，他的精神又漸失調，萬曆六年（1578）五十八歲的他想到徽州祭吊胡宗憲，但只走到嚴州，因又見到幻象，只好返回紹興。萬曆七年（1579）二月，同師季本、能詩善畫之至交李子遂〔註131〕從福建建陽趕來紹興，看望

〔註130〕關於李如松與徐渭相識時間有萬曆四年、萬曆五年二說，筆者認同於王振寧之推斷，萬曆五年（1577）四月，李如松與其弟剛打完插漢土蠻入犯明邊之仗回北京，與〈贈李長公序〉所言：「予從五年前識今參戎李長公於燕邸，蓋挾其兩弟新破胡而來也」。故倆人相識於萬曆五年北京。參王振寧：〈論李如松與徐渭的交游〉，《理論界》總第 459 期（2011 年第 12 期），頁 81。〔明〕徐渭：《徐渭集·徐文長三集·贈李長公序》，書同註 7，卷 19，頁 562～563。

〔註131〕梁一成編著：《徐渭的文學與藝術·附錄四·關係人物考》（臺北：藝文印書館，1977 年 1 月），頁 209：「李有秋字子遂，一字遂卿，福建建陽人」。

徐文長。文長邀季子牙、史叔考一起到紹興城南遊覽禹跡寺、景賢祠等名勝外，倆人還在蘭亭修禊，徐文長的病體於是漸漸痊癒。到了五月底，李子遂回福建建陽。

9. 入幕：入張元忭幕府

萬曆八年（1580）張元忭從北京託人請徐文長去北京幫忙。於是，春天時六十歲的徐文長便帶著次子徐枳整裝北上。不過，時間一久，因為始終不喜接近權貴，也不喜被禮法所拘束，與張元忭終是難以相合，萬曆九年（1581）精神應該因為頗受痛苦，故「諸崇兆復紛，復病易，不穀食。」〔註132〕致又病發，使得六十一歲的徐文長進行辟穀的修養，希望能讓精神安定下來。萬曆十年（1582）仲春，長子徐枚把六十二歲的他接回紹興。

這次北京行期間，徐文長曾於萬曆九年春天帶著次子徐枳前往馬水口（在今河北淶水縣西北）去探望李如松，不過，停留時間不長，七月初徐文長就告別李如松回到北京。

10. 著述：晚年創作

大抵而言，這段時期為徐文長各種題材的創作期。除戲曲《四聲猿》之創作時間有疑義之外（略分為嘉靖說與萬曆說），張新建、盛鴻郎皆認為徐文長在入獄後期階段，著力於書法部分。此時期徐文長廣泛搜集有關書法的著作，研究歷代名家的書法特點和古代書法理論。後來纂輯前人論書法的著述，並詳加評述，成《筆玄要旨》一卷。〔註133〕萬曆年間，徐文長又編纂了《玄抄類摘》一書，是徐文長在隆慶年間在獄中據元人蘇霖《書法鉤玄》和元人劉惟志《字學新書摘抄》二書所輯錄，與其他輯抄的歷代書論選本不同處，在於徐文長根據自己的書學理念作了結構性歸類。〔註134〕對書法理論的探究，使得徐文長的書法、繪畫創作更趨成熟，形成獨特風格。

11. 交遊：晚年生活

其後，隨著晚年科舉之途已然路絕，不再有應試之壓力外，幾次的出遊，也讓他詩興大發，隨著「走齊魯燕趙之地，窮覽朔漠，其所見山奔海立，沙起雲行，鳳鳴樹偃，幽谷大都，人物魚鳥，一切可驚可愕之狀，一一皆達之

〔註132〕書同註7，〔明〕徐渭：《徐渭集・補編・畸譜》，冊4，頁1330。

〔註133〕書同註2，張新建：《徐渭論稿》，頁47。

〔註134〕劉正成主編：《徐渭・徐渭書法評傳》（北京：榮寶齋出版社，2010年1月），頁41。

於詩。」〔註135〕行萬里路，所開展出的視野，讓他一一將各種所見題材入詩。尋常生活裡，晚輩、門生常過門學詩、學畫、學書、學戲曲，和他們相處輕鬆自在，如果逗得他開心，便「徵詩得詩，徵文得文，徵字得字」〔註136〕，生活也許困窘，卻也能自得其樂。

　　徐文長回紹興後，一直與李如松有書函往來。李如松並曾多次接濟徐文長，銀子、人參、書畫材料等等，雙方卻始終未能再見面。萬曆十六年（1588）李如松在山西任總兵官，邀請六十八歲的徐文長前往，新年一過，父子便啟程北上，不過，徐文長走到徐州，便因病而返，只好讓徐枳帶信北上，徐文長信中請託李如松安排徐枳的生計。〔註137〕徐枳此後便安頓在李如松軍中。徐文長並於萬曆十七年（1589）在李如松請人送來禮物時覆信求助，〔註138〕請求李如松資助他十五斤人參以刻印他一半的文集，李如松圓滿一位企盼能名留於世文人之至願，十七年冬讓徐枳回鄉省親，帶來徐文長之所需。萬曆十八年（1590）徐文長刊刻出《徐文長初集》、《闕編》。不過，由於資金不足，此次的刻印品質粗糙，兩書如今均已亡佚。〔註139〕

　　徐文長與李如松之情誼可謂善始善終，徐文長甚至曾於信中表露出他的至誠，言及李如松對於他的照顧自己無以回報，世間如若真有輪迴之說，願像李源、圓澤般，生生世世與李如松為友。〔註140〕

　　從北京回到紹興後的徐文長，起初仍住在目蓮巷金氏典舍，不過，冬天時，徐枚提出分家，自己和妻子住到葉家，徐文長則和徐枳另外租了范氏舍住。直到萬曆十四年（1586），徐枳廿五歲，六十六歲的徐文長，無力支付婚娶的費用，在季春三月時，讓徐枳入贅王道翁家為婿。

　　徐枳婚後，徐文長獨居在范氏舍一段時間。不過，冬天時，徐枳為方便照料，便將徐文長接到王家一起生活。萬曆十六年（1588），徐枳到山西李如

〔註135〕書同註7，〔明〕袁宏道：《徐渭集・附錄・徐文長傳》，冊4，頁1343。

〔註136〕書同註7，〔明〕王思任：《徐渭集・附錄・徐文長先生佚稿序》，冊4，頁1350。

〔註137〕書同註7，〔明〕徐渭：《徐渭集・徐文長佚草・致李長公》之九，冊4，卷4，頁1121。

〔註138〕書同註7，《徐渭集・徐文長佚草・復李長公》之三，冊4，卷4，頁1117～1118。

〔註139〕張新建：《徐渭論稿》，書同註2，頁63。駱玉明、賀聖遂則言此次自刻印出的書籍僅《徐文長初集》。駱玉明、賀聖遂著：《徐文長評傳》，書同註1，頁204。

〔註140〕書同註7，《徐渭集・徐文長逸稿・答李長公》，冊3，卷21，頁1018。

松處謀生後，徐文長仍然住在徐枳岳父家，徐枚基於倫常，二月時曾將徐文長接到後衙池王家一起生活。但是，徐枚可能不是貼心的人，徐文長和徐枚比較處不來。到了四月，徐文長又回到徐枳岳父家，與親家及兒媳一起生活。萬曆十七年（1589）冬天，徐枳曾回到紹興，爲岳父王道翁和其弟王溪翁祝壽。壽辰過後，徐枳又前往山西李如松的總兵府。萬曆二十年（1592）至二十一年（1593）初，李如松率兵西征寧夏和東征抗倭援救朝鮮，徐枳皆參與作戰。〔註141〕

徐枳交託給至友讓他放心，而徐枳也的確努力以赴。徐枳的妻子也貼心照顧徐文長，〔註142〕只是，從萬曆十七年（1589）徐文長六十九歲後，他的身體狀況不佳，他的精神病雖然沒有發作得很厲害，但一直沒有徹底痊癒，一隻耳朵聾了，兩大腿經常水腫，不能行走，兩個兒子皆不在身旁，經濟也很困窘，連去世景況都很寒傖，陶望齡的〈徐文長傳〉如是記載：「有書數千卷，後斥賣殆盡。幬荒破弊，不能再易，至藉稿寢，年七十三卒。」〔註143〕，在兒子的岳父家，以稻草爲鋪墊，以草覆蓋衰弱的身軀，人生之淒涼莫此爲甚。

12. 去世時間、埋葬地

而徐文長究竟何時去世呢？一般學者皆認爲《畸譜》記載到萬曆二十一年（1593）之時，自然是七十三歲過世的。不過，如依前述洛地〈關於徐文長先生事四問〉〔註144〕一文之推理，他認爲《畸譜》中有後補之筆，有當年之筆與非當年之筆者。

後補之筆如：「三十一歲……後，余稍負之，悔」、「三十二歲……上文云悔，悔是也」。「四十一歲……與科長別矣」、「四十四歲……上文曰『長別者』是也」。當年之筆如：「五十三歲，除，釋某歸，飲於吳。明日元旦，拜張座。」可知該條必寫於「五十三歲之除夕」，才會將「明日元旦」（五十四歲）事記於「五十三歲」條下。非當年之筆如：「五十六歲……是年爲丙子」、「六十歲……是年爲庚辰」、「六十歲……是年爲辛巳，予周一甲子矣」。

作者由上可得如是結論：《畸譜》爲逐年記著，非七十三歲一次補記，乃

〔註141〕書同註3，江興祐：《畸人怪才：徐渭傳》，頁276～277。

〔註142〕書同註7，〔明〕徐渭：《徐渭集・徐文長三集・枳久於李寧遠鎮，又云販人參》之四，冊1，卷6，頁214。

〔註143〕書同註7，〔明〕陶望齡：《徐渭集・附錄・徐文長傳》，冊4，頁1341。

〔註144〕書同註38，洛地：〈關於徐文長先生事四問〉，頁315～319。

數年一記；而著筆之日，當在該年之「歲除」之日也，那麼，即表示萬曆二十一年除夕這一天徐文長仍在世，故徐文長應該是亡於萬曆二十二年（1594）才是。筆者認為這個推斷是可以被接受的。

徐文長死後，與他的父母、兄嫂、元配潘氏以及繼室張氏同葬於紹興城南的木柵山。

以下將徐文長生平做一簡要繫年：

歲 次 西 元	年齡	生 平 記 事
正德 16 年（1521）	1	出生於紹興。母親為正室苗氏婢女。出生百日，父親徐鏓過世。
嘉靖 5 年（1526）	6	入家塾讀書，從管士顏學。
嘉靖 7 年（1528）	8	拜陸如岡（字文望）為師，學習八股文。
嘉靖 9 年（1530）	10	生母被嫡母苗氏遣散。直至徐渭廿九歲，才將生母迎回家中。
嘉靖 11 年（1532）	12	向鄉前輩陳良器學習古琴。
嘉靖 13 年（1534）	14	1. 嫡母苗氏病死。 2. 從王政學琴，製成〈前赤壁賦〉一曲曲譜。
嘉靖 14 年（1535）	15	從同鄉武舉人彭應時學劍，無成。
嘉靖 16 年（1537）	17	首次參加歲試，未取。
嘉靖 19 年（1540）	20	1. 再次應試，仍未取。複試成為秀才。 2. 同年參加鄉試，未中。訂下入贅潘家的婚事。 3. 冬天，岳父潘克敬外放為廣東陽江縣主簿，隨往陽江。
嘉靖 20 年（1541）	21	夏六月，和十四歲的潘似在廣東陽江縣官舍中結婚。
嘉靖 21 年（1542）	22	為仲兄徐潞作墓誌銘。
嘉靖 22 年（1543）	23	1. 再次落榜。與兄失和，遷居俞家舍。 2. 冬天，岳父將家眷遷回紹興。 3. 結社，成為「越中十子」之一。
嘉靖 24 年（1545）	25	1. 三月初八（春天），長子出生，取名徐枚。 2. 夏天，長兄徐淮去世。
嘉靖 25 年（1546）	26	1. 八月參加鄉試，第三次落榜。 2. 十月初八（冬天）妻子潘似病死，年僅十九歲。
嘉靖 27 年（1548）	28	1. 秋天，徐渭搬出潘家。自租房屋，招收生徒。學館命名為「一枝堂」。 2. 拜季本為師。季本為王守仁弟子。
嘉靖 28 年（1549）	29	1. 第四次落榜。 2. 接回生母奉養。 3. 買妾胡氏，但胡氏不能善奉其母。

嘉靖 29 年（1550）	30	賣掉胡氏。胡氏提出訴訟，以致經濟困難。
嘉靖 30 年（1551）	31	至杭州，陪伴潘釴讀書。
嘉靖 31 年（1552）	32	1. 參加歲試，爲第一。錄取爲縣學廩生。每月可得朝廷提供米六斗及魚肉若干。 5. 八月，參加鄉試，第五次名落孫山外。 6.冬天，從一枝堂移居目連巷。
嘉靖 32 年（1553）	33	倭寇侵紹興，參與抗倭守城。
嘉靖 33 年（1554）	34	九月至十一月，柯亭之戰，隨吳成器軍到前線，了解敵情。
嘉靖 34 年（1555）	35	參加歲試，爲第二。然而，鄉試仍名落孫山外。
嘉靖 35 年（1556）	36	年底，縣令李用熒推薦去平湖縣教學。
嘉靖 37 年（1558）	38	1. 年初，入總督胡宗憲幕。 2. 八月，鄉試第七次落榜。
嘉靖 38 年（1559）	39	1. 春天，回紹興祭祀祖墓。 2. 夏天入贅王家，婚姻不諧，不久離去。
嘉靖 39 年（1560）	40	1. 胡宗憲重建鎮海樓成，代作〈鎮海樓記〉。 2. 於紹興城南東買宅地十畝，建屋二十二間，取名爲「酬字堂」。 2. 胡宗憲爲其聘定杭州張氏爲繼室。
嘉靖 40 年（1561）	41	1. 正月迎娶繼室張氏。 2. 參加第八次鄉試不第，此後與科考絕緣。 3. 年底，腦病發作。
嘉靖 41 年（1562）	42	1. 秋天，胡宗憲送一白鷴鳥，以五律詩答謝，表達想離開幕府的心意。 2. 十一月，胡宗憲因嚴嵩案被逮捕北京查辦。幕客四散。 3. 十一月四日，繼室張氏生下次子，取名徐枳。 4. 十二月，胡宗憲被解至京，明世宗念其抗倭有功，未定罪，令其解職閒居。
嘉靖 42 年（1563）	43	冬天，徐渭應聘赴京，入禮部尙書李春芳幕。
嘉靖 43 年（1564）	44	與李春芳交惡，退還聘金，解除聘約。
嘉靖 45 年（1566）	46	因幻象懷疑妻子外遇，以致誤殺繼室張氏，被捕入獄。
隆慶元年（1567）	47	在獄中。
隆慶 2 年（1568）	48	生母病故，被允許出獄料理喪事。
隆慶 3 年（1569）	49	1. 在獄中。 2. 前紹興府同知俞憲編成《盛明百家詩》，收徐渭詩賦爲《徐文學集》。

隆慶 4 年（1570）	50	在獄中。
隆慶 5 年（1571）	51	在獄中。
隆慶 6 年（1572）	52	除夕被保釋出獄。
萬曆 2 年（1574）	54	編纂《會稽縣志》。
萬曆 3 年（1575）	55	《會稽縣志》刻成之後，獲無罪釋放。
萬曆 4 年（1576）	56	獲邀北上入吳兌幕。
萬曆 5 年（1577）	57	1. 二月辭去吳兌幕僚之職。 2. 歸途中長子徐枚聯合外寇，搶走其所有財物。
萬曆 8 年（1580）	60	應邀北上，入張元忭幕。
萬曆 9 年（1581）	61	與張元忭不協。
萬曆 10 年（1582）	62	二月初，離職回鄉。
萬曆 14 年（1586）	66	次子徐枳入贅王家。接其同住。
萬曆 15 年（1587）	67	生活貧困，靠變賣貂皮、古董、書籍度日。
萬曆 17 年（1589）	69	身體越來越差，聾一耳。
萬曆 22 年（1594）	74	亡故。

二、徐文長的交遊情形

徐文長的個性耿直，善惡分明，又不受束縛，而易得罪人。然而，正因他性格中的善惡分明，使得他對契合的朋友非常真誠。在他譏諷、隱喻的詩文底下，其實反應出的是一種豐富、細膩、熱切、正直的情感。憤怒、張牙舞爪、偏激、急躁只是他情感不得紓解時的顯像。正如同他的畫般，雖看似求形似，然而，作寫意畫之基礎須具有工筆之功底。親與疏，大意與細膩，從來都是他性格中的著意，因對象之不同而有不同之對待。這是他的朋友們在他殺妻入獄後，還能遠道探望的理由。從徐文長的一生中，往來之人際關係其實為數不少，梁一成便分為：師承與信仰、幕僚生活、浙江籍官紳的交遊、在浙江文武官員、同窗與摯友、畫畫之交、弟子記、同時名流作家等八類，共計五十多位〔註145〕，不過，筆者僅選擇幾位與他情誼較深者談論。

（一）張天復、張元忭父子

徐文長與張家數代都有交誼。張天復（1513～1574），字復亨，號內山，山陰人。嘉靖二十二年（1543）中舉，嘉靖二十六年（1547）中進士。〔註146〕

〔註145〕書同註 131，梁一成編著：《徐渭的文學與藝術・附錄四・關係人物考》，頁173～236。

〔註146〕書同註 11，〔清〕徐元梅等修：朱文翰等輯：嘉慶《山陰縣志》，冊 1，卷 10

考中進士後，一直在外做官，做過湖廣提學副使、雲南按察副使，歷官至甘肅行太僕卿。〔註147〕並主持編纂《湖廣通志》、《山陰縣志》。萬曆二年（1574）病歿，年六十二歲。著有《皇輿考》十二卷、《鳴玉堂稿》十二卷，嘗增輯《王埜越咏》十二卷〔註148〕。

　　張元忭（1538～1588），字子藎，號陽和〔註149〕。嘉靖三十七年（1558）中舉，隆慶五年（1571）中進士，〔註150〕廷試第一，授翰林修撰。歷官春坊諭德，兼翰林侍讀。〔註151〕主持編纂過《會稽縣志》，與孫鑛同著《紹興府志》五十卷〔註152〕。萬曆十六年（1588）張元忭病歿於北京，年五十一歲。天啓初，追諡文恭。明萬曆年間建張文恭祠，祀諭德張元忭。〔註153〕《明詩人小傳稿》記載其著作有：《不二齋集》（十二卷），《雲門志略》五卷，《館閣漫錄》無卷數，《翰林諸書選粹》四卷。〔註154〕嘉慶《山陰縣志》則記述其著作：《雲門志略》、《山游漫稿》、《槎間漫筆》、《不二齋稿》、《志學錄》、《讀尚書考》、《讀詩考》、《明大政記》。〔註155〕《紹興府志》記載與《山陰縣志》相同，〔註156〕不過，在《經籍志》部分，史部‧史評類記述有《讀史膚評》〔註157〕，

〈選舉一〉，頁197、198。

〔註147〕書同註76，參〔明〕王兆雲輯：《皇明詞林人物考（二）》，收入《明代傳記叢刊‧學林類14》第17冊，卷10，頁539～540；〔明〕徐渭撰：《徐渭集‧徐文長逸稿‧代張太僕墓誌銘》，書同註7，冊3，卷22，頁1032～1035。

〔註148〕〔清〕潘介祉纂輯：《明詩人小傳稿》（臺北：國立中央圖書館，1986年1月），頁353。

〔註149〕書同註76，〔明〕張弘道、張凝道同輯：《皇明三元考》，收入《明代傳記叢刊‧學林類16》第19冊，卷12，頁536。

〔註150〕書同註11，嘉慶《山陰縣志》，冊1，卷10〈選舉一〉，頁201、203。冊2，卷14〈鄉賢二〉，頁443～444。

〔註151〕書同註76，〔清〕黃宗羲撰：《明儒學案（一）》收入《明代傳記叢刊‧學林類1》第1冊，卷15，頁354。

〔註152〕〔明〕蕭良幹、張元忭等纂：《紹興府志》（臺北：成文出版社，1983年3月影印明萬曆十五年刊本）。

〔註153〕書同註11，〔清〕李亨特總裁：平恕等修：《紹興府志》，冊4，卷37〈祠祀志二‧祠〉，頁899。

〔註154〕書同註148，頁123～124。

〔註155〕書同註11，〔清〕徐元梅等修：朱文翰等輯：嘉慶《山陰縣志》，冊2，卷14〈人民志第二之六‧鄉賢二〉，頁443～444。

〔註156〕書同註11，〔清〕李亨特總裁：平恕等修：《紹興府志》，冊5，卷52〈人物志十二‧理學〉，頁1251～1252。

〔註157〕書同註11，《紹興府志》，冊7，卷77〈經籍志一‧史部‧史評類〉，頁1916。

子部・儒家類記述有《朱子摘編》，〔註158〕兩書皆爲《兩浙明賢錄》所出，蓋被遺漏者。

張天復比徐文長大八歲，倆人應該在縣學或鄉試場合中即相識。而後，張天復中舉，自然吸引許多人親近向學，〈壽學使張公六十生朝序〉云：「時余亦抱經晚起，得望公於藻芹，稍與之角藝場中。而公所收門弟子，多至十百，皆足以弟子我者也。乃公則不以弟子而視我。」〔註159〕，徐文長對張天復的另眼相待銘感於心，一直保持聯繫，當張天復嘉靖四十一年（1562）被遷至雲南按察副使時，徐文長曾作〈送張大夫之滇〉〔註160〕一詩爲張天復送行。

徐文長殺妻下獄，依《大明律》殺人致死者得判處死刑，即使如此，張天復也爲惜才而盡力營救，由徐文長〈祭張太僕文〉中所言：「公之活我也，其務合羣喙而爲之鳴，若齊桓將存江黃溫弦之小國，而屢盟魯宋陳蔡於春秋也。」〔註161〕即可明營救之不易。尤其隆慶二年（1568）時，張天復自身亦深陷被檢舉雲南按察司副使任上貪汙之事，朝廷令張天復自甘肅赴雲南對簿。張元忭一年內從紹興到雲南陪同父親向當政者作出辯解，在眞相大白後，又入京頌冤，事解，再回紹興，一年內奔波勞頓三萬里，年三十而早生白髮。〔註162〕張家自身即便處於危難之中，卻仍然想到在獄的徐文長。隆慶三年（1569）元宵節，張元忭前往雲南侍父之前曾去探望徐文長，秋天，張天復父子從雲南回來後，又一起到獄中探視徐文長，並送給徐文長從雲南帶來的馬檳榔。讓徐文長感念這樣的厚意，寫下〈張雲南遺馬金囊〉（題下小記：時余尙羈而張亦被議）〔註163〕一詩。在這一年，經過張天復、諸大綬等人多方努力，徐文長終於獲得免於死刑的結果。

張元忭與徐文長皆曾從王畿學，受陽明心學、佛道之薰陶，倆人思想相近。徐文長比張元忭大十七歲，不過，徐文長爲人不拘執，因此與張元忭之相處亦如朋友，平時亦有往來，當張天復家居時，徐文長常是座上客。《琅嬛文集》亦曾記載一則瑣事，徐文長曾喜歡張家一個婢女，張元忭就讓兒子在

〔註158〕書同註11，《紹興府志》，冊7，卷78〈經籍志二・子部・儒家類〉，頁1918。

〔註159〕書同註7，〔明〕徐渭：《徐渭集・徐文長逸稿・壽學使張公六十生朝序》，冊3，卷15，頁971。

〔註160〕書同註7，《徐渭集・徐文長三集・送張大夫之滇》，冊1，卷6，頁181。

〔註161〕書同註7，《徐渭集・徐文長三集・祭張太僕文》，冊2，卷28，頁664。

〔註162〕書同註76，〔清〕黃宗羲：《明儒學案（一）》收入《明代傳記叢刊・學林類1》第1冊，卷15，頁353～354。

〔註163〕書同註7，《徐渭集・徐文長三集・張雲南遺馬金囊》，冊1，卷7，頁246。

他離家後送去，不告知是他之意，〔註164〕此萬曆六年（1578）事。可見彼此
的相親。

隆慶五年（1571）張元忭考取進士第一，被授翰林院修撰，徐文長得知
消息後，連作〈調鸝鴣天，聞張子蓋捷報呈學使公〉〔註165〕、〈繼聞廷對之捷，
復製賀新郎一闋〉〔註166〕、〈聞張子蓋廷捷之作，奉內山尊公〉〔註167〕等數
首詩抒發內心之喜悅。張元忭並和朝廷請以己官贖父職，張天復於是得以恢
復雲南副使致仕官員之身分。〔註168〕而張家在山陰也就更增聲望了。此後，
營救徐文長最有力者就是張元忭。秋天時，徐文長甚至可以走出監獄到張天
復家裡作客。隆慶六年（1572）除夕，新曆已是萬曆元年（1573年2月）的
這一天，徐文長被保釋出獄，但案子尚未最後了結。

萬曆二年（1574）八月三十日，張天復病死，直至垂危之際還在關心徐
文長的案情，徐文長的〈祭張太僕文〉說：「其拳拳於斯事之未了，而竟先以
往，意其心若放翁志宋土之復，已不得見而冀聞於家祭之告，一念與一息而
俱留也。夫以公德於某者若此，即使公在，某且不知所以自處，而公今歿矣，
將何以為酬也！嗟乎！此某雖不言，而寸心之恆，終千古以悠悠也。」〔註169〕
徐文長藉祭文說出對張天復真誠的感戴。

萬曆三年（1575），在張元忭的努力和疏通下，徐文長終於無罪釋放。中
秋節前一天晚上，徐文長去向張元忭告別。張元忭留徐文長一起喝酒暢談，
徐文長寫下了〈十四日飲張子蓋太史宅，留別〉〔註170〕一詩抒發自己久繫出
獄的悲涼心情。

〔註164〕〔明〕張岱著・云告點校：《琅嬛文集・家傳》（長沙：嶽麓書社，1985年7
月），卷4，頁159。參梁一成編著：《徐渭的文學與藝術・附錄四・關係人物
考》，書同註131，頁193。

〔註165〕書同註7，〔明〕徐渭：《徐渭集・徐文長逸稿・調鸝鴣天，聞張子蓋捷報呈
學使公》，冊3，卷12，頁890。

〔註166〕書同註7，《徐渭集・徐文長逸稿・繼聞廷對之捷，復製賀新郎一闋》，冊3，
卷12，頁890。

〔註167〕書同註7，《徐渭集・徐文長逸稿・聞張子蓋廷捷之作，奉內山尊公》，冊3，
卷4，頁775。

〔註168〕書同註11，〔清〕徐元梅等修：朱文翰等輯：嘉慶《山陰縣志》，冊2，卷14
〈鄉賢二〉，頁434～435。

〔註169〕書同註7，《徐渭集・徐文長三集・祭張太僕文》，冊2，卷28，頁664。

〔註170〕書同註7，《徐渭集・徐文長逸稿・十四日飲張子蓋太史宅，留別》，冊3，卷
4，頁805。

　　萬曆八年（1580），張元忭從北京託人請徐文長去北京幫忙，徐文長帶著次子徐枳整裝北上。萬曆九年（1581）時，精神又失調，萬曆十年（1582）仲春，長子徐枚把他接回紹興。精神失調之原因，其中很大部分與倆人性格之扞格有關，張元忭是一位方正賢良的理學家，徐文長卻是「性縱誕」之個人主義者，故徐文長雖然有誠意報恩，但處於權力中心的京城之中，張元忭處處讓他注意封建禮法的態度，久之，心不樂，終究憤怒說出：「吾殺人當死，頸一茹刃耳，今乃碎磔吾肉！」〔註171〕遂病發，棄歸。沈德符《萬曆野獲編》亦云：「徐文長渭暮年游京師……館於同邑張陽和太史元忭家，一語稍不合，即大詬罥策騎歸。」〔註172〕一位性格內斂，一位性格外放；一位守節有度，一位疏狂，不在規矩之中，欲長久共事並不容易。萬曆十年（1582）八月，年輕的明神宗與宮女生下的長子得到皇太后的承認，張元忭被任命為特使，帶著書函詔告楚中六王，來往時都經過紹興，去之時，他去探望了徐文長。張元忭辦完事回到山陰之後，徐文長寫好受託之〈呂尚書行狀〉〔註173〕，恰值張元忭母親的生日，徐文長又寫了〈生朝詩〉（張翰林〔陽和〕母也，時有事楚藩）〔註174〕祝賀張母。沒幾日，張元忭母親去世，但徐文長卻似乎沒有任何吊輓的詩文。此後，即使連張元忭留鄉守制三年的時間裡，倆人來往也少。萬曆十二年（1584），元忭之同科進士、紹興知府蕭良幹修三江閘後，請張元忭寫記，張元忭請徐文長草擬，徐文長先後作了《擬閘記》〔註175〕、《閘記》〔註176〕二文，萬曆十三年（1585）二月，趙錦七十壽（張天復的女兒嫁給趙錦的兒子趙淳卿），代張元忭作〈代壽黔公〉〔註177〕，這應該是倆人最後往來的紀錄。而《畸譜》中，除了〈紀恩〉一欄記有「張氏父子」之外，對他少予提及。直至萬曆十六年（1588）張元忭病死北京，靈柩運回山陰，徐文長才趁張汝霖兄弟外出看墓地時，穿著白衣到靈堂撫棺慟哭，表達對張元忭不忘舊恩的最後憑弔。

〔註171〕書同註7，〔明〕陶望齡：《徐渭集・附錄・徐文長傳》，冊4，頁1340。
〔註172〕〔明〕沈德符：《萬曆野獲編》（北京：中華書局，1959年2月），冊中，卷23，頁581。
〔註173〕書同註7，〔明〕徐渭：《徐渭集・徐文長三集・呂尚書行狀》，冊2，卷27，頁650～653。
〔註174〕書同註7，《徐渭集・徐文長三集・生朝詩》，冊1，卷7，頁275。
〔註175〕書同註7，《徐渭集・徐文長三集・擬閘記》，冊2，卷23，頁600。
〔註176〕書同註7，《徐渭集・徐文長三集・代閘記》，冊2，卷23，頁599～600。
〔註177〕書同註7，《徐渭集・徐文長三集・代壽黔公》，冊1，卷7，頁256。

　　張元忭的兒子張汝霖，字蕭之，號雨若〔註178〕。萬曆二十二年（1594）中舉，萬曆二十三年（1595）中進士。〔註179〕官至廣西參議，著有《易經》、《因旨四書》、《荷珠錄》、《郊居雜記》。〔註180〕《徐文長佚稿》（佚或作逸）一書刊行時，張汝霖作有〈徐文長佚書序〉一文〔註181〕其弟張汝懋萬曆三十一年（1603）中舉，萬曆四十一年（1613）中進士。〔註182〕官至大理寺丞。〔註183〕

　　張汝霖之孫張岱，又名維城，字宗子，二十七歲時蒐集、編纂《徐文長逸稿》，張汝霖、王思任爲之校閱，刊行於天啓三年（1623）。〔註184〕是明末清初之歷史學家、散文家。

　　徐文長與張天復一家直接、間接有著牽絲絆縷之關係，張家僅有張元忭謹守禮教不逾分寸，其父張天復從對徐文長的另眼相看，到晚年築鏡湖邊別業，與徐文長間的賦詩唱和，如：〈張氏別業〉十二首〔註185〕，便可明倆人之相契。

　　而張汝霖自幼便隨著張元忭與徐文長往來，對徐文長有一定的熟悉度。他的個性也幽默詼諧，與其父截然不同。他教子弟讀書「惟獨古書，不看時藝」〔註186〕，讀經則「不讀朱注」〔註187〕，與徐文長有相似的價值觀。江興祐也認爲張汝霖在《刻徐文長佚書序》中言：「顧中郎知文長，似人盡於文；而余素知文長者，謂其人政不盡於其文。文長懷禰正平之奇，負孔北海之高，人盡知之；而其俠烈如豫讓，慷慨如漸離，人知之不盡也。」〔註188〕的確提出了對徐文長更深一層地理解。張汝霖並認爲徐文長的發狂並不僅僅因爲胡宗憲被捕而擔憂牽連到自己所引起，其更深層的原因在於他對當時政

〔註178〕書同註164，〔明〕張岱著・云告點校：《琅嬛文集・家傳》，卷4，頁160。
〔註179〕書同註11，〔清〕徐元梅等修：朱文翰等輯：嘉慶《山陰縣志》，冊1，卷10〈選舉一〉，頁211、207。
〔註180〕書同註11，嘉慶《山陰縣志》，冊2，卷14〈鄉賢二〉，頁452。
〔註181〕書同註7，《徐渭集・附錄・刻徐文長佚書序》，冊4，頁1348～1350。
〔註182〕書同註11，嘉慶《山陰縣志》，冊1，卷10〈選舉一〉，頁213、209。
〔註183〕書同註11，嘉慶《山陰縣志》，冊2，卷14〈鄉賢二〉，頁452。
〔註184〕張則桐：〈張岱與徐渭〉，《中國典籍與文化》（2002年第3期），頁23。
〔註185〕書同註7，《徐渭集・徐文長三集・張氏別業》十二首，冊1，卷10，頁334～336。另外，卷7，頁273也有四首七律。
〔註186〕書同註164，《琅嬛文集・家傳》，卷4，頁164。
〔註187〕書同註164，《琅嬛文集・四書遇序》，卷1，頁25。
〔註188〕書同註7，《徐渭集・附錄・刻徐文長佚書序》，冊4，頁1348。

治風雲的一種悲憤。〔註189〕這種看法的提出，在當時對徐文長而言應有辨正之功。

　　張汝霖的兩個兒子張耀芳〔註190〕、張聯芳〔註191〕也繼承他「善詼諧」的個性。至於孫子張岱，在《琅嬛文集序》中曾云：「向年余老友吳系曾夢文長說余是其後身，此來專爲收其佚稿」〔註192〕，說明了他對徐文長的崇拜，其散文風格有相當程度地受其影響。由此看來，張家人性格大概皆能與徐文長相合。

　　然而，記恩重義的徐文長，對於救他出獄最大之出力者張元忭，老來卻以不主動聯繫的方式來處理與張家之一生恩怨，而張元忭也尊重他的選擇不輕易打擾的做法，是否仍然可算是具相當默契的知己？總之，在徐文長的人際關係中，這應該是比較遺憾的一段情誼。

（二）諸大綬

　　諸大綬（1523～1573），字端甫，號龍泉，別號南明，山陰人。是嘉靖時期文社「越中十子」成員之一。他是徐文長的同學，嘉靖二十二年（1543）中舉，嘉靖三十五年（1556）中狀元，〔註193〕授翰林修撰，官至吏部右侍郎兼侍讀學士。萬曆元年（1573）卒於北京，年五十一歲。贈禮部尚書，諡文懿。〔註194〕山陰建有諸文懿公祠，〔註195〕著有《諸文懿公集》八卷。〔註196〕

　　倆人嘉靖十九年（1540）相識於杭州，早年來往不多。不過，諸大綬可謂徐文長之貴人，他解救過徐文長兩次。一是嘉靖四十三年（1564）想離開李春芳（1510～1584）幕府，但處理不當，致受李春芳的刁難，後來，徐文長向諸大綬求助，在諸大綬出面向李春芳說情下，事情才得以解決。後來，嘉靖四十五年（1566）徐文長殺妻入獄後，徐文長曾陸續寫過兩次信〈啓諸

〔註189〕書同註3，江興祐：《畸人怪才：徐渭傳》，頁282～283。

〔註190〕書同註164，〔明〕張岱著，云告點校：《琅嬛文集・家傳》，書同註164，卷4，頁166。

〔註191〕〔明〕張岱撰：《陶庵夢憶・嚛社》（新北市：頂淵文化事業有限公司，2004年3月），卷6，頁58。

〔註192〕書同註164，《琅嬛文集・琅嬛文集序》，卷1，頁63。

〔註193〕書同註11，〔清〕徐元梅等修；朱文翰等輯：嘉慶《山陰縣志》，冊1，卷10〈選舉一〉，頁198。

〔註194〕書同註11，〔清〕李亨特總裁；平恕等修：《紹興府志》，冊5，卷48〈人物志八・鄉賢五〉，頁1161。

〔註195〕書同註11，《紹興府志》，冊4，卷37〈祠祀志二・祠〉，頁895。

〔註196〕書同註11，《紹興府志》，冊7，卷78〈經籍志二・集・別集類〉，頁1940。

南明侍郎〉〔註197〕請求營救，得他傾力相救，使徐文長死裡逃生。萬曆元年（1573）正月，諸大綬因前一年夏，穆宗皇帝崩，冒酷暑爲皇帝的喪儀而奔波，而染病身亡。〔註198〕過世時，他在〈哀諸尚書辭〉云：「庚子識公，垂三十祀，豈無他德，念此猶恃。破呂倘遂，握手悲歌，先我而往，傷如之何！」〔註199〕表現了深沉的哀痛。

（三）沈鍊、沈襄父子

沈鍊（1507～1557），字純甫，一字子剛，號青霞，會稽（今浙江紹興）人。嘉靖十年（1531）中舉，嘉靖十七年（1538）中進士。〔註200〕授溧陽知縣，因忤犯巡按御史而調任茌平知縣，再知清豐縣，後入爲錦衣衛經歷。因上疏彈劾嚴嵩十大罪，帝大怒，廷杖數十，謫田保安州。嘉靖三十六年（1557）九月，宣大總督楊順、巡按路楷承嚴嵩之旨，誣陷沈鍊與白蓮教閻浩等謀亂，將他斬於宣府。時年五十一歲。隆慶初，贈光錄寺少卿，天啓初，謚「忠愍」。著有《鳴劍集》、《兵書》、《赤牘》諸編。旁注有：《藝文志》，《鳴劍集》十二卷，《青霞山人集》五卷。〔註201〕沈鍊所著書悉亡，被逮時，僅存《青霞集》。隆慶中有司祠祀之。〔註202〕

沈鍊是嘉靖時期文社「越中十子」成員之一，他在嘉靖二十三年（1544）丁憂回籍，從這時開始參加結社。沈家是紹興衛軍籍，與徐文長背景相似。他愛國心切，好議論國事，其嫉惡如仇之剛烈性格，影響徐文長在政治上的態度。沈鍊也欣賞徐文長的才華，《畸譜》中記載沈鍊曾對毛海潮說：「自某

〔註197〕書同註7，〔明〕徐渭：《徐渭集・徐文長三集・啓諸南明侍郎》，冊2，卷15，頁450。

〔註198〕1.〔明〕過庭訓纂集：《明分省人物考（六）》，收入《明代傳記叢刊・綜錄類36》第134冊，書同註76，卷51〈浙江紹興府三〉，頁226。2.〔明〕朱賡：《朱文懿公文集・諸文懿公傳》（臺南：莊嚴文化，1997年6月《四庫全書存目叢書》影印湖北省圖書館藏明天啓刻本），卷6，頁302上、下。

〔註199〕書同註7，《徐渭集・徐文長三集・哀諸尚書辭》，冊2，卷28，頁663～664。

〔註200〕〔清〕董欽德輯：康熙《會稽縣志》（臺北：成文出版社，1983年3月影印清康熙二十二年董欽德輯民國二十五年紹興縣修志委員會校刊鉛印本），冊2，卷20〈選舉志中・舉人〉，頁412；卷20〈選舉志中・進士〉，頁437。

〔註201〕參考：1〔清〕潘介社纂輯：《明詩人小傳稿》，書同註148，頁96。2〔清〕張廷玉等撰，楊家駱主編：《明史・沈鍊傳》，書同註76，冊8，卷209，頁5533～5535。

〔註202〕書同註11，〔清〕李亨特總裁：平恕等修：《紹興府志》，冊5，卷55〈人物志十五・忠節一〉，頁1353～1354。

某以後若干年矣，不見有此人。關起城門，只有這一個。」〔註203〕，徐文長
對自己能被賞識，也是欣喜的。《徐渭集》中有徐文長唱和沈鍊之〈桃花堤上
看美人走馬（和青霞君）〉一詩〔註204〕，可見初識時風花雪月之閒情。

　　嘉靖二十九年（1550）當俺答入侵京郊之際，沈鍊越次進言，反對妥協，
後來，他再次上疏建議，並表示願領兵出戰，又被壓下不報。沈鍊遂於嘉靖
三十年（1551）正月，上疏論嚴嵩十大罪狀，要求罷免嚴嵩以謝天下。沈鍊
的上疏未被採納，明世宗大怒，廷杖數十，貶謫保安州為民。〔註205〕朋友們
得知消息悲憤不已，紛紛寄信慰勉。徐文長也寫了〈保安州（寄青霞沈君）〉
〔註206〕一詩給沈鍊，抒發對政治黑暗的感慨及安慰沈鍊幸能留得生命。

　　嘉靖三十四年（1555）冬天，紹興下了一場大雪。徐文長作〈雨雪十首
（和韻奉酬季長史公）〉寄給沈鍊，其中第七首詩詩下原注：「是年楊繼盛死。」
〔註207〕顯示徐文長也意識到沈鍊的安危，希望他多加珍重。此乃源於嘉靖三
十二年（1553），兵部員外郎楊繼盛上疏彈劾嚴嵩十大罪狀，卻被廷杖下獄。
到了嘉靖三十四年，嚴嵩在陷害抗倭總督張經和浙江巡撫李天寵時，將楊繼
盛的案情一併上報明世宗。致三人於十月被斬首。〔註208〕

　　沈鍊剛烈性格如一，在保安州仍然以詈罵嚴嵩父子為快，還縛草為人，
以李林甫、秦檜、嚴嵩為像，習射以洩憤，嘉靖三十六年（1557）九月，適
宣化、大同一帶發生白蓮教之亂，總督楊順，暗承嚴嵩旨意，與巡按御史路
楷相勾結，上疏時在白蓮教徒的姓名後加上沈鍊的姓名，誣陷沈鍊謀反，將
他斬於宣府。二幼子沈袞、沈褒也被杖殺，沈襄（字叔成，號小霞）被逮送
宣化牢獄，性命危急，因恰逢給事中吳時來上疏奏核楊順、路楷畏敵避戰，
殘害邊民，世宗下召逮二人下獄，沈襄才得以獲釋。〔註209〕

〔註203〕書同註7，〔明〕徐渭：《徐渭集・補編・畸譜》，冊4，頁1334。

〔註204〕書同註7，〔明〕徐渭：《徐渭集・徐文長三集・桃花堤上看美人走馬（和青
　　　　霞君）》，冊1，卷6，頁169。

〔註205〕書同註76，〔明〕林之盛編述：《皇明應諡名臣備考錄（一）》，收入《明代傳
　　　　記叢刊・名人類21》第56冊，卷4，頁375～377。

〔註206〕書同註7，《徐渭集・徐文長三集・保安州（寄青霞沈君）》，冊1，卷7，頁
　　　　216。

〔註207〕書同註7，《徐渭集・徐文長逸稿・雨雪十首（和韻奉酬季長史公）》之七，
　　　　冊3，卷8，頁863。

〔註208〕書同註76，〔清〕張廷玉等撰，楊家駱主編：《明史・楊繼盛傳》，冊8，卷
　　　　209，頁5538～5542。

〔註209〕書同註76，〔明〕林之盛編述：《皇明應諡名臣備考錄（一）》，收入《明代傳

　　徐文長反對嚴嵩，主要是受到沈鍊及沈鍊事件的影響，故幾番遲疑於入胡宗憲幕府。沈鍊死後，徐文長與沈家情誼持續到沈襄這一代。嘉靖四十年（1561）春天，沈襄出塞尋父遺骨，徐文長作〈短褐篇送沈子叔成出塞〉送行〔註210〕。嘉靖四十一年（1562）五月，嚴嵩倒臺，嘉靖四十四年（1565）三月嚴世蕃被誅。其後，沈鍊的冤情漸漸得到昭雪，沈襄得以恢復生員的身分。嘉靖四十五年（1566）二月，沈襄從保安把沈鍊的遺骸運回紹興，當地官紳和沈鍊的生前友好舉行公祭。徐文長作〈會祭沈錦衣文〉〔註211〕、〈與諸士友祭沈君文〉以祭之〔註212〕。徐文長入獄後，沈襄亦爲營救友人之一，隆慶元年正月，朝廷爲沈鍊平反，贈鍊光祿寺少卿，廕子一人，徐文長作有〈贈光祿少卿沈公傳〉〔註213〕。沈襄北上，渭作〈送沈叔成（沈上疏請復父仇，故以孫策事比之）〉〔註214〕，沈襄赴京蒞職刑部時，至獄中辭行，渭作《送沈君叔成序》送行，「與鼠爭殘炙，蟣蝨瑟瑟然，宮無顛，館吾破絮，成父忽雙涕大叫：『叔儱至此呼！袖吾搏虎手何爲？』」〔註215〕描述出獄中惡劣的環境及沈襄眞摯情緒之語，雙方情誼自然流露其中。沈襄上疏後，給事中魏時亮、陳瓚亦相繼論之，楊順、路楷遂被論死罪。其後，沈襄編集父親的遺稿，徐文長參加校定，有〈校沈青霞先生集，醉中作此〉〔註216〕。

　　萬曆五年（1577）八月，徐文長從北京起程回紹興養病。此時，臨別之際，沈襄贈給徐文長一把番刀，作自衛武器。徐文長寫了〈沈叔子解番刀爲贈二首（繼霞）〉〔註217〕謝其好意。不過，歸途中，徐文長仍遭遇長子徐枚聯合外寇，搶走吳兌及京中交往者贈與的錢財。而徐文長寓居北京時，沈襄因

記叢刊・名人類 21》第 56 冊，頁 378～379。

〔註210〕書同註7，〔明〕徐渭：《徐渭集・徐文長逸稿・短褐篇送沈子叔成出塞》，冊3，卷2，頁 717～718。

〔註211〕書同註7，《徐渭集・徐文長三集・會祭沈錦衣文》，冊2，卷28，頁 658～659。

〔註212〕書同註7，《徐渭集・徐文長逸稿・與諸士友祭沈君文》，冊3，卷23，頁 1050～1051。

〔註213〕書同註7，《徐渭集・徐文長三集・贈光祿少卿沈公傳》，冊2，卷25，頁 624～625。

〔註214〕書同註7，《徐渭集・徐文長三集・送沈叔成（沈上疏請復父仇，故以孫策事比之）》，冊1，卷7，頁 304。

〔註215〕書同註7，《徐渭集・徐文長三集・送沈君叔成序》，冊2，卷19，頁 560。

〔註216〕書同註7，《徐渭集・徐文長逸稿・校沈青霞先生集，醉中作此》，冊3，卷8，頁 872。

〔註217〕書同註7，《徐渭集・徐文長三集・沈叔子解番刀爲贈二首（繼霞）》，冊1，卷5，頁 149。

愛好繪畫，尤喜畫梅〔註218〕，常去看望徐文長，請他作畫。徐文長有〈沈刑部善梅花，卻付紙三丈索我雜畫（沈小霞）〉〔註219〕、〈京邸贈沈刑部（叔成自安鄉召入，善畫梅，在署竟日伸紙。洞庭逼浸安鄉）〉〔註220〕詩，記其事。沈襄後來官至雲南鶴慶知府〔註221〕。

　　徐文長與張（天復）家、沈（鍊）家結識時間相近，然一至老死幾乎不相往來，一至徐文長老來仍維持相當情誼，若論徐文長之不喜接近權貴，然而，倆家之第二代張元忭、沈襄皆官職在身，何以結果有如此差別？想來張元忭除拘謹個性外，以「矩矱儼然」〔註222〕之入世封建禮教持身，也以此待人，終究有不自知傷人之處。此由張元忭作品中僅有一首〈遊摩訶庵遇雨次徐文長韻〉提到徐文長，且直呼其姓名，〔註223〕便能略知一二。

（四）張子錫、張子文兄弟

　　張子錫（1520～1589），號海山。張子文，號長治。張家離徐文長家不遠，張家三子張子儀、張子錫和張子文幼年時在徐家家塾中附館讀書，子錫、子文和徐文長年紀相近，三人常一起吃吃喝喝、玩竹馬、對對聯、作作詩文。又因張家是武官，家中有戰馬和兵器，徐文長也常和張家兄弟練劍、練茅、拉弓射箭或不繫鞍鐙騎馬奔馳。〔註224〕後來各自發展，徐文長一意求取功名，卻一直屢試不第，張家長兄子儀世襲將軍，季子張子文也在做事，唯仲子張子錫只想做「詩壇畫譜一才人」〔註225〕，他一生安逸無憂，快意風流，

〔註218〕書同註11，〔清〕徐元梅等修；朱文翰等輯：嘉慶《山陰縣志》，冊3，卷18〈術藝釋老〉，頁743：「沈襄，號小霞、少卿，鍊長子。善墨梅，幹隨筆生，枯潤咸有天趣（舊志）」。

〔註219〕書同註7，〔明〕徐渭：《徐渭集・徐文長三集・沈刑部善梅花，卻付紙三丈索我雜畫（沈小霞）》，冊1，卷5，頁131。

〔註220〕書同註7，《徐渭集・徐文長三集・京邸贈沈刑部（叔成自安鄉召入，善畫梅，在署竟日伸紙。洞庭逼浸安鄉）》，冊1，卷6，頁186。

〔註221〕書同註131，梁一成編著：《徐渭的文學與藝術・附錄四・關係人物考》，頁196。

〔註222〕書同註76，〔清〕張廷玉等撰，楊家駱主編：《明史・張元忭傳》，冊10，卷283，頁7289。

〔註223〕參：汪沛：〈理性與畸情：張元忭與徐渭的文化身分認同〉，《文化與詩學》（2010年第1期），頁230。〈遊摩訶庵遇雨次徐文長韻〉一詩，見於：〔明〕張元忭撰：《張陽和先生不二齋文選》（臺南：莊嚴文化，1997年6月《四庫全書存目叢書》影印湖北省圖書館藏明萬曆張汝霖張汝懋刻本），卷7，頁482上。

〔註224〕書同註7，《徐渭集・徐文長三集・張母八十序》，冊2，卷19，頁568。

〔註225〕書同註7，《徐渭集・徐文長逸稿・張子錫嘗自題鏡容，今死矣，次其韻五首，應乃郎之索》之二，冊3，卷4，頁787。

家中常高朋滿座，主客通宵達旦吟嘯酒盞間，七十歲壽後不久過世。

　　徐文長與張家兩兄弟之相處大概因為是童年舊友，即使成年後，相處起來無世俗身分之壓力，故筆下每作輕鬆嘻笑。沈明臣《豐對樓詩選》便有一篇〈張長公子錫墮水行〉〔註226〕，記敘他與張子錫、徐文長三人在紹興畫船載妓醉游龐公池的風流經歷。而徐文長出獄後亦「時時復從二張游」〔註227〕。徐文長獲釋不久，張子錫母親八十大壽。徐文長畫了一幅萱花賀壽，並作〈賦得百歲萱花為某母壽〉〔註228〕、〈張母八十序〉〔註229〕詩文祝賀。詩中回憶兩家交誼之深：「阿母烹雞續夜筵，夜深燭短天如水。我母當時亦不嗔，郎君過我亦主人。兩家酣醉無日夜，罇愁甕怨杯生菌」，並祝福張母：「上壽誰人姓張者，圖裡萱花長不謝，阿母但辦好齒牙，百歲筵前嚼甘蔗」。序文中則提及張母數十年視其子與朋友如一日，讓獲釋的他心有感觸，並懷摯意祝福張母再活四十年。

　　萬曆七年（1579）張子錫六十歲時，徐文長曾贈一幅高陽酒徒畫送他，並作〈贈子錫序〉〔註230〕為他賀壽，萬曆十七年（1589）張子錫七十歲時，徐文長又送給張子錫兩幅畫，一幅為楓樹月及白頭翁鳥，一幅為古柏芙蓉，調侃張子錫風月一生、年老好色。並作〈四張歌張六丈七十〉〔註231〕一詩祝福他永遠能如願風流。張子錫的一生映射出社會中另一階級紈絝子弟浮華生活的一面。

　　不久後，張子錫過世。其子持這兩幅畫請徐文長題款，徐文長寫了〈張海山已死，其子持向所壽父者二軸來索題，其一畫楓樹月及白頭公鳥，謎之曰風月白頭，其一畫古柏芙蓉〉〔註232〕一詩，詩題點明畫中的喻意。徐文長

〔註226〕〔明〕沈明臣撰：《豐對樓詩選‧張長公子錫墮水行》（臺南：莊嚴文化，1997年6月《四庫全書存目叢書》影印浙江圖書館藏明萬曆二十四年陳大科陳堯佐刻本），卷9，頁267上。

〔註227〕書同註7，〔明〕徐渭：《徐渭集‧徐文長三集‧張母八十序》，冊2，卷19，頁568。

〔註228〕書同註7，《徐渭集‧徐文長三集‧賦得百歲萱花為某母壽》，冊1，卷5，頁130～131。

〔註229〕書同註7，頁568～569。

〔註230〕書同註7，《徐渭集‧徐文長逸稿‧贈子錫序》，冊3，卷15，頁959。

〔註231〕書同註7，《徐渭集‧徐文長三集‧四張歌張六丈七十》，冊1，卷5，頁155～156。

〔註232〕書同註7，《徐渭集‧徐文長三集‧張海山已死，其子持向所壽父者二軸來索題，其一畫楓樹月及白頭公鳥，謎之曰風月白頭，其一畫古柏芙蓉》，冊1，卷5，頁160。

後來又應張子錫兒子之請，寫〈張子錫嘗自題鏡容，今死矣，次其韻五首，應乃郎之索〉徐文長用他的自題鏡容詩原韻作了五首，其四云：「詼諧百出嬉三昧，雲水千重了一身。見說閻羅仍待制，許君鸞鶴去朝眞」〔註233〕，說出他對張子錫眞性情之理解與欣賞。

（五）丁肖甫

丁模，字子範，號肖甫，山陰人。倆人同住過目連巷。肖甫是年少時與他一起學八股文的同學，直至十六、七歲，倆人分開六、七年後，又同師事季本。

徐文長爲他的詩集做過〈肖甫詩序〉，說他作詩「始入理而主議，然其性也鬱，而其所造之理，與所主之議，深而高，故其爲詩也沉，而爲人所難知。」〔註234〕雖率直指陳，但也說出自己對他詩的偏愛。

關於倆人之往來，大概是小時曾一起騎射，曾在嘉靖三十五年（1556）中秋節一起陪同季本老師去看龕山戰場，並觀錢塘江潮。肖甫病目，三年才病癒，徐文長寫了首〈肖甫病目，三年始愈，喜而賦之〉〔註235〕七律詩抒發喜悅心情。嘉靖四十二年（1563）冬天，赴李春芳幕時，作〈北上別丁肖甫於虎丘〉，詩中「少年同學共青氈，一劍孤飛何處天？別後相思應與共，向來心事尙難傳」〔註236〕談及對丁肖甫友誼的珍重。而丁肖甫被聘教學，徐文長也作有〈送丁肖甫二首（張都幕君請教其子）〕〔註237〕。嘉靖四十五年（1566）柳文就任高郵訓導前，倆人並一起去看柳文。〔註238〕

徐文長入獄後，丁肖甫幫忙照顧徐文長家，倆家共住三年。隆慶二年（1568）新年這天，丁肖甫帶著徐文長的幼子徐枳探獄。徐文長生母去世，他幫忙保釋出獄讓徐文長辦理喪事。徐文長後來在〈告丁母〉〔註239〕一文中，

〔註233〕書同註7，〔明〕徐渭：《徐渭集・徐文長逸稿・張子錫嘗自題鏡容，今死矣，次其韻五首，應乃郎之索》之四，冊3，卷4，頁788。
〔註234〕書同註7，《徐渭集・徐文長三集・肖甫詩序》，冊2，卷19，頁534。
〔註235〕書同註7，《徐渭集・徐文長三集・肖甫病目，三年始愈，喜而賦之》，冊1，卷7，頁224。盛鴻郎撰：《徐文長先生年譜》繫於嘉靖三十七年（1558），書同註4。
〔註236〕書同註7，《徐渭集・徐文長逸稿・北上別丁肖甫於虎丘》，冊3，卷4，頁818。
〔註237〕書同註7，《徐渭集・徐文長逸稿・送丁肖甫二首（張都幕君請教其子）》，冊3，卷8，頁864。
〔註238〕書同註7，《徐渭集・徐文長三集・病起，過訪柳君彬仲，因玉公先在座，因招丁君肖甫共齋飯，分韻得行字》，冊1，卷4，頁74。
〔註239〕書同註7，《徐渭集・徐文長三集・告丁母》，冊2，卷28，頁662。

深切地表達了丁肖甫對他的付出，而丁肖甫母親過世時，他因仍在獄，有著無以回報的愧疚。

（六）柳文、柳瀲父子

柳文（1514～1575），字彬仲，號少明，山陰人。年十五中秀才，以能古文顯，少時與張太僕及羅生椿齊名，號「越中三儁」。〔註240〕然鄉試屢試不第。曾與張天復參與《山陰縣志》的編纂。是嘉靖時期文社「越中十子」成員之一。

嘉靖四十五年（1566）循資薦為貢生，〔註241〕歷高郵訓導、婺源教諭，皆有政聲。萬曆二年閏十二月（新曆為萬曆三年，1575），升為江西省都昌知縣，只上任三天就死於任所，年六十二。為人醇謹、博覽，能詩文，有詩文別鈔若干卷。〔註242〕

徐文長與柳文同在季本門下，情誼維持終生。徐文長在嘉靖四十三年（1564）初，到李春芳幕府時，曾作〈寄彬仲〉（時客燕）〔註243〕一詩給柳文，以「平原食客多雲霧，未必於中識姓名」抒發自己的忐忑。嘉靖四十五年，柳文去就任高郵訓導之前，徐文長也曾與一輩朋友在王光祿的春園設宴為柳文餞行，每個人都寫了贈詩，徐文長也作了〈送彬仲應貢北上〉〔註244〕、〈送柳彬仲序〉〔註245〕等詩文贈別。徐文長在詩中鼓勵柳文「已通薦籍非無路，不負相知在此行」，並以「定知後夜相思處，獨坐山居對月明」傾訴即將的離情。隨後殺妻下獄，獄中也曾寫〈寄彬中〉〔註246〕給柳文，表達知道柳文營救他的心意。萬曆二年（1574），聽聞柳文由婺源教諭升任都昌知縣，作〈寄柳都昌彬仲〉〔註247〕，柳文卻至官三日而亡。文長應其子請求，作有〈都昌柳公墓志銘〉〔註248〕，文中述及平生情誼。

〔註240〕〔明〕蕭良幹、張元忭等纂：萬曆《紹興府志》（臺南縣：莊嚴文化事業有限公司，1996年8月影印北京師範大學圖書館藏明萬曆刻本），卷50〈序志〉，頁415上。

〔註241〕〔明〕許東望修、張天復、柳文纂：嘉靖《山陰縣志》（北京：北京圖書館，2003年8月影印明嘉靖三十年刻本），冊1，卷5〈選舉表〉，頁659。

〔註242〕書同註240，萬曆《紹興府志》，卷31〈選舉志二·歲貢〉，頁114上。

〔註243〕書同註7，〔明〕徐渭：《徐渭集·徐文長三集·寄彬仲（時客燕)》，冊1，卷7，頁232。

〔註244〕書同註7，《徐渭集·徐文長逸稿·送彬仲應貢北上》，冊3，卷4，頁820。

〔註245〕書同註7，《徐渭集·徐文長逸稿·送柳彬仲序》，冊3，卷14，頁920～921。

〔註246〕書同註7，《徐渭集·徐文長三集·寄彬中》，冊1，卷4，頁76。

〔註247〕書同註7，《徐渭集·徐文長三集·寄柳都昌彬仲》，冊1，卷5，頁153。

〔註248〕書同註7，《徐渭集·徐文長逸稿·都昌柳公墓志銘》，冊3，卷22，頁1037

柳瀠，爲柳文仲子。〈都昌柳公墓志銘〉所言柳瀠，應該便是〈柳生小像〉
〔註249〕中徐文長所描繪的的柳元穀。也許是柳瀠，字元穀（瀠）。

　　柳瀠跟隨徐文長多年，後來拜徐文長爲師，徐文長有〈柳兄九迫以師禮
（元瀠）〉〔註250〕詩記其事。從張汝霖〈刻徐文長佚書序〉文中曾提及「有
柳生九，喜評駁古人。嘗恨孔明不善兵，歷數可破魏擒操處，皆失著，至欲
皆裂。及去而送之，扉半闔，（渭）睨而曰：『不道短柳九辦殺曹瞞！』聞者
絕倒。」〔註251〕之描述，可見他的眞性情，符合於徐文長晚年不受拘束，
輕鬆隨意度日的情調。又，徐文長晚年曾書卷軸以售，柳瀠和東鄰借貸購買，
長久下來，本息計算頗多，被文長笑好比以五百金買馬骨，覽觀後不覺感慨。
〔註252〕這也見出柳瀠對師長的眞意。故他的門生性情也與他這一面相合，
眞誠而少矯飾。

第二節　徐文長的文學藝術

　　徐文長是晚明時期的全才藝術家，他的創作涵蓋詩、文、書、畫及戲曲，
在文壇上皆各自擅場。兩岸學界對他各類創作已多所討論，本論文的主旨雖
然在探討徐文長的傳說與故事部分，不過，在探究徐文長史實與虛構之間，
也無法忽視其文學與藝術上之成就，故別立一節，略論其創作。以下分別就
徐文長的創作觀、徐文長的戲曲、徐文長的詩文、徐文長的書法與繪畫等四
方面加以論述。

一、徐文長的創作觀

　　在論述徐文長不同體裁創作之前，首先略述徐文長之創作觀。因爲載體
的不同，只是作者抒發情感的形式不同，其人生之價值觀則一。觀察徐文長
之創作觀，主要有以下幾個面向：

（一）內容出於己之所自得

　　徐文長所處時代爲後七子縱橫文壇之時代。陳田《明詩紀事》爲當時之

　　　　　　～1038。
〔註249〕書同註7，〔明〕徐渭：《徐渭集・徐文長三集・柳生小像》，冊2，卷21，頁588。
〔註250〕書同註7，《徐渭集・徐文長逸稿・柳兄九迫以師禮（元瀠）》，冊3，卷3，
　　　　　頁745～746。
〔註251〕書同註7，〔明〕張汝霖：《徐渭集・附錄・刻徐文長佚書序》，頁1349。
〔註252〕書同註7，《徐渭集・徐文長佚草・柳君所藏書卷跋》，冊4，卷2，頁1095。

盛況紀錄如下：

> 嘉靖之季，以詩鳴者有後七子，李（李攀龍）、王（王世貞）
> 爲之冠，與前七子隔絕數十年，而此唱彼和，聲應氣求，若出一
> 軌。海內稱詩者，不奉李、王之教，則若夷狄之不遵正朔；而噉
> 名者，以得其一顧爲幸，奔走其門，接裾聯袂，緒論所及，噓枯
> 吹生……綜觀七子之詩，滄溟（李攀龍號）律絕，足以彈壓一世。
> 弇州（王世貞號弇州山人）諸體，無所不工……暨乎隨波之流，
> 摹仿太甚，爲弊滋多，黃金紫氣之詞，叫囂亢壯之章，千篇一律，
> 令人生厭。〔註253〕

陳田指出後七子文學主張盛行後之流弊。七子尚能因個人才性而引領文壇，而至於末流之字擬句摹，其流弊便是空洞無生命力，自然流於陳言，令人讀之生厭。徐文長對模擬之風也有同樣的論點，他在〈葉子肅詩序〉中提到：

> 人有學爲鳥言者，其音則鳥也，而性則人也；鳥有學爲人言者，
> 其音則人也，而性則鳥也。此可以定人與鳥之衡哉！今之爲詩者，
> 何以異於是？不出於己之所自得，而徒竊於人之所嘗言，曰：「某篇
> 是某體，某篇則否；某句似某人，某句則否。」此雖極工逼肖，而
> 己不免於鳥之爲人言矣！〔註254〕

不管是鳥學人語或是人學鳥語，即使逼肖，都僅是形式而已，非從眞性所出。創作如果不是從心中流露出之眞實情感，便缺乏生命力，所以，他認爲創作須「師心橫從，不傍門戶」〔註255〕，學習各家之精隨，吸收內化後，隨自己之情性走出自己之風格。徐文長這段話語顯然是針對明朝中期所盛行「文必秦漢，詩必盛唐」的復古及擬古之風而發，立場很明確是反對模擬詩風的。後七子之王世貞雖然認爲詩文當以格調爲主，格調與才思有密切關係，他與前七子之何景明皆不贊成死板的模擬。上述之言似乎也可推斷徐文長並不贊同後七子之拘守氣韻、格律之文學主張，而從他的作品之中，可以看到兩句式的題畫詩、四句式的題畫詩，或者是四、五、六、七言等各種長長短短的古詩創作，或者是很短的表、啓之官方文書，皆可見他性格中不可羈握

〔註253〕陳田輯：《明詩紀事》（上海：上海古籍出版社，1993年12月），冊4，頁1867。
〔註254〕書同註7，〔明〕徐渭：《徐渭集‧徐文長三集‧葉子肅詩序》，冊2，卷19，頁519。
〔註255〕書同註7，《徐渭集‧徐文長逸稿‧書田生詩文後》，冊3，卷16，頁976。

之任情恣意，一字一語無非出於己之所自得，非格律定法所能約束。

（二）文辭表達通俗淺顯

創作既然是出於己之所自得，那麼，反映出的應該是生活的本來面目及人物的眞實情感，因此，古今雖然有別，地域雖然有不同，卻不影響作者傳情達意之文學性。徐文長在〈奉師季先生書〉之三中指出：

> 樂府蓋取民俗之謠，正與古國風一類。今之南北東西雖殊方，而婦女兒童、耕夫舟子、塞曲征吟、市歌巷引、若所謂竹枝詞，無不皆然。此眞天機自動，觸物發聲，以啓其下段欲寫之情，默會亦自有妙處，決不可以意義說者。〔註256〕

徐文長這樣的說法不僅肯定了民謠、小調存在的功能，並將竹枝詞提升至承繼詩經、樂府而來，與中國傳統文學中固有雅文學高於俗文學及忌諱以口語、俗語入詩詞之思維顯然大相逕庭，並且以其多元之作品來呈現這樣的觀點，他的作品雅、俗文學兩者皆備，他創作的體裁、題材多元，無所不入，許多作品用語通俗淺白，無非從「天機自動，觸物發聲」而來。如：〈賦得百歲萱花爲某母壽〉：「阿母但辦好齒牙，百歲筵前嚼甘蔗」〔註257〕來祝福張子錫母親八十大壽，相當口語。又如〈沈生行（繼霞）〉：「請看小李繼家聲，好驢不入驢行隊」〔註258〕，同樣以通俗口語表達對忠臣之後的期盼。〈陰風吹火篇呈錢刑部君附書（八山）〉：「誰言墮地永爲厲，宰官功德不可議」〔註259〕，則以偈語式的書寫點出他對「超度」、「功德」的宗教信仰。而〈祭陣亡吏士文〉：「鬼如有知，其少自寬，毋多懟」〔註260〕，他訓誡陣亡將士對戰死勿生怨懟，則顯示出他與一般人「敬鬼神而遠之」的生活態度大爲不同，用語雖然淺顯，但呈現出他受道教影響，待人鬼、生死無別之平等心。

除了內容通俗淺白之外，從他作品所下的文題也能一目了然其生活內容，如〈廿八日雪（時棉被被盜）〉〔註261〕、〈予被風，半面骨痛，鼻黃涕注

〔註256〕書同註7，〔明〕徐渭：《徐渭集・徐文長三集・奉師季先生書》之三，冊2，卷16，頁458。

〔註257〕書同註7，《徐渭集・徐文長三集・賦得百歲萱花爲某母壽》，冊1，卷5，頁131。

〔註258〕書同註7，《徐渭集・徐文長三集・沈生行》，冊1，卷5，頁146。

〔註259〕書同註7，《徐渭集・徐文長三集・陰風吹火篇呈錢刑部君附書（八山）》，冊1，卷5，頁114。

〔註260〕書同註7，《徐渭集・徐文長三集・代祭陣亡吏士文》，冊2，卷28，頁657。

〔註261〕書同註7，《徐渭集・徐文長三集・廿八日雪（時棉被被盜）》，冊1，卷5，

七日，舉巖傅君爲行灸，艾方灰而痛已，明日涕尋塞……〉〔註262〕、〈聞有賦壞翅鶴者，予嘗傷事廢餐，羸眩致跌，右臂骨脫突肩臼，昨冬涉夏，復病腳軟，必杖而後行……〉〔註263〕、〈補屋〉〔註264〕、〈雪中移居二首〉〔註265〕、〈至日趁曝洗腳行〉〔註266〕、〈掏耳圖〉〔註267〕、〈治家〉〔註268〕、〈畫易粟不得〉〔註269〕、賣貂（予再北，以贅文得貂帽領，敝其三，賣其六，乃不滿十五金）〔註270〕、賣磬（敝僦多竹，而鴉叫振林，每歌輒罷）〔註271〕、賣畫〔註272〕、賣書〔註273〕，像這些一般人並不覺得體面或是較瑣碎的生活內容，即使是詩人、詞人，大概多在精神面發揮，不會如此赤裸裸地寫出自己的窘迫或情緒，如北宋大家蘇東坡被貶謫黃州時所作的〈定風坡〉：「莫聽穿林打葉聲，何妨吟嘯且徐行。竹杖芒鞋輕勝馬，誰怕？一蓑煙雨任平生。料峭春風吹酒醒，微冷，山頭斜照卻相迎。回首向來蕭瑟處，歸去，也無風雨也無晴」，詞中透露出生活豈無困頓，人生又豈無風雨？詞人選擇的是以知足、豁達的精神惕勵自己對無論是自然界或是政治的風雨皆淡然以對。徐文長的寫作態度顯然與之大相逕庭。而在徐文長作品後的價值觀顯然是更貼近於平民生活的，而非他爲廟堂中人作嫁的雅文學。

頁143。

〔註262〕書同註7，〔明〕徐渭：《徐渭集・徐文長三集・予被風，半面骨痛，鼻黃涕注七日，舉巖傅君爲行灸，艾方灰而痛已，明日涕尋塞。往聞舉巖說經絡穿貫甚理，又自述奇活者多，而無師授，曰吾明陰陽之理也。以厭學校，將之京，故詩引黃軒岐伯》，冊1，卷7，頁234。

〔註263〕書同註7，《徐渭集・徐文長三集・聞有賦壞翅鶴者，予嘗傷事廢餐，羸眩致跌，右臂骨脫突肩臼，昨冬涉夏，復病腳軟，必杖而後行，茲也感仙癯之易賊，羨令威而不皆，橫榻哀吟，輒得五首》，冊1，卷7，頁296。

〔註264〕書同註7，《徐渭集・徐文長三集・補屋》，冊1，卷4，頁84。

〔註265〕書同註7，《徐渭集・徐文長三集・雪中移居二首》，冊1，卷7，頁291。

〔註266〕書同註7，《徐渭集・徐文長三集・至日趁曝洗腳行》，冊1，卷5，頁145。

〔註267〕書同註7，《徐渭集・徐文長逸稿・掏耳圖》，冊3，卷8，頁857。

〔註268〕書同註7，《徐渭集・徐文長三集・治家五首（夜觀野火於松間，故三首云云）》，冊1，卷4，頁95。

〔註269〕書同註7，《徐渭集・徐文長三集・畫易粟不得》，冊1，卷4，頁73。

〔註270〕書同註7，《徐渭集・徐文長三集・賣貂（予再北，以贅文得貂帽領，敝其三，賣其六，乃不滿十五金）》，冊1，卷7，頁284。

〔註271〕書同註7，《徐渭集・徐文長三集・賣磬（敝僦多竹，而鴉叫振林，每歌輒罷）》，冊1，卷7，頁284。

〔註272〕書同註7，《徐渭集・徐文長三集・賣畫》，冊1，卷7，頁284。

〔註273〕書同註7，《徐渭集・徐文長三集・賣書（第三言己身亦將賣耳，況書乎！作音做。《僮書》，用便了券事）》，冊1，卷7，頁285。

而入於戲曲之中，徐文長自然不會將華麗辭藻、取譬用典帶入其中，「宜俗宜眞」爲戲劇語言重點所在，「宜俗」指通俗易解，「宜眞」指眞實情感。「宜俗宜眞」指用通俗易解的語言，表現出劇中人物的身分、性格與情感。《南詞敘錄》便言：

　　　夫曲本取於感發人心，歌之使奴、童、婦、女皆喻，乃爲得體；
　　經、子之談，以之爲詩且不可，況此等耶？直以才情欠少，未免巉
　　補成篇。吾意，與其文而晦，曷若俗而鄙之易曉也。〔註274〕

戲曲與民歌同，爲「感於哀樂，緣事而發」下之產物，故能使看、聽者理解而起共鳴，如果將經、子之談帶入戲曲，自然能欣賞的對象便有侷限了。故如《香囊記》將《詩經》、《杜詩》二書之語入於曲中，賓白也用文言，又用故事做對子，徐文長認爲這種作法最爲害事。他認爲能在創作戲曲中「點鐵成金」者，是做到了「越俗越雅，越淡薄越滋味，越不扭捏動人越自動人。」〔註275〕著筆時，雅、俗心中得有妙悟，他說：「塡詞（指曲詞）如作唐詩，文既不可，俗又不可，自有一種妙處，要在人領解妙悟，未可言傳。」〔註276〕而他在創作《四聲猿》與《歌代嘯》時，加入〈鷓鴣〉之民間小調，〔註277〕還用了許多方言、俗語、隱語、俚語、調侃語、歇後語、反語、罵人語，〔註278〕增加了劇之趣味性，顯然是有意以「俗」來輔助達到「眞」的目的，讓雅、俗之間不是對立，而是相成關係。

（三）創作視野在於對象

從徐文長八歲習作時文，到歷經數任武幕之幕職，走過齊魯燕趙之地，逐漸開展出不同的視野，在創作上，從一開始的從自我出發，寫一些應用文書或旅遊作品，或者和浙江提學副使上〈上提學副使張公書〉〔註279〕，請求參與秀才之複試，到進入幕府爲人代筆，從別人之視野撰寫文書，再到戲曲

〔註274〕〔明〕徐渭：《南詞敘錄》（上海：上海古籍出版社，2002年3月《續修四庫全書》影民國六年董氏刻讀曲叢刊本），頁413上。
〔註275〕書同註7，〔明〕徐渭：《徐渭集・徐文長佚草・題崑崙奴雜劇後》之四，冊4，卷2，頁1093。
〔註276〕書同註274，《南詞敘錄》，頁413下。
〔註277〕張繼玲：〈談徐渭的本色〉，《現代語文》（文學研究版）（2009年7月），頁56。
〔註278〕廖玉婷〈徐渭本色論中的觀眾視點〉，《淮北煤炭師範學院學報》（哲學社會科學版）第30卷第6期（2009年12月），頁92。
〔註279〕書同註7，《徐渭集・徐文長佚草・上提學副使張公書》，冊4，卷3，頁1106～1110。

創作時，他應該已經體察到作品不應只是流傳於少數人，創作的角度應置於廣大的多數，而不在表現作者之才學上，而在使奴、童、婦、女等不同身分的對象透過舞臺表演者的肢體語言及說唱，自然理解其內容，而達到對戲曲共鳴的效果。因此，作者在創作戲曲時，考慮到合適於各種身分的對象所感興趣的題材、語言，因而影響到戲曲之是否受歡迎乃是必然之論。故而，《南詞敘錄》要言：「《琵琶記》……惟《食糠》、《嘗藥》、《築墳》、《寫真》諸作，從人心流出，嚴滄浪言水中之月、空中之影，最不可到。……句句是常言俗語，扭作曲子，點鐵成金，信是妙手。」〔註280〕蓋皆從人心中最真實之感受描摹而出，使人自然看到一個孝媳在封建社會中的無奈與苦楚。《香囊記》則反之，「如教坊雷大使舞，終非本色」〔註281〕。徐文長之意是《香囊記》有時文氣，不是從真性而出，反映的不是戲曲中角色及語言本來之面目，即〈西廂序〉〔註282〕中所謂的「相色」。

二、徐文長的戲曲

徐文長在戲曲方面的作品，有《四聲猿》之戲曲劇本，不過，關於其著作之時間與著作次第學界有不同的意見，而另一劇本《歌代嘯》之作者與著作時間也有爭議，孫書磊便認為是明末崇禎年間方汝浩的作品。〔註283〕除劇本之外，現存最早的戲曲理論文獻《南詞敘錄》，也是宋元明清唯一的南戲專著〔註284〕，學界一般認為是徐文長在嘉靖三十八年（1559）的作品，關於此書的作者也有不同的意見，駱玉明、董如龍在1987年提出作者應為〔明〕陸采，作於嘉靖十四年（1535）。〔註285〕直到2010年鄭志良仍然認為還沒有鐵定的理由足以推翻徐文長是《南詞敘錄》的作者，應保留其著作權的看法。〔註286〕關於上述，因非關本論文之主要研究範圍，故暫予擱置。

〔註280〕書同註274，〔明〕徐渭：《南詞敘錄》，頁413下。

〔註281〕書同註274，頁413上。

〔註282〕書同註7，〔明〕徐渭：《徐渭集・徐文長佚草・西廂序》，冊4，卷1，頁1089。

〔註283〕孫書磊：〈南圖藏舊精抄本《歌代嘯》作者考辨〉，《中國戲曲學院學報》第31卷第3期（2010年8月），頁45～49。

〔註284〕張婷婷：〈淺析《南詞敘錄》作者爭議問題〉，《文學界》（理論版）（2010年第11期），頁20。

〔註285〕駱玉明、董如龍：〈《南詞敘錄》非渭作〉，《復旦學報》（社會科學版）（1987年第6期），頁71～78。

〔註286〕鄭志良：〈關於《南詞敘錄》的版本問題〉，《戲曲研究》第八十輯（2010年

　　《徐渭集》中，除《四聲猿》與《歌代嘯》外，尚可見徐文長校注、評點過《西廂記》，並作了〈題評閱北西廂〉〔註287〕、〈西廂序〉〔註288〕，晚年（駱玉明、賀聖遂言約為萬曆二十年）還修改了梅鼎祚的雜劇《崑崙奴》。這個修改本，王驥德於萬曆四十二年整理出來，由山陰劉家刻印，今尚存。〔註289〕修改完，徐文長並寫了六條〈題崑崙奴雜劇後〉〔註290〕題辭，宣揚他對戲曲理論的看法，這些戲曲理論的核心，是「本色」論。其內涵包含了前述徐文長之創作觀中所言之內容：出於己之所自得：創作須由真性所出；文辭表達通俗淺顯：宜俗宜真，語言要符合角色人物的身分、性格與情感；創作視野在於對象：顧慮到戲曲大眾化的問題，而不僅只於少數知識份子之格局。

　　以《四聲猿》為例，《四聲猿》為四個戲曲劇本的總名。包含：《狂鼓史》、《玉禪師》、《雌木蘭》、《女狀元》等四劇本。四個故事皆來自民間。

　　《狂鼓史》，全名《狂鼓史漁陽三弄》，一折。敷演《三國演義》故事，寫禰衡在陰間應判官之請，與在監的曹操重演陽世裸體擊鼓罵曹的故事。《玉禪師》，全名《玉禪師翠鄉一夢》，二折。取材於田汝成《西湖遊覽志》所記載的民間傳說，寫玉通和尚因不肯參拜新到任的府尹柳宣教，府尹派妓女紅蓮色誘玉通，使他破了戒。玉通於是坐化，報怨投胎至柳家為女，名柳翠。後淪落為娼，敗壞柳家門風。後得前世師兄月明和尚以啞迷說法，點破前生之事，因而感悟，修成證果，與師兄同行西去。《雌木蘭》，全名《雌木蘭替父從軍》，二折。此劇據樂府詩《木蘭辭》改編，情節大致相同，寫花木蘭代父從軍立功的故事，但，結局加入與王郎成親的情節，圓滿結局。《女狀元》，全名《女狀元辭凰得鳳》，五折。據《楊升庵外集》所述黃崇嘏事敷演而成，寫五代時黃崇嘏女扮男裝中狀元，恩師周丞相欲許配其女鳳雛，方知她其實為女兒身，改許配剛考中狀元的兒子鳳羽的故事。

　　《四聲猿》特色：

（一）戲曲中帶入新思維

　　《四聲猿》四個故事雖然皆取材自民間，但寫作手法有其新意。《狂鼓史》

　　　　第1期），頁340～372。

〔註287〕書同註7，〔明〕徐渭：《徐渭集・徐文長佚草・題評閱北西廂》，冊4，卷2，頁1094。

〔註288〕書同註7，《徐渭集・徐文長佚草・西廂序》，冊4，卷1，頁1089。

〔註289〕書同註1，駱玉明、賀聖遂：《徐文長評傳》，頁214～215。

〔註290〕書同註7，《徐渭集・徐文長佚草・題崑崙奴雜劇後》，冊4，卷1，頁1092～1094。

雖以禰衡擊鼓罵曹的故事為題材，但時間點設在曹操死後，在陰司由禰衡對著曹操的亡魂重演生前罵曹之情景，讓禰衡在升天當玉帝的修文郎之前，一吐被權奸迫害致死的憤恨、怨氣。藉陰、陽而權勢互換，以補在世之不平。原來視他人死生如螻蟻、可以任意作弄他人生命的權臣，在陰間裡成為氣勢不再的亡靈，只能讓即將上天的修文郎激越的洩憤。

《玉禪師》中提出對佛教出家修行者「禁慾」戒律的挑戰，拋出問題：和尚清修二十年，卻「我相未除，欲根尚掛」，而他的後身柳翠淪落為娼，一朝頓悟，卻得往西方。徐文長一則有意藉由戲曲來宣揚人欲的合理性〔註291〕；二則和尚、妓女本為一人，有意指出對身分執著的假象應該打破。而和尚、妓女兩者身分的轉換，想像頗具新意。

《雌木蘭》中女子立功塞外和有個考上賢良文學科名的王郎，想替從軍的木蘭行孝，定要娶她為妻的思考不落俗套。《女狀元》則言黃崇嘏一介女流，女扮男裝考上狀元，進入傳統封建社會任官而斷案神明，立意新奇。黃崇嘏和花木蘭倆人一文一武，一個憑著智慧在公堂上斷民事，一個馳騁沙場殺敵，不讓鬚眉。可是，最後都只能在尋得歸宿後回歸家庭。即使有長才，也只能棄置，十分可惜。兩齣戲挑戰了男尊女卑的傳統價值觀。

四劇皆以桀驁不馴的態度，表現出對封建禮法的質疑和憎惡，所傳達的思想，顯然皆超出當時人之不可說、未曾想像者，徐文長的戲曲衝擊了封建社會的價值觀，帶入新思維，故能開展出獨特的光芒。

（二）語言表達以俗顯真，以諧喻莊

明代自嘉靖以後，因社會安定，經濟開始繁榮，文人參與戲曲創作的情形逐漸增多，如此固然有反映民間文化之內涵、激盪戲曲體制更為完備⋯等優點，但同樣也產生文辭走向華麗、愛用典故，內容宣揚封建倫理道德等現象，使得戲曲創作有脫離現實生活、走向案頭文學的趨勢。徐文長於是提出本色論的主張。他的創作保持著元雜劇質樸的特點，表現其個人獨特的才情。從《四聲猿》可以見之：

《狂鼓史》在全篇怒罵聲中，穿插了女樂嬉戲的彈唱。藉「抹粉搽脂只一會而紅⋯⋯萬事不由人計較，呀，一箇多烘，呀，一箇多烘；算來都是，烘打多，打多烘，一場空，呀，一箇多烘，呀，一箇多烘。」〔註292〕等幾段

〔註291〕書同註7，〔明〕徐渭：《徐渭集・徐文長三集・論中二》，冊2，卷17，頁489。
〔註292〕書同註7，《徐渭集・四聲猿・狂鼓史漁陽三弄》，冊4，頁1181。

俗語的演唱訴說世間之理，暗指儘管曾在人世間舉足輕重的曹操，終究要被歷史的洪流所淹沒。這段彈唱既調節了臺上的沉悶氛圍，也對擊鼓罵曹的嚴肅內容有注解的作用。

《玉禪師》曲文賓白有質樸傾訴，也有言外之諷刺。如：「【新水令】我在竹林峯坐了二十年，慾河堤不通一線。雖然是活在世，似死了不曾然。這等樣牢堅，這等樣牢堅，被一個小螻蟻穿漏了黃河壍。（紅）師父，喫螻蟻兒鑽得漏的黃河壍，可也不見牢。師父，你何不做箇鑽不漏的黃河壍？」〔註293〕曲文賓白雖然直白，妓女紅蓮的態度卻直指人心。和尚看似道貌岸然，卻經不起考驗犯了色戒，還要怪罪妓女紅蓮讓他破戒。這樣的有漏修行和前述賓白所說自己本是西天古佛，兩相對照下，倒顯得許多諷刺。

《雌木蘭》描寫出征軍情的幾曲【清江引】：「黑山小寇眞見淺，躲住了成何幹？花開蝶滿枝，樹倒猢猻散。你越躲著，我越尋你見。」〔註294〕、【前腔】「萬般想來都是幻，誇什麼吾成算。我殺賊把王擒，是女將男換，這功勞得將來不費星兒汗。」〔註295〕，表現出士氣之高昂與木蘭之英雄氣概。

《女狀元》中第二齣演述周丞相主考，考生們作樂府詩的情形。其中丑角胡顏做完詩後的賓白：「（外）得字不押韻了。（丑）韻有什麼正經，詩韻就是命運一般。宗師說他韻好，這韻不叶的也是叶的；宗師說他韻不好，這韻是叶的也是不叶的。韻在宗師，不在胡顏，所以說『文章自古無憑據，惟願朱衣暗點頭』（外）也要合天下的公論。（丑）咳！宗師差了。若重在公論，又不消說『不願文章中天下，只願文章中試官』了。」〔註296〕曲中透過胡顏詼諧、直白的語詞，點出天下多少不得意士子之心聲與辛酸，徐文長不合時文的寫作風格，所導致次次落地的人生經歷，透過此劇抒發出自己次次挫折下的落寞、積鬱與憤慨、激越之情。

《四聲猿》的語辭表現出徐文長的本色價值觀，雖然質樸通俗，卻非淺薄，徐文長運用民間小調〔註297〕及方言、俗語、隱語、俚語、調侃語、歇後語、反語、罵人語〔註298〕等等各種嬉笑怒罵之辭來諧謔、嘲諷、調侃、揭露

〔註293〕書同註7，〔明〕徐渭：《徐渭集·四聲猿·玉禪師翠香一夢》，冊4，頁1188。
〔註294〕書同註7，《徐渭集·四聲猿·雌木蘭替父從軍》，冊4，頁1202～1203。
〔註295〕書同註7，《徐渭集·四聲猿·雌木蘭替父從軍》，冊4，頁1204。
〔註296〕書同註7，《徐渭集·四聲猿·女狀元辭凰得鳳》，冊4，頁1211。
〔註297〕書同註277，張繼玲：〈談徐渭的本色〉，頁56。
〔註298〕書同註278，廖玉婷〈徐渭本色論中的觀眾視點〉，頁92。

社會之眞實面與抒發作者之眞實情感。在詼諧趣味中，讓人嗅及辛辣意及精警處。

故《四聲猿》語辭的魅力在於它具有不同的面相，在通俗中有其眞意，淺顯中有其深意，詼諧中有其嚴肅意，故王驥德對其師《四聲猿》的評價：「高華爽俊，穠麗奇偉，無所不有，稱詞人極則，追躡元人。今則自語縉紳青衿以迨山人墨客，染翰爲新聲者不可勝紀」〔註299〕，並非過喻之詞。

（三）形式不受定規束縛

元雜劇慣例，每劇爲四折，《四聲猿》並不嚴守，長短依劇之需要而定折數，短至一折，長至五折；元雜劇限用北曲，《四聲猿》除兩套〈點絳唇〉（《狂鼓史》和《雌木蘭》第一齣）是北雜劇外，其他都是南戲或以南曲爲主的短劇，〔註300〕還採用《鷓鴣》等民間小調，曲子的唱者，元雜劇限定一人主唱，《四聲猿》則有主唱、對唱與合唱，顯得節奏緊湊活潑。徐文長吸取從南方逐漸興起的南戲的優點，在折數、曲調、演唱方式做了突破，故《四聲猿》在形式上未受雜劇陳規定格所約束。

徐文長本色論之主張，使當時人有依循之則，《四聲猿》又有示例之功，而其引入之社會價值觀又頗前驅，雖然他未對戲曲自評，不過，當時即已得好評。此從前述王驥德之語便可得知。而〔明〕澂道人〈四聲猿引〉稱《四聲猿》爲「明曲之第一」。〔註301〕另外，磊砢居居士所作〈四聲猿跋〉亦曰：「徐山陰，曠代奇人也，行奇，遇奇，詩奇，文奇，畫奇，書奇，而詞曲爲尤奇。」〔註302〕二者皆是知己之論。明代最傑出的戲曲大家湯顯祖甚至評其爲「詞壇飛將」。

三、徐文長的詩文

徐文長現存詩體作品二千三百多首，文體作品近八百篇。形式多樣，含括賦、樂府、民歌〔註303〕、四言、五言、六言、七言古詩，五言、六言、七

〔註299〕〔明〕王驥德撰：《曲律》（上海：上海古籍出版社，2002年3月《續修四庫全書》影北京圖書館藏明天啓五年毛以遂刻本），卷4，頁480。

〔註300〕書同註3，江興祐：《畸人怪才：徐渭傳》，頁105。

〔註301〕書同註7，〔明〕澂道人撰：《徐渭集・附錄・四聲猿引》，冊4，頁1357。

〔註302〕書同註7，〔明〕澂道人撰：《徐渭集・附錄・四聲猿原跋》，冊4，頁1359。

〔註303〕陳書錄：〈民歌與徐渭〉，《南京師範大學文學院學報》（2009年9月第3期），頁1。言〈黃鶯兒〉（嘲妓張醜兒）、四首〈鎖南枝〉（嘲冷面妓）爲出於文人

言絕句，五言、七言律詩，五言、七言排律、詞、偈、兩句式或四句式的題畫詩、戲曲、榜聯、燈謎、表、書、啓、書信、論、策、序、跋、贊、銘、記、碑、傳、墓誌銘、墓表、行狀、祭文、雜著、雜記、壽文、酒牌引、年譜等等，可謂諸體皆備，兼及古典文學與通俗文學的創作。古典文學之詩體作品以七言絕句作品最多，其次爲七言律詩，再其次爲五言律詩。文體作品有朝堂之表、啓、策、論，也有因應生活內涵而寫的書信、贊、壽文、祭文⋯等，通俗文學有樂府、民歌、榜聯、燈謎、酒牌引、戲曲等等。歷代文人難有如此多元之創作，及做到雅、俗文學皆能各得其味者。大概與徐文長的成長環境相關，如本章第一節〈徐文長的一生履歷〉所述，徐家家世不能算是簪纓縉紳之家，徐文長與平民生活其實是較爲貼合的，因此，使得他的文學創作觀與一般士人不同，從而能引領一段文學史的流行。

　　徐文長曾自評自己的作品，自言：「吾書第一，詩二，文三，畫四。」〔註304〕不過，《四庫全書總目》言：「其文則源出蘇軾，頗勝其詩。」〔註305〕顯然認爲徐文長的散文成就高於詩歌。駱玉明、賀盛遂便認爲這是因爲徐文長的散文仍以傳統風格的居多，這正反映了《提要》作者的正統眼光。〔註306〕在徐文長的散文著作中，比較值得注意的是小品文的寫作。徐文長的散文約有兩種風格：一類是實用性強，較爲正式的表啓策論序記等文章，多爲代擬之作，這些作品篇幅較長，結構較嚴謹，內容也比較嚴肅；另一類則是較爲自由的小品文類，即《四庫全書總目》所謂：「放言高論，不復問古人法度爲何物」之作。〔註307〕這些作品篇幅短小，文字簡潔，而韻味雋永，開晚明小品文興盛之先河。這些小品文逐漸擺脫傳統之封建價值觀，從自我的角度即興書寫，性靈自然呈現其中，無所拘束，其內容大致可分爲四類：

　　一、品鑑類小品文，如：〈煎茶七類（舊編茶類似冗，稍改定之也）〉〔註308〕、

之手的擬民歌。不過，此四首民歌僅見於〔明〕徐渭：《徐文長佚草》（上海：上海古籍出版社，2002 年 3 月《續修四庫全書》影寧波天一閣博物館藏清初息耕堂抄本），卷 10，頁 593。〔明〕徐渭：《徐渭集・徐文長佚草》，冊 4 則未收錄。不過，《徐渭集・徐文長佚草》收有徐渭〈竹枝詞〉之創作。

〔註304〕書同註7，〔明〕陶望齡：《徐渭集・附錄・徐文長傳》，冊4，頁1341。

〔註305〕〔清〕永瑢、紀昀等：《欽定四庫全書總目・徐文長集》（臺北：臺灣商務印書館，1983 年 10 月），冊 4，卷 178，頁 776 下。

〔註306〕書同註1，駱玉明、賀聖遂：《徐文長評傳》，頁 233～234。

〔註307〕書同註305，卷178，頁777上。

〔註308〕書同註7，《徐渭集・徐文長佚草・煎茶七類（舊編茶類似冗，稍改定之也）》，冊4，卷6，頁1146～1147。

〈跋陳白陽卷〉〔註309〕、〈書夏珪山水卷〉〔註310〕、〈書朱太僕十七帖〉〔註311〕、〈與兩畫史〉〔註312〕等。

二、庭園樓臺類小品文，如：〈豁然堂記〉〔註313〕、〈半禪庵記〉〔註314〕、《酬字堂記》〔註315〕、〈鎮海樓記〉〔註316〕等。

三、題跋類小品文，如：〈葉子肅詩序〉〔註317〕、〈肖甫詩序〉〔註318〕、〈抄小集自序〉〔註319〕、〈呂山人詩序〉〔註320〕、〈酈績溪和詩序〉〔註321〕等。

四、尺牘類小品文，如：〈與馬策之〉〔註322〕、〈與柳生〉〔註323〕、〈答何先生（名九州，號春亭，宿遷人）〉〔註324〕、〈簡許口北〉〔註325〕、〈答張太史（當大雪晨，惠羔羊半臂及菽酒）〉〔註326〕、〈答李長公〉〔註327〕等。

四類中，以後兩者較為出色。題跋類小品文，如〈葉子肅詩序〉〔註328〕，徐文長批評當時文壇盛行的模擬或復古觀，並提出「出於己之所自得」的創作觀。尺牘類小品文，如：萬曆八年（1580），他應張元忭之邀赴京師時，作〈與柳生〉：

〔註309〕書同註7，〔明〕徐渭：《徐渭集·徐文長逸稿·跋陳白陽卷》，冊3，卷16，頁977。

〔註310〕書同註7，《徐渭集·徐文長三集·書夏珪山水卷》，冊2，卷20，頁572～573。

〔註311〕書同註7，《徐渭集·徐文長三集·書朱太僕十七帖》，冊2，卷20，頁574。

〔註312〕書同註7，《徐渭集·徐文長三集·與兩畫史》，冊2，卷16，頁487。

〔註313〕書同註7，《徐渭集·徐文長逸稿·豁然堂記》，冊3，卷19，頁997～998。

〔註314〕書同註7，《徐渭集·徐文長三集·半禪庵記》，冊2，卷23，頁607。

〔註315〕書同註7，《徐渭集·徐文長三集·酬字堂記》，冊2，卷23，頁612。

〔註316〕書同註7，《徐渭集·徐文長三集·鎮海樓記》，冊2，卷23，頁611～612。

〔註317〕書同註7，《徐渭集·徐文長三集·葉子肅詩序》，冊2，卷19，頁519～520。

〔註318〕書同註7，《徐渭集·徐文長三集·肖甫詩序》，冊2，卷19，頁534。

〔註319〕書同註7，《徐渭集·徐文長三集·抄小集自序》，冊2，卷19，頁536～537。

〔註320〕書同註7，《徐渭集·徐文長逸稿·呂山人詩序》，冊3，卷14，頁901～902。

〔註321〕書同註7，《徐渭集·徐文長逸稿·酈績溪和詩序》，冊3，卷14，頁903。

〔註322〕書同註7，《徐渭集·徐文長三集·與馬策之》，冊2，卷16，頁483。

〔註323〕書同註7，《徐渭集·徐文長三集·與柳生》，冊2，卷16，頁483。

〔註324〕書同註7，《徐渭集·徐文長逸稿·答何先生（名九州，號春亭，宿遷人）》，冊3，卷21，頁1015。

〔註325〕書同註7，《徐渭集·徐文長逸稿·簡許口北》，冊3，卷21，頁1016。

〔註326〕書同註7，《徐渭集·徐文長逸稿·答張太史（當大雪晨，惠羔羊半臂及菽酒）》，冊3，卷21，頁1017。

〔註327〕書同註7，《徐渭集·徐文長逸稿·答李長公》，冊3，卷21，頁1018。

〔註328〕書同註7，《徐渭集·徐文長三集·葉子肅詩序》，冊2，卷19，頁519。

　　在家時，以爲到京，必漁獵滿船馬。及到，似處涸澤，終日不
　　見隻蹄寸鱗，言之羞人。凡有傳筌蹄緝緝者，非說謊則好我者也，
　　大不足信。然謂非雞肋不可，故且悠悠耳。〔註329〕

　　與好友書信往來，短短數語，自然說出自己對京師美食想像的落空與失
望，眞性情自然流露其中，令人莞爾。因爲彼此親厚，故無所顧忌。

　　又如入京後，他幫張元忭處理文書，作〈答張太史（當大雪晨，惠羔羊
半臂及菽酒）〉：

　　僕領賜至矣。晨雪，酒與裘，對症藥也。酒無破肚臟，罄當歸
　　甕。羔半臂，非褐夫所常服，寒退擬曬以歸。西興腳子云：「風在戴
　　老爺家過夏，我家過冬。」一笑。〔註330〕

　　這是一封他答謝張元忭送來禮物的書信。文辭言簡意賅，卻包含知己間
之相知，清晨大雪，酒除了有禦寒作用，恐怕也是張元忭知道他愛喝酒吧！
徐文長「對症藥」三字便說出對張元忭的感謝了，「酒無破肚臟，罄當歸甕。
羔半臂，非褐夫所常服，寒退擬曬以歸。」只是好友間無拘束的一種務實作
法，意思是：謝謝你的好意，不過，你也知道我的個性，布衣之人不適合穿
這種衣物，所以，等寒退之後，我再奉還皮衣。至於西興腳子云：「風在戴老
爺家過夏，我家過冬。」，則是以一種幽默的口吻對好友說：「您也知道我的
處境，就是這樣」。「一笑」，是一種彼此能會心的意涵，有「謝謝您對我的理
解，知道我的窘況」、「謝謝您的支持」之無盡意。此時期雖然倆人間的關係
已開始有些不和諧，不過，即使是後來徐文長決裂說出「吾殺人當死，頸一
茹刃耳，今乃碎磔吾肉！」〔註331〕也只是發洩出累積許久之憤懣，倆人之間
並非有仇，張元忭對他的不喜禮法束縛應也是理解的，只是仍然要提醒。故
徐文長之「一笑」，如有自我揶揄或對人譏誚之意，那其實應該是對此禮敬謝，
才能見其自矜之氣。如吳承學所言：「既然享用對方禮物，還來攻擊對方，未
免是一副無賴的口吻了。」〔註332〕這樣的說法並不合理。

　　此外，徐文長所著的笑話集《諧史》也有可觀之處，據趙景深的《小說

〔註329〕書同註 7，〔明〕徐渭撰：《徐渭集‧徐文長三集‧與柳生》，冊 2，卷 16，頁
　　　　483。
〔註330〕書同註 7，《徐渭集‧徐文長逸稿‧答張太史（當大雪晨，惠羔羊半臂及菽
　　　　酒）》，冊 3，卷 21，頁 1017。
〔註331〕書同註 7，〔明〕陶望齡：《徐渭集‧附錄‧徐文長傳》，冊 4，頁 1340。
〔註332〕吳承學：《晚明小品研究》（南京：江蘇古籍出版社，1998 年 7 月），頁 46。

戲曲新考・中國笑話提要》所載，《諧史》共載笑話一百十六則，但原書已佚。據王利器輯錄的《歷代笑話集》〔註333〕，從《古今譚概》及《小說戲曲新考》所載，輯錄五則。如〈惜人品〉：

> 某司寇講學著名，一日，於酒次得遠信，讀畢，慘然欲淚。坐中一少年問其故，答曰：「書中云某老生捐館，不佞悲之：非爲其官，惜其人品佳耳。」少年應曰：「不然，近日官大的人品都自佳。」司寇默然。

> 封公便請鄉飲，富家便舉善人，中解元、會元便推文脈，末世通弊，賢者不免，悲夫。（《古今譚概》微詞部第三十）〔註334〕

雖然短幅精緻，卻意味深長。藉少年的口吻一語點出要害，突顯出價值觀之偏差已久，讓人見怪不怪。「官大，人品自佳」爲文眼所在，故錦上添花者易，雪中送炭者難。徐文長之「諧」，笑中有淚、有悲、有憤、有諷刺。故事十分辛辣。

晚明的小品文，不再背負著讀書人任重道遠的壓力，逐漸綻放出個人性靈之魅力，徐文長引領了晚明文學發展的趨勢，張岱的小品文受其影響甚深。故袁宏道〈徐文長傳〉對其評論：「先生詩文倔起，一掃近代蕪穢之習；百世而下，自有定論。」〔註335〕黃宗羲〈青藤歌〉也有近似的評價：「豈知文章有定價，未及百年見眞僞，光芒夜半驚鬼神，即無中郎豈肯墜？」〔註336〕倆人皆對徐文長的文章定位給予肯定。

四、徐文長的書法與繪畫

（一）徐文長的書法

萬曆《紹興府志・序志》對他記述如下：「徐渭亦邑人，少有俊才，工古文，能聲詩……素工書，既在縲紲，益以此遣日，於古法書多所探繹，其要領主用筆，大率歸米芾之說，工行草，眞有快馬斫陣之勢。」〔註337〕卷四十

〔註333〕王利器輯錄：《歷代笑話集》（上海：上海古籍出版社，1981年1月），頁168～170。

〔註334〕書同註333，頁169。

〔註335〕書同註7，〔明〕袁宏道：《徐渭集・附錄・徐文長傳》，冊4，頁1344。

〔註336〕〔清〕黃宗羲編：《南雷詩歷・青藤歌》，收入《黃宗羲全集》，冊11，卷3，頁286。

〔註337〕書同註240，〔明〕蕭良幹、張元忭等纂：萬曆《紹興府志》，卷50〈序志〉，

九〈方技〉有更詳細之記述：「徐渭：詳《序志》。是懸筆書，所臨摹甚多擘窠，大字類蘇，行草類米。其書險勁有腕力，得古人揮筆意，恨不入俗眼……其論書訣云：『分間布白，指實掌虛，以爲入門，迨布勻而不必勻。筆態入淨媚，天下無書矣，握入節，乃大忌。』於古人甚服索靖，以爲精而倣篆，近世書甚取倪瓚，而不滿趙吳興。」〔註338〕可見其書風與對古、近書家的取法。

　　袁宏道則言「筆意奔放如其詩，蒼勁中姿媚躍出」，他以爲其書「決當在王雅宜、文徵仲之上，不論書法而論書神，誠八法之散聖，字林之俠客也。」〔註339〕，張岱、徐沁、陶元藻等人對其書法也有很高的評價。

　　〔明〕張岱《琅嬛文集》言：「唐太宗曰：『人言魏徵崛強，朕視之更覺嫵媚耳。』崛強之與嫵媚，天壤不同，太宗合而言之，余蓄疑頗久。今見青藤諸畫，離奇超脫，蒼勁中姿媚躍出，與其書法奇崛略同。太宗之言，爲不妄矣！故昔人謂摩詰之詩，詩中有畫；摩詰之畫，畫中有詩。余亦謂青藤之書，書中有畫；青藤之畫，畫中有書。」〔註340〕

　　〔清〕徐沁《明畫錄》：「中歲始學畫花卉，初不經意，涉筆瀟灑，天趣燦發，於二法中，皆可稱散僧入聖。畫上自爲題句，書法更佳，署曰『田水月』」〔註341〕。

　　〔清〕陶元藻《越畫見聞》根據徐文長在清代的影響，對徐文長的藝術成就重新進行了評價：「余竊謂文長筆墨，當以畫爲第一，書次之，詩又次之，文居下。其書有縱筆太甚處，未免野狐禪，故易於僞作；至其畫高超靜遠，雖慧心人猝難摹仿，是以一展卷而眞贋了然，學步者無以躲閃。」〔註342〕這也說明到了清代，徐文長在繪畫、書法方面的影響，遠超過他在詩文、戲曲方面的影響。

　　不過，整體來說，因爲元明清的書法在書史上的評價都不很高，所以，書法不像繪畫那樣地位重要，另一方面也隨著清代社會趨向穩定和保守，書界更

　　　　頁 415 下～416 上。

〔註338〕書同註 240，萬曆《紹興府志》，卷 49〈人物志・方技〉十五，頁 407 下。

〔註339〕書同註 7，〔明〕袁宏道：《徐渭集・附錄・徐文長傳》，冊 4，頁 1343。

〔註340〕書同註 164，〔明〕張岱著・云告點校：《琅嬛文集・跋徐青藤小品繪》，卷 5，
　　　　頁 211～212。

〔註341〕書同註 76，〔清〕徐沁：《明畫錄》，收入《明代傳記叢刊・藝林類 1》第 72
　　　　冊（臺北：明文書局，1991 年 1 月），卷 6〈花鳥附草蟲・徐渭傳〉，頁 102。

〔註342〕〔清〕陶元藻：《越畫見聞・徐渭》（上海：上海神州國光社，1928 年），卷
　　　　上，頁 9。

爲崇尚古樸的碑學，對浪漫風格的明代書法總體上採取了排斥態度。〔註 343〕故徐文長繪畫的影響力在清代是高於書法的。

（二）徐文長的繪畫

徐文長的畫，山水、人物、花卉及鳥獸蟲魚題材皆無一不能，而以花卉最佳。在中國繪畫史上，徐文長是大寫意畫派的創始者，後世許多傑出的畫家，如石濤、石溪、八大山人至揚州八怪、陳洪綬、鄭板橋、齊白石、吳昌碩等等都深受其影響。

徐文長構圖時用筆往往簡練，抓住神韻、特徵，數筆即成一畫，控制水墨在紙張的滲化效果，運用破墨、潑墨、膠墨、蘸墨等墨法，表現出不同的藝術效果。並配合草書的寫意性，以草書入畫。最後加上用印。〔註 344〕

他繪畫方面的創新在精神氣質上。他用筆極其放縱，形成剛健恣肆的線條，沒有一點猶豫、一點拘謹；設墨也極其酣暢，甚至把水墨倒在紙上，隨其散化之形而作勾勒。其膽大氣雄、縱橫不可一世之態，遠非前人所能比。更值得重視的是他在畫中注入了強烈的主觀情緒，使人感受到他內心的激動、痛苦、寂寞和眞誠的人格以及狂傲不馴的精神。畫中之物已不是單純的客體，而成爲主觀情感的象徵。〔註 345〕

從清朝開始，人們對徐文長的認識，由詩文方面逐漸轉向書畫方面。周亮工〈題徐青藤花卉手卷後〉說：「青藤自言：書第一，畫次；文第一，詩次。此欺人語耳。吾以爲《四聲猿》與草草花卉俱無第二。」〔註 346〕認爲徐文長的作品，沒有高下之別。朱彝尊則認爲：「文長詩學長吉，間雜宋元派，所謂斐然成章，不知所以裁之者。蓋詩與文皆未免繁蕪，不若畫品，小塗大抹，俱高古也。」〔註 347〕指出徐文長的畫比詩文更有價值。

在徐文長的作品中，可以很容易看到衝突的觀點，譬如：詩文作品中的雅與俗的關係；戲曲中和尚、妓女兩個相對的角色，陰、陽間權勢的轉移，男女角色扮演的互換；譬如繪畫與書法在狂放恣肆揮灑之外，同時又有婉

〔註 343〕書同註 1，駱玉明、賀聖遂著：《徐文長評傳》，頁 236。

〔註 344〕周群、謝建華著：《徐渭評傳》（南京：南京大學出版社，2011 年 4 月），頁 439～458。

〔註 345〕書同註 1，《徐文長評傳》，頁 220。

〔註 346〕〔清〕周亮工：《賴古堂書畫跋・題徐青藤花卉手卷後》（上海：上海神州國光社，1928 年），頁 12。

〔註 347〕書同註 342，〔清〕陶元藻：《越畫見聞・徐渭》，卷上，頁 9～10。

曲、細膩的筆觸，這些就像是他多舛的經歷一般，在人生中所留下的斑駁遺跡。而這些衝突最終是否得到釋疑了呢？詩文作品中的雅與俗的關係，透過通俗化、平民化來輔助達到求眞的目的，讓雅、俗之間既有相對立的一面，也有相關聯的一面，這種相關聯的基礎是宜俗宜眞。宜俗之文學有宜眞之本色，也可能有相反相成的關係——越俗越雅，越俗越逼近眞，在某種意義上說，越有眞趣便越有雅趣。〔註348〕不過，理論雖如此，然而，在作品的呈現上，顯然戲曲掌握較佳，無論賓白或曲詞皆一氣呵成，徐文長揮灑自如，較易達到越俗越雅的層次，詩則落差較大，《四庫全書總目》便言其詩文「未免瑕類」。〔註349〕至於書法與繪畫，徐文長不求形似求神韻的潑墨寫意畫，對對象的特徵把握得準確，概括得簡要，表現得明快。〔註350〕他在〈書沈徵君周畫〉中說：「惟工者如此，此草者之所以益妙也。不然，將善趨而不善走，有是理乎？」〔註351〕很明白地指出，寫意須有工筆的功底。故徐文長從書畫中也找到一個共存之法，然而，他生命的最終是否和自己取得和解了呢？應該是並未能做到。因爲在文藝作品中，他只是找到一個相通之道，紓解了他的憤懑、不平與蕭索，故作品中的衝突點才會很容易呈現出來，在人生中，他的道德修養，尚未使他消融掉這一生經歷的懷才不遇、時運不濟、對嚴嵩的矛盾情結及世間價值觀的強烈好惡，本色論與雅俗觀，未能使他參悟到人生中不二之道，或者說出入儒釋道的他，仍未能找到消除心中塊壘、安身立命之處，這是遺憾之處。

〔註348〕同註303，借用其說法，參陳書錄：〈民歌與徐渭〉，頁4。

〔註349〕書同註305，〔清〕永瑢、紀昀等：《欽定四庫全書總目・徐文長集》，冊4，卷178，頁777上。

〔註350〕書同註1，駱玉明、賀聖遂：《徐文長評傳》，頁221。

〔註351〕書同註7，〔明〕徐渭：《徐渭集・徐文長三集・書沈徵君周畫》，冊2，卷20，頁573～574。

第三章　徐文長的傳說特色

　　本章將關於徐文長的傳說，分爲五類：一、彰顯徐文長的文才及畫藝；二、彰顯徐文長的仗義打抱不平；三、敘述徐文長的抗倭戰功；四、顯示徐文長的器量狹小；五、敘述徐文長的被人捉弄，以下分爲五節談論。

第一節　彰顯徐文長的文才及畫藝

一、文才類傳說

　　文才類傳說，往往從續聯、題聯、題辭、詩謎、題畫詩、寫文章、題菜名……等不同的創作形式中，可以窺見徐文長的敏捷反應或文辭、文采上的洋溢才情表現。以下舉要言之：

（一）續　聯

〈徐渭路經「梟姬祠」〉敘述一則徐文長續聯消除江上千年雲霧的傳說：

　　　　安徽省安慶境內緊鄰長江邊有一座「梟姬祠」。據傳祠前的江面上整日灰茫茫、霧騰騰，船隻難以通行。後來徐文長乘船上京趕考，因船行受阻，在祠前右側柱子上見孫權之妹孫夫人所題「思親淚落吳江冷」上聯，猶缺下聯。原來是當年孫權詐稱母親病危，接回嫁給劉備的妹妹後就進攻蜀軍。孫權的妹妹誤信劉備死於軍中的傳言，悲痛欲絕，提筆寫下上聯後就投江自殺，從此江上整日陰霧茫茫。徐文長聽聞後，於是取出筆墨，接續下聯「望帝魂歸蜀道難」，下聯一出，江上雲霧立刻消散，從此上下游得以通航。至今，當地

還流傳著「秀才接聯才學高，千年雲霧一時消」兩句讚頌徐文長的民謠。〔註1〕

這個故事有另一個說法，說徐文長續聯後，孫夫人還入夢道謝。〔註2〕

（二）題　聯

〈代作壽聯〉敘述一則徐文長幫人為紹興知府之母題聯賀壽的傳說：

> 有一次紹興府台大人到酒鄉東浦做微服私訪。到了沈姓員外家，走上二樓書房觀看鄉間風情。臨走時當著員外的面，向教書先生提了一個以景作聯的要求。
>
> 沈員外聽說再過半月，府台大人母親要做七十大壽，送副壽聯是必不可少的，寫好此聯的難點在於要以書房三面景色緊密結合，而府台大人親臨書房，看過實景，不能杜造。教書先生急忙和徐文長求教。
>
> 徐文長邊飲酒邊問教書先生：「東窗外，府台大人當時看到了什麼？」
>
> 教書先生答：「東窗外是田畈，當時有一頭水牛、兩頭黃牛在耕地。」
>
> 文長又問：「南窗外，當時府台看見了什麼？」
>
> 教書先生答：「南窗外是花房，府台大人對各式各樣的花卉不感興趣，倒是見了花房旁邊狗窩裡的五隻狗卻很高興。」
>
> 文長聽了說：「嗬，有哪五隻狗？」
>
> 「一隻母狗生了四隻花狗。」
>
> 文長高興地說「好，你給我快磨墨。」說著就展開宣紙，在紙上疾書，上下聯一氣呵成。上聯是「一世二皇三及第」，由一頭水牛、兩頭黃牛、三牛耕地用諧音加以濃縮而成。並把四隻花狗、八隻眼睛、五狗孵窩歸納為下聯「四花八眼五登科」。
>
> 可橫批寫什麼呢？
>
> 徐文長停筆問先生：「府台大人在西窗外看到了什麼呢？」

〔註1〕 吳傳來等主編：《徐渭（文長）的故事‧徐渭路經「梟姬祠」》（北京：台海出版社，2003年4月），頁3～5。

〔註2〕 書同註1，《徐渭（文長）的故事‧徐渭才名貫九天》，頁31～32。

先生說:「西窗外是員外家的菜園子,爲了施肥,在菜園角邊擺了一隻糞缸。當時有一隻雄雞在糞缸裡啄蛆吃。然後跳上糞缸邊昂首展翅,獨腳站立著。府台大人見了還說了句『這雞眞神氣』。」

徐文長喝乾了滿杯老酒,橫批一筆寫成「金雞獨立朝綱」。

後來聽說在祝壽那天,此聯受到府台大人和賀客們的一致好評。因爲此聯言中了府台大人母親一生經歷父子兩皇,家人中是五子登科,三個狀元,外加探花和榜眼。〔註3〕

徐文長顯然透過題聯,說中了府台大人想要藉此喻彼不方便說之心意。故事欲襯托出徐文長之聰穎,故敘述徐文長能以其文采發揮出想像力,完成表面是教書先生其實卻是府台大人所交付之使命。

(三)題　辭

〈南鎭留墨〉敘述一則徐文長爲山神廟題辭的傳說:

紹興稽山門外,有一座南鎭殿,供奉著一尊「南鎭爺爺」,傳說他是個管會稽山一方莊稼年歲的山神。是大禹治水成功以後,封他在這裡承受香火的。每年春天,二三月間,南鎭殿香火很盛,還有廟會。

有一年,正碰著風調雨順的好年歲,南鎭殿的廟會格外熱鬧。那天天氣晴和,幾個文友邀了徐文長去逛南鎭。徐文長一行到南鎭以後,在大殿看了一下,然後轉到了後殿。大家都覺得這殿修得不錯,確是個好所在。

由於他們的行蹤已被廟裡的當家人注意,當家人把他們迎入後面淨室殷勤接待。過了一會,廟當家拿出紙筆,央求徐文長留下「墨蹟」。徐文長於是提筆寫了「深秀」兩個大字,接著又換紙另寫了「一維十道」四個大字。

第二天,廟當家立即請來了工匠,把兩幅題字一筆一畫分別鑱刻成石碑和匾額,設置在廟宇院中和大殿的門口。

後來,有人上城時問徐文長寫這兩幅字是什麼意思。

徐文長回答說:「深秀」是指南鎭殿周圍的風景,溪山環抱,

景色深邃秀麗。「一維十道」也就是「南鎮」。因爲「維」在古書上指方位，東南西北四方也叫「四維」，「南」是「四維」之一，故稱「一維」；而「十道」乃古時建製，「十道」就是「一鎮」。「一維十道」合起來就是「南鎮」。〔註4〕

這樣的故事可能是眞的，徐文長所題的石碑、匾額，過去一直保留在南鎮，直至大陸十年動亂全毀〔註5〕。

（四）詩　謎

〈猜謎吃美食〉傳說徐文長以謎射謎的文采：

北京城内有家坤記飯店，老闆爲了招攬顧客，託文人作了首詩謎懸在店門前，說明「以謎射謎，中者不付酒飯錢」。那首詩謎是：

禰衡擊金鼓，蘇秦說趙魏；霸王舉方鼎，關公赴宴會。

——打一字

一天中午，坤記飯店來了一個年過半百的文人，他要了一桌好酒菜，算帳時，需付白銀三兩。那食客沒有付錢，用筆寫下了四句詩遞給老闆，並說：「慚愧，這可當得酒錢？」那四句詩是：

曹子建才高八斗，諸葛亮舌戰群儒；

魯智深倒拔楊柳，姜太公斬將封侯。

老闆接過一看，詩句與自己的詩謎暗合，便不收這人酒錢。

原來那個文人就是徐文長。謎底究竟是什麼呢？原來是個「捌」字。徐文長用曹植擅長寫文章扣禰衡擊鼓，同指「用手」；用諸葛亮舌戰群儒扣蘇秦遊說六國，同指「用口」；用魯智深倒拔楊柳扣項羽力能舉鼎，同指「用力」；用姜太公的神劍扣關羽的單刀，同指「用刀」。「手（扌）、口、力、刀（刂）」合併起來，豈不是「捌」字！眞是巧妙極了。〔註6〕

徐文長其實專爲猜謎而去，然而，傳說將徐文長身爲士人的矜持、儒雅與自信表現適當，使人對他以謎射謎的才學產生認同，而未有平白吃喝店家的無賴惡感。

〔註4〕謝德銑等編：《徐文長的故事・南鎮留墨》（杭州：浙江人民出版社，1982年1月），頁101～103。
〔註5〕書同註4，頁103。
〔註6〕書同註3，李永鑫主編：《越地徐文長・猜謎吃美食》，頁292～294。

二、畫藝類傳說

表現徐文長畫藝的傳說，可見於下：

（一）〈大堂畫〉

有一次，徐文長有個好朋友求他畫一幅「大堂畫」。它是懸掛在正廳裡的大畫軸，畫面又長又大，非得畫上很多東西不可，不然看上去就會覺得空空蕩蕩的。許多畫師向來是怕畫這種畫的。

徐文長聽朋友說明了來意，只見他提起筆來，只輕描淡寫地畫了幾筆，那邊茶未喝完，這裡畫已畫好了。

原來，徐文長畫了個「孩童放紙鷂」。只見畫的右上角，有一隻漂亮的紙鷂在天空中飄舞著，左下角則是一個七八歲的孩童，抬著頭，正聚精會神地牽著線，似乎還在輕輕抖動的樣子。那一根鷂線從天空一直斜拖下來，連在孩童的手裡。這幅「大堂畫」，筆數不多，不但將那孩童放紙鷂時的喜悅神態，活現在紙上；而且把整個天地都寫進了畫中，真可謂是別具匠心了。〔註7〕

透過對大堂畫布局的巧思，表現出徐文長的機智與畫藝。

（二）〈「田水月」畫群貓〉

有一次，徐文長到蕭山地界的一個小鎮上去看望文友。那文友家裡養了十幾隻貓，一直想在堂前掛幅《群貓圖》，幾次央求徐文長為他畫一畫，但都被藉故推辭了。

這天徐文長又上他家。他熱情地置酒招待。酒過三巡，他又提出了畫畫的要求。徐文長便順口編出這樣一個謎給朋友猜：

「儀表威風凜凜，身披虎皮衣巾，閒來哼哼小調，愛吃魚肉葷腥。」

那朋友馬上猜中是「貓」。並說：「徐兄，這次你存心照顧我了！就連忙把紙和筆墨拿了出來。

徐文長乘著酒興，當即離座揮筆，只見他攤開宣紙，用兩個手指頭先在紙上量一量部位，就提起筆，很快把一幅生趣盎然的《群貓圖》畫成了。那朋友站在旁邊看著，只見畫上那十幾隻貓，三兩

〔註7〕　書同註4，謝德銑等編：《徐文長的故事・大堂畫》，頁93～94。

成群，各具神態：有的相互戲咬著，有的伸著懶腰，有的在打盹；其中有一隻貓，還把床邊小茶几上放著的一把酒壺也弄翻了。這時，不防那幾隻真貓，看到了畫上的貓，以為添了夥伴，都高興地跳了過來。那朋友怕把畫弄壞，連忙把它們趕開了。於是又請徐文長繼續暢飲。

那朋友見徐文長今天興致特別好，就要他在這畫上再題詩一首。徐文長要他朋友限個韻，那朋友說：「就限『酒』字作韻吧。」徐文長略一思索，就根據畫意提筆在畫上寫出一首打油詩來。詩道：

「貓形似虎十八九，吃盡魚蝦不吃韭，

只因捕鼠太匆忙，翻倒床頭一壺酒。」

那詩的落款，是「田水月戲筆」。

不久，這件事在紹興傳揚開了。許多愛畫的人都到那小鎮上門求看這幅畫，他們品評說：「徐文長平時很少作走獸動物一類的畫，這幅《群貓圖》乃是他破格傳神之作，堪稱為罕見之妙品！」

至於徐文長用「田水月」的署款，據說這還是第一次。實際上，他是把徐渭的「渭」字分拆開來的。從此以後，徐文長常歡喜用「田水月」這個筆名了。〔註8〕

〈「田水月」畫群貓〉這個故事說明了《群貓圖》和題款「田水月」的由來，也表現了徐文長詩作和謎語的文采。

上述關於文學才華和讚揚徐文長畫藝巧思的傳說，雖然因應不同講述人本身所具的才情而有巧妙各自不同的文采表現，也可以發現傳說中如能表現出徐文長的機智，更能凸顯出傳說的出色。而續聯、題聯、題辭、詩謎、繪畫、書法等等多元的表現形式，皆表現出徐文長在傳說中文思敏捷、學養、構圖、工筆等多方面藝術造詣的形象。吻合於徐文長史實中文畫兼擅的文士形象。

其次，即使是不同類別的傳說，如目的在為民伸張正義的傳說，也每每可以看到徐文長透過運用文字的增減筆、改動文字順序、文字字義的模糊地帶、句讀差異而達到助人之目的。這類傳說之故事核心雖然不是表現文才，但是，所運用的機智，同樣表現出徐文長的才情。故在徐文長傳說中，能彰

〔註8〕書同註4，謝德銑等編：《徐文長的故事‧「田水月」畫群貓》，頁95～97。

顯出徐文長才情的傳說數量不在少數。

第二節 彰顯徐文長的仗義打抱不平

徐文長傳說中有許多故事呈現出徐文長爲不同身分的弱勢發聲、打抱不平的性格，分述如下：

一、懲治兵痞

> 徐文長渭，自稱曰「田水月」，客胡總督，野服，具賓主禮，
> 非時出入。一日，飲酒樓，有數健卒飲其下，不肯留錢。徐密以數
> 行馳胡公，公立命縛至，斬之。一軍股慄。〔註9〕（《涌幢小品‧田水月》）

此段記事袁宏道〈徐文長傳〉〔註10〕也有相近的記載：

> ……嘗飲一酒樓，有數健兒亦飲其下，不肯留錢。文長密以數
> 字馳公，公立命縛健兒至庭下，皆斬之。一軍股慄。

《涌幢小品》爲朱國禎（1557～1632）於萬曆37年（1609）春至天啓元年（1621）冬之間利用官暇時雜記其見聞之作，他其他作品如《皇明史概》、《皇明大政記》、《皇明大訓記》、《皇明大事記》〔註11〕等也與他留心典故、史實有關，故有一定之可信度。《四庫全書總目提要》對於《涌幢小品》評價頗佳，認爲：「其是非不甚失眞，在明季說部之中，尤爲質實。」〔註12〕

朱國禎的說法未必與袁宏道說法的來源有承襲關係，朱國禎是浙江烏程人士，在地緣上，有機會比袁宏道（1568～1610）較早聽聞到徐文長這則傳說，或是在之後閱讀到由商維濬、陳汝元等門人在萬曆二十八年（1600）爲徐文長重新編輯的《徐文長三集》，其中袁宏道所作的〈徐文長傳〉（載於《瓶花齋集》卷七之萬曆三十六年（1608）修改版已無此段），〔註13〕因此，

〔註9〕〔明〕朱國禎：《涌幢小品‧田水月》（臺南：莊嚴文化，1995年9月《四庫全書存目叢書》影遼寧大學圖書館藏明天啓二年刻本），卷9，頁325下。

〔註10〕〔明〕袁宏道：《徐渭集‧附錄‧徐文長傳》（北京：中華書局，1983年4月），冊4，頁1342～1344。

〔註11〕〔明〕朱國禎：《皇明史概》等（上海：上海古籍出版社，2002年3月《續修四庫全書》影明崇禎刻本）（4冊）。

〔註12〕〔清〕永瑢、紀昀等：《欽定四庫全書總目‧涌幢小品》（臺北：臺灣商務印書館，1983年10月），冊3，卷128，頁757上。

〔註13〕傅瓊：《徐渭散文研究》（上海：上海古籍出版社，2007年12月），頁229～230。

二者筆法近似。

而徐文長自己在〈贈吳宣府序〉中則有更詳盡的回憶紀錄：

> 當嘉靖乙卯間，海上始大用兵，兵隸諸大府者特驕甚，偶絳衣襲錦而靴幨、幹魁岸多力者三四人，入越鄉，把劍袖錐，目爨爨以睨，過市饗則醉飽，繫馬狹斜則擁紅紫以嬉，如入其家之庖室，都不與一錢，日既昃，知無所怖，遂稍侵居人家，居人聚譁之，則走撞縣門，撼丞簿，收笞居人，猶呶呶睨丞簿，丞簿畏得禍，不敢動氣，與酒益奮，尚恣睢街市中不去。余方與君罷講稽山，下逢之，直前視，彼四人者嗔曰：「酸何知，敢視我，直攫乃巾碎之耳！」余謂君曰：「市人足恃也，盍扶諸？」君曰：「不約易散，未可也。」君歸呼族人於家，余歸呼族人於寓。得七八輩，余曰：「可矣。」君曰：「不約莫任其害，未可也。」約族人曰：「儕等擊，擊其下，莫擊其上。」約市人曰：「儕等莫擊，第喊而聲援。」遂擊。四人者靡不仆幾爛，擊者逞褫其絳錦與靴，四人者裸而號，乞命，君曰：「悉還之。」稽首悔謝若崩角，市者譁而合掌，君答而拊曰：「勞矣！」稽首稱快若崩角。〔註14〕

文中敘述嘉靖三十四年（1555）倭戰正方興未艾時，他與同學吳兌一起懲治兵痞的經驗。文中將兵痞擾民之惡行惡狀及官府之懦弱無能描寫得栩栩如生，襯托出徐文長與吳兌等人將兵痞打到下跪求饒、圍觀者拍手叫好之精彩。

由上述可知史實中的徐文長始終持有保家衛國、懲治宵小的熱情。而《涌幢小品》、〈徐文長傳〉傳說式地寫法更見出徐文長的正義感、胡宗憲對徐文長的信任與胡軍軍紀嚴明之氛圍。

二、智鬥大財主

> 紹興有個大財主，開了十幾爿米行。官河中密密麻麻的全是他的糧船。

> 有個小夥子叫金水清，這年剛剛收得了一些秋糧，不幸遇著他父親的喪事，沒有銀錢買棺材成殮，只得把秋糧裝船先拿去變賣。

> 一不小心，撞在那財主的大船上。結果他的稻穀盡數被翻倒水

〔註14〕書同註10，〔明〕徐渭：《徐渭集・徐文長三集・贈吳宣府序》，冊2，卷19，頁 539～540。

底，還挨了一頓揍。正巧遇到徐文長從岸上走過，便說可以幫他復仇。

　　次日，由水清的妹妹蓮珍打槳，船艙內載著父親的屍首，假裝上城求醫的樣子，故意用力朝那財主的大船撞去，只聽得「砰」的一聲響，大船上竄出來四五個人，跳過船來，正想舉拳毆打蓮珍，蓮珍早有準備，用力將小船一側，小船立時翻了。接著蓮珍鑽出水面，邊哭邊訴：「你們把我生病的老爹淹死啦，叫我怎麼活得下去！」

　　徐文長站在岸上，當即大喊：「快來人哪，出了人命了……！」正在田畈裡幹活的人們，聽到喊救聲音，都一齊趕了過來，一面把金蓮珍扶了上來，一面扛著那具屍首去告狀。縣官就判決了那財主的罪名。〔註15〕

大財主被判刑的結果，抒發出民間對富豪逞惡不滿的聲音。透過徐文長善惡分明的人物形象，投射出對這樣人物的期待。

　　另一則相同的傳說〈屍體落河〉則說財主賠償老人的喪葬費用，並白衣素服為老人送喪。〔註16〕更圓滿了傳統社會維繫道德倫常的價值觀。

三、智打縣太爺

　　山陰縣城裡來了一個戲班子，搭起台來演《風波亭》。戲中扮秦檜的角色演得很好，看戲的人個個稱讚，可是縣太爺不高興。為啥？因為這個戲班子沒拿銀子去孝敬他，他派差人去抓扮秦檜的那個角色。

　　縣太爺升堂喝道：「你迫害忠良，屈殺岳飛，知罪嗎？」那角色連忙說：「大老爺，那是在做戲呀！」縣太爺哪裡容他多講，喝令差役將他打了五十大板。

　　戲班子出了這樣的事，戲演不成了。這時，徐文長來了，他說願意扮秦檜這個角色，於是《風波亭》仍舊上演。鑼鼓一敲，戲文開場，氣壞了縣太爺，他又喝令差役前去抓扮秦檜的角色。戲班一聽縣太爺又來抓人，大家慌作一團。徐文長叫大家不要慌，他自

〔註15〕王一奇編：《中國文人傳說故事・智鬥地頭蛇》（北京市：中國民間文藝出版社，1982年12月），頁316～317。
〔註16〕書同註4，謝德銑等編：《徐文長的故事・屍體落河》，頁72～74。

己扮作一個宰相，叫其他人都扮作將官旗牌，一路鳴鑼喝道來到縣
衙。到了大堂，徐文長一步上前，奪過驚堂木，坐上大堂，喝道：
「大膽小官，為何見了宰相不跪？」縣太爺想不到這一手，被弄糊
塗了，結結巴巴說：「你，你，你這個宰相是假扮的呀！」徐文長
一聽，就又喝道：「既然你知道是假扮，為何打我秦檜？」徐文長
轉向兩邊：「眾將官，快將狗官痛打五十大板。」話音一落，眾戲
子一擁而上，按倒縣官，劈哩叭啦打了起來。〔註17〕

一般老百姓都拿貪官汙吏沒辦法，可是，民間傳說卻拿「徐文長」這個角色
來表露出對貪官汙吏的厭惡與莫可奈何，期待能出現一個像徐文長那樣勇
敢、機智的人物可以幫他們抒發怨氣。

　　這類傳說多憑藉徐文長個人的才智，達到伸張正義、打抱不平或懲治惡
人的目的，呈現出的是徐文長正義性格的形象。

第三節　敘述徐文長的抗倭戰功

　　〈絕倭塗用兵〉是一則關於倭戰紀錄的故事，為史實中曾參與倭戰的徐
文長，留下一個曾為戰事出謀劃策的印象。

　　　　明朝嘉靖年間，有一次倭寇竄擾了紹興。倭兵抓住了農民姚長
　　子，用藤筋穿住他的手掌，要他指引往「舟山」的去路。原來這批
　　倭寇想下海回舟山去。可姚長子卻把「舟山」錯聽為「州山」了。
　　他擔心村裡百姓要遭了殃，於是決定把倭兵引向相反的方向。

　　　　到了柯山下，忽然隱約聽見岩壁下有幾個砍柴的同村人躲在
　　草叢中的聲音。姚長子裝作自言自語的樣子，用土話告訴鄉親們
　　說：「趕快告訴村裡百姓，再告知城裡官兵。待我帶他們走過橋後，
　　就拆去南北二橋，把倭兵困在化人灘上。」村民們聽了，立即抄小
　　路跑了。

　　　　化人灘兩邊平地上都長著野草，四面是大河。姚長子把倭兵領
　　進化人灘後不久，南北兩橋當即被人拆斷。倭兵知道中了計，就把
　　姚長子殺了。

〔註17〕王毛根（男，80歲，蕭山市，長河鄉農民，不識字）於1987年講述〈智打縣
　　　　太爺〉，見《中國民間故事集成・浙江卷》（北京：中國ISBN中心，1997年9
　　　　月），頁821。

　　當天夜裡，紹興總兵俞大猷親自帶了水軍前來圍剿倭寇。倭兵十分狡猾，官軍一到，從草叢中跳出來廝殺；當官軍離岸，又馬上放炮。官軍一下子便被擊沉了好幾隻戰船。俞大猷只好連連下令後退。

　　俞大猷回到紹興城裡，恰逢杭州都督府胡宗憲幕僚徐文長求見。俞大猷知道徐文長很有才略，沿海幾次抗倭大仗，他都出過計謀。當即傳令把徐文長請來，把化人灘失利的事，告訴了他。徐文長聽了說：「目前倭兵處絕境，必欲拚死求生，因此強攻不得。如果能順倭兵求生之切，投之以餌，然後發揮吾紹兵民熟悉水性之特長，則大事可成矣！」

　　這天黃昏，有三條空船從東面漂來，等船漂到岸邊，倭兵爭先恐後跳下船去，扳起船槳開船。正當船來到鑑湖江面最闊的地方，突然，兩岸殺聲四起，鼓聲震天，接著，一隻隻載著官兵的小船，四散地開出河灣，包抄過來，卻不接近。倭兵要想放炮，但目標太散，要想廝殺，又無從殺起。只得拚命扳槳，向東逃去。可是倭兵船大人多吃水深，無論如何趕不過官兵的小船，正當此時，船底突然冒出水來。原來是船底的幾個大木塞被當地的漁民潛下水去統統拔掉，於是，船就沉下去了。幾百個倭兵便被消滅得乾乾淨淨。在這場戰鬥中，徐文長立了大功。〔註18〕

這一則故事除了可見徐文長與姚長子的才智之外，也反映出一定的歷史背景或史實。關於姚長子的事蹟，浙江省《諸暨縣志》有如下的記載：

　　《兩浙明賢錄》：「嘉靖乙卯（三十四年，1555 年），倭自諸暨突入郡境，獲長子，貫其肘，使為導，長子乃紿之西，而密呼鄉人曰：『俟我過某橋，若等亟撤之，我引賊入絕地，可悉就擒。我死不恨。』已而，果陷於化人壇，四面皆水，我兵絕其後，賊知為所紿，殺長子，剉其屍，賊百三十餘人乃盡殲於此，鄉人立祠祀長子於死所。」〔註19〕

除了上引的《諸暨縣志》外，姚長子的事蹟也可見於嘉慶《山陰縣志》〔註20〕、

〔註18〕書同註4，謝德銑等編：《徐文長的故事・絕倭塗用兵》，頁84～87。

〔註19〕〔清〕沈椿齡等修：樓卜瀍等纂：浙江省《諸暨縣志》（臺北：成文出版社，1983 年 3 月影印乾隆三十八年刊本），冊3，卷22〈人物二・忠節〉，頁1036～1037。

〔註20〕〔清〕徐元梅等修：朱文翰等輯：嘉慶《山陰縣志》（臺北：成文出版社，1983

《紹興府志》〔註21〕、《明越人三不朽圖贊》〔註22〕、《琅嬛文集》，而以《琅
嬛文集》對姚長子所作之墓誌銘最爲翔實。

〈姚長子墓誌銘〉：

> 姚長子者，山陰王氏傭也。嘉靖間，倭寇紹興，由諸暨掩至鑒
> 湖鋪。長子方踞稻床打稻，見倭至，持稻叉與鬥。被擒，以藤貫其肩，
> 囑長子曰：「引至舟山放儂。」長子誤以爲吳氏之州山也。道柯山，
> 逾柯嶺，至化人壇。自計曰：「化人壇四面皆水，斷前後兩橋，則死
> 地矣，盍誘倭入？」乃私語鄉人曰：「吾誘賊入化人壇矣，若輩亟往
> 斷前橋，俟倭過，即斷後橋，則倭可擒矣。」及抵化人壇，前後橋斷，
> 倭不得去，乃寸臠姚長子，築土城自衛。困之數日，饑甚。我兵穴舟
> 室衁以誘之。倭夜竊舟爲走計，至中流，挈所室舟沉，四合斃之，百
> 三十人盡殲焉。鄉人義姚長子，裹其所磔肉虆，葬于鐘堰之壽家岸。

> 無主後者，縱爲牛羊踐踏之墟，鄰農且日去一鋪，其不爲田塍
> 道路者幾希矣。余爲立石清界，因作銘曰：

> 醢一人，醢百三十人，功不足以齒；醢一人，活幾千萬人，功
> 那得不思。倉卒之際，救死不暇，乃欲全桑梓之鄉；旅義之後，公
> 道大著，乃不欲存盈尺之土。悲夫！〔註23〕

〈絕倭塗用兵〉這則傳說是貼近〈姚長子墓誌銘〉的記述的。足見姚長
子之事蹟對當時、當地影響之深遠，而故事也能依史實藉由文人之筆而綿延
流傳下去。至於徐文長在故事中參與多少，則與傳述者對徐文長其人的期待
多少有關。故事也呈現了故事與史實之間相互流通的情形。

再者，史實中的徐文長也許未曾參與此戰，但是，在整個抗倭戰事中，
他的確曾參與過嘉靖三十三年（1554）十月柯亭之戰與嘉靖三十四年（1555）
四月皐埠之戰，〈擬上督府書〉〔註24〕便言兩場戰役中，他皆曾「嘗身匿兵中，

年 3 月影印清嘉慶八年修，民國二十五年紹興縣修志委員會校刊鉛印本），冊
2，卷 14〈鄉賢二〉，頁 435。

〔註21〕〔清〕李亨特總裁：平恕等修：《紹興府志》（臺北：成文出版社，1975 年影
印清乾隆五十七年刊本），冊 5，卷 55〈人物志十五‧忠節一〉，頁 1355～1356。

〔註22〕〔明〕張岱纂：《明越人三不朽圖贊》，收入周駿富輯：《明代傳記叢刊‧綜錄
類 51‧立德》第 149 冊（臺北：明文書局，1991 年 1 月），頁 599～600。

〔註23〕〔明〕張岱著‧云告點校：《琅嬛文集》（長沙：嶽麓書社，1985 年 7 月），卷
5〈墓誌銘〉，頁 202～203。

〔註24〕書同註10，〔明〕徐渭：《徐渭集‧徐文長三集‧擬上督府書》，冊 2，卷 16，

環舟賊壘，度地形爲方略」，實際從地形與情勢中分析戰略。由此可明他有膽識，具謀略。故這則傳說所傳述出的徐文長具謀略、曾參戰的形象其實吻合於史實中的徐文長形象。

第四節　顯示徐文長的器量狹小

本節傳說彰顯出的是徐文長性格中比較陰暗的部分。大多是徐文長陷害、欺騙、捉弄他人的故事，以下分述之：

一、陷害類傳說

〈裝僧小便〉、〈裝女調僧〉敘述的是兩則他嫁禍、陷害僧人以報復的傳說。

（一）〈裝僧小便〉

> 徐文長住在一個寺裏，方丈待他很怠慢。他每天清早，乘和尚睡著未起的時候，穿戴了僧衣僧帽，在後園對著--家樓窗小便。這是一個武官小姐的繡房，她把這事告訴父親，她父親便一頓板子打死了方丈。後來冤鬼尋著了他，使他恍惚看見他的妻子和一個和尚同睡而用刀砍去，卻發現只有她獨自睡著。徐文長因爲這件事，做了好幾年的監，好容易才得放免。〔註25〕

這個故事中的起因是因爲方丈怠慢徐文長，異文的說法則是聽到同船和尚非議他，兩個故事核心情節都是徐文長用嫁禍的方式假扮僧人對一個女子小便，使得僧人枉死或無辜被打卻不明原因爲何。異文故事至此結束，然而，這個故事卻將徐文長後來擊殺繼室之事做一連結，將因果的說法引進。其後之〈殺妻坐監〉〔註26〕也有類似寫法，試圖爲史實中的徐文長殺妻尋找一個理由。

（二）〈裝女調僧〉

> 有一天，徐文長到一廟裏去玩。該廟的方丈很勢利，看見他是缺德的徐文長，就不招呼他，還斥罵了他一頓。文長只得忍氣而去。

頁 465。

〔註25〕林蘭編：《徐文長故事集・裝僧小便》，收入東方故事（臺北：東方文化書局，1971 年秋季），頁 15～16。

〔註26〕書同註25，《徐文長故事集・殺妻坐監》，頁 156～157。

　　過了半年，徐文長表兄的母親死了，在那個廟裡請了二十幾個和尚及方丈做佛事。文長看見上回罵他的那個方丈也坐在那蘆蓆搭的草臺中間，坐著念經。就想起上次罵他的舊恨，於是晚上時跑到他表嫂房裏，暗中用水將手洗淨，擦上些粉，又在手心內染了些胭脂。戴上手鐲和戒指，跑到坐佛事的臺後面，用手把方丈坐的椅子從後面蘆蓆處扯了一個洞，用手伸進去在方丈的屁股上摸了幾摸。方丈回頭一看，是一個女子的手，以為是女子調戲他，他也就把一隻手放在後面摸她，一隻手在前做佛事。

　　徐文長就把方丈的手往蘆蓆外一拉，用繩子將方丈的手拴在臺腳上。再跑回去把手上戴的戒指去了，又用水洗去手上的香粉胭脂。然後，不慌不忙的拿了個水煙筒抽著，走著，走上台去，一面同和尚客氣了一回，一面將煙筒遞給方丈抽煙。方丈一隻手怎能夠抽水煙。徐文長這才大驚失色的說道，你的手怎麼拴在外面，怪不得我的姪女在這裡看法事，不知為什麼跑房裡痛哭，一定是你這個和尚調戲她了。一面招呼人不要放走這個和尚，他到城裡去報官。

　　和尚氣得不得了，但也只能央人代為說情，說了好久，徐文長這才回來同他談判，罰他做十天的佛事，不能要一文。和尚只得接受，才了事。〔註27〕

和尚本身品行不端，故讓有心想報復的徐文長有機可趁，以致和尚名聲一敗塗地。可見主角性格的工於心計。

二、欺騙類傳說

　　欺騙類的傳說，大抵敘述徐文長運用才智騙人食、衣、褲、錢財的傳說。舉例如下：

（一）〈騙錢過節〉

　　端陽節到了，徐文長因家裡無錢，心裏非常憂慮。

　　第二天，他走到街上一家理髮舖裏去剃頭；在修面的當兒，他打著官話向理髮道：「眉沒（與毛音同）剃！」

　　理髮師聽了，以為「眉毛剃」，便把他左邊的眉毛剃掉，剛要

〔註27〕書同註25，林蘭編：《徐文長故事集·裝女調僧》，頁 17～19。

剃右邊眉毛時，文長忽然立起來，嘴裡大聲說道：「我不是對你說：『眉沒剃』，你偏要把我剃掉，你這人如此可惡，我非要把你送官去不可！」說完，拉了理髮師就往外走。

理髮店的主人，見了這情形，便對文長說道：『徐先生，請息怒吧！因爲他剛從鄉下來的，聽不懂你的官話，才得罪了徐先生，看我的面上，饒恕他吧！』文長仍不肯罷休。最後那店主送徐文長八百文錢作節禮才了事。徐文長拿到了錢，便笑嘻嘻的回去過節了。〔註28〕

利用同音刻意造成混淆的效果，使人誤解其話意，加上知道店家以和爲貴的心理，藉機騙得一份節禮，可見出一個知識份子形同詐欺店家的惡劣行徑。

（二）〈當皮袍〉

過年了，徐文長有一個朋友，到他家裏來討錢。

文長說：「老哥！對不起！可否再給我寬限幾天呢？」

「文長兄，眞對不起，家裡有人等著，這錢是立刻要用的。」他的朋友很急促的答。

「你倘若眞的有要緊用處，我只得到城裏去借給你；不過現在下著大雪，天氣又冷，我這件藍棉衣恐怕抵不住西北風；你穿著的皮袍子可否借我一穿，我借了錢立刻歸來的。」

他的朋友因爲等錢急於要用，只得答應了。

一會兒，文長笑嘻嘻的回來了，不料那件皮袍已不在他的身上，手裏只拿著猪肉，魚，青菜……，他的朋友就很驚訝的問他說：「文長兄！我的皮袍到那裏去了，你怎麼沒有穿著呢？」

「我……我因爲銅錢沒有借到，把它當……當掉了。」文長慢吞吞的答著。

他的朋友聽了，勃然大怒道：「哼！你借錢不還反將我的皮袍當掉，這算什麼道理呢？」

「老哥！你不要發怒！我想你我總要過年的，所以我買了這許多東西，來和你平分。照理說，你應該多多的謝我哩！……」

〔註28〕王忱石編：《徐文長故事・騙錢過節》【第二集】（上海：上海經緯書局，1938年3月），頁50～51。

他的朋友被文長弄得又好氣又好笑，但也無法，只得大喊了幾
聲「倒霉！」拿著當票就垂頭喪氣的走了。〔註29〕

債主要錢不成，反倒又被騙走一件皮袍。凸顯出故事中主角的無賴性格。

三、捉弄類傳說

捉弄類的傳說，彰顯出的是徐文長睚眥必報的心量。如〈狗麥〉：

埠船裏有一位鄉下人，面前擺著一袋麥，大約是到城裡去糶
的，文長請鄉人糶一點麥給他。鄉下人知道徐文長是要吃白食的，
不願意，叫他到城裡去買。

文長遭了鄉人的拒絕，但他面上仍舊裝著很自然的樣子，對鄉
人說道：「你的麥不糶，也不要緊，橫豎我家裏也沒有什麼用處。」
接著，便說故事：「從前有一位富翁，他生了一個女兒，十六歲那年，
富翁幫她訂了親，她探聽到他的丈夫是一個麻面少年，因此心裏很
不願意，便裝病睡在牀裏。她的父母很擔憂。有一次，她的父親請
了一位很有名的醫生，來給他的女兒看病；這醫生是用絳線把脈的，
當婢女把絳線拿來了，她就把絳線吊在一隻西洋狗的腳上，醫生往
線裏一按後，眉頭皺了一皺，說道：「哎喲！這個脈（麥）怎麼會不
跳（糶）呢？若是人的脈（麥）總會跳（糶）的，這樣死板板的不
肯跳（糶），我想一定是狗脈（麥）了！」

那鄉人聽了，氣得話也說不出來，只好用著烏溜溜的眼睛看著
文長。〔註30〕

徐文長用「脈」諧音「麥」，用「跳」諧音「糶」，藉故事來指桑罵槐那個不
願賣他麥的商人是狗，用言語回敬對方，即刻表達出自己對人不滿的情緒，
顯示徐文長沒有容人之量的缺點。

陷害、欺騙、捉弄故事類的傳說，呈現出徐文長對人強烈的好惡感受與
性格中無賴的一面，小則騙吃騙衣，大則傷及人命，多為負面之性格形象。
所以能做出這些手段，應是由史實中機智、謀略、器量偏狹的人物形象轉化
而來。

〔註29〕書同註28，王忱石編：《徐文長故事·當皮袍》【第二集】，頁94～96。
〔註30〕書同註28，《徐文長故事·狗麥》【第二集】，頁47～48。

第五節　敘述徐文長的被人捉弄

　　在徐文長傳說中，以他陷害、欺騙、捉弄他人的故事爲多。至於他被戲弄的故事屬於少數的特殊例子，譬如〈令尊〉中談的便是他反被老人家嘲笑的例子：

　　　　有一天，文長有事坐船回家。進船時，位子已經坐得很滿，他嘴裡不住的喊著：「你們排點緊，讓我坐坐！」有一位老頭子，不但不讓他，反而把話唐突。文長只得在自己的包袱上坐下來，心想這個老頭子，這樣可惡，預備捉弄他一番。

　　　　文長笑嘻嘻的對老頭子道：「老人家，府上在那裡？」

　　　　「什麼府上不府上，我是不懂的。」老頭子答道。

　　　　文長道：「我就是問你住在什麼地方。」

　　　　「嗄！你問我住的地方，我住在某村」老頭子答。

　　　　文長又問道：「你有幾位令尊呢？」

　　　　那老頭子把頭一搖道：「眞見笑，你說的話，我一點也不懂？什麼叫做令尊呢？」

　　　　文長笑嘻嘻道：「就是兒子。」

　　　　「先生！我家眞倒霉，現在我已經有五個令尊，像我們這種人家，這麼還養得起呢！」老頭子嘆了一口氣，接著又對文長道：「你這位先生，有幾位令尊呢？」

　　　　「沒有！」文長搖頭道。

　　　　老頭子對天嘆道：「天啊！你眞沒有眼呀，像我們這樣窮苦的人家，倒有五個令尊，他竟一個都沒有，何勿把我的分兩個給他，好做做令尊呢！」

　　　　埠船裡的人，聽了老頭子的話，都大笑不止。文長滿面通紅，弄得一句話也說不出來。〔註31〕

本想欺負老人家沒見識，未料卻反被老人家虧損，被自己設的陷阱所困，與平時機智的徐文長形象完全不同。另一則傳說〈曹秀珍戲弄徐文長〉，則是敘述他被同爲才子的曹秀珍惡整的故事：

〔註31〕書同註28，王忱石編：《徐文長故事・令尊》【第二集】，頁4～5。

　　曹秀珍和徐文長都是赫赫有名的人物，一個住在江北，一個住在江南，倆人互不相識。

　　一天，徐文長到南通狼山遊玩，被曹秀珍曉得了。曹秀珍想戲弄一下徐文長，於是暗暗跟蹤。那天下著大雨，徐文長撐著雨傘到茶樓喝茶賞景。曹秀珍靈機一動，找來一個老乞丐，給了二十文錢，要老乞丐把徐文長的一把傘拿到手。

　　老乞丐慢慢跑到徐文長桌子邊，哀求他給一杯酒喝。徐文長就叫他同桌吃酒。老乞丐趁勢坐到放有雨傘的那一面凳上，一邊喝酒，一邊同徐文長閒聊，兩隻手在桌下不停地摸那把傘。喝了幾杯酒後，老乞丐向徐文長表示感謝，拿了徐文長的雨傘準備離開。徐文長一看老乞丐拿他的雨傘了，忙說：「老人家，你拿錯東西了，這把傘是我的，你怎好拿走？」「這把傘是我帶進來的，是我的。」老乞丐說。「老人家，傘是我的，我出門人不會冤枉人的。」「你這位先生，我吃了你的酒，算錢可以，要用傘來抵，我不答應的。」「我不是要你的酒錢，而是不要拿錯我的傘。」「先生，我雖是一個窮乞丐，但知恩圖報的心還是有的，你看得起我，請我同桌吃酒，我謝你還來不及，怎能昧著良心吃黑你的東西？」徐文長見老乞丐不講理，非常氣憤，倆人拉拉扯扯糾纏在一起。老乞丐躺在地上，大喊大叫，引得茶客前來圍觀，紛紛指責徐文長欺侮乞丐，弄得徐文長十分尷尬。

　　曹秀珍忙出來打圓場，「兩個人都說這把傘是自己的，可有什麼證據？」徐文長說：「這是平常使用之物，要何證據？」曹秀珍說：「這位先生拿不出證據，這把傘不能算是你的。」又問老乞丐：「你有何證據呀？」老乞丐說：「這把傘有三十六根傘骨，其中有一根竹節很大，一根又特別細，不信請大家驗證。」曹秀珍把傘撐開來讓大家看，果然是實。這時大家一致斥責徐文長。

　　徐文長見自己的雨傘被人訛去不算，還受到眾人的嘲諷，氣憤不過，不禁仰天長歎：「想我徐文長一身清白，今天受小人訛詐，成了不義之人，有何面孔活在人世！」說著就要往樓下跳。曹秀珍急忙拉住他說：「徐先生千萬不能輕生，剛才那一幕鬧劇是我曹秀珍的惡作劇，現在我還上雨傘，賠禮道歉，請您高抬貴手，放我一馬。」

　　徐文長一聽是通州才子曹秀珍，連忙拱手道：「曹先生，在下

初到寶地，未來得及登門拜訪，請您千萬原諒，今天您略施小計，

把我弄得狼狽不堪，真是強龍壓不過地頭蛇呀！」說完抱住曹秀珍，

倆人哈哈大笑。〔註32〕

　　這個故事與平時精於算計的徐文長形象大相逕庭，徐文長處於完全無法辯解的情形。被一個弱勢的老乞丐逼到無法證明自己的清白，致窘迫不堪，應該是由不喜歡徐文長的人所流傳出的故事吧！也許是因為吃過他的虧卻又無可如何，只好編出這樣的故事破壞他的形象，好發洩自己的積鬱。

〔註32〕崔學富（男性，71歲，小學，農民）於1986年11月樹勳鎮講述〈曹秀珍戲弄徐文長〉，崔桂成（男性，38歲，高中，文化站站長）紀錄，見白庚勝主編：《中國民間故事全書・江蘇・海門卷》（北京：智慧財產權出版社，2010年8月），頁71～72。

第四章　徐文長的故事類型

　　關於徐文長傳說與故事共計四百五十九則，以阿爾奈和湯普遜「AT 分類法」為依據，可得五十二個已成類型的故事，在金師榮華《民間故事類型索引》〔註1〕所修訂之「動植物及物品故事」、「一般民間故事」、「笑話、趣事」、「程式故事」和「難以分類的故事」等五大類架構中，分屬於三大類，包含：「一般民間故事類」共十二類，「笑話、趣事」類共三十七類，「程式故事」類共三類，以「笑話、趣事」類為最多。

　　以下分節擇類論述五十二個類型的故事及異文，第一節談「一般民間故事」，第二節談「笑話、趣事」，第三節談「程式故事」。至於故事類型所含攝之故事，其完整資料可參考附錄二〈徐文長故事所屬之故事類型表〉。

第一節　一般民間故事

　　本節討論關於徐文長的五十二個成型故事，屬於「一般民間故事」類的十二個類型，共三十六篇故事之流播情形。

一、生活故事

（一）〈巧媳婦妙對無理問〉故事（ATK876）

　　關於這個類型，筆者所蒐集到的徐文長故事有三則，〔註2〕概要如下：

〔註1〕 金榮華：《民間故事類型索引》（增訂本）（4 冊）（臺北：中國口傳文學學會，2014 年 4 月）。

〔註2〕 1 分別見於：林蘭編：《徐文長故事集・鬥智失敗》，收入《東方故事》（臺北：

有一天，徐文長騎了一匹馬到外面去，路上碰著一個採桑的婦人或農夫。徐文長與對方進行幾回合的機智問答，徐文長沒有贏或者落敗。在角色是農夫的故事中，有的是徐文長與農夫的對答，有的是因農夫口拙，由妻子教他應答，後徐文長找上農夫的妻子挑戰，徐文長落敗。

問答情形諸如：徐文長說：「你摘了幾千幾百瓣桑葉？」婦人回答說：「你的馬走了幾千幾百步路？」徐文長嗽出一口痰來，含在口內，又問婦人道：「我那口痰是吐出呢？還是咽下去？」婦人把褲子解開：「先生！你知道我還是大便呢？還是小便？」。

本型故事最早資料見於近人拾遺室主人編《閒中話》〈方生〉〔註3〕，故事如下：

有方生者，好滑稽。一日，遊於鄉間，見農夫種苗，問之曰：「幾行矣？」曰：「三行矣。」曰：「幾株矣？」農夫莫對。生曰：「少頃，我即來，須告我。」遂彳亍而去。

農夫歸家，命其妻代種，已將株數數之。妻問何故，農夫告之。妻曰：「易耳，可勿數也。待彼來時，可問其行徑幾街幾步，彼必不能答。」如其教，果不能答。

方生問何人所教，曰：「妻也。」方請見其妻，許之。至其家，跨一足於檻內，一足留於檻外，問其妻曰：「汝知余此足進乎，抑此足出乎？」農人之妻即至內取馬子出，坐其上而問曰：「汝知余為溺乎，為糞乎？」生語塞，不能答，遂懼而遁。

大意敘述農婦得知丈夫被方生問題難住，教丈夫應答，進而與方生對答，使方生語塞而退。

這一型故事可見於立陶宛、羅馬尼亞…等國，中國則普遍流傳於浙江、上海、江蘇、山東、安徽、福建、廣東、廣西、雲南、貴州、四川、湖南、湖北、甘肅、寧夏、內蒙古、青海、黑龍江及臺灣屏東縣內埔鄉等地。〔註4〕

東方文化書局，1971年秋季），頁155～156。2 李永鑫主編：《越地徐文長‧農婦反難徐文長》（杭州：西泠印社出版社，2011年1月），頁140～143。3 山木：《徐文長傳‧結交》（臺北：國際文化事業有限公司，1990年12月），頁150～153。

〔註3〕拾遺室主人：《閒中話‧方生》（上海：國華書局，1914年版），冊下。

〔註4〕分別見於：1 金榮華：《民間故事類型索引》（增訂本，冊2），書同註1，頁

從〈方生〉至現代，問答模式變化不大。

　　在外國故事中，與提問者相對的角色是一個少女，[註5]而在中國所流傳的故事中，常常是爲老實丈夫解危的農戶妻子，少女角色較少。也許與中國有的「天公疼憨人」的觀念有關，上天賜給憨人一個聰慧的妻子以補先生之不足。而故事提問者的角色除了有三個故事是徐文長之外，提問者的角色身分多元，但以秀才爲最多。由此可知故事應該是由一個聰明人或有知識的人開始流傳的。其次，在徐文長故事中，故事都很簡單，都是一個情節單元所構成的故事。在別的角色則可見這個問答情節很容易被套入到不同故事之中，容易複合到如 875D.1〈巧姑娘妙解癡謎〉別的類型之中。

（二）〈麻袋套頭破奸計〉故事（ATK926L.1）

　　關於這一型的故事，主角是徐文長的，筆者蒐集到兩則，[註6]內容基本一樣。概要如下：

> 　　三盜賊被捕，知府爲了報一己私仇，要盜賊咬定是受徐文長指使，徐文長是坐地分贓的窩主。徐文長隨衙役去官府對質時，在頭上套一隻布袋。對質時，徐文長問盜賊，若是彼此認識，則他的臉是長是扁？鼻子是高還是低？眼睛狹不狹長？臉上養不養鬍子？三個強盜亂猜一陣後，他才拿掉麻袋對證，栽贓案於是不能成立。知府請徐文長到後堂吃酒賠罪，飯後還送了徐文長一袋銀子。

　　本型故事流傳浙江、上海、安徽、河南、山西等地。[註7]角色多爲縣官

610～611，型號 876〈巧媳婦妙對無理問〉。2〔美〕丁乃通編著：《中國民間故事類型索引》（武漢：華中師範大學出版社，2008 年 4 月），頁 182～183，型號 876〈聰明的侍女與求婚者們〉。丁氏此型僅提問方式相同。3 山東資料另見中國民間文藝研究會山東分會編：《臨沂地區四老人故事集・聰明的媳婦》（濟南：中國民間文藝研究會山東分會編印，1986 年 7 月），頁 3～6。

〔註5〕Stith Thompson, *The Types of the Folktale*（FFC No184），Helsinki, 1981。AT 母本引用的事例來自立陶宛、羅馬尼亞，參頁 297。

〔註6〕分別見於：1 沈來奇（男性，25 歲）講述〈徐文長打官司〉，見越城區民間文學集成辦公室編：《越城區故事卷》（浙江省民間文學集成辦公室，1988 年 11月），頁 241～245。2 紹興市民間文學集成編委會編：《浙江省民間文學集成・紹興市故事卷》，沈來奇〈打官司〉（北京：中國民間文藝出版社，1989 年 12月），頁 43～47。

〔註7〕書同註1，金榮華：《民間故事類型索引》（增訂本，冊 2），頁 688，型號 926L.1〈麻袋套頭破奸計〉。

與正直、愛打抱不平、口才便給的機智人物的對應關係。情節單元素除了袋子之外，還有蒲包、木櫃子、帽子、柳罐等。其中以《集成·上海》〔註8〕之木櫃子最不妥貼，不似生活中可隨機應變取用較輕巧之物，屬於故事流傳中移植較不成功之例。

（三）〈斗米斤雞〉故事（ATK926T）

關於這一型的故事，主角是徐文長的，筆者蒐集到三則，〔註9〕故事內容一樣。概要如下：

> 窮漢張二的母親病了，他帶著向鄰居借來的二十文錢急著上街替母親買藥，不小心把仁記米店的一隻小雞踩死了。米店老板要窮漢賠雞養到五斤重的錢，共二百五十文。這時徐文長從人群中走出，問知眞相後，借給張二二百三十文錢，賠償給仁記老闆。店主接過賠款後，徐文長接著又表示，俗話說「斗米斤雞」，雞長一斤肉，需餵一斗米，要老闆把沒有餵下去的五斗米給他，仁記老闆見眾怒難犯，隨即吩咐店倌，量出五斗米來給徐文長。徐文長交給張二，要他拿回去給娘看病。

本型故事最早見於清末·小橫香室主人編《清朝野史大觀·段廣清之折獄》〔註10〕，故事主角爲清朝同治年間浙江鄞縣知縣江蘇人段廣清，與前述大意差別僅店東索賠九百錢，鄉人僅有三百，餘額由段廣清爲之補足，然後，要店東以米九斗還鄉人。觀者頌其神君妙斷。《滿族民間故事·段青天的傳說》〔註11〕內容與其接近。

這一型故事在現代流傳於浙江、上海、江蘇、安徽、黑龍江、新疆等地，〔註12〕主角多爲縣官。事實上，徐文長是平民，沒有公權力可以做這樣的判

〔註8〕 盛同龍（男，65 歲，吳淞鄉，農民，不識字）1987 年 10 月講述〈扳倒賴知縣〉，見《中國民間故事集成·上海卷》（北京：中國 ISBN 中心，2007 年 5 月），頁 1054～1055。

〔註9〕 分別見於：1 謝德銑等編：《徐文長的故事·斗米斤雞》（杭州：浙江人民出版社，1982 年 1 月），頁 8～10。2 山木：《徐文長傳·斗米斤雞》，書同註2，頁 97～99。3 李永鑫主編：《越地徐文長·斗米斤雞》，書同註2，頁 30～32。

〔註10〕 〔清〕小橫香室主人編：《清朝野史大觀·清人逸事》卷三〈段廣清之折獄〉（臺北：臺灣中華書局，1986 年 4 月）冊下，頁 399～400。

〔註11〕《中華民族故事大系》編委會編：《中華民族故事大系 4·滿族民間故事·段青天的傳說》（上海：上海文藝出版社，1995 年 12 月），頁 477～483。

〔註12〕 書同註1，金榮華：《民間故事類型索引》（增訂本，冊2），頁 693，型號 926T〈斗米斤雞〉。

決。可知這型故事很可能開始是某一個縣官的傳說，被民間移用在徐文長身上，用以彰顯他的正義感和機智。

（四）〈偽毀贗品騙真賊〉故事（ATK929D）

關於這個類型，筆者所蒐集到的徐文長故事僅有一則，[註13] 概要如下：

> 有一家當舖的夥計誤收了一件假的玉器，當了一千塊錢，東家要夥計賠，夥計急得要尋死。於是，徐文長幫忙出了主意。

> 一天，當舖的東家在家中備了盛大筵席宴請地方人士，說某日家中當舖當下一件漢之前的古玉，當期即滿，若來贖去，就沒有機會再見到它了。故請諸位來賞鑒這件奇寶。說完，他很鄭重的將那件玉器雙手捧出，正要送給各人面前細觀時，忽然腳下一滑，失手將這件玉器砸在地上，砸得粉碎。東家就此託病謝客。

> 過了幾天，那當玉器的人來贖回玉器，夥計將錢點明收下了，然後到裏面去將那玉器取出交與典當的人。那人看了半晌，快快地走了。

> 原來那摔碎的玉器是仿著假玉器作的贗品，當玉器的人聽說他的抵押品已被摔碎，以為可再訛詐一次，故備了錢去贖回，不知卻中了徐文長的巧計。

本型故事最早資料見於北宋・和嶸（951～995）之《續疑獄集・慕容執假銀》[註14]、歐陽修（1007～1072）之《新五代史・慕容彥超傳》[註15]。

《續疑獄集・慕容執假銀》故事如下：

> 漢慕容彥超善捕盜，爲鄆帥日，有州息庫，遣吏主之。有人以白金二錠質錢十萬，與之。既去，而驗之，乃假銀也。彥超知其事，召主庫吏密令出榜，虛稱被盜，竊所質白銀等財物，今備賞錢一萬，召知情，收捉元賊。不數日間，果有人來贖銀者，執之伏罪，人服其知。

《新五代史・慕容彥超傳》故事如下：

〔註13〕書同註2，旨勻講述〈摔碎玉器〉，見林蘭編：《徐文長故事集》，頁123～125。
〔註14〕〔五代〕和凝、和嶸：《續疑獄集・慕容執假銀》（臺北：臺灣商務印書館，1986年3月影清文淵閣《四庫全書》本），卷3，頁814上。
〔註15〕〔宋〕歐陽修：《新五代史・慕容彥超傳》（臺北：臺灣商務印書館，影清文淵閣《四庫全書》本），卷53，頁349下。

> 彥超爲人多智詐而好聚斂，在鎮嘗置庫質錢，有奸民爲僞銀以
> 質者，主吏久之乃覺。彥超陰教主吏夜穴庫垣，盡徙其金帛於佗所，
> 而以盜告。彥超即牓於市，使民自占所質以償之。民皆爭以所質物
> 自言，已而，得質僞銀者。

兩書核心情節相同，皆將計就計，引賊入彀就逮。此故事又爲其後之《折獄
龜鑑》〔註16〕、《陰棠比事》〔註17〕所收錄。《折獄龜鑑》之寫法較近於《新
五代史》，《陰棠比事》寫法則近於《續疑獄集》無「徙金帛於佗所」之細節，
文字較爲簡練。四書之情節單元素皆爲「銀」。

　　本型故事並見於韓國（朝鮮）《虎哥哥‧一着更比一着高》〔註18〕，故事
如下：

> 　　從前有個財主有萬貫家產，在四里八鄉鼎鼎有名。有一天，一
> 個陌生人來找財主借三千兩銀子，財主聽罷哈哈大笑，本來嘛，一
> 個素不相識的人，一張口要三千兩銀子，豈非可笑嗎？客人明白了
> 主人的意思，說：

> 　　「我知道您是笑我的冒昧，我是懂事理的人，那能初來乍到跟
> 您借錢？我帶來了一件東西作抵押。」客人說着解開了一塊包了又
> 包的、拳頭大小的金子。

> 　　「我爲了用一點錢，不值得去賣這塊金子。因此，把他留給您，
> 等我送來款時，再還給我吧。」

> 　　財主一聽，他說得有理，就收下了金子，給了客人三千兩銀子。

> 　　有一天，財主有個開金礦的侄子來了。他替叔叔仔細檢驗了半
> 天，最後斷定這塊金子是個假貨，不值一文錢。原來陌生人是個大
> 騙子，這不得氣死活閻王嘛！可財主卻泰然自若，把金子重新包好
> 放進箱子裡，又囑咐侄子不要把這事聲張出去。

> 　　有一天，村老們在村外辦了席酒宴，從鄰里八鄉來了不少名
> 人。當人們酒興正濃，突然有人放聲痛哭起來，大夥一看，原來是

〔註16〕　〔宋〕鄭克：《折獄龜鑑‧譎賊‧慕容彥超》（臺北：臺灣商務印書館，1986
　　　　年3月影清文淵閣《四庫全書》本），卷7，頁948上。

〔註17〕　〔宋〕桂萬榮，〔明〕吳訥刪補：《棠陰比事‧彥超盧盜》（臺北：臺灣商務印
　　　　書館，1986年3月影清文淵閣《四庫全書》本），頁984上。

〔註18〕　林鄉編譯：《虎哥哥‧一着更比一着高》（北京：中國民間文藝出版社，1984
　　　　年8月），頁83～84。

那位財主在捶胸大哭呢！

「老天爺啊，我好可憐啊，就要傾家蕩產了……」

他哭得好不傷心，大夥兒盡力勸說：

「你稍鎮靜，到底是怎麼回事？給大夥兒說說。」

「諸位啊，我完了：頭幾天有個陌生人留下一塊金子借走了我的三千兩銀子，過幾天他要來還錢取金子。可是天知道，哪個挨千刀的賊算計我，偷走了金子。我的全部家產也抵不過那金子啊，天哪，我可怎麼活呀……」

大夥兒一聽，確實可憐，他全部家產眼看就化為烏有了，大家不知說什麼來安慰他。

俗話說「惡事傳千里」。那陌生人也聽到這消息，高興得手舞足蹈起來！

「哈哈，妙極了！命裡注定我要發財了！我還他三千兩銀子，他交不出金子，只得給我全部家產！」

於是他來到財主家，對財主說：

「主人家，謝謝您的資助，今天我來還您的本錢和利息，請您收下。」說着拿出三千兩銀子。財主接過錢在數數兒，客人連忙觀察主人的臉色。

「請還給我金子吧！」

「好，是得還！」主人從箱子裡取出了金子，立即還給了他。

那來人先是驚呆，半天說不出話來，最後慌忙地逃走了。

韓國故事是敘述一個人拿一個假金子詐欺財主三千兩的故事。保留了北宋本「以白金二錠質錢十萬」的情節，故事可能由中國傳入。

這一型故事在中國流傳於上海、吉林、天津、遼寧等地。〔註 19〕情節單元素有珍珠、玉器、翡翠、古瓷瓶等。故事反應了當舖（或首飾樓）和典當者間彼此間的往來鬥智，行業性質很強，產生在商業社會。店家一次判斷錯誤，影響的可能是傾家蕩產。協助當舖（珠寶店）與典當者鬥智的角色有當舖夥計、店老闆、徐文長、紹興師爺等。可知這型故事在現代已隨社會環境

〔註 19〕書同註 1，金榮華：《民間故事類型索引》（增訂本，冊 2），頁 703，型號 929D〈偽毀贗品騙真賊〉。

的改變而融入新的情節形式，很可能開始於一個敘述商場間爾虞我詐的「生活故事」類的傳說，角色起初爲夥計或店主，後被民間移用在徐文長身上，用以彰顯他的智謀和熱心助人。繼而，因徐文長的身分背景而移用到秀才、紹興師爺身上。故事顯然較韓國故事的情節更具有傳播效力。

（五）〈跌碎飯碗勸婆婆〉故事（ATK980B）

關於這個類型，筆者所蒐集到的徐文長故事有兩則，[註20]概要如下：

> 一位中年婦女惡待婆婆，讓他雙目失明的婆婆吃些稀粥湯，湯裡還摻入秕糠，碗也經年不洗。孫媳婦去請教徐文長如何是好，徐文長教她方法，於是，她刻意讓祖婆在她端飯去時故意失手，讓碗跌碎，然後和婆婆說：「婆婆，碗是打碎了好，俗語說：『廿年媳婦廿年婆，再過廿年做太婆。』婆婆如果眞想把碗傳代，那麼再過廿年，媳婦一定照式照樣給你辦到一隻，盛照式照樣的東西來孝敬婆婆。那時，可莫怪媳婦呢！」中年婦女聽了，立即醒悟，從此便對婆婆好好照顧了。

本型故事普遍流傳於中國浙江、上海、江蘇、安徽、福建、廣東、湖南、河南、山東、河北、北京、山西、陝西、青海、臺灣新北市烏來區、桃園市觀音區等地，[註21]浙江有一則本型故事[註22]敘述的情節比較嚴重，說太婆禁不起婆婆的折磨虐待，吊死在床上。說故事的人大概是想增加情節張力，不過，反而影響了故事的合理性。導致整個故事沒有很順暢。

大部分的故事多爲孫媳勸婆婆孝順太婆的互動，唯徐文長故事多了徐文長這個角色。穿插了孫媳去請教徐文長，徐文長給了孫媳建議，孫媳活用之後，得到完美結局，從此一家和樂過日子。故可知這個類型非從徐文長故事所發展出來的，它應該是流傳到紹興一帶之後，才被加上徐文長的色彩的。此外，從這個類型故事的流播程度可見儒家倫理道德其實也藉由故事的口耳相傳來建立架構的穩定性，其效用與知識份子藉由書籍的強化無分軒輊。

〔註20〕1 分別見於：謝德銑等編：《徐文長的故事・廿年媳婦廿年婆》，書同註9，頁106～107。2 李永鑫主編：《越地徐文長・廿年媳婦廿年婆》，書同註2，頁256～257。兩書故事內容相同。

〔註21〕書同註1，金榮華：《民間故事類型索引》（增訂本，冊3），頁740，型號980B〈跌碎飯碗勸婆婆〉。

〔註22〕李壽根講述〈一隻破飯碗〉，見白庚勝主編：《中國民間故事全書・浙江・倉前卷》（北京：知識產權出版社，2010年1月），頁205。

（六）〈智服伯母〉故事（ATK980G）

關於這個類型，筆者所蒐集到的徐文長故事僅有一則，[註23] 概要如下：

徐文長的叔父年近半百，膝下猶虛，因此想納妾，但叔母不允。文長答應幫忙。隔天，叔母看見侄兒叫工匠在丈量他們的地，並自言自語地估計房子改造所需要花的錢。叔母很生氣，徐文長笑說叔父、叔母年紀大了，又沒有孩子，他們死後，房子不是他的，是誰的？叔母於是答應丈夫娶妾。

本型故事流傳於浙江、廣東、臺灣屏東縣內埔鄉。[註24] 設計者角色除了徐文長之外，還見於客家族群的李文古[註25]，閩南族群的邱妄舍[註26]，以及廣東潮州地區的陳北魁、陳洸，後兩人都為仕，陳北魁明末做至國舅[註27]，陳洸為正德辛未（六年，1511）進士，官至戶部給事中。[註28] 而李文古據《梅縣丙村鎮志》，為明末清初廣東省梅縣丙村鎮梅花村人。崇禎戊辰年（1628年）考中秀才。明亡後不願事異姓，自號「醉仙」。也是秉性聰明，滑稽幽默，處世玩世不恭之人。[註29] 大抵而言，本型故事欲強調的是主角的聰明才智。

（七）〈囑耳訟師〉故事（ATK997）

關於這個類型，筆者所蒐集到的徐文長故事有四則，[註30] 概要如下：

〔註23〕 王忱石編：《徐文長故事・用計娶妾》【第二集】（上海：經緯書局發行，1938年3月），頁75～76。此書雖為上海出版，但徐渭是紹興人，故事搜集的範圍仍應以浙江紹興一帶為主要範圍，故筆者言故事流傳於浙江。

〔註24〕 分別參考：1 金榮華：《民間故事類型索引》（增訂本，冊3），書同註1，頁746，型號980G〈智服伯母〉。2〔美〕丁乃通編著：《中國民間故事類型索引》，書同註4，頁221，型號980A*〈智服伯母〉。

〔註25〕 陳麗娜整理：《屏東後堆客家民間故事・李文古的故事》之二（臺北：中國口傳文學學會，2006年6月），頁26～27。

〔註26〕 分別參考：1 婁子匡編纂，齊鐵恨註釋：《台灣民間故事》〈邱妄舍的趣事之八：助叔叔納妾〉，收入《國立北京大學中國民俗學會民俗叢書》（臺北：東方文化供應社，1970年春季），冊2，頁53～54。2 李獻璋編著：《臺灣民間文學集》（臺北：龍文出版社，2006年9月），頁159～160。

〔註27〕 林蘭編：《呆黃忠・陳北魁》，收入《東方故事》（臺北：東方文化書局，1971年秋季），頁99～100。

〔註28〕 林培盧輯錄：《潮州歷代名人故事》，收入《國立北京大學中國民俗學會民俗叢書》（臺北：東方文化供應社，1970年春季），書名改為《潮州七賢故事》，頁118～119、149。

〔註29〕 吳餘鎬：《台灣客家李文古故事研究》（嘉義：國立中正大學中國文學研究所碩士論文，2002年5月），頁9～10。

〔註30〕 分別見於：1 林蘭講述〈咬耳勝訟〉，見林蘭編：《徐文長故事集》，書同註2，

　　城中某家兒子打傷了他父親的臉或打落了他父親的門牙，他父
親到縣府告他忤逆。做兒子的請徐文長幫忙設法，這時是夏天，徐文
長約他見面時卻穿了皮袍，圍著爐火烤火。當事人將事情經過告訴文
長，文長要他把耳朵湊近，不意竟用力咬下他的半個耳朵，告訴他說
縣官審問時，只要說父親調戲妻子，他剛巧回家，父親反而勃然大怒，
咬住他的耳朵。掙扎時，父親面部在門窗上碰了一下，或不小心碰撞
到父親的門牙，父親因此受傷。於是，這起官司兒子就打贏了。後來
這家父子復合，向衙門控告徐文長間人骨肉，審問時，徐文長說：「可
問他那天見我時是怎樣情形。」這家兒子據實以告，文長就說豈有暑
天而擁裘圍爐者，可見是誣告無疑。或是徐文長在當事者手心上寫「妻
無貂蟬之貌，父有董卓之心」八字，使縣官以為是兒子為顧全老父面
子而有難言之隱，實際是兒子刻意誣陷老父，使老父被打。

　　就本型故事之組合結構而言，包含「咬耳勝訟」、「夏天擁裘圍爐以避刑
責」、「用父有董卓行打贏官司」等三個情節，三個情節各有單獨成故事者，
而以「用父有董卓行打贏官司」為最多。兩個情節成故事者，則以「用父有
董卓行打贏官司」結合「夏天擁裘圍爐以避刑責」的型態故事數為最多。其
次是「咬耳勝訟」結合「夏天擁裘圍爐以避刑責」的型態。

　　「咬耳勝訟」之最早資料見於〔明〕馮夢龍（1574～1646）編纂之《智
囊補》〔註31〕及凌濛初（1580～1644）之《初刻拍案驚奇》。〔註32〕「用父
有董卓行打贏官司」之最早資料見於〔清〕（道光年間）吳熾昌撰《客窗閒
話》。〔註33〕「夏天擁裘圍爐以避刑責」之最早資料見於〔清〕（光緒三年）
采蘅子撰《蟲鳴漫錄》〔註34〕。

　　　　頁47～48。2饒其講述〈打落門牙〉，見林蘭編：《徐文長故事集》，書同註2，
　　　　頁49～50。3林蘭編：《徐文長故事集‧父有董卓之行》，書同註2，頁49。4
　　　　祈連休選編：《中國機智人物故事大觀‧十四字打贏官司》（石家莊市：河北
　　　　教育出版社，1991年10月），頁401～402。
〔註31〕　〔明〕馮夢龍輯：《智囊補‧狡黠‧嚙耳訟師》（臺南：莊嚴文化，1995年9
　　　　月《四庫全書存目叢書》影中央黨校圖書館藏明積秀堂刻本），雜智部卷27，
　　　　頁737下～738上。
〔註32〕　〔明〕凌濛初：《初刻拍案驚奇》（臺北：臺灣古籍出版社，2003年2月）冊
　　　　上，第13卷〈趙六老舐犢喪殘生，張知縣誅梟成鐵案〉，頁238～241。
〔註33〕　〔清〕吳熾昌：《客窗閒話‧訟師‧父似董卓》（上海：上海古籍出版社，2002
　　　　年3月《續修四庫全書》影遼寧省圖書館藏清光緒元年味經堂刻本），卷4，
　　　　頁359上下。
〔註34〕　〔清〕采蘅子纂：《蟲鳴漫錄‧盛暑披裘》，收入《叢書集成》三編（臺北：

《智囊補‧齧耳訟師》故事如下：

　　浙中有子毆七十歲父，而墮其齒者。父取齒訟諸官，子懼甚，迎一名訟師問計，許以百金。師搖首曰：「大難事。」子益金固請，許留三日思之。至次日，忽謂曰：「得之矣，辟人，當耳語若。」子傾耳相就，師遽齧之，斷其半輪，血污衣，子大驚。師曰：「勿呼。是乃所以脫子也，然子須善藏，俟臨鞫乃出。」既庭質，遂以父齧耳墮齒為辨。官謂耳不可以自齧，老人齒不固，齧而墮，良是，竟免。

　　毆父而以計免，訟師之顛倒三章，可畏哉，然其策亦大奇矣。

《客窗閒話‧訟師‧父似董卓》故事如下：

　　有父送（訟）其子忤逆者，子大恐。持重金投師。師曰：「子無訴父理，奚以救為？」子出金懇請。師曰：「汝有妻乎？」子曰：「甚少艾。」曰：「汝能書乎？」子曰：「予曾應童子試，亦能書。」師受其金，曰：「得之矣！汝試作數字。」子書以示之，師熟視曰：「汝轉背反手向予，試書符，汝手握之，見官云云，則無患矣。第不得私視掌，則符泄不靈，且致大患。慎之慎之！」子諾，聽其書畢，亟握而去，自投公堂。官果詰問，子痛哭不對。官怒呼杖，子如師教，膝行而前，舒掌向官。官視其左手曰：「妻有刁（貂）蟬之貌」，其右手曰：「父生董卓之心。」官擲筆與之曰：「書來！」子書以獻。官對其掌，字跡同，遂叱其父曰：「老而無恥，何訟子為！其速退，勿干責也！」

《蟲鳴漫錄‧盛暑披裘》故事如下：

　　有訟師六月為人作牒，預知其事必敗，而貪賄不忍辭，乃重繭衣裘，熱爐火，而為之握管。已而，果敗，追究謀主，執訟師至，極口呼冤，令與對簿。訟師曰：「爾何時請我作詞？」以六月對。又問曰：「其時我作何狀？」則以圍爐披裘對。官鞲然曰：「豈有盛暑而作是服飾者！」乃坐告者以誣而釋訟師焉。

　　本型故事目前普遍流傳於浙江、江蘇、安徽、福建、廣東、江西、湖北、四川、新疆、河北、寧夏、內蒙古、北京等地。〔註35〕

新文豐出版社影印本，1997 年 3 月），冊 77，卷 1，頁 220 上。
〔註35〕分別參考：1 金榮華：《民間故事類型索引》（增訂本，冊 3），書同註 1，頁

　　僅「咬耳勝訟」這個情節或與「夏天擁裘圍爐以避刑責」所結合的故事是敘述一個知識分子幫一個忤逆兒子官司打贏的故事。而知識分子爲怕被拖累，所以與求助者見面時，會有熱天擁裘圍爐的異常表現，以使日後求助者即使供出知識分子，他的證詞也不被採信。對應關係以父子關係爲多，知識分子的身分通常是一般訟師或秀才或地方名人，徐文長便兼具這些身分。至於關鍵之情節單元素，通常是「耳朵」與「門牙」，內蒙古有一則這型故事則是說父親咬住兒子袖子，兒子一用力打掉父親門牙，故事之說服力顯然不比咬耳之舉。

　　僅「用父有董卓行打贏官司」這個情節或與「夏天擁裘圍爐以避刑責」所結合的故事有兩個走向：

　　一、一個父親告兒子忤逆，兒子找人幫忙，這個人常是訟師或是秀才身分，在兒子手上寫了類似「妻無貂蟬之貌，父有董卓之心」兩句話，兒子於是被判無罪。訟師爲怕被拖累，所以與兒子見面時，會有熱天擁裘圍爐的異常表現，以使日後求助者即使供出訟師，他的證詞也不被採信。像這樣主角爲父子關係的故事共計五篇。〔註36〕

　　二、兩個訟師假做一對父子，彼此鬥法，以證能力。像這樣主角爲訟師關係的故事共計六篇。〔註37〕

772，型號997〈嚙耳訟師（給打傷自己父親的忤逆兒子出主意）〉。2〔美〕丁乃通編著：《中國民間故事類型索引》，書同註4，頁274，型號1534E*〈給打傷自己父親（母親）的忤逆兒子出主意〉。3 聶懷光（男，68歲，建寧縣，農民，高中）於1986年2月講述〈趙六灘打官司〉，見《中國民間故事集成‧福建卷》（北京，1998年12月），書同註8，頁850～851。4 熊受卿（男，90歲，奉新縣赤田鄉赤田村，村民，私塾）於1985年7月講述〈金天彩的故事之一：打賭得勝〉，見《中國民間故事集成‧江西卷》（北京，2002年12月），書同註8，頁745～746。5 馬宏賢（男，74歲，延慶縣，農民，二年私塾）於1986年8月講述〈爺兒倆打官司〉，見《中國民間故事集成‧北京卷》（北京，1998年11月），書同註8，頁860～861。

〔註36〕分別見於：1 林蘭編：《徐文長故事集‧父有董卓之行》，書同註2，頁49。2 向德成（男，58歲，居民，小學）於1985年12月講述〈哭笑官司〉，見《中國民間故事集成‧四川卷》上（北京，1998年3月），書同註8，頁636～638。3〈爺兒倆打官司〉，見《中國民間故事集成‧北京卷》，書同註35，頁860～861。4 徐哲身編：《紹興師爺佚事‧妻無貂蟬之貌》（揚州：江蘇廣陵古籍刻印社，1998年12月），頁1～6。5 丁汝和（男，58歲，縉雲縣農民，不識字）於1987年6月講述〈逆子與訟師〉，見《中國民間故事集成‧浙江卷》（北京，1997年9月），書同註8，頁713～714。

〔註37〕分別見於：1 王瑞堂講述〈師爺打賭〉，見紹興市民間文學集成編委會編：《浙

　　本型故事也有由三個情節組合而成的，見於伍稼青編的《武進民間故事‧卜林望》之六。〔註38〕故事敘述兒子毆打父親，兒子找訟師卜林望幫忙，他與訟師見面時，訟師桌上點蠟燭，反穿皮馬褂，手裡捧著一個腳爐，訟師收了銀子後，要他附耳過去，然後朝他耳朵猛咬一口，接著告訴他，到公堂上，只說偶而間言語頂撞了父親，父親用嘴咬他耳朵，牙齒因而脫落，現有齒痕為證。縣官若問為何頂撞父親，只是不說什麼，反著掌心裝作拭淚模樣，縣官見到左手掌裡預寫的字，不僅不會判罪，還要訓斥他父親哩！

　　後來，縣官果真對本案不予受理。其後，父子和好，父親得知訟師所為，控告訟師。兒子承認當日供詞為卜林望所教，卜林望反問少年在他什麼地方和他談話，穿什麼衣服，手裡拿著什麼？少年回答之後，縣官覺得少年所供不盡情理，疑為誣攀，便諭知林望無罪。而當日少年手心裡寫下的是「扒灰」（武進人稱污媳曰扒灰）兩字。

　　本型故事行業性質很強，故事應從「咬耳勝訟」開始，到清朝紹興師爺在社會中已發展成一個地域性、專業性強的群體時，「夏天擁裘圍爐以避刑責」才與之結合，展現出師爺規避刑責之巧方。而兩訟師鬥法也應較「咬耳勝訟」中之訟師角色發展為後，凸顯出訟師之深沉心機。

二、惡地主的故事

（一）〈「一頭牛」和「一斤油」〉故事（ATK1000D）

　　關於這個類型，筆者所蒐集到的徐文長故事有四則，〔註39〕概要如下：

江省民間文學集成‧紹興市故事卷》，書同註6，頁74～75。2 王瑞堂講述〈師爺打賭〉，見嵊縣民間文學集成辦公室編：《中國民間文學集成‧浙江省‧紹興市‧嵊縣故事卷》（浙江省民間文學集成辦公室，1989年6月），頁442～443。3 尹文欣講述〈老小師爺鬥法記〉，見吳傳來等主編：《紹興師爺的故事》（北京市：台海出版社，2003年4月），頁51。4〈黟縣辯才江可愛之二：不開口，打贏了官司〉，見《中國民間故事集成‧安徽卷》（北京，2008年10月），書同註8，頁1203～1204。5〈趙六灘打官司〉，見《中國民間故事集成‧福建卷》，書同註35，頁850～851。6〈金天彩的故事之一：打賭得勝〉，見《中國民間故事集成‧江西卷》，書同註35，頁745～746。

〔註38〕伍稼青編：《武進民間故事‧卜林望》之六（臺北：臺灣商務印書館，1979年11月），頁80～82。

〔註39〕分別見於：1 吳傳來等主編：《徐渭（文長）的故事‧「一頭牛」和「一斤油」》（北京：台海出版社，2003年4月），頁110～112。2 謝德銑等著：《徐文長的故事‧「一頭牛」和「一斤油」》，書同註9，頁16～19。3 紹興市民間文學

財主李光炎與雇工王阿狗講妥，每年的工錢是一頭牛，王阿狗
工作了十九年，結算工錢。李光炎只願給他十九斤油，徐文長陪著
阿狗上李光炎家評理。

徐文長由阿狗想借三兩銀子來做些小本生意說起，李光炎答應
利息對本對利。徐文長連連點頭，當即三對六面寫好了借據。徐文
長接著說現在對本對利既然已有先例，要李光炎把十九年工錢這筆
帳了結。

李光炎聽了，叫帳房先生拿了十九斤油來，交給了王阿狗。徐
文長走上前，說算錯了！十九年工錢對本對利後，第一年，工錢一
斤；第二年加利息一斤，工錢一斤，共是三斤；第三年本息相加是
七斤，第四年是十五斤……第十九年應該是五十二萬四千二百八十
七斤油。李光炎嚇壞啦！說情願還他十九頭牛的工錢。於是在徐文
長的主持公道下，阿狗順利拿到工錢，高高興興地回家過年去了。

這一型的故事是反應地主和長工間的緊張關係，產生在農村社會。普遍
流傳於浙江、安徽、江西、湖北、四川、吉林、陝西、甘肅、青海、廣西等
地。〔註40〕大多是用「牛」來諧音「油」，陝西有一則這型故事則是用「一杯
酒」來諧音「一百九」來欺騙長工。〔註41〕

（二）〈扔物比遠〉故事（ATK1062A）

關於這一型的故事，主角是徐文長的，筆者蒐集到四則，〔註42〕概要如
下：

莽漢（或屠夫、二流子）與徐文長比力氣，看誰能把稻草拋得

集成編委會編：《浙江省民間文學集成‧紹興市故事卷‧「一頭牛」和「一斤
油」》，書同註6，頁30～32。4 李永鑫主編：《越地徐文長‧一頭牛和一斤油》，
書同註2，頁61～63。四則內容基本相同。

〔註40〕書同註1，金榮華：《民間故事類型索引》（增訂本，冊3），頁787，型號1000D
〈財主諧音欺長工〉。

〔註41〕書同註8，王宗弟（男，62歲，安康市，農民，小學）於1977年2月講述〈一
百九與一杯酒〉，見《中國民間故事集成‧陝西卷》（北京，1996年9月），頁
688。

〔註42〕分別見於：1 謝德銑等編：《徐文長的故事‧昌安門比武》，書同註9，頁108
～110。2 山木：《徐文長傳‧比力氣》，書同註2，頁30～33。3 李永鑫主編：
《越地徐文長‧昌安門比武》，書同註2，頁261～263。4《越地徐文長‧比
誰力氣大》，書同註2，頁405～407。其中〈昌安門比武〉兩書故事內容一
樣。

　　比較遠。徐文長讓莽漢扔一根稻草，自己則將稻草折成一束，或將
　　一絪稻草扔過牆，結果莽漢輸了。

　　本型故事在現代流傳於浙江、上海、江蘇、福建、四川、河南、河北、
青海、湖北、遼寧等地及臺灣澎湖縣。〔註 43〕故事被套用到劉備、關公、徐
文長等歷史人物身上，以關公故事數爲最多。僅青海有一則這型故事敘述人
與鬼鬥智，鬼落荒而逃，爲比較特別的故事。

　　所扔之物以扔稻草、麥稈、羊毛、扔雞毛、扔紙、牲口草、稻柴等輕薄
之物，而以稻草（牲口草）爲最多。

（三）〈比武殺螞蟻〉故事（ATK1092A）

　　關於這一型的故事，主角是徐文長的，筆者蒐集到四則，〔註 44〕概要如
下：

　　　　莽漢（或屠夫、二流子）與徐文長比武，他的對手要他用拳頭
　　去打死地上的螞蟻，自己則用一根或五根手指頭去按，結果莽漢認
　　輸。

　　本型故事在現代流傳於中國浙江、江蘇、福建、湖北等地。〔註 45〕故事
被套用到關公、徐文長等兩位歷史人物身上，以徐文長故事數爲多。故事凸
顯出角色以智慧贏得人心，收服對手的能力。

（四）〈假名諧音巧脫身〉故事（ATK1137）

　　關於這一型的故事，主角是徐文長的，筆者蒐集到兩則，〔註 46〕概要如
下：

　　　　有一天，徐文長投宿在一家專門廉價收小偷贓物的飯店，他看

〔註43〕　分別參考：1 金榮華：《民間故事類型索引》（增訂本，冊 3），書同註 1，頁
　　　　799～800，型號 1062A〈扔物比遠〉。2〔美〕丁乃通編著：《中國民間故事類
　　　　型索引》，書同註 4，頁 224，型號 1062A*〈擲柴比賽〉。
〔註44〕　分別見於：1 謝德銑等編：《徐文長的故事・昌安門比武》，書同註 9，頁 108
　　　　～110。2 山木：《徐文長傳・比力氣》，書同註 2，頁 30～33。3 李永鑫主編：《越
　　　　地徐文長・昌安門比武》，書同註 2，頁 261～263。4《越地徐文長・比誰力氣
　　　　大》，書同註 2，頁 405～407。其中〈昌安門比武〉兩書故事內容一樣。
〔註45〕　分別參考：1 金榮華：《民間故事類型索引》（增訂本，冊 3），書同註 1，頁
　　　　804，型號 1092A〈比武殺螞蟻〉。2〔美〕丁乃通編著：《中國民間故事類型
　　　　索引》，書同註 4，頁 225，型號 1092A*〈誰能殺螞蟻〉。
〔註46〕　分別見於：1 周健講述〈謊你的〉，見林蘭編：《徐文長故事集》，書同註 2，
　　　　頁 71～72。2 山木：《徐文長傳・雞籠揹走了》，書同註 2，頁 123～125。

到有人背了一籠從漁後村偷來的雞賣給老闆，便想了個法子要將雞物歸原主，於是，他刻意用「姬龍貝」的假名去登記住宿，天亮時，他背起那一籠雞走了。當老闆的小兒子告知老闆「客人走了……雞籠背走了，雞籠背走了……」，老闆只是以爲那人走了，等到了解到「雞籠被背走了」的眞相時，徐文長已走遠了。後來，雞被放回到漁後村橋頭，有人看到徐文長從村里經過。

此型故事在中國流傳於浙江、湖北、河南、貴州、廣西、雲南、海南等地。〔註47〕故事多凸顯的是一個主持正義的人或受害者自己運用諧音取巧取回弱勢者之物。《徐文長故事集》〔註48〕比較特別，敘述徐文長爲看一個女子，拿走他們家正在曬的兩條魚，被孩子發現了，急忙叫大人出來，可是，因爲徐文長和孩子說他叫「謊你的」，所以那家的媽媽一直聽不出小孩叫她眞正的意思。等到媽媽出來，徐文長已經把魚放到後門廚房裡，也看到她的面貌了。這個故事只是個惡作劇，雖然也是利用諧音取走東西，但與討回公道無關。

本型故事也見於俄國《英雄駿馬·「這樣的」和「比這樣更壞的」》〔註49〕，故事大意如下：

> 一對貧窮的夫妻，住在一間颱風即倒的小茅屋裡。妻子和鄰人借了一部犁，駕上兩條牛，要丈夫去替人家耕田，掙幾個錢回來。
>
> 丈夫走啊走啊，找到國王的土地，耕起地來。忽然有東西卡住了犁，農人用鞭子抽牛，牛使盡力氣拉出一隻大箱子，裏頭裝滿金幣。他很怕和國王報告後，會被殺頭。正在憂愁之時，遇到了一個神父。神父要他把金幣統統倒在他的搭袋裡，然後，給農人幾個小銅錢走了。
>
> 中午妻子來送飯時，農人告訴了妻子，妻子聽了大發脾氣。於是，想了個法子要請神父吃飯，和丈夫說：「如果神父問起你的名字，你就說，你叫『這樣的』，問到我，就說：『比這樣更壞的』。」
>
> 妻子吃飯時一直和神父敬酒。神父問了他們的名字。妻子把

〔註47〕 書同註1，金榮華：《民間故事類型索引》（增訂本，冊3），頁810～811，型號1137〈假名諧音巧脫身〉。

〔註48〕 書同註2，周健講述〈謊你的〉，見林蘭編：《徐文長故事集》。

〔註49〕 （俄國）阿·轟恰耶夫等著；葉小鏗、王建平譯：《英雄駿馬》（上海：少年兒童出版社，1993年），頁195～198。

神父灌醉了，神父說要睡會兒。妻子於是把他拖到樹蔭下，靠在樹上。然後，要農人把裝滿金幣的搭袋載上騾子，趕快回家。妻子又跑到附近人家家裡借一把剪刀，剪下神父的半截鬍鬚，再跑去趕上丈夫。

神父醒來一看，農人不見，他的妻子也不見，騾子沒有了，裝著金幣的搭袋也沒有了。神父跳起身來，飛跑去追趕農人夫妻。他一路奔跑，看見一群在田裡幹活的農人。

問說：「你們有沒有看到過『這樣的』一個人在這兒走過？」

農人們哄然大笑起來。

「沒有，」他們說。「沒有見過這樣的人。」

神父繼續往前跑。又看見一群在田裡幹活的農人。

問說：「你們有沒有見過『比這樣更壞的』一個人？」

「比這樣更壞的人是很難看到的，」人們笑著說。「難得看見一個神父剪掉半截鬍鬚在亂跑！」

神父摸了摸鬍鬚，這才恍然大悟。

「唉，他們夫妻兩個對我幹了這樣的事！」

神父不料錢沒騙到卻丟了騾子。

由上可知兩者的趣味性皆在於語意諧音的混淆，指涉的對象皆為主角。故事的情節單元素則因應不同文化而有所不同，俄國是金幣，中國則各不相同，有魚、一籠雞、臘肉、手爐、洗臉盆、陶人、牛等等，可見其流通性。

弱勢者利用點小聰明，以諧音讓具強權者沒設防，如「我背雞籠去了」（馬坦化名背雞籠）、「雞籠揹走了」（徐文長化名姬籠貝）、「沒有人來家」（幫工諾勾然化名沒有人）、「提籠雞提籠雞走了」（外號叫提籠雞的雇工）、「二百五，給我手爐」（桂七化名二百五）、以王家彩陶代王家女兒彩桃、「你來看拿走了」（潘曼化名「你來看」），還有叫「哄你」的偷牛賊常回子、「謊你的」的徐文長，因而討回一點公道。而握有權勢者在緊急時說不清楚的無奈、著急，正像生活中每每被討便宜的弱勢者一般無可奈何，雖然這樣的討公道撼動不了大結構裡不對等的關係，只能有讓人抓不到把柄的退場，看似讓人大快人心的樂趣，其實抒發的是庶民生活中的苦悶與無奈。

（五）〈智者諧音討公道〉故事（ATK1137A）

關於這一型的故事，主角是徐文長的，筆者蒐集到五則，〔註50〕概要如下：

> 富翁厚利放貸，徐文長陪鄰居借債十兩銀，富翁說一年期收四兩利，徐文長幫忙還價三兩九，富翁樂做人情。債期到時，徐文長鄰居湊齊十兩銀子本金，另外，裝上三兩酒，到富翁處還債，富翁才知道「三兩九」竟變成「三兩酒」，只好自認倒霉。有的故事說有人以「七兩漆」（諧音「七兩七」）抵過河錢，再狀告財主（或衙役、惡棍、船家）拿錢，縣官於是判他得還錢八兩，其他還有以「三兩七錢漆」諧音「三兩七錢七」錢銀，或是將「柿樹不賣」寫成「是樹不賣」之類似故事。

本型故事最早資料見於清・雷君曜編《騙術奇談》〔註51〕。故事是：

> 某甲至漆肆購生漆十兩，付以一兩票。云：「汝持往照票，吾少頃即來取也。」遂復購鴉片煙土十兩七錢，使土肆人隨往漆肆。此人即問漆肆夥曰：「票已照乎？」曰：「然。」又曰：「十兩漆乎？」曰：「然，十兩漆。」曰：「然則付彼可矣。」遂揚長去。已而，漆肆夥持生漆出，土肆人駭曰：「此人購十兩七錢之土，而云土價由汝處付，何乃以此畀我？且彼不適言照票乎？」漆肆夥亦詫曰：「彼購我肆生漆，而付一兩之票。吾知付汝生漆耳，安知其他？」二人相爭，久之，始知均被騙矣。

由上可知故事敘述一人欺騙兩家店舖的故事，後來故事大抵為一人仲裁兩人（一人欺一人）之事。

本型故事在現代流傳於浙江、江蘇、安徽、廣東、江西、湖北、四川、吉林、河北、北京等地。〔註52〕。

〔註50〕 分別見於：1 吳傳來等主編：《徐渭（文長）的故事・三兩酒》，書同註39，頁76～77。2 謝德銑等編：《徐文長的故事・利息三兩酒》，書同註9，頁65～67。3 藍源津講述〈一兩酒〉，見林蘭編：《徐文長故事集》，書同註2，頁147。4 山木著：《徐文長傳・利息三兩酒》，書同註2，頁69～71。5 李永鑫主編：《越地徐文長・利息三兩酒》，書同註2，頁194～195。其中〈利息三兩酒〉三篇內容相同。

〔註51〕 〔清〕雷君曜編《騙術奇談・土店受騙》（臺北：新興書局，1981年），《筆記小說大觀》第32編，冊3，卷1，頁1239～1240。

〔註52〕 書同註1，金榮華：《民間故事類型索引》（增訂本，冊3），頁811，型號1137A

　　本型故事以「酒」諧音「錢」情節之故事數為最多，筆者所蒐集之徐文長故事，皆為此型態。其中多為正面形象故事，僅〈一兩酒〉〔註 53〕敘述徐文長請雇工，用酒賴工人工資。與他平時為人打抱不平的形象完全顛倒。

　　以「漆」諧音「錢」情節之故事，大多為財主吃虧的故事，僅廣東卷是財主欺壓良民的現實寫照。〔註 54〕所有以「漆」諧音「錢」的故事都有告官的情節，而且，大多由小老百姓告的官，利用的都是縣太爺對案情的不求甚解、不追根究柢，以達到私心預期的結果，與平時貪贓枉法、欺壓百姓的縣官形象大相逕庭，是故事有趣之處。故事所反映出的縣官形象有值得玩味之處，這麼多地方出來的縣官形象皆是蒙昧的糊塗官，而相對應的被告者竟然也不據理以爭，堅持真相，可見在民間中的官僚形象與「明鏡高懸」的官僚理想形象是有距離的，是以故事情節應該反映出相當的現實生活。〔註 55〕

第二節　笑話、趣事

　　本節討論關於徐文長的五十二個成型故事，屬於「笑話、趣事」類的三

　　　　〈智者諧音討公道〉。2〈黟縣辯才江可愛之五：智寫契約〉，見《中國民間故事集成・安徽卷》（北京，2008 年 10 月），書同註 8，頁 1207～1209。

〔註 53〕書同註 2，藍源津講述〈一兩酒〉，見林蘭編：《徐文長故事集》，頁 147。

〔註 54〕書同註 8，黃權男（男，54 歲，羅定縣，農民，小學）於 1986 年講述〈二兩漆和三兩銀〉，見《中國民間故事集成・廣東卷》（北京，2006 年 5 月），頁 977～978。

〔註 55〕1 林永森（男，60 歲）於 1988 年 3 月講述〈四兩漆換千金〉，見《中國民間故事集成・浙江卷》（北京，1997 年 9 月），書同註 8，頁 739～741。2 鄭松明（男，41 歲）於 1987 年 11 月講述〈七兩漆〉，見《中國民間故事集成・江蘇卷》（北京，1998 年 12 月），書同註 8，頁 644～645。3 胡青山（男，51 歲，進賢縣南山村農民，高小）於 1985 年 10 月講述〈七兩漆〉，見《中國民間故事集成・江西卷》〈七兩漆〉（北京，2002 年 12 月），書同註 8，頁 613～614。4 楊雲安（男，74 歲，咸豐縣農民，識字）於 1984 年 1 月講述〈陳二郎割漆〉，見《中國民間故事集成・湖北卷》（北京，1999 年 9 月），書同註 8，頁 646。5 楊明華（男，22 歲，苗族，農民，小學）於 1987 年 1 月講述〈三兩七錢漆〉，見《中國民間故事集成・四川卷》下（北京，1998 年 3 月），書同註 8，頁 1394～1395。6 朱連元（男，65 歲，公主嶺市興治村，農民，不識字）於 1988 年講述〈三兩七錢漆〉，見《中國民間故事集成・吉林卷》（北京，1992 年 11 月），書同註 8，頁 773。7 吳文漢（男，62 歲，臨溪縣城關鎮農民，小學）於 1979 年講述〈漆變金〉，見《中國民間故事集成・河北卷》（北京，2003 年 1 月），書同註 8，頁 785～786。8 陳慶浩等主編：《中國民間故事全集・湖北民間故事集》〈七兩漆〉（臺北：遠流出版社，1989 年 6 月），頁 343～344。

十七個類型，共一百二十一篇故事之流播情形。

一、傻瓜的故事

（一）〈小氣鬼請客〉故事（ATK1305E.2）

關於這個類型，筆者所蒐集到的徐文長故事有三則，[註56] 概要如下：

何非是徐文長的親戚，性慳客，有一天，徐文長路過他家門口，何非請他吃飯，他端出一個雞蛋，對徐文長說他來早了，如果遲來三個月，這蛋就是一碗肥美的雞肉了。過了幾天，何非經過徐文長家門口，徐文長也請他吃飯，徐文長端出一碗竹片湯，對何非說若早來三個月，這竹片就是一碗鮮嫩的筍。

本型故事最早資料見於近人徐珂編撰《清稗類鈔》[註57]，故事如下：

某乙性客，多詐。一日，其中表某甲五秩壽誕，乙具禮物一器，遣使賚往。甲揭視之，乃鵝卵四枚，附有說明書，曰：「此未來之肥雞也。兄千秋令節，為時過早，若可遲三月者，一輩鳳雛，行將引吭而啼矣。」甲見之，不笑亦不怒，直受之。翌日，甲折束招乙，乙欣然往。至，則見燈燭輝煌，肆筵設席，座客已滿，別有一種酒肉香味充雜空氣中，度入鼻觀，直沁心脾，覺甘美無倫。乙至此，饞涎欲滴。甲與寒暄畢，肅之，趨堂東，憑空案，使獨坐。乙待良久，不見有饌，正企盼間，忽視甲手持青竹一竿至，置於案，謂乙曰：「此過去之嫩筍也。弟來何其遲，如早數月者，鮮肥之筍，尚未成竹，正可下酒也。」語已，自去。

古今故事變化不大，現代流傳於浙江、安徽、湖北、廣西等地。[註58] 此型故事結構穩定，情節單元素差異不大，主要是雞蛋與竹竿。角色間的關係以親戚為多。

〔註56〕分別見於：1 謝德銑等編：《徐文長的故事・「遲」「早」三個月》，書同註9，頁125～126。2 山木：《徐文長傳・「遲」「早」三個月》，書同註2，頁160～161。3 李永鑫主編：《越地徐文長・「遲」「早」三個月》，書同註2，頁286。三篇故事內容一樣。

〔註57〕近人徐珂編撰：《清稗類鈔・詼諧類・過去未來之妙品》（北京市：中華書局，2010年1月），冊4，頁1838～1839。

〔註58〕書同註1，金榮華：《民間故事類型索引》（增訂本，冊3），頁851，型號1305E.2〈小氣鬼請客〉。

故事反映一般人在現實生活中不想吃虧的心態。兩個人口頭相爭，後者顯然站了上風，讓對方連吃都沒得吃。後一個人未必慳吝，只是不想輸。這種機敏與快意是一般小老百姓難得的覺受，思辨方式較像士人，故事應從士人開始流傳起，再流傳於庶民之間，小老百姓透過故事而得到了情感上的滿足與撫慰。

二、夫妻間的笑話和趣事

（一）〈夫妻中計起爭吵〉故事（ATK1353）

關於這個類型，筆者所蒐集到的徐文長故事有一則，〔註59〕概要如下：

> 徐文長作弄同學，伺機將墨汁塗在那家的馬桶邊緣，然後，和同學說曾和他的妻子要好過，她屁股上的黑圈可為證。同學半信半疑，等妻子睡前用過馬桶後，果然見到妻子屁股上的黑圈，因而引起了這對夫妻的爭吵。事後才知道被徐文長捉弄。

本型故事較早見於德國 Johannes Gobi Junior（1300～1350）之 Scala Coeli，〔註60〕故事大意是說：

> 一個老婦人很會製造糾紛。惡魔因為嫉妒一對幸福的夫妻，希望能離間這對夫妻的情感，於是，請老婦人幫忙，並答應事成送她一雙鞋。
>
> 老婦人告訴妻子說她先生對她不忠實，為了使他能再愛她，他應該趁他入睡後，剪下他的三根鬍鬚。老婦人又告訴先生說他妻子想要殺他，當夜晚來臨時，妻子拿一把刀想剪先生的鬍鬚時，先生痛打他的妻子一頓，有的故事是說先生殺死了妻子。

現代也可見於立陶宛《安吉拉·卡特的精怪故事集》〈狡猾的婦人〉〔註61〕，故事是說：

> 有個男人和年輕的妻子在村莊裡安居，他們的意見永遠一致，整整六個月惡魔都在竭力使這對夫婦爭吵，可他總是失敗，於是他憤怒地準備離開。

〔註59〕 書同註23，王忱石編：《徐文長故事·便桶塗墨》【第二集】，頁64～66。

〔註60〕 Uther, Hans-Jörg. *The Types of International Folktales*（FFC No285），Helsinki, 2004, p.155。

〔註61〕 〔英〕A.Carter 編，鄭冉然譯：《安吉拉·卡特的精怪故事集·狡猾的婦人》（南京：南京出版社，2011年9月），頁337～338。

一個四處遊蕩的老婦人遇見了他，問：「你爲什麼生氣呀？」惡魔解釋了緣由，婦人得知能撈到一雙新樹皮鞋和一雙靴子，願意去努力挑撥這對年輕夫婦。

當丈夫去田裡幹活的時候，她來到妻子跟前乞求施捨，然後對她說：「哎呀，親愛的，你是多麼美麗善良！你的丈夫應該打心眼兒裡愛你。我知道你們生活得比世界上任何一對夫婦都要和睦，但是我的閨女呀，我來教你怎樣變得更幸福！你丈夫的頭頂心上長了幾根白頭髮，你得把它們剃掉，當心別讓他發現。」

「我該怎麼做呢？」

「你給丈夫吃過飯就讓他躺下來，枕在你的膝頭上，然後他一睡著，你就趕快從口袋裡掏出剃刀，把白頭髮剃掉。」年輕的妻子謝過爲她出主意的人，又給了她一件禮物。

老婦人立刻去了田裡，告誡丈夫說將有不幸降臨到他的頭上，因爲他可愛的妻子不僅背叛了他，而且打算當天下午把他殺死，之後跟比他更有錢的人結婚。中午妻子來了，丈夫吃完飯，妻子讓他枕在自己的膝頭上。丈夫假裝睡覺，妻子從口袋裡掏出剃刀，想除去他頭上的白髮。這時候被激怒的丈夫突然跳起來，揪住妻子的頭髮，開始又罵又打。

惡魔看到這一切，無法相信自己的眼睛，沒過多會兒就拿來一根長桿，在一頭鬆鬆地繫上答應給老婦人的樹皮鞋和靴子，也不走近，就把東西遞了過去。「我無論如何都不會再靠近你半步」他說，「免得你用什麼招數把我也騙了——你確實比我更老奸巨猾！」惡魔這邊給過靴子和樹皮鞋，那邊就像出膛的子彈，「嗖」地跑沒影兒了。

由上可知德國與立陶宛故事情節比較相近，皆是敘述惡魔請老婦人破壞一對夫妻感情的故事，丈夫皆中計因而不相信自己的妻子，因而，痛毆妻子或殺死妻子。

中國至今仍流傳於浙江、福建、廣西與臺灣。〔註62〕故事的對應關係不

〔註62〕分別參考：1 金榮華：《民間故事類型索引》（增訂本，冊3），書同註1，頁876，型號1353〈夫妻中計起爭吵〉。2〔美〕丁乃通編著：《中國民間故事類型索引》，

同，有同學夫婦與徐文長、縣官夫婦與泥蛇三、鄰家夫婦與邱弄舍（謝能舍）
……等，〈捉弄鄰婦〉〔註63〕故事來源應該相同，僅主角名字邱弄舍與謝能
舍不同。另外，比較特別的是福建的同型故事爲公公蔡六舍開兒子與媳婦的
玩笑，讓兒子懷疑媳婦偷漢子〔註64〕。所有故事都達到惡作劇的目的，讓人
夫妻因誤會而吵架或妻子被丈夫打。

　　中、西方設計者一爲男性，一爲女性，挑撥的方式各有不同，結果則大
致相同。

三、女人的笑話和趣事

（一）〈調嬉媳婦〉故事（ATT1441C*）

　　關於這個類型，筆者所蒐集到的徐文長故事有一則，〔註65〕概要如下：

　　　　某家公公垂涎兒媳，要徐文長幫忙設法。徐文長教他當媳婦
　　梳頭時，在頸上咬她一口。次日早晨，他依言照做，卻被媳婦飽以
　　三拳，他生氣得向徐文長責問。「我看雞交配時，雄雞咬母雞頸上
　　的。」徐文長得意地說。「你眞呆！眞笨！那是禽獸做的，難道人
　　也是和它們一樣嗎？」他氣得臉發紅地說。「難道你要調嬉媳婦，
　　也是人嗎？」徐文長拍手大笑道。

　　丁乃通言本型故事宋、清已可見，目前流傳於浙江、臺灣。〔註66〕不過，
本型包含的情節比較廣泛，與〈調嬉媳婦〉同性質的篇目，爲「扒灰」的故
典〉〔註67〕、〈扒灰鼻祖──朱溫〉〔註68〕。兩者之差別在於〈調嬉媳婦〉中

　　　書同註4，頁247，型號1353*〈無賴作弄別人的妻子（新娘）〉。3廖存綱（男，
　　62歲，那畢鄉，農民，初中）於1986年5月講述〈泥蛇三〉，見《中國民間故
　　事集成・廣西卷》（北京：2001年12月），書同註8，頁779～781。
〔註63〕分別參考：1妻子匡編纂，齊鐵恨註釋：《台灣民間故事・捉弄鄰婦》，書同註
　　26，冊3，頁22～23。2左玄編著：《民間笑話・捉弄鄰婦》，收入《國立北京
　　大學中國民俗學會民俗叢書》（臺北：東方文化書局，1970年春季），頁69。
〔註64〕吳藻汀編集：《泉州民間傳說》，收入《中山大學・民俗叢書》（臺北：福祿圖
　　書公司，1970年10月），頁55～57。
〔註65〕書同註2，黃樹敏講述〈調嬉媳婦〉，見林蘭編：《徐文長故事集》，頁61～63。
〔註66〕書同註4，〔美〕丁乃通編著：《中國民間故事類型索引》，頁256～257，型號
　　1441C*〈公公和兒媳〉。
〔註67〕書同註26，妻子匡編纂，齊鐵恨註釋：《台灣民間故事・「扒灰」的故典》，冊
　　3，頁47～48。
〔註68〕林蘭編：《巧舌婦的故事・扒灰鼻祖──朱溫》，收入《東方故事》（臺北：東

公公被媳婦打，未能得逞，並被建議者譏諷了一番。〈「扒灰」的故典〉、〈扒灰鼻祖——朱溫〉則是公公如願以償，後者主角爲後梁太祖朱溫（朱全忠），蓋有影射其史實中荒淫之名。至於其他之例，如〈宋人笑話〉〔註69〕，屬於另一種人物間的聯句，有時候公公被惡作劇者捉弄一番。〈笑話一車〉〔註70〕則爲公公與兒媳間相關的色情笑話，僅〈調嬉媳婦〉在笑中傳遞出倫理道德觀。

　　從做壞事想找徐文長幫忙的角度上，反映出徐文長亦正亦邪的人物形象。

（二）〈媒婆巧言施詭詐〉故事（ATK1457C）

　　關於這個類型，筆者所蒐集到的徐文長故事有一則，〔註71〕概要如下：

> 　　周老五喪妻，托徐文長給他物色繼室。徐文長故意用可以兩解的句子介紹情況，使聽者誤會。說對方是「身材小巧墨黑的頭髮沒有麻子小腳不大周正」的人，但其實是個歪腳，禿頭，滿臉麻子的矮個子。待周老五成親後發現眞相，徐文長便推說事前已經言明，並未欺瞞。

　　本型故事目前普遍流傳於浙江、安徽、雲南、湖北、北京、遼寧、內蒙古、西藏及臺灣等地。〔註72〕

　　本型故事行業性質很強，應該產生於農業社會。媒婆與被配對者的互動關係，因易於融入各地的文化而產生出不同的趣味性。媒婆越能將與事實不同的條件透過他的能言善道而達成婚配，便越能傳達出被配對者因誤解卻無法後悔的無奈。

四、男人的笑話和趣事

（一）〈教人怎樣避免被偷〉故事（ATT1525W）

　　關於這個類型，筆者所蒐集到的徐文長故事有兩則，〔註73〕概要如下：

　　　　方文化書局，1971年秋季），頁140～141。
〔註69〕婁子匡編校：《宋人笑話》，收入《國立北京大學中國民俗學會民俗叢書》（臺北：東方文化書局，1970年春季），頁44。
〔註70〕張笑潮編：《笑話一車》，收入《國立北京大學中國民俗學會民俗叢書・笑話四種》上（臺北：東方文化書局，1970年春季），頁7、29～30、59。
〔註71〕書同註2，林蘭編：《徐文長故事集・物色繼室》，頁115～116。
〔註72〕書同註1，金榮華：《民間故事類型索引》（增訂本，冊3），頁918～919，型號1457C〈媒婆巧言施詭詐〉。
〔註73〕分別見於：1朱天德講述〈得了一匹布〉，見林蘭編：《徐文長故事集》，書同

徐文長偷偷抽走了一個鄉人臂下夾著的一匹白布，當鄉人發現布不見時，徐文長教訓那失主為什麼不像自己那樣的把布舉在頭上？

本型故事最早資料見於〔北宋〕李昉等編撰之《太平御覽》：

> 甲買肉，過入都廁，掛肉著外。乙偷之，未得去。甲出覓肉。因詐，便口銜肉曰：「掛著外門，何得不失？若如我銜肉著口，豈有失理？」（《笑林》）〔註74〕

由上可知古今故事架構穩定，敘述小偷偷了人家的東西，反過頭來教失主該如何安置物品才不會丟失，主要的情節單元素有布、傘〔註75〕、肉、斧頭〔註76〕等，建議的安放位置有頂在頭上、含在嘴裡、藏在腋下等。

本型故事現代則可見於浙江、江蘇、河南等地。〔註77〕主角有徐文長、翟永齡（常州惡訟師），角色是單純與機敏的對應，頗能對比出單純人物的無可奈何。像這樣的情節有其時空的侷限性，較適於農村社會的流傳。商業社會資訊較多，那種得了便宜還賣乖的可惡，較易因口耳相傳而遭識破。

（二）〈偷褲子〉故事（ATT1525S*）

關於這個類型，筆者所蒐集到的徐文長故事有一則，〔註78〕概要如下：

> 有一天，徐文長身穿長衫，裡面沒穿褲子，到一家舊衣店假裝要買衣服，看了許多後，趁夥計走開之時，揀了一條褲子穿上，說了聲「都不對」就轉身要離開，這時店員發現少了一條褲子，好像是徐文長身上穿的那件，他強烈抗議：「我徐文長怎麼會不穿褲子上街呢？」、「怎麼？我們讀書人，可以給你們誣辱嗎？」於是，店家不得不放他。

本型故事流傳於浙江、廣東、福建等地。〔註79〕故事主角有徐文長、陳

註2，頁122～123。2 王忱石編：《徐文長故事・得到白布》【第二集】，書同註23，頁99～100。

〔註74〕〔東漢〕邯鄲淳：《笑林》，收入〔北宋〕李昉等撰：《太平御覽》（臺北：臺灣商務印書館，1974年10月），冊6，頁3966下。

〔註75〕書同註38，伍稼青編：《武進民間故事・翟永齡》，頁85。

〔註76〕楊家駱主編：《中國笑話書七十一種》（臺北：世界書局，1980年5月），頁189。

〔註77〕書同註4，〔美〕丁乃通編著：《中國民間故事類型索引》，頁265～266，型號1525W〈教人怎樣避免被偷〉。

〔註78〕書同註23，王忱石編：《徐文長故事・用計騙褲》【第二集】，頁58～59。

夢吉、鄭五哥等，主角皆為實有人物，陳夢吉據說生於明代嘉靖年間，足智多謀，具有正義感。他經常戲弄貪官污吏、土豪劣紳，為貧賤的老百姓出氣。
〔註80〕

　　三篇故事的動機不同，〈用計騙褲〉為徐文長刻意要賴店家一件褲子，〈陳夢吉買褲〉〔註81〕為陳夢吉刻意教訓自認精明、不怕觸犯陳夢吉的店家。〈鄭五哥的故事〉之二〔註82〕則因鄭五哥其人好滑稽，故意玩弄賣衣店的老闆娘，去店裡穿了褲子後，就頭也不回地跑出店門。老闆後來託人道歉，並送錢給鄭五哥，鄭五哥原就只為尋一時開心而做此事，便連同買褲的錢一起退回給老闆。

　　核心情節皆是當夥計發現店裡少了的褲子好似徐文長身上穿的那一件，因而詢問徐文長時，徐文長以直接質疑對方的疑問來遮掩自己的偷竊行為，再抬出讀書人的品德不能受辱的帽子，使店主在缺乏真憑實據的情形下，只能以賠一條褲子了事。〈鄭五哥的故事〉之二故事因其他故事情節相結合，故此型情節較簡單，無讀書人不能受辱之細節。

　　此型故事有時代的侷限性，僅能流傳於穿長衫的時代中，隨著衣著觀的改變，故事自然也就漸漸泯沒。

（三）〈白吃大王，神仙也無奈〉故事（ATK1526A.2）

　　關於這個類型，筆者所蒐集到的徐文長故事有六則，〔註83〕概要如下：

　　　呂洞賓和李鐵拐想考考徐文長的才學和膽識。二仙化作兩名秀

〔註79〕書同註4，〔美〕丁乃通編著：《中國民間故事類型索引》，頁266，型號1525S*〈偷褲子〉。

〔註80〕書同註8，《中國民間故事集成・廣東卷》〈附記〉，頁1136。

〔註81〕書同註8，劉章彬（男，48歲，江門市建興標建商店，高中）於1987年5月講述〈陳夢吉買褲〉，見《中國民間故事集成・廣東卷》（北京，2006年5月），頁1137。

〔註82〕謝雲聲編：《福建故事・鄭五哥的故事》之二，收入《國立北京大學中國民俗學會民俗叢書》（臺北：東方文化書局，1970年春季），冊下，頁55～57。

〔註83〕分別見於：1 吳傳來等主編：《徐渭（文長）的故事・聖賢愁》，書同註39，頁25。2《徐渭（文長）的故事・拔毛過酒仙贈藤》，書同註39，頁51～55。3 徐志芳講述〈一毛不拔〉，見紹興縣民間文學集成工作小組編：《中國民間文學集成・浙江省・紹興市・紹興縣故事卷》（浙江省民間文學集成辦公室，1989年10月），頁584～585。4 山木：《徐文長傳・羞走神仙》，書同註2，頁154～156。5 李永鑫主編：《越地徐文長・拔毛過酒仙贈藤》，書同註2，頁26～29。6《越地徐文長・徐文長和呂神仙》，書同註2，頁134～136。其中〈拔毛過酒仙贈藤〉兩書內容相同。

才，邀請徐文長入座喝酒並行酒令。呂洞賓說酒令必須突出一個字，然後取下自己身上任何一物下酒。徐文長欣然從命。倆仙人便分別割下了自己的鼻子、耳朵。徐文長則拔下了自己的一根汗毛，就不客氣地坐下大吃大喝了。

本型故事最早資料見於清光緒八年（1882）刊刻的小石道人輯《嘻談錄‧聖賢愁》〔註84〕，故事如下：

　　有一姓白，綽號白吃，無論何處宴會，不請即至，坐下就吃。村中人甚惡之，會議在村前三聖祠立一區，上寫「聖賢愁」三字。一日，呂洞賓、鐵拐李雲遊至此，看見區上「聖賢愁」三字，不解所謂。遂化作雲遊道人，訪問情由。土人云：「我們這裡有一白吃者，吃遍一方。見了他，雖聖賢亦要愁，故有此區。」洞賓說：「我二人雖不是聖賢，見了斷不至於愁，倒要會會他，看他有何吃白之術。」二人坐在廟臺之上，呂祖吹了一口仙氣，變了一壺酒，幾碟菜。剛要斟酒，白吃已至面前，說：「你二位在此，多有失陪。」坐在一傍，就要動手吃酒。二仙急忙攔阻說：「我們這酒，不是白吃的，要將區上三字，各吟詩一首，說對了方准吃酒，說不對驅逐出境。」白吃說：「請二位先說。」洞賓即指區上第一「聖」字說：「耳口王，耳口王，壺中有酒我先嘗。席上無肴難下酒」，拔出寶劍將耳朵割下，說：「割個耳朵嘗一嘗。」鐵拐李又指區上第二「賢」字說：「臣又貝，臣又貝，壺中有酒我先醉。席上無肴難下酒」，將洞賓手內寶劍接過，把鼻子割下來，說：「割下鼻子配了配。」白吃看了大驚，說：「我從來沒見過如此請客者，輪到我，不能不說。」指著區上第三「愁」字說道：「禾火心，禾火心，壺中有酒我先斟。席上無肴難下酒，拔根寒毛表寸心。」二仙說：「你真豈有此理！我們一個耳，一個割了鼻，你因何只拔一毛？」白吃說：「今日是遇見你二位，若要是別人，我連一毛也不拔。

故事在現代普遍流傳於浙江、上海、江蘇、山東、北京、吉林、黑龍江、安徽、江西、湖北、河南、山西、寧夏、甘肅、內蒙古、青海、四川等地。〔註85〕

〔註84〕　〔清〕小石道人輯《嘻談錄‧聖賢愁》（《嘻談初錄》），卷下。
〔註85〕　分別參考：1 金榮華：《民間故事類型索引》（增訂本，冊3），書同註1，頁

本型故事多爲仙人與無賴的對應關係，以述說一個專門白吃別人酒，連神仙也沒轍的無賴故事爲主體，神仙多爲八仙中的呂洞賓與李鐵拐兩位。無賴角色到徐文長故事時，轉爲神仙試徐文長才學的機敏角度，可見故事附會到徐文長身上之跡。故事中主要的情節單元素是：耳朵、鼻子、汗毛。而所行酒令以將「聖賢愁」（聖賢堂、聖賢閣）字拆開行令爲最多。如《嘻談錄‧聖賢愁》所述。

在所有故事中，以山西一則這型故事表達得最爲完整，並富含教育意義。其他故事大多只敘述到這個貪小便宜只想白喝別人酒菜的人，只願意拔一兩根毛出來下酒，連神仙也沒辦法，故事就做結束。山西省的故事中則出現了兩位仙人對「聖賢愁」的告誡：「你如果再要白吃，耍賴，胡作非爲，我們便要你的性命」，使得「聖賢愁」不敢再隨意慷他人之慨，飯店的生意於是又重新興盛起來。故事被講故事的人賦予了教化的功能，豐富了故事性。〔註86〕

（四）〈自稱是死者的朋友〉故事（ATK1526A.4）

關於這個類型，筆者所蒐集到的徐文長故事有一則，〔註87〕概要如下：

> 徐文長假意帶著白食鬼到一處喪家騙吃，在亡者靈前痛哭，説自己是死者的好友，於是，喪家就招待他們好好地吃了一餐。隔天徐文長打聽到柯橋一老相公家有喪事，換白食鬼帶著徐文長到喪家去騙吃，白食鬼也自稱是死者的好友，但因白食鬼不識字，不知死者是個婦女，結果被痛打一頓，於是，得到了吃白食的教訓。

故事初見於〔清〕陳皋謨輯之《增訂一夕話新集‧誤哭遭打》〔註88〕，故事如下：

> 一無賴子飲食不敷，偶過一人家，有斗量在門，乃喜曰：「有

936，型號1526A.2〈白吃大王，神仙也無奈〉。2〔美〕丁乃通編著：《中國民間故事類型索引》，書同註4，頁267，型號1526A2〈連神仙都要爲壞蛋付酒飯錢〉。3潘德祥（男性）於1986年6月講述〈一毛勿拔〉，見白庚勝主編：《中國民間故事全書‧江蘇‧海門卷》（北京：知識產權出版社，2010年8月），頁328～329。

〔註86〕書同註8，李秀珍（女，72歲，永和縣，農民，不識字）於1987年3月講述〈聖賢愁〉，見《中國民間故事集成‧山西卷》（北京，1999年3月），頁529。

〔註87〕書同註2，山木：《徐文長傳‧警戒白食鬼》，頁162～165。

〔註88〕書同註1，金榮華：《民間故事類型索引》（增訂本，冊3），頁937言：「故事初見於〔清〕陳皋謨之《增訂一夕話新集》卷三〈笑倒‧誤哭遭打〉」，本文轉引自〔清〕陳皋謨輯，張亞新校注：《明清笑話集六種‧笑倒》（鄭州：中州古籍出版社，2012年10月），頁199。

計矣。」遂進門對靈大慟。眾皆不識其人，其人曰：「此翁與不肖最
莫逆，數月不晤，遂遭此變，適過門始知，故未及奉慰，先進一哭，
以伸我情耳。」其家戚其情，留飲饌而去。及回，遇一相識貧者，
問曰：「今日何處得酒食來？」具告其故。其人尤而效之，次日，亦
往一喪家痛哭。舉家問之，曰：「死者與不肖最相好。」言未畢，而
眾拳皆至其面矣。蓋其家所喪，乃少婦也。

　　由上可知古今故事結構穩定，此型故事現今仍流傳於浙江、雲南、內蒙
古、山東等地。〔註89〕。多敘述某一個人學人哭喪卻不問對象致被喪家毆打，
《徐文長傳》則加上了教育的功能，藉著徐文長機智的文人形象教訓了吃白
食的人。角色上，教與學的人多沒什麼關係，僅〈吉呆的故事〉〔註90〕為吉
呆明知死者為年輕女性，教舅舅哭喪，故意讓舅舅被喪家打。

　　本型故事談到了哭喪文化，招待遠來奔喪之客，是臺灣民間至今仍有的
習俗，有這樣的背景，才可能流傳出混混騙吃的故事。臺灣在喪禮上雖未見
流傳這樣的故事，但喜筵上出現不認識的人蒙混吃喝卻是屢見不鮮，假扮主
人騙收禮金的也時有所聞。由多見於喜而少聞於喪之事例，可知臺灣民情仍
有「避喪」之心理。

（五）〈賣蛋小販上了當〉故事（ATK1530A）

　　關於這個類型，筆者所蒐集到的徐文長故事有三則，〔註91〕概要如下：
　　　賣雞蛋的小販說話得罪了徐文長，徐文長便假裝說要買蛋，叫
　　小販將蛋一一放在桌上。蛋的數量增多後，他叫小販用兩手圍住桌
　　沿，免得掉下桌去。徐文長說要去拿籃子來裝，結果久久不回。直
　　至日落，才見徐文長走來，承認他就是徐文長。小販和他道歉後，
　　他替小販把蛋放回擔子裡。

〔註89〕分別參考：1 金榮華：《民間故事類型索引》（增訂本，冊3），書同註1，頁
　　937，型號1526A.4〈自稱是死者的朋友〉。2〔美〕丁乃通編著：《中國民間故
　　事類型索引》，書同註4，頁268，型號1526A4〈自稱死者的朋友〉。
〔註90〕林蘭編：《三兒媳故事・吉呆的故事》之三，收入《東方故事》（臺北：東方
　　文化書局，1971年秋季），頁94～95。
〔註91〕分別見於：1 豈明講述〈買雞蛋〉，見林蘭編：《徐文長故事集》，書同註2，
　　頁27。2 王忱石編：《徐文長故事・買鴨子》【第二集】，書同註23，頁67～
　　69。3〔明〕趙南星等編：周作人校訂：止庵整理：《明清笑話集・徐文長的
　　故事》之七（北京：中華書局，2009年1月），頁189。其中《明清笑話集》
　　故事與《徐文長故事集》文字基本相同。

故事初見於〔明〕西周生撰之《醒世姻緣傳》〔註92〕，故事如下：

一日，（狄希陳）往學裡去，撞見一個人拿了一籃雞蛋賣，他叫住，商定了價錢，要把那雞蛋見一個清數，沒處可放。他叫那賣蛋的人把兩隻手臂抄了一個圈，安在馬臺石頂上，他自己把那雞蛋從籃中一五一十的數出在那人手抄的圈內。他卻說道：「你在此略等一等，我進去取一個籃來盛在裡面，就取錢出來還你。」他卻從東邊學門進去，由西邊櫺星門出來，一直回到家中。哄得那賣雞蛋的人蹲在那裡，坐又坐不下，起又起不得，手又不敢開，叫得那些孩子們你拿一個飛跑，我拿一個飛跑，漸漸折引得那教花子都來搶奪。只待得有一個好人走來，方替他拾到籃內。

小說主要敘述蛋販無端被狄希陳惡作劇，與現代故事之不同在於細節較多，現代故事省略了雞蛋被孩子、教花子們拿走，一直等到有好心人經過，才替他收到籃子內的細節。其後的《三異筆譚·袁痴》之二說法則有不同：

（袁痴）新建一書室，用三合土，須雞卵研之。見一童攜筐市蛋，呼入室中論價，筐約百卵，照時值給錢三百，童必欲枚數，公乃令童圈臂於案，喚僕一一數之，得百三枚，公詔僕先付錢足，然後收蛋，免令童恐汝短數也。

僕甫入，一猘犬出，童大怖走避，蛋盡墮地，童惶急無辭，惟涕泣而已。

公曰：「若寠且幼，我即售汝碎蛋，盍爲我檢去其殼，掠之器，始可料理，作匠人飯菜耳。」

童且揀且掬，終不得起，而卵已遍勻入土矣。公令僕照數付童，曰：「我虛費無償，歸告而父，爲我助工三日可乎？」即公所居小閣，今已易磚。（清·許仲元《三異筆譚·袁痴》）〔註93〕

故事成因改變了，由主角突然興起而爲之，變成因爲袁痴要蓋書房，需要雞蛋以和土，於是設計這樣的事件讓小童心懷愧疚，爲其助工三日。

故事至於現代，則可見於浙江、江蘇、安徽、福建、雲南、臺灣等地。

〔註92〕〔明〕西周生：《醒世姻緣傳》（北京：人民中國出版社，1993年5月）第62回〈狄希陳詐語辱身，張茂實信嘲毆婦〉，冊2，頁670。

〔註93〕〔清〕許仲元：《三異筆譚·袁痴》之二，收入《叢書集成》三編（臺北：新文豐出版社影印本，1997年3月），冊75，卷3，頁321上。

〔註94〕　本類型的故事情節是穩定的，徐文長故事情節也較爲簡單，不過，流傳到臺灣、福建時，新增一個主角想買「雙蛋黃」的情節，故事大意是：

> 邱懷舍（邱妄舍、邱蒙）問蛋販説有賣雙黃蛋嗎？蛋販説他賣的都是兩個蛋黃。邱懷舍和蛋販講好價錢，帶他到家裡來揀蛋，叫蛋販雙手做圈，攔著桌邊，然後説要去拿錢付帳。這時暗中趕出一隻凶狗來，狗看見蛋販是陌生人，便撲到蛋販身邊，賣蛋的嚇了一跳，又怕被狗咬，手一動，桌上圍著的蛋一滑就跌落地上，蛋殼碎了，蛋黃多流出來了。邱懷舍便説這些蛋都賣給他好了，一個蛋兩個黃，算算多少錢？這時賣蛋的小販才知道上了邱妄舍的當了，只好走人或折本自認倒楣。〔註95〕

在中國所流傳的故事中，惡作劇者的角色常常是一個機智性的人物，如：徐文長、駱思賢、曹秀珍、狄希陳、袁丹叔（袁痴）、邱懷舍（邱弄舍、邱妄舍、邱蒙、謝能舍）。被惡作劇者則多爲蛋販。其中，關於邱妄舍其人，據林培雅《邱罔舍故事探源》臺灣的邱罔舍故事應是從福建漳州流傳過來的，以福建漳州的丘蒙舍故事爲基型，而且吸收了泉州的露鰻舍、蔡六舍，以及漳州的謝能舍等故事而形成的〔註96〕。故邱罔舍、邱妄舍、丘蒙舍（邱懷舍）、丘蒙（邱蒙）、謝能舍，這幾個人物指涉的應該都是同一個人物的故事。「蒙」取其音，「舍」取其義。

〔註94〕　分別參考：1 金榮華：《民間故事類型索引》（增訂本，冊3），書同註1，頁944，型號1530A〈賣蛋小販上了當〉。2〔美〕丁乃通編著：《中國民間故事類型索引》，書同註4，頁269～271，型號1530A*〈捧好一堆雞蛋〉。3 梁改改（64歲，初小，農民）於1986年10月講述〈買蛋〉，見白庚勝主編：《中國民間故事全書·江蘇·海門卷》，書同註85，頁62～63。

〔註95〕　分別見於：1 江肖梅：《臺灣故事》3冊，收入《國立北京大學中國民俗學會民俗叢書》（臺北：東方文化書局，1970年春季），頁39～40。2 李獻璋編著：《臺灣民間文學集》，書同註26，頁153～155。3 婁子匡編纂，齊鐵恨註釋：《台灣民間故事·買雙黃蛋》，書同註26，冊2，頁47～48。4 涂少謀（男，61歲，紹安縣潮劇編劇，初中）於1971年2月講述〈邱蒙買鴨蛋〉，見《中國民間故事集成·福建卷》（北京，1998年12月），書同註8，頁815～816。1～3內容相近，4買雙蛋黃爲故事其中的一個情節，同樣敘述邱蒙要買雙蛋黃，蛋商阿七説如無二成雙蛋黃，可討回蛋錢。於是，邱蒙和他買五十個蛋，隨從現場拿蛋並打蛋，要阿七補欠的二成蛋黃，阿七得知對方爲邱蒙，自知爭不過他，只好補十個鴨蛋給邱蒙。

〔註96〕　林培雅：《臺灣地區邱罔舍故事研究》（新竹：國立清華大學中國文學研究所碩士論文，1995年7月），〈摘要〉。

至於故事主要之情節單元素稍有不同，以桌子為最多，其他另有馬臺石、碾盤、大石鼓、凳子等。

（六）〈祇買一部份〉故事（ATK1530C）

關於這個類型，筆者所蒐集到的徐文長故事有九則，〔註97〕概要如下：

徐文長向賣雞蛋的小販問價，嫌貴，還了一個很低的價。小販說，這個價錢只能買蛋殼。徐文長答應照價全買，叫賣雞蛋的把雞蛋點數在圓桌上，又叫他在圓桌上張兩臂圈住。然後放狗出來，狗一撲來，賣蛋小販嚇得避開，雞蛋紛紛從桌子滾下，都打破了。徐文長從裡面出來說要買他的雞蛋殼。有的是叫小販把石杵踏起，他把雞蛋放到舂裡，然後說要去借個篩子，卻一去不回，小販腿一酸，石杵下去，雞蛋碎了，徐文長回來，照蛋殼錢給他。或是徐文長直接敲破雞蛋，買蛋殼走人。

或是問賣水缸的小販水缸多少錢一斤，小販見他外行，隨口回說百文一斤。這人聽了，便叫小販挑著水缸或讓他坐在裡面回去拿錢。到了他家，他拿出鐵鎚和秤，說要秤兩斤。

本型故事最早資料見於〔清〕采蘅子《蟲鳴漫錄‧敲買三斤》〔註98〕，故事如下：

歲暮，在城南買零星約擔許，欲自攜歸，苦途遙十餘里，乃赴缸肆僦買缸。缸價每儲水一擔，值錢二百。陳（全）忽云：「願三文一斤。舁至家，秤後付值。」缸肆利之，命二人送缸。陳遂置零物於內，令舁而行。抵家，令俟門外，先取零物進，良久，一手持秤

〔註97〕分別見於：1 林蘭講述〈買雞蛋〉異文一，見林蘭編：《徐文長故事集》，書同註2，頁27～28。2 周健講述〈買雞蛋〉異文二，見林蘭編：《徐文長故事集》，書同註2，頁28～29。3 萬燦文講述〈買雞蛋〉異文三，見林蘭編：《徐文長故事集》，書同註2，頁29。4 豈明講述〈缸幾錢一斤〉，見林蘭編：《徐文長故事集》，書同註2，頁29～30。5 林蘭編：《徐文長故事集‧缸幾錢一斤》異文，書同註2，頁30～32。6 王忱石編：《徐文長故事》【第二集】〈秤缸〉，書同註23，頁56～58。7 山木：《徐文長傳‧買兩三斤缸》，書同註2，頁109～111。8 山木：《徐文長傳‧買茶壺柄》，書同註2，頁112～114。9〔明〕趙南星等編：周作人校訂：止庵整理：《明清笑話集‧徐文長的故事》之一，書同註91，頁184。其中《明清笑話集》故事與《徐文長故事集》文字完全相同。

〔註98〕書同註34，〔清〕采蘅子纂：《蟲鳴漫錄‧敲買三斤》，收入《叢書集成》三編，冊77，卷2，頁232下。

籃、短斧，一手持錢九出，云：「止須敲買三斤。」舁缸人怒。陳云：

「在肆議明，有一斤算一斤，何悔焉！」舁缸者無如何，忿忿舁回。

從上可知，故事最早便是主角有意要佔店家便宜，請人幫忙帶他所買的東西回家而已，買缸只是藉口。

本型故事現代仍普遍流傳於浙江、江蘇、安徽、福建、廣東、湖北、雲南、四川、山西、臺灣等地，〔註 99〕主角除徐文長外，有福建的鄭堂、臺灣的邱弄舍（謝能舍）、廣東的李文固、山西的解士美等。情節單元素除水缸之外，還有罐子、茶壺、牛或雞蛋等等，以水缸為最多。故事情節則由佔人便宜轉向主角不滿意小販做生意的態度，而引發懲治或惡作劇的作為。顯示出庶民想看愛佔人便宜或營生態度不佳的小販或店家吃虧或損失的心理。

（七）〈縣官審案，霸佔引起爭執的物件〉故事（ATK1534E）

關於這個類型，筆者所蒐集到的徐文長故事有一則，〔註100〕概要如下：

　　三個財主在路上拾獲一枚銅錢，都說自己最先看到，不肯相讓。他們都把腳尖踩在這枚銅錢上，怕人奪去。徐文長路過，三個財主一齊請他評理。徐文長要他們每人先交十個銅錢給他，說如果斷得不公，就對那位倒賠銅錢十個。三個人皆同意。徐文長先問誰先看見銅錢？再問誰最先用腳踩住銅錢？三個人都說是自己。接著徐文長要他們再說說看誰最窮苦，便把三十一個銅錢給那個最窮的人。於是三人各舉例說明自己的貧窮。徐文長聽了，便說他們反正窮苦慣了，乾脆錢歸他好了。三個人同時反對，說要去打官司。徐文長於是沉下臉說他們竟敢把銅錢踩在腳下，銅錢上面是當今神宗皇帝的開國年號，腳踩萬歲，罪該萬死。要把他們拉到縣衙去吃官

〔註99〕分別參考：1 金榮華：《民間故事類型索引》（增訂本，冊 3），書同註 1，頁 947，型號 1530C〈祇買一部份〉。2〔美〕丁乃通編著：《中國民間故事類型索引》，書同註 4，頁 302～303，型號 1633A*〈買一部分〉。3〈壽州劉之治軼事之三：巧計懲奸商〉，見《中國民間故事集成・安徽卷》（北京，2008 年 10 月），書同註 8，頁 1181～1182。4 張德鍾（男，90 歲，福州市農民，不識字）於 1980 年 5 月講述，〈鄭堂放火炮，除死無大災〉，見《中國民間故事集成・福建卷》（北京，1998 年 12 月），書同註 8，頁 804～805。5 莊世軍講述（男，23 歲，鄉計畫生育員）於 1986 年 3 月講述〈廖棲賢買鹽罐〉，見《中國民間故事集成・四川卷》上（北京，1998 年 3 月），書同註 8，頁 654～655。6 陳慶浩等主編：《中國民間故事全集・山西民間故事集・解士美故事之三：借手巧砸百把壺》，書同註 55，頁 229～231。

〔註100〕書同註 2，山木：《徐文長傳・為一枚銅錢評理》，頁 87～89。

司，三個財主於是拔腿溜了。

本型故事最早資料見於〔明〕樂天大笑生之《解慍篇》（有嘉靖刻本，1522
～1566）〈官箴‧爭魚納鮓〉〔註101〕，故事如下：

> 張賈兩姓爭買魚，相毆訟於官，官素貪墨，能巧取民財。判云：
> 「二人姓張姓賈，爭買鮮魚廝打，兩家各去安身，留下魚兒作鮓。」
> 二人既失望，乃故買一棺，假意爭。

這個故事情節相當簡單，倆人爭魚，縣官坐收漁翁之利。不過，《續修
四庫全書》本只到「假意爭」，故事看似未完。其後由〔明〕墨憨齋主人（馮
夢龍，1574～1646）編纂之《廣笑府》〈官箴‧爭魚納鮓〉〔註102〕故事則
較為完整，故事如下：

> 張賈兩姓爭買魚，相毆訟於官。官素貪墨，能巧取民財。判云：
> 「二人姓張姓賈，爭買鮮魚廝打，兩家各去安身，留下魚兒作鮓。」
> 二人既失望，乃故買一棺，假意爭訟，料官諱此兇器，決無收留之
> 理。及訟於庭，官為之判曰：「二人姓張姓賈，爭買棺材廝打。材蓋
> 與你收回，材底留我餵馬。」（《廣笑府‧官箴‧爭魚納鮓》）

《廣笑府》的故事重複相同情節，以笑話方式諷刺縣官之貪婪惡行，連
一般人有所忌諱之物，貪取之考量重點也僅在於己有無益處。本應明鏡高懸、
為民解憂的官吏，卻像個交易掮客般的抽一手。與小老百姓僅想貪點小錢之
情況有所不同，情節第二次出現，將百姓、官職心態之不同對比得更為突顯。

故事目前仍普遍流傳於浙江、河南、陝西、四川、天津、北京、遼寧、
吉林、黑龍江等地。〔註103〕本類型的故事整體結構很穩定，基本上都是一
個情節所構成的故事，僅《徐文長傳‧為一枚銅錢評理》中還加上「腳踏萬
歲」的情節，增加了角色嚇唬人的力道，以補書生沒有公權力致說服力不足
之處。

爭錢者多為社會上經濟條件較差的人，如秀才、書生、窮人、懶漢…等，

〔註101〕〔明〕樂天大笑生輯：《解慍篇‧官箴‧爭魚納鮓》（上海：上海古籍出版社，
　　　　2002年3月《續修四庫全書》影印上海圖書館藏明逍遙道人刻本），卷2，頁
　　　　358下。
〔註102〕〔明〕馮夢龍編；馬清江校點：《廣笑府‧官箴‧爭魚納鮓》，收入《馮夢龍
　　　　全集》（南京：江蘇古籍出版社，1993年4月），冊11，卷2，頁20。
〔註103〕1金榮華著：《民間故事類型索引》（增訂本，冊3），頁953，型號1534E〈縣
　　　　官審案，霸佔引起爭執的物件〉，書同註1。2〔美〕丁乃通編著：《中國民間
　　　　故事類型索引》，書同註4，頁204，型號926D〈法官霸占引起糾紛的物件〉。

仲裁者只有一個是徐文長，其他都是縣官。呈顯出這個類型故事很可能開始
是某一個縣官的傳說，流傳到浙江省之後，因徐文長狡獪的形象，才被民間
移用在徐文長身上。

情節單元素部分，僅《集成・黑龍江》〔註104〕是兩個元寶、《集成・河
南》〔註105〕是娃娃魚，其他都是錢。

想爭錢的人沒爭到，卻落入縣官之手，有的故事甚至撿到錢的人還要被
打。多少反映出生活中豪紳、地方官魚肉鄉民的心聲。

（八）〈死屍二次被吊〉故事（ATT1534F*）

關於這個類型，筆者所蒐集到的徐文長故事有一則，〔註106〕概要如下：

> 張祥的朋友向他借錢，因爲他的朋友失去信用，所以張祥沒借
> 錢給他。朋友因爲窮急了，半夜吊死在他家的大門口，張祥發現後，
> 連夜去求徐文長給他出主意，徐文長讓他把屍體解下來，過一些時
> 刻再吊上去，由於這死屍脖子上有兩條深痕，表示是死後由他處移
> 過來的，所以張祥沒被追究。

本型故事最早資料見於〔清〕吳熾昌撰《客窗閒話・移屍再懸》〔註107〕，
故事如下：

> 某甲者，家小康。有中表某乙，孑然一身，貧而無賴，屢屢借
> 貸，亦小周之。時值冬季，乙又向甲貸百千償債。甲怒其無厭，揮
> 諸大門之外而閉也。乙始而叫罵，繼思無以對債主，遂縊於簷橡之
> 下。甲久不聞聲息，出後戶探之，見懸屍，恐甚。幸暮無知者，亟
> 操巨金往投訟師。
>
> 時師方與數友爲葉紙戲，甲備述來意，師曰：「予戲大負，無
> 暇慮也！」甲出金獻，師曰：「汝亟回解屍下，毋令外人覺，再來有
> 說。」甲受計往釋屍。又至，則命其觀局。約三時許，甲屢屢祈請。
> 師曰：「汝再回，懸屍故處。」甲曰：「仍害小人，何以釋累？」師

〔註104〕書同註8，李馬氏（女，70歲，家務，不識字）於1987年講述〈做官不嫌錢
　　　　財多〉，見《中國民間故事集成・黑龍江卷》（北京，2005年9月），頁1180。
〔註105〕書同註8，吳根蘭（男，62歲，農民，中師肄業）於1987年講述〈縣官兒斷
　　　　案〉，見《中國民間故事集成・河南卷》（北京，2001年6月），頁660。
〔註106〕書同註2，林蘭編：《徐文長故事集・移屍》，頁54～55。
〔註107〕書同註33，〔清〕吳熾昌：《客窗閒話・移屍再懸》，卷4，頁359下～360
　　　　上。

怒曰：「汝違吾教，看汝破家也！」甲懼而從之。又至，師笑曰：「何
不憚煩耶？汝回高臥，明日有叩門者，不得應。俟官至，喚汝方出。
若詰問，則求驗而已，不必辯，自有脫汝計。」甲如教。

　　次日方保見屍，喚甲不應，即報官。官至，呼甲出，已解屍審
視，曰：「汝識是人不？」甲佯睨之，曰：「小人中表也，何以死小
人門外？」官曰：「汝有仇乎？」對曰：「無之。」時方保隸役，皆
瞷甲財，告官曰：「死者既爲某甲之戚，必戚逼所致。」官怒曰：「予
視屍領縊痕二，一淺一深，是移屍以圖訛索者。汝等既誣甲戚逼，
必汝等爲之！」叱杖保役，僅命某甲躅棺以葬。

　　由上可知本型故事情節穩定，《客窗閒話・移屍再懸》更描寫到細節，敘
述官府要事主躅棺以葬，故事兼顧了中國之人情事理。《紹興師爺佚事・縊痕
何多》〔註108〕也有類似情節之結尾。

　　本型故事目前流傳於浙江、江蘇等地。〔註109〕角色部分，主要幫忙避禍
之經驗人士有訟師之色彩，《徐文長故事集・移屍》顯然是運用了徐文長曾任
胡宗憲之幕僚身分來做爲題材，應該還是受到了清朝紹興師爺題材盛行之影
響，因而豐富了故事的內涵。故事用在徐文長的身上，目的在於表現出他的
聰明與處事之幹練。

（九）〈漆作生髮油〉故事（ATT1539B）

　　關於這個類型，筆者所蒐集到的徐文長故事有五則，〔註110〕概要如下：

　　徐文長和知縣有來往，知縣有一嘴白鬚，又想娶小老婆，問徐
文長有沒有方法？徐文長說有烏鬚藥，可以讓鬚子變黑。當知縣派
人去取時，徐文長故意不在家，讓知縣拿到一瓶生漆。結果，他的
鬚鬍敷上後被膠成了一片，變硬，說話嘴一動就痛，徐文長假裝道
歉，說拿錯了。知縣無奈之下，只好把鬍子剃了。

〔註108〕書同註36，徐哲身編：《紹興師爺佚事・縊痕何多》，頁53～55。
〔註109〕書同註4，〔美〕丁乃通編著：《中國民間故事類型索引》，頁274，型號1534F
　　　　＊〈死屍二次被吊〉。
〔註110〕分別見於：1徐鍾德講述〈憎厭白鬚〉，見林蘭編：《徐文長故事集》，書同註
　　　　2，頁75～76。2王忱石編：《徐文長故事・烏鬚藥》【第二集】，書同註23，
　　　　頁83～85。3山木著：《徐文長傳・做媒》，書同註2，頁57～62。4李永鑫
　　　　主編：《越地徐文長・做媒》，書同註2，頁33～37。5李永鑫主編：《越地徐
　　　　文長・縣太爺染髮》，書同註2，頁426～427。其中〈做媒〉兩書內容相同。

本型故事最早資料見於〔清〕吳熾昌撰《客窗閒話・某廣文》〔註111〕，故事如下：

> 某學廣文耄而貪，諸生皆惡之。適有少年科甲之學使來，最惡白鬚，見之輒曰：「汝已老大，好讓後生矣」。必罷之。故斑白者皆聞聲而懼。此廣文鬚髮皓然，遍求烏藥，又不肯解囊，勒派諸生代覓。有謂之曰：「門生之戚宦於東粵，有好烏鬚藥，名透骨丹。初染色紅，三復則黑如明漆，澤潤有光，真無價之寶也。門生感受師恩，僅分得少許，敬以奉贈。」廣文大悅，謝而受之。如法試驗，一染而紅，再染而絳，三染而紫赤色。逾洗則逾鮮明，儼如道院中所塑之祝融像。見者大笑。尋其門人，不知所往。竟不敢赴試，致仕歸去。生始告人其藥以龜溺熬紫草為之，即染鬚纓之法，豈能改色乎？此廣文者，俾終生為紅鬍子矣。

故事起於門生為整耄而貪之廣文，以龜溺熬紫草之法令廣文鬍鬚染成紅色。最後辭職而去。這型故事後來流傳於浙江、廣東、湖北等地。〔註112〕故事有以本情節為主幹者，有為支線者，角色皆為知縣與徐文長的關係，區域性色彩很強。反映出庶民對知縣形象之厭惡，想見其出醜之心理。情節單元素部份，除《越地徐文長・縣太爺染髮》為頭髮，其他故事皆是鬍鬚。

（十）〈假毒藥和解毒劑〉故事（ATK1543E）

關於這個類型，筆者所蒐集到的徐文長故事有六則，〔註113〕概要如下：

> 徐文長因種種原因與小販言語有些衝突，譬如買菜時討價還價，因開價太低，致被小販回話說「那只好買糞吃」，徐文長假裝不在意，仍然和小販做買賣，可是，因為秤重花了許多時間，等徐文長進去算帳時，或是等買賣完，徐文長說要招待小販吃午飯，卻讓

〔註111〕書同註33，〔清〕吳熾昌：《客窗閒話・某廣文》，卷7，頁407上。

〔註112〕書同註4，〔美〕丁乃通編著：《中國民間故事類型索引》，頁281，型號1539B〈漆作生髮油〉。

〔註113〕分別見於：1 豈明講述〈誰吃了糞〉，見林蘭編：《徐文長故事集》，書同註2，頁24。2 許黛心講述〈誰吃了糞〉異文，見林蘭編：《徐文長故事集》，書同註2，頁25～26。3 王忱石編：《徐文長故事・鄉人吃糞》【第二集】，書同註23，頁88～90。4 山木：《徐文長傳・著皮生糠治懶病》，書同註2，頁166～168。5 李永鑫主編：《越地徐文長・無賴吃屎》，書同註2，頁524～530。6〔明〕趙南星等編；周作人校訂；止庵整理：《明清笑話集・徐文長的故事》之六，書同註91，頁188～189。其中《明清笑話集》故事與《徐文長故事集》文字完全相同。

　　小販等了許多時間，小販看桌上有燒餅，便拿來吃了。徐文長發現後，便說那是砒霜燒餅，用來毒老鼠的。小販心急地問怎麼辦呢？徐文長説得吃糞、尿等物才能解毒，小販照做之後，徐文長問他說：「究竟是誰吃了糞呢？」或是小販聽到笑聲，才知道上了當。

　　或是徐文長爲了教訓年輕人，故意讓年輕人中計吃了他的燒餅或肉饅頭，再驚訝地說那是要毒老鼠或瘋狗的，解藥之方是煮熟薯皮拌粗糠三斤或屎，年輕人吃了後才知道上當。

　　本型故事最早資料見於〔清〕許仲元撰《三異筆譚‧袁痴》之三〔註114〕，故事如下：

　　　秋晚，（袁丹叔）遣僕赴近郊索租，佃欠頗多，僕欲縛之入城。佃鄰某素橫，助鄰罵僕曰：「若輩倚主勢凌貧人，再來，必以糞灌！」僕歸以告。公故爲踏田者，造其居訪之，曰：「吾欲置產，聞汝與諸佃熟，偕我一視可乎？」鄰固田保，聆言甚樂，即與週歷。臨行，與約曰：「明日薄暮來我家，邀人立券，當奉倩作中。」鄰如約往，公故曰：「餐未？」鄰謙言已食，公曰：「買主須明晨來，汝宿我家可也。」乃強拉入書室，衾枕頗華。鄰不敢辭，跼蹐而已。草草闔戶而去。鄰黎明即起，四無人聲，撼其扉，知反鑰，未起，呼號數回，初無應者。至辰巳間，餒不可忍，乃徧索室中，冀有食物。忽見書架有蒸餅二，急取啖之，不啻陳仲子之嚙螬餘也。食竟，旋聞有振鑰者，主人致辭曰：「城居多晏起，勿訝也。」方飭僕備晨饌，忽顧書架，謂僕曰：「二饅頭藏何所？」僕欲尋覓，鄰赧然曰：「緣飢甚，冒昧食之。」公乃頓足曰：「禍矣，禍矣！」握鄰手曰：「吾留君而適害君，奈何？」且飭僕即往報縣，呼地保打掃候驗。鄰駭絕，垂泣問公曰：「尚可救乎？」公曰：「蒸餅以毒鼠，中有砒礪（霜）。我閱方書，惟糞可解，然此穢物，胡可嚙遍乎？」鄰急曰：「性命要緊，遑敢避也！」乃叩首僕前，乞爲取糞。公乃另呼一僕舉穢桶與之，給與一瓢，令自酌飲。鄰斟飽滿，舉首見僕，公忽問：「識此人否？」鄰茫然，公乃笑曰：「此即若欲灌糞之催租人也。今請君入甕，報之已足。一語告君，無煩芥蔕，餅中並無砒霜耳！」鄰大嘔而去。

〔註114〕書同註93，〔清〕許仲元：《三異筆譚‧袁痴》之三，收入《叢書集成》三編，冊75，卷3，頁321上、下。

（〔清〕許仲元《三異筆譚‧袁痴》）

古今情節無大差異，皆由主角不能忍氣開始設計整人，直至讓人吃糞後，才讓對方知道眞相。

這型故事現代仍普遍流傳於浙江、江蘇、安徽、福建、江西、湖南、廣東、廣西、貴州、四川、海南及臺灣新竹、澎湖縣等地。〔註 115〕《徐文長傳‧薯皮生糠治懶病》、《越地徐文長‧無賴吃屎》則加入了教育意義，《徐文長傳‧薯皮生糠治懶病》說在年輕人得教訓之後，不再到處串門乞食。在閩、臺的故事裡，則流傳另一種敘述模式，因爲老師對學生教學厚此薄彼，一個學生的媽媽知道後，要學生把老師請到家中吃飯，然後，讓他在飯廳等了很久，飯菜遲遲沒有準備好，客人餓得難受，便拿起放在桌上的餅或麵包充飢。這時主人出現，假裝注意到餅或麵包不見了，說那是放了毒藥毒老鼠的。客人說他吃了，主人大驚地說，只能灌餿水讓他吐出來，老師從此以後再也不敢來了。

故事四個情節單元素中，主要是對應角色吃了餅，整人者假稱餅中加了砒霜，要用來毒老鼠的，解毒之藥是糞。

角色的對應關係以小販、鄉下人對機智人士爲最多，其次是官對民。前者爲機智人物對鄉下人率直說話的回敬。後者反映出掌握權力的人士在緊急時竟只有聽憑弱勢者之言吃糞以保命的無助，強權與弱勢者在故事中主客顚倒，讓弱勢者想像一下生活中所不曾享有的「主宰」滋味，雖然改變不了現實情形，卻能紓解小老百姓長久的積鬱。

（十一）〈打賭要官學狗叫〉故事（ATK1559F）

關於這個類型，筆者所蒐集到的徐文長故事有三則，〔註 116〕概要如下：

姓王的朋友與徐文長開玩笑，要徐文長設法讓姓張的朋友「呱

〔註 115〕分別參考：1 金榮華：《民間故事類型索引》（增訂本，冊 3），書同註 1，頁 968，型號 1543E〈假毒藥和解毒劑〉。2〔美〕丁乃通編著：《中國民間故事類型索引》，書同註 4，頁 283～284，型號 1543E*〈假毒藥及其解毒劑〉。3 梁改改（64 歲，初小，農民）於 1986 年 10 月新建鄉講述〈買蛋〉，見白庚勝主編：《中國民間故事全書‧江蘇‧海門卷》，書同註 85，頁 62～63。
〔註 116〕分別見於：1 謝德銑等編：《徐文長的故事‧「磬有魚」和「呱呱呱」》第二段，書同註 9，頁 115。2 陳慶浩等主編：《中國民間故事全集‧浙江民間故事集‧「磬有魚」和「呱呱呱」》第二段，書同註 55，頁 271～273。3 李永鑫主編：《越地徐文長‧「磬有魚」和「呱呱呱」》第二段，書同註 2，頁 272～273。其中〈「磬有魚」和「呱呱呱」〉三書故事內容相同。

呱呱」叫三聲，於是，他就問老張說：「你看園子裡的葫蘆長得如何？」老張就說：「那不是葫蘆，是瓜呀。」徐文長堅持說：「是葫蘆。」老張說：「是瓜。」徐文長故意激動地大聲說：「葫蘆，葫蘆，葫蘆！」老張也激動地大聲說：「瓜，瓜，瓜！」老王聽老張眞的「呱呱呱」叫了三聲，笑得合不攏嘴。

本型故事最早資料見於〔隋〕侯白撰《啓顏錄．當作號號》〔註117〕，故事如下：

（侯）白初未知名，在本邑，令宰初至，白即謁，謂知識曰：「白能令明府作狗吠。」曰：「何有明府得遣作狗吠？誠如言，我輩輸一會飲食；若妄，君當輸。」於是入謁，知識俱門外伺之。令曰：「君何須得重來相見？」白曰：「公初至，民間有不便事，望諮公。公未到前，甚多賊盜。請命各家養狗，令吠驚，自然賊盜止息。」令曰：「若然，我家亦須養能吠之狗。若爲可得？」白曰：「家中新有一群犬，其吠聲與餘狗不同。」曰：「其聲如何？」答曰：「其吠聲㘓㘓者。」令曰：「君全不識好狗吠聲。好狗吠聲，當作號號。㘓㘓聲者，全不是能吠之狗。」伺者聞之，莫不掩口而笑。」白知得勝，乃云：「若覓如此能吠者，當出訪之。」遂辭而去。

由上可知這型故事情節最早是「讓縣官學狗叫」，現今仍流傳於北京、西藏、內蒙古、雲南。不過，徐文長故事所出現的情節皆爲「讓人喊呱呱呱」。故事現今流傳於浙江、雲南。〔註118〕

故事結構穩定，前因皆因打賭，核心情節皆是機智人士故意將葫蘆說成瓜，連說三次，讓聽者急於辯駁，也連說三次「瓜，瓜，瓜」，因此讓打賭的人聽到三聲「呱呱呱」。故事之情節單元素皆是葫蘆，結尾皆是主角賭贏。故事主角多爲徐文長，可見其區域性色彩。

讓對方因急於澄清所起的自然反應是連三聲的強調「瓜」，使聽者聽成「呱呱呱」。雖是一個賭嘴的玩笑，卻顯露出主角的機智與對人性的了解。

〔註117〕〔隋〕侯白：《啓顏錄》（上海：上海古籍出版社；1990年4月），頁53。

〔註118〕分別參考：1金榮華：《民間故事類型索引》（增訂本，冊3），書同註1，頁979，型號1559F〈打賭要官學狗叫〉。2〔美〕丁乃通編著：《中國民間故事類型索引》，書同註4，頁286～287，型號1559F*〈哄人打賭：要官學狗叫〉。

（十二）〈讓人誤認在親吻〉故事（ATK1563B）

關於這個類型，筆者所蒐集到的徐文長故事有八則，〔註119〕概要如下：

徐文長的朋友與他打賭，要他和一個或一群婦女嗅香或親吻，他假裝自己近視，拿著一盤包子，說要給媽媽送點心，依次看婦女的臉假作嗅香。或是指控婦女們偷吃了他的香柑或羊肉等氣味較強的蔬果或肉類，要求她們得讓他聞一下氣息，好知道誰是賊。或是假意告訴一位婦女一個秘密（譬如告訴她買的是母豬肉）而咬耳低語。像這些因為靠近女性所做出的動作，讓別人誤以為徐文長真的在吻女性，他因此贏了打賭。

故事現今尚流傳於浙江、福建、湖南、廣西、雲南、臺灣桃園市平鎮區、臺灣屏東的客家族群等地。〔註120〕上述三種情節敘述的模式以第二種為最多，動機多為打賭，僅《越地徐文長·徐文長救少女》徐文長為救少女，要和地頭蛇的兒子小螞蟥證明豆腐店女兒玉觀音是他的未婚妻，使小螞蟥放棄搶玉觀音。結局是主角賭贏，或成功救人。情節單元素有糕餅、香櫞、橘子、羊肉等，以橘子為最多。

故事的主角多為徐文長，其他人物有：陳二郎、泥蛇三、謊張三、李文古、鄭堂等人。其中謊張三、李文古、鄭堂與徐文長等人，在人物形象上常有雷同之處，可見人物傳說中名字的流動性。

故事表現的是主角的機智，從知識分子的角度敘述，雖然是捉弄婦女給人解悶，卻非下流、無恥之類，使人聽之為之莞爾。

〔註119〕分別見於：1 林蘭編：《徐文長故事集·嗅婦女的臉》，書同註2，頁7～8。2 陳定民講述〈設法接吻〉，見林蘭編：《徐文長故事集》，書同註2，頁9～10。3 林蘭編：《徐文長故事集·設法接吻》異文，書同註2，頁10～11。4 王恍石編：《徐文長故事·嗅她的嘴》【第二集】，書同註23，頁85～88。5 王恍石編：《徐文長故事·要她點頭》【第二集】，書同註23，頁91～93。6 蔣文獻講述〈吻〉，見白庚勝主編：《中國民間故事全書·浙江·倉前卷》，書同註22，頁161。7 李永鑫主編：《越地徐文長·徐文長賭吻》，書同註2，頁103～106。8 李永鑫主編：《越地徐文長·徐文長救少女》，書同註2，頁381～384。

〔註120〕分別參考：1 金榮華：《民間故事類型索引》（增訂本，冊3），書同註1，頁982，型號1563B〈讓人誤認在親吻〉。2〔美〕丁乃通編著：《中國民間故事類型索引》，書同註4，頁288～289，型號1563B〈向陌生婦女動手動腳〉。3 林蘭編：《列代名人趣事·鄭堂的故事》之二，收入《東方故事》（臺北：東方文化書局，1971年秋季），頁98～99。案：鄭堂為福建人。

（十三）〈抗議飯菜太壞的塾師〉故事（ATK1567A.1）

關於這個類型，筆者所蒐集到的徐文長故事有二則，〔註121〕概要如下：

　　　有個生性吝嗇的財主，請了徐文長為家庭教師，在家教他的孩
　　子，但是，財主給徐文長吃的飯菜非常差。於是在富翁測驗孩子對
　　對子的能力時，徐文長讓孩子不管財主出什麼題目，都以「蘿蔔」
　　兩字應對，再用相近之詞語去應付財主。富翁很生氣，徐文長譏諷
　　地說，這是因為他所吃全是蘿蔔的緣故，所以，對學生的教導也是
　　在蘿蔔上下功夫，財主才如夢初醒，想再說話，只見徐文長一甩袖
　　子，大步走了。

這型故事最早資料見於〔清〕（光緒八年，1882）小石道人輯《嘻談錄·
蘿蔔對》（《嘻談初錄》）〔註122〕，故事如下：

　　　東家供先生飲饌甚薄，每飯只用蘿蔔一味。先生怨而不言。一
　　日，東家請先生便酌，欲考學生功課。先生預屬曰：「令尊席前若要
　　你對對，你看我的筷子夾何物，即以何物對之。」學生唯唯。次日，
　　設席，請先生上坐，學生側坐。東家曰：「先生逐日費心，想令徒功
　　課，日有成效矣。」先生曰：「若對對尚可。」東家說：「我出兩字
　　對與學生對，曰：『核桃。』」學生望著先生，先生拿筷子夾蘿蔔，
　　學生對曰：「蘿蔔。」東家說：「不佳。」又曰：「綢緞。」先生又用
　　筷子夾蘿蔔，學生對曰：「蘿蔔。」東家曰：「綢緞如何對蘿蔔？」
　　先生曰：「蘿是絲羅之羅，蔔（帛）乃布匹之布，有何不可。」東家
　　抬頭一看，見隔壁東嶽廟，又曰：「鼓鐘。」先生又用筷子夾蘿蔔，
　　學生又對蘿蔔。東家說：「這更對不上了。」先生說：「蘿乃鑼鈸之
　　鑼，蔔乃鐃鈸之鈸，有何不可。」東家說：「勉強之至。」又出二字
　　曰：「岳飛。」先生又夾蘿蔔，學生仍對蘿蔔，東家說：「這更使不
　　得。」先生說：「岳飛是忠臣，蘿蔔（羅卜）乃孝子，有何不可。」
　　東家怒曰：「先生因何總以蘿蔔令學生對？」先生亦怒曰：「你天天
　　叫我吃蘿蔔，好容易請客，又叫我吃蘿蔔，我眼睛看的也是蘿蔔，

<hr>

〔註121〕分別見於：1 紹興市少年宮、紹興市越城區文教局編：《紹興民間傳說·三個
　　　　「蘿蔔」》（南京：江蘇少年兒童出版社，1989 年 4 月），頁 32～33。2 祈連
　　　　休選編：《中國機智人物故事大觀·蘿蔔課》，書同註30，頁 405～407。
〔註122〕王利器輯錄：《歷代笑話集·嘻談錄·蘿蔔對》卷上（上海：上海古籍出版社，
　　　　1981 年 1 月），頁 533。

　　肚內裝的也是蘿蔔，你因何倒叫我不教令郎對蘿蔔？」

　　這型故事架構穩定，敘述塾師和財主間的應對故事，僅一個故事其中的塾師角色轉為財主兒子的同學（徐文長）和財主間的應對。現代仍流傳於浙江、廣東、湖北等地。〔註123〕主角如非徐文長，便僅書寫教書先生之身分，並未具名。情節單元素除蘿蔔之外，也有茄子。教書先生以譏諷回應財主的慳吝，多少抒發出生活中屢被財大氣粗的人吆喝的小老百姓的心聲。

（十四）〈頑童和糞坑裡的老師〉故事（ATT1568B**）

　　關於這個類型，筆者所蒐集到的徐文長故事有一則，〔註124〕概要如下：

　　　　徐文長因背書不熟而常受先生的呵叱，於是他以小刀縱割老師
　　上茅廁用來扶手的小樹之四周，再把外皮加以調理。幾天後，老師
　　深夜起身如廁，仍然用手把樹的法子以求身體穩固，結果樹斷了，
　　老師掉進了糞坑。因為在大雨之後，屎水滿廁，先生幾乎淹死。及
　　至翌晨還是徐文長將他救出來的。

故事最早見於〔明〕西周生撰之《醒世姻緣傳》〔註125〕，故事如下：

　　　　茅坑邊一根樹椒，先生（程樂宇、程英才）每日扳了那根樹椒，
　　去坑岸上撅了屁股解手。他（狄希陳）看在肚裡，一日，他卻起了
　　個早走到書房，拿了刀把那樹椒著根的所在周圍削得細細的，只剩
　　了小指粗的個蒂絲，仍舊把土遮了。先生吃過早飯，仍舊又上坑解
　　手，三不知把那樹椒一扳，腦栽蔥跌得四馬攢蹄，仰在那茅坑裡面，
　　自己又掙不起來，小學生又沒本事拉他：只得跑去狄家叫了兩個覓
　　漢，不顧齷齪，拉了出來。脫了一身衣裳，借了狄員外上下衣巾鞋
　　襪，走了家去，把那糞浸透的衣裳足足在河裡泡洗了三日，這臭氣
　　那裡洗得他去。看那樹椒，卻是被人削細了那根腳。追究起來再沒
　　有別人，單單的就是狄希陳一個，告訴了狄員外，只得再三與先生
　　賠禮，將那借穿的一襲衣裳賠了先生。

　　從上可知，故事古今差異不大。現今仍可見於浙江、廣東。〔註126〕主角

〔註123〕分別參考：1 金榮華：《民間故事類型索引》（增訂本，冊3），書同註1，頁
　　　　983，型號 1567A.1〈抗議飯菜太壞的塾師〉。2〔美〕丁乃通編著：《中國民
　　　　間故事類型索引》，書同註4，頁291，型號 1567A*〈吃不飽的塾師〉。
〔註124〕書同註2，林蘭編：《徐文長故事集・先生跌入毛廁》，頁65。
〔註125〕書同註92，〔明〕西周生：《醒世姻緣傳》第33回〈劣書生廁上修椿，程學
　　　　究裙中遺便〉，冊2，頁360。

有徐文長和陳洸。陳洸的故事又加了一些細節：先生要陳洸叫同學挪梯子來，陳洸說同學不肯來，等先生起來後就打所有的學生，同學們都不知爲何被打。陳洸害先生掉入廁所，又害同學被打。〔註127〕講述故事的人也許對文人沒有好感，所以把主角聰慧轉成狡黠的形象。此外，情節單元素由用來把手的小樹轉成小木子，說陳洸把先生上廁所時用來把手的一柄小木子抽起再插下去，使得先生才蹲下去便跌下廁所去，詞彙有些不順暢，易導致故事在轉述時，因爲無法順利把情節單元素合理化，而使得故事難以繼續流傳。再者，故事中所呈顯出的廁所與農村社會中將排泄物用以澆肥的的連結關係，因應現代社會的建築結構與衛浴設備的改變，故事自然隨著時代進展而逐漸泯沒。

（十五）〈盲人落水〉故事（ATT1577A）

關於這個類型，筆者所蒐集到的徐文長故事有二則，〔註128〕概要如下：

> 顏捕快與徐文長打賭，要徐文長能引河邊一群在洗東西的女人笑。徐文長說可以做到，不過，顏捕快得依他的條件，顏捕快說：「如果條件依了你，你引不笑怎麼辦？」「徐某寧願罰五兩銀子。」徐文長慢慢誘引他，第一次的條件是眼睛包牢，第二次的條件是跟徐文長走兩步，那些女人都沒有笑。第三次的條件是跪倒。顏捕快哪曉得腳一跪空，「撲咚」一個跟斗跌落河裡。河邊有人在洗馬桶，顏捕快一頭鑽進那馬桶裡，眾女人捧腹連聲笑。

本型故事最早資料見於〔明〕（中葉）都穆撰《都公談纂・一字笑話》〔註129〕，故事如下：

> 陳君佐，揚州士人，善滑稽，太祖甚愛之。一日，給米一升。上一日，令君佐說一字笑活，對曰：「俟臣一日。」上諾之。君佐出，尋瞽人善詞話者十數輩，詐傳上命。明日諸瞽畢集，背負琵琶，君佐引之至金水河見上。大喝曰：「拜！」諸瞽倉皇下拜，多墮水者，

〔註126〕書同註4，〔美〕丁乃通編著：《中國民間故事類型索引》，頁296，型號1568B＊＊〈頑童和糞坑裡的老師〉。

〔註127〕書同註28，林培廬輯錄：《潮州歷代名人故事》（《潮州七賢故事》）〈陳洸的故事之四：設法使先生失下廁所〉，頁121～122。

〔註128〕分別見於：1 吳傳來等主編：《徐渭（文長）的故事・智鬥顏捕快》，書同註39，頁98～103。2 李永鑫主編：《越地徐文長・智鬥顏捕快》，書同註2，頁238～242。其中兩篇內容相同。

〔註129〕〔明〕都穆撰：〔明〕陸采輯：《都公談纂》（臺北：藝文印書館影清道光蔡氏紫黎華館重雕乾隆金忠淳輯刊硯雲甲乙編本，1967年），卷上，頁18。

上不覺大笑。

陳君佐讓十多個瞎子在不意之中因「拜」聲而跌落河裡，意在令君王笑。這型故事仍流傳於浙江、雲南、湖南等地。〔註130〕雲南〈趙學的故事〉之三〔註131〕、湖南〈陳二郎的故事〉之一〔註132〕近似《都公談纂・一字笑話》的說法，〈智鬥顏捕快〉視角顯然不在於「滑稽」，而在「懲治惡人」，角色是捕快，結局不只是讓大家笑完而已，既懲治了惡人，又拿身上最後的五兩給小孩，讓他給他娘買藥吃。視野跳脫出個己之玩笑，而到解決他人的困難的層次。算是將類型中的情節發揮得較爲完善、圓滿的故事。而角色爲捕快，應該有平時對這個職位不滿的投射。

（十六）〈盲人出醜（盲人挨打）〉故事（ATT1577B）

關於這個類型，筆者所蒐集到的徐文長故事有八則，〔註133〕概要如下：

　　徐文長不小心碰撞到瞎子，瞎子對他破口大罵。或者徐文長聽到瞎子說他壞話，於是，假做好意要帶瞎子去池中洗澡，再拿走他的衣服，說會在岸上等他。徐文長用假名「都來看」捉弄瞎子，當瞎子洗好找不到衣服時，就大聲喊叫徐文長的名字「都來看」，附近的男女聽到了匆匆跑去，看到瞎子赤身露體的樣子還那樣喊，就把他打了一頓。

　　或者徐文長聽到唱曲的瞎子在說他壞話，就和瞎子說他生日要請他們到家裡唱戲，就把他們帶到寺院內，叫他們開始唱，說要派

〔註130〕書同註4，〔美〕丁乃通編著：《中國民間故事類型索引》，頁297，型號1577A〈盲人落水〉。

〔註131〕萬燦文講述〈趙學的故事〉之三，見林蘭編：《徐文長故事外集》，收入《東方故事》（臺北：東方文化書局，1971年秋季），頁98。

〔註132〕書同註131，剪遂如講述，〈陳二郎的故事〉之一，見林蘭編：《徐文長故事外集》，頁136～137。

〔註133〕分別見於：1 俞然講述〈喚都來看〉，見林蘭編：《徐文長故事集》，書同註2，頁66～67。2 林蘭編：《徐文長故事集・喚都來看》異文，見林蘭編：《徐文長故事集》，書同註2，頁67～68。3 李永鑫主編：《越地徐文長・都來看》，書同註2，頁123～124。4 陳煥講述〈出來瞧〉，見林蘭編：《徐文長故事集》，書同註2，頁68～70。5 林蘭編：《徐文長故事集・出來瞧》異文，書同註2，頁70～71。6 吳傳來等主編：《徐渭（文長）的故事・小尼姑登門求文長》，書同註39，頁104～109。7 李永鑫主編：《越地徐文長・小尼姑登門求文長》，書同註2，頁103～106。8 李永鑫主編：《越地徐文長・徐文長救少女》，書同註2，頁245～250。其中〈小尼姑登門求文長〉兩書內容相同。

人幫他們燒茶，然後自己跑到佛桌上拉了一泡屎後走了，瞎子唱完就叫「出來瞧」，要找他，寺院內師父們看到佛桌上的屎，引起公憤，把，他們打了一頓，瞎子才知道上當，以後再也不敢議論徐文長了。

或者知縣想糟蹋一個小尼師，尼師請徐文長救她。徐文長教她在知縣進寺院後，把毛蟲放進知縣的領口內，逼得知縣把衣服給脫了，尼師說要去拿香油給他搽，把他的衣服拿走了，知縣因為身體冷，急忙叫「杜淚乾」（都來看），徐文長聽到聲音就帶著鄉親衝進房間把知縣打了一頓，知縣才知道上當，知縣被眾鄉親聯名上告，革職查辦。

此型故事現代仍流傳於浙江、四川、安徽、青海等地。〔註134〕由上可知此型徐文長故事有三種情節的敘述模式，以第一種故事數為最多。主角有徐文長及吳四膿包等，吳四膿包為川南山區廣為流傳的一個機智人物。捉弄者利用名字諧音如都來看、杜萊勘、出來看等，讓被捉弄者在大家面前赤身露體，以致被教訓，這樣的窘迫引得市井小民會心一笑。此種敘述模式故事流傳於浙江、四川、青海等地。第二、三種敘述模式，故事僅流傳於浙江。

由故事主角大多為徐文長來看，可知故事主要流傳於浙江。而在機智人物之外，青海卷〔註135〕、安徽卷〔註136〕與《民間笑話》〔註137〕的主角皆為小孩子，結局都幫大人取回被拿走之物。角色由機智人物轉到小孩子，形象更突出，也可吸引到不同的讀者群。

（十七）〈暗做記號，冒認財物〉故事（ATK1594A.1）

關於這個類型，筆者所蒐集到的徐文長故事有四則，〔註138〕概要如下：

〔註134〕分別參考：1 金榮華：《民間故事類型索引》（增訂本，冊3），書同註1，頁988，型號1577B〈盲人出醜（盲人挨打）〉。2〔美〕丁乃通編著：《中國民間故事類型索引》，書同註4，頁297～298，型號1577B〈盲人挨打〉。3 蕭代雲講述（男，36歲，小學教師，初中）於1985年1月講述〈吳四膿包醫治梁善人〉，見《中國民間故事集成・四川卷》上（北京，1998年3月），書同註8，頁660～661。

〔註135〕書同註8，馬太男（男，47歲，農民，初中）於1983年講述〈尕娃智索皮襖〉，見《中國民間故事集成・青海卷》（北京，2007年4月），頁985～986。

〔註136〕書同註8，〈一塊銀元〉，見《中國民間故事集成・安徽卷》（北京，2008年10月），頁1160～1161。

〔註137〕書同註63，左玄編著：《民間笑話・瞎子偷傘》，收入《國立北京大學中國民俗學會民俗叢書》，頁33～36。

〔註138〕分別見於：1 林蘭講述〈被角寫字〉，見林蘭編：《徐文長故事集》，書同註2，

　　徐文長因為與人有一點過節，暗中在人家的棉被上做記號後據為己有，被原主告進衙門，但是敗訴。事後徐文長將棉被還給原主，但是，當原主去拿棉被時，他又大聲喊搶奪，使原主再次受到懲罰。徐文長才說這麼做的原因是為了給他懲戒，然後，才真的把棉被還他。

故事最早見於近人劉鐵冷撰《鐵冷叢談‧惡訟師》〔註139〕**，故事如下：**

　　翁咸松江人，清道咸間歲貢也，性靈敏，語言辯給，少具訟才……一日，翁乘郵船往滬，艙中旅客濟濟，行商野老，枯坐無聊，或吸煙草以消憂，或話桑麻以遣悶，偶有道及翁咸諧謔事、詞訟事者，雄辯高談詆毀無狀，不知翁即在坐中也。翁恨之切骨，不便自首，惟悶悶不樂而已。

　　未幾，時近昏黃，江猶泛白，孤燈一盞，搖擄幾聲，眾客閒談已倦，臥遊仙枕上，入黑甜鄉去。翁獨坐沉思良久，謀所以報之之術，初無所得，繼曳某客布被掩身寢，忽感而悟曰：「得之矣！」悄然抽身起，取筆濡墨，私拆某被角，書己姓名於上，折之如初。迨一覺醒來，東方既白，舟已抵日暉港，上洋早在望矣。眾起身收拾行囊，將作登岸計，翁爭捲某被，認為己物。某不服，詬誶不休，舟子及眾客莫辨曲直，無從置喙。

　　抵岸兩人控諸官，官問某曰：「汝識汝被顏色若何？汝絮新舊若何？」某答一一不爽，知必為鄉人物。翁某乃有意欺之也。既提翁問曰：「汝讀書人，何欺一鄉愚？汝謂被為汝物，汝有特別標識乎？」曰：「有。凡余被角皆有余姓氏，恐為他人誤取也。」官隨命吏檢之，果驗，即斷被與翁，斥某退去。某出署，憤憤不平，淚珠欲滴。翁見之，笑謂某曰：「吾戲汝耳，被在此可取去。某勉受之，然心中怏怏不樂，猶形於色。詎怒方未已，禍已重來。蓋翁還被於某後，又入署控告謂被為某搶去也。官聞言，怒甚，命吏復捉某官（署）裡去，重笞二百而逐之。既出，又遇翁於途，翁擲被與之，

頁74～75。2 山木：《徐文長傳‧貪小失大》，書同註2，頁126～131。3 李永鑫主編：《越地徐文長‧棉被改名》，書同註2，頁317～319。4 浙江文藝出版社編：《七個才子六個癲‧二十大板》（杭州：浙江文藝出版社，2009年4月），頁49～51。

〔註139〕劉鐵冷：《鐵冷叢談‧惡訟師》（北京：中國圖書館學會高校分會委託中獻拓方電子製印公司複印，2009年），卷2，頁3～6。

曰：「我非愛汝被也。我即汝所罵之翁咸，汝識我乎？」某且慚且恨，
猶思報復。既而，吏有勸止之，謂彼弄法舞文之輩，素具梟獍之名，
固無可抗敵也。且汝冰清玉潔之身已受鍛鍊之刑，即撼敵而勝，又
何以洗滌乎？某聆其言，知冤無可伸，遂垂頭而去。

　　此型故事現代仍普遍流傳於浙江、江蘇、安徽、福建、廣東、廣西、貴
州、雲南、四川、山西、甘肅、寧夏、青海、內蒙古等地。〔註140〕

　　本類型的故事動機有懲治、惡作劇、打抱不平、為立場表態等情形，核
心情節是穩定的，以整人者兩次告官，待第二次告官被整者被打後，整人者
才真正還他物件者為多。其次是只有被整一次，整人者便歸還物件。故事結
局以將東西判歸搶人東西的人為多，而大多數搶人東西的人多將搶來的東西
物歸原主，其次為搶東西的人轉贈給故事一開始所提及的受害者，顯示儘管
主角因為不同的動機而冒認別人的財物，但是，目的不在掠奪他人財物。可
見儒家傳統價值觀的存在性。而丟東西的原主被來回捉弄的過程，多少反映
出百姓希望平時魚肉鄉民的豪紳、地痞被懲治的心聲。

　　至於情節單元素以棉被為最多，其次是皮襖。所作記號多為放入銅錢，其
次是在被角上蓋印章，至於在棉被或衣服裡夾一張紙條的情節說服力似乎不
足，以此提供給知縣做判斷的證據力薄弱了些，顯示這個情節是從文人的角度
思考，故事在帶入不同地區流傳時有其困難之處，所以，在數十個同型故事中，
僅見到兩個棉被中夾紙條〔註141〕、一個羊皮襖中夾名字的紙條〔註142〕、被角
藏有兩個手筊〔註143〕的故事。而從《中國民間故事全書‧浙江倉前卷》〈駱思
賢的出客被〉之「紅面子、綠夾裡，駱思賢出客被」與《中國民間故事集成‧

〔註140〕 分別參考：1 金榮華：《民間故事類型索引》（增訂本，冊3），書同註1，頁
995～996，型號1594A.1〈暗做記號，冒認財物〉。2〔美〕丁乃通編著：《中
國民間故事類型索引》，書同註4，頁311，型號1642A1〈流氓在法庭上冒認
財物〉。

〔註141〕 1 李子女講述〈駱思賢的出客被〉，見白庚勝主編：《中國民間故事全書‧浙
江‧倉前卷》，書同註22，頁149～151。2 杭宏秋於1986年講述〈當塗訟師
張道緒之四：張道緒和王錫匠〉，見《中國民間故事集成‧安徽卷》（北京，
2008年10月），書同註8，頁1191～1193。

〔註142〕 書同註8，李國金講述（男，40歲）於1987年2月講述〈官司是編出來的〉，
見《中國民間故事集成‧四川卷》上（北京，1998年3月），頁640～642。

〔註143〕 書同註8，張雲省（男，44歲，東海縣雙店油米廠工人，小學）於1987年
10月講述〈白趕腳〉，見《中國民間故事集成‧江蘇卷》（北京，1998年12
月），頁728～729。

安徽》〈當塗訟師張道緒之四：張道緒和王錫匠〉之「紅緞面、白布裡，張先生的出客被」的說法相似，顯見兩地故事之流傳有其地緣相承關係。另外，《中國民間故事集成‧內蒙古》〈打官司〉〔註144〕這個故事說法縝密，將驢子在不同時間點所做的烙印由巴拉根倉做一個推理，也有文人思慮的痕跡。

角色部分，故事中對應的角色是丟東西的人和在物件上做記號的人，前者的身分多重，通常是與人觀感不佳的人，如財主、劣紳、和尚等。至於在物件上做記號的人通常是機敏的人，如徐文長、陸本松、冉廣盤、駱思賢、安世敏等。

（十八）〈可以兩讀的文句（錯讀沒有標點的文句）〉故事（ATK1619）

關於這個類型，筆者所蒐集到的徐文長故事有五則，〔註145〕概要如下：

一人寫的文句沒有標點，經徐文長加上標點後，意義變得完全不同。或是徐文長故意把文句寫成可以因不同的標點方法而產生不同的解讀。本型內容多樣。徐文長故事之可見情節，如：

徐文長作客於友人家，因陰雨連綿，久住不去，主人在牆上題字云：「下雨天留客天留我不留」，想下逐客令。徐文長看見後，則加標點為：「下雨天，留客天，留我不？留。」主人無奈，只得留他。

豆腐店店主請徐文長幫忙寫一幅對聯，掛在店堂裡，對聯是：「做酒剛剛好做醋，作作酸豆腐出賣」。一般顧客看了後都捧腹大笑。有人便和店主說徐文長在說他的壞話。店主於是去找徐文長評理，徐文長笑著說要讀給他聽，才會知道他這對寫得好：「做酒剛剛好，做醋作作酸，豆腐出賣。」店主和眾人聽了後，對徐文長稱讚不已。

丁乃通將〔明〕凌濛初之《初刻拍案驚奇》〔註146〕列於此型。不過，他

〔註144〕書同註8，芒拉扎布講述〈打官司〉，見《中國民間故事集成‧內蒙古卷》（北京，2007年11月），頁1144～1146。

〔註145〕分別見於：1 謝德銑等編：《徐文長的故事‧「落雨天，留客天」》，書同註9，頁127～129。2 臧克家講述〈天雨留客〉，見林蘭編：《徐文長故事集》，書同註2，頁112～113。3 王忱石編：《徐文長故事‧點句子》【第二集】，書同註23，頁11～12。4 王忱石編：《徐文長故事‧寫對》【第二集】，書同註23，頁23～24。5 李永鑫主編：《越地徐文長‧「落雨天，留客天」》，書同註2，頁289～291。其中〈「落雨天，留客天」〉兩書內容相同。

〔註146〕書同註32，〔明〕凌濛初：《初刻拍案驚奇》冊下，第33卷〈張員外義撫螟蛉子，包龍圖智賺合同文〉，頁679～682。

同時設有 926M*〈解釋怪遺囑〉型，談的是遺囑可以兩讀的文句或圖畫，故《初刻拍案驚奇》應屬於 926M*〈解釋怪遺囑〉型。

　　本型故事現代普遍流傳於浙江、福建、廣東、安徽、河南、湖北、四川、上海、山東、臺灣等地。〔註147〕故事敘述的模式多樣，徐文長故事以「下雨天留客天留我不留」之故事數為最多，主角以徐文長為最多，為朋友與徐文長主客間的鬥智故事。「做酒剛剛好做醋，作作酸豆腐出賣」，主角則有徐文長、李漁等。為店主與文士間的故事，〈寫對〉〔註148〕敘述的是豆腐店店主請徐文長寫副對聯，店主因不識字，不會斷句，而誤解徐文長的意思，經徐文長解釋後，誤會便化開了。故事表現的是徐文長的才學。而《全集・浙江》〈李漁的傳說：十壜酒〉〔註149〕則是敘述李漁刻意要懲治一下平日剋扣窮人的酒坊老闆，等老闆生氣了再去修正斷句，還因而得了十壜酒。故事表現的是文士的個性。

　　其他非徐文長故事的情節尚有：一、長工或教書先生和財主間對伙食「無雞鴨也行無魚肉也行小菜一碟」條件不同的爭議。〔註150〕二、先夫、後夫對離婚證書「婚書與汝改嫁不許再回家」解讀的爭議。〔註151〕三、對飯館外「過路人等不得在此小便」牌子解讀的爭議。〔註152〕四、祝枝山、員外「你家今年好晦氣全無財帛進門來」對聯念法的爭議。〔註153〕這些情節因應各地不同的生活內涵而被廣泛套用而予流傳，產生了不同的趣味性。人人信手拈來便可成為故事之講述者，譬如新近便聽聞兩個故事：第一則是：

〔註147〕分別參考：1 金榮華：《民間故事類型索引》（增訂本，冊3），書同註1，頁999～1000，型號1619〈可以兩讀的文句（錯讀沒有標點的文句）〉。2〔美〕丁乃通編著：《中國民間故事類型索引》，書同註4，頁334～335，型號1699C〈錯讀沒有標點的文句〉。

〔註148〕書同註23，王忱石編：《徐文長故事・寫對》【第二集】，頁23～24。

〔註149〕陳慶浩等主編：《中國民間故事全集・浙江民間故事集・李漁的傳說：十壜酒》，書同註55，頁287～289。浙江文藝出版社編：《七個才子六個癲・李漁怪聯賺酒》，書同註138，頁193～196。兩個故事文字近似。

〔註150〕書同註8，曾國章講述（男，40歲，農民，初中）於1988年8月講述〈幫長年〉，見《中國民間故事集成・四川卷》上（北京，1998年3月），頁673～674。

〔註151〕書同註63，左玄編著：《民間笑話・改嫁妙計》，收入《國立北京大學中國民俗學會民俗叢書》，頁20～21。

〔註152〕書同註8，閆振柱（男，50歲，小學教師，大專）於1987年講述〈標點〉，見《中國民間故事集成・山東卷》（北京，2007年4月），頁957。

〔註153〕林蘭編：《趣聯的故事》，收入《東方故事》（臺北：東方文化書局，1971年秋季），頁40～41。

　　　　小華問小美説：「期末考準備得如何？」

　　　　小美説：「我看完了。」

　　　　小華説：「這麼強？」

　　　　小美説：「我的意思是：我看……完了！」

另一則是：

　　　　這幾天連續不斷的下雨，司機接了老闆進公司。

　　　　老闆一進公司，馬上跟秘書説：「開除司機」！

　　　　下班時，老闆等不到司機，打電話問秘書：司機呢？

　　　　秘書説：你早上不是要我開除司機？

　　　　老闆：天壽喔！我是要你「開除濕機」啦！

　　第二個故事除了句讀問題外，還有「ㄙ」、「ㄕ」音近的問題，因應社會生活的演化，講述者將新的題材帶入故事之中，製造出同樣的笑點，使故事有了延續的生命力。

（十九）〈惡作劇者捉弄父親〉故事（ATT1623B*）

　　關於這個類型，筆者所蒐集到的徐文長故事有一則，〔註154〕概要如下：

　　　　徐文長買了一些瀉藥加在包子裡，給他父親吃。他算好時間，當他父親要去戶外上廁所時，他急忙衝出門去告訴他的鄰居，他父親拿刀要殺他，請大家拉住他父親。當他父親匆匆跑出房子的時候，鄰居攔阻住他父親，不讓老人再往前走，要他饒過小孩，當他父親因忍不住瀉出來拉了一褲子屎時，他覺得很好玩。

　　這型故事最早見於〔明〕西周生撰之《醒世姻緣傳》〔註155〕，故事如下：

　　　　一日裡，（狄希陳）見先生坐在那裡看書，他不好睡覺，裝了解手，摘了出恭牌，走到茅廁裡面，把茅廁門裡邊閂了，在門底鋪了自己一條夏布裙子，頭墊了門枕，在那裡「夢見周公」。先生覺得肚中微痛，有個解手之情，拿了茅紙走到那邊推門，那門裡邊是閂的，只道有學生解手。走得回來，肚內漸疼得緊，又走了去，依舊不曾開門，只得又走回來。等了又一大會，茅廁門仍舊不開，查系

〔註154〕書同註2，谷鳳田講述〈弄父出屎〉，見林蘭編：《徐文長故事集》，頁39～41。
〔註155〕書同註92，〔明〕西周生：《醒世姻緣傳》第33回〈劣書生廁上修椿，程學究裩中遺便〉，冊2，頁361。

誰個在內，人人不少，單只不見了一個狄希陳。先生之肚又愈疼難
忍，覺得那把把已鑽出屁眼來的一般，叫人去推那廁門，他也裝起
肚疼，不肯撥了閂關，且把那肩頭抗得那門樊嚕也撞不進去。人說：
「先生要進去出恭，你可開了門。」他說：「哄我開了門，好教先生
打我！」程樂宇說：「你快開了門，我不打你。」他說：「果真不打
我？先生，你發個誓，我才開門。」先生又不肯說誓，他又不肯開
門，間不容髮的時候，只聽得先生褲內澎的一聲響亮，稠稠的一脬
大屎撒在那腰褲襠之內。急得那先生跺了跺腳，自己咒罵道：「教這
樣書的人比那忘八還是不如！」

故事起源為學生從茅房裡閂上門不讓老師進茅房上廁所，使老師因來不及而
將屎拉在褲子裡。與現代故事比較貼近的情節可見於〔清〕（光緒三年，1877）
成書的采蘅子撰《蟲鳴漫錄·戲父》〔註156〕，故事如下：

> 人見陳（全）所行如是，因語之曰：「爾能戲爾父，則釀金飲
> 爾。」陳曰：「諾。」遇其父患泄，常侵晨出門如廁，乃先出叩拜四
> 鄰曰：「父將呈送忤逆，乞勸阻焉。」四鄰信之，共立門外以待。其
> 父出，咸問曰：「何往？」答以有事，眾阻之。父曰：「欲如廁。」
> 言次腹痛色變，眾愈疑，強曳之不令往。須臾，腹鳴一聲，遺於褲
> 矣。眾乃知為陳所誤。

陳全的故事則是因為父親患腹瀉，他知道父親每天如廁的習慣而捉弄了父親。

故事至現代流傳於河南、河北、山東等地。〔註157〕很明顯的是故事不在
浙江流傳，「徐文長」這個名字只是被借用而已。三個故事的動機又已不同，
《徐文長故事集·弄父出屎》純粹是惡作劇，《徐文長故事外集·趙南星的故
事》之二〔註158〕是因父親聽說他上學淘氣，打他一頓，他因此氣憤於心，《徐
文長故事外集·王二先生的故事》〔註159〕是因岳父家長工送信時，對他稱
呼不禮貌。核心情節三個故事皆在食物裡加了瀉藥，其中兩個故事是當父親

〔註156〕書同註34，〔清〕采蘅子纂：《蟲鳴漫錄·戲父》，收入《叢書集成》三編，
冊77，卷2，頁233上。

〔註157〕書同註4，〔美〕丁乃通編著：《中國民間故事類型索引》，頁302，型號1623B*
〈惡作劇者捉弄父親〉。

〔註158〕書同註131，王良才講述〈趙南星的故事〉之二，見林蘭編：《徐文長故事外
集》，頁3～5。

〔註159〕書同註131，楊樹華講述〈王二先生的故事〉，見林蘭編：《徐文長故事外集》，
頁34～35。

想上廁所時，兒子請鄰居幫忙阻攔，說父親想殺他，結尾情節是父親來不及說明清楚，便拉了一身屎在褲子裡。另一個是因為背後背著搥布石，他蹲下上廁所時，便因搥布石的重力，跌得滿身是屎。三個故事都達到了主角出氣的目的。

　　相較於因怕被先生打而不敢開門的狄希陳與知道父親清晨上廁所的習慣而與人打賭捉弄父親的陳全，徐文長與趙南星顯然是心懷惡意的，應該與講述故事者對倆人知識分子的印象有關，才使得人物形象從機敏變成狡獪。

（二十）〈比夢〉故事（ATK1626）

　　關於這個類型，筆者所蒐集到的徐文長故事有三則，[註160]概要如下：

　　　　有一年夏天，徐文長去鄉下借糧，途中在涼亭休息時，看到一個商人在涼亭裡打瞌睡。商人身邊放著一把涼傘，兩包糕點，一瓶酒，還有十幾個鮮桃。徐文長和商人寒喧了幾句後，在石凳上坐了下來，商人怪徐文長吵醒他的好夢，於是徐文長便邀他比夢，商人說如果他輸了，所帶的禮品就送給徐文長，如果徐文長輸了，就一路幫商人撐傘掃扇，一直陪送到前村。

　　　　商人很快便進入夢鄉了，徐文長這時飢腸轆轆，便把商人那些糕點、酒和桃子全吃了下去，吃完後，他也睡著了，直到商人把他推醒。商人爭著要先說他的夢：「我這夢才叫好夢。我剛才一睡去，就見有一乘八人抬的大轎來接我。轎夫把我抬到一座金碧輝煌的皇宮裡，便有一班峨冠博帶的大臣出來迎接，說『皇上請你赴宴』。我連忙上殿謝駕。皇上親手攙扶我走進迎賓殿，擺宴請我。席上，四時果品，南北糕點，天下名酒，海內佳餚，應有盡有。後來，連龍肝、鳳膽、猿腦、麟心也擺了上來。還有，皇后為我勸飲，公主為我把盞，宮娥彩女為我打扇……老弟，你看，人世間還有比我這個夢更好的嗎？你大概總沒有做成什麼好夢吧？」

　　　　徐文長笑著說他的夢比胖子的夢實惠得多，說起來還要謝謝他哩！那胖子一聽覺得很奇怪，於是徐文長不緊不慢地說起「夢」

〔註160〕分別見於：1 謝德銑等編：《徐文長的故事・涼亭比夢》，書同註9，頁130～133。2 山木：《徐文長傳・涼亭比夢》，書同註2，頁175～178。3 李永鑫主編：《越地徐文長・涼亭比夢》，書同註2，頁295～298。〈涼亭比夢〉三書內容相同。

來。他説：我這夢呀，有虛又有實，才可算眞正的好夢！我剛才一
睡去，一個養馬的牽著一匹千里馬前來接我。一下就把我馱到你所
在的皇宮，我一直跟在你的身邊。接著是皇上設宴，皇后公主作陪，
宴會上的東西，都像你説的一模一樣，應有盡有，於是我扯扯你的
衣角説：「你如今身在皇宮，可不要忘了那涼亭裡還放著兩包糕點、
一瓶酒和幾顆桃子呢！」你打開我的手説：「這裡有享不盡的榮華，
我還要這些鄉下土產做什麼？你都拿去吃了吧！」於是，我就趕忙
出來乘上那匹千里馬，又騰雲駕霧，回到了這涼亭，不負你的美意，
統統把這些東西吃下去了。」

那胖子聽到這裡，「啊」的一聲，如大夢初醒，立即去尋找自
己那些東西。只見涼亭裡只剩下了一隻空酒瓶和幾顆桃核了！他著
急起來説：「什麼？你眞的吃了？那是夢呀？」

徐文長笑笑説：「對呀，同樣是夢，這裡面就分出好壞來了。
你的夢一醒來沒有所得，反有所失，我的夢一醒來沒有所失，卻有
所得。現在你説到底誰的夢好？」

那胖子無話可答。因爲有言在先，無從反悔：只好抓抓頭皮歎
口長氣説：「唉！我今天眞碰著十八年的老晦氣了！」説完，站起身
子，自己張著陽傘，夾起扇子，拖著沉重的腳步離開了涼亭。

本型故事較早見於德國 Petrus Alfonsus（1062～1110）之 Disciplina
Clericalis，〔註161〕，故事大意是説：

幾個人結伴旅行，因爲攜帶的糧食不足，於是他們協議入睡後
做到最美夢的那個人，就可以吃掉最後的一條麵包。有一個人沒睡，
直接吃掉了那條麵包。隔天早上，有人説他夢到自己去了天堂，另
有人説他夢到自己去了地獄，還有一個人説他夢見他們兩人分別去
了天堂和地獄（或者是他夢到他們已經死了），因爲他們已經不需要
了（他們已經不會回來了），所以，他就把麵包吃掉了。

故事在現代中也可見於印度、羅馬尼亞，〔註162〕譬如羅馬尼亞《神鳥・

〔註161〕書同註 60，Uther, Hans-Jörg. *The Types of International Folktales*（FFC No285），
Helsinki, 2004，p 336。

〔註162〕書同註 1，金榮華：《民間故事類型索引》（增訂本，冊 3），頁 1004，型號 1626
〈可以兩讀的文句（錯讀沒有標點的文句）〉。

誰的夢最美》〔註163〕故事是說：

　　一次，帕卡拉和一個神父、一個教書先生結伴回家，可是，隨身食物只剩下一隻燒鵝。於是帕卡拉提出誰睡著做了美夢，燒鵝就給誰吃，其他兩個人都贊成。

　　半夜時，大家都醒了。神父開始講述他的美夢：「我夢到自己到了天堂，上帝和天使們熱情地招待我，桌上擺滿佳餚美酒，我吃到撐得都站不起來……」

　　教書先生說：「我也到了天堂，參加了那次盛宴。我就坐在上帝身邊，還想給神父帶點東西回來……」

　　然後，神父和教書先生問帕卡拉做了什麼夢？

　　帕卡拉說：「我做的夢沒有你們的美。我夢見自己到了天堂，看見你們倆和上帝吃飯。我也想進去吃，可是天使不讓我進去。」

　　神父叫他別說那個夢了，叫帕卡拉把燒鵝給他。教書先生也找來找去找不到燒鵝。帕卡拉繼續說著他的夢：「我想，你們一定吃得很飽了，可我怎麼辦？於是，我就把燒鵝拿出來吃了。」

　　由上可知國外故事（包含印度〔註164〕）的題材容易觸及到天堂、地獄、上帝、天使等，這型故事在中國僅見於浙江，談論的題材沒有國外故事的宗教性或文化性，觸及到皇宮、皇帝、皇后、公主已經是平凡的中國人所能想像的美好場景。這故事比較特別的地方是在中國其他地方、其他人物身上都沒看到這個類型。故事充分凸顯出徐文長善言巧辯的機敏，不管是從作夢的內容或是做夢後的所得來說，商人就像甕中之鱉般，只能任徐文長占盡便宜。

（二十一）〈惡作劇者兩頭騙人，被騙者虛驚一場〉故事（ATK1635A）

　　關於這個類型，筆者所蒐集到的徐文長故事有二則，〔註165〕概要如下：

　　徐文長為了懲治淨賺不義之財的豆腐店老闆或與人打賭要弄

〔註163〕〔羅馬尼亞〕薩・柯・斯特羅斯庫編、李家漁等譯：《神鳥》（上海：少年兒童出版社，1993年），頁136〜137。

〔註164〕王樹英等編譯：《印度民間故事・三個愚人的夢》（北京：北京大學出版社，1984年8月），頁398〜399。

〔註165〕分別見於：1周健講述〈嚩哭丈母〉，見林蘭編：《徐文長故事集》，書同註2，頁77〜79。2山木：《徐文長傳・面面相覷，莫名其妙》，書同註2，頁120〜122。

哭岳父岳母，騙老闆或岳父說可以去河裡摸魚或撈箱子，然後找理由回去和老闆娘或岳母說她的丈夫跌入河中淹死了，要拿門板去抬人。然後，又去河邊對老闆或岳父說家中失火了，他只搶救到一塊門板。結果夫婦兩人哭哭啼啼地在半途中相遇，才知被徐文長作弄，虛驚一場。鄰居很高興徐文長幫大家教訓了豆腐店老闆。

本型故事可見於韓國、越南、阿拉伯等國，譬如《越南神話民間故事選・撒謊如阿貴》〔註166〕，故事是說：

有一天，阿貴和叔叔在田裡鋤草，烈日當空，口渴難忍。叔叔叫姪子回家取水。一進家門，阿貴痛哭流涕，泣不成聲地對嬸嬸說：「可憐啊，嬸嬸！叔叔被水牛撞破肚皮，腸子流出一大堆，咽了氣，正躺在田裡！」

嬸嬸聽了呼天叫地，跑向田野。阿貴抄近路先跑回去，裝作很傷心的樣子對叔叔說：「叔叔，天害咱們了！嬸子上樓時跌得滿臉青紫。」

叔叔信以為真，跺腳捶胸，一路痛哭跑回家。途中夫婦倆相碰，才知道上了壞姪子的當，氣怒之下，叔叔編了個竹籠，把阿貴塞進去封了口，扛到河邊打算扔下河。

由上可知越南故事核心情節發生的事件一個是被水牛撞破肚皮，一個是跌倒，與中國各地故事常見的事件有所不同。

這型故事在中國普遍流傳於浙江、上海、江蘇、安徽、雲南、貴州、四川、湖南、湖北、河南、河北、內蒙古、黑龍江、海南、臺灣等地。〔註167〕核心情節常見的事件以河中淹死與家中失火為最多。情節單元素則以門板與魚為最普遍，故事結局則以被捉弄者知道真相為最多。

角色部分，在中國所流傳的故事中，一對夫妻或一個家庭成員被人捉弄的關係是穩定的，但身分則有多重，所透露出的訊息是故事很容易隨著生活、

〔註166〕呂正譯：〔越南〕《越南神話民間故事選・撒謊如阿貴》（河內：河內世界出版社，1997年6月），頁132。
〔註167〕分別參考：1 金榮華著：《民間故事類型索引》（增訂本，冊3），書同註1，頁1005～1007，型號1635A〈惡作劇者兩頭騙人，被騙者虛驚一場〉。2〔美〕丁乃通編著：《中國民間故事類型索引》，書同註4，頁304～305，型號1635A*〈虛驚〉。

婚姻、工作關係的不同而轉換角色被流傳，甚至與不同的情節單元或類型結合成為一個複合類型的故事。

　　被捉弄者以財主（員外、老爺）的身分最多，其次是頭領（大官、黎頭、土司、山官）、豆腐店老闆、岳丈、岳母等等。而相對應的捉弄者的角色多是機智型人物，有白賊七、徐文長、刮加三（光加桑）、岩江片、冉廣盤等等人物。

　　向來處於社會之優勢者竟被一個小人物捉弄得狼狽不堪，顯示出庶民平日對掌有權勢者的不滿，因此藉由故事的講述抒發出生活中屢被壓迫的小老百姓的怨氣。

　　關於此型，黃永林〈一個機智人物故事的原型與流傳——AT1635A 型故事的中國原型探尋〉一文，根據所蒐集的五十一個異文運用情節單元的觀念進行分析，架構出 AT1635A 型故事「虛驚」的基本原型結構，推斷出此型故事在中國最初的發源地是湖北中西部，不過，當時口頭方式的傳播範圍與速度極為有限，作者認為故事在清朝末年因為與徐文長的有關故事結合，才借助書面形式傳播到全國。〔註 168〕

（二十二）〈惡作劇者說謊，不同行業的人白忙〉故事（ATK1635B）

　　關於這個類型，筆者所蒐集到的徐文長故事有五則，〔註 169〕概要如下：

　　　　徐文長無意中聽到棺材店老板、道姑兩個人的祈禱，他們都祈求生意能好一點。可是，他們如果生意好，就表示生病或死亡的人多，所以，徐文長聽了很不高興，他便想到一個捉弄的妙計。隔天，他到棺材店去跟老板說，道姑家有人死了，要買口棺材。接著到道姑那裡，請他到棺材店去占個卦看看吉凶，結果兩個人在棺材店裡吵成一團或打成一團。有的故事加上郎中，敘述三種行業的人被徐文長捉弄而致吵到不可開交的地步。

本型故事普遍流傳於浙江、江蘇、安徽、福建、四川、湖北、河南、山

〔註 168〕參黃永林：〈一個機智人物故事的原型與流傳——AT1635A 型故事的中國原型探尋〉，《華中師範大學學報》（人文社會科學版）第 41 卷第 3 期（2002 年 5 月），頁 113～119。

〔註 169〕分別見於：1 吳傳來等主編：《徐渭（文長）的故事・徐文長戲弄黑心人》，書同註 39，頁 80～82。2 謝德銑等編：《徐文長的故事・兩顆良心一般黑》，書同註 9，頁 52～55。3 林蘭編：《徐文長故事集・作弄醫生與棺材老板》，書同註 2，頁 57～59。4 山木：《徐文長傳・兩顆良心一般黑》，書同註 2，頁 100～103。5 李永鑫主編：《越地徐文長・兩顆良心一般黑》，書同註 2，頁 174～176。〈兩顆良心一般黑〉三書故事內容一樣。

西、寧夏等地。〔註170〕故事結構穩定。

角色部分，是惡作劇者和店主的對應關係。惡作劇者扮演者為比較多心計的人物，徐文長之外，有縣衙班頭、流浪漢、窮人、叫化子…等，社會階層都不高。相對應的角色是賺錢會引人不快的兩三種行業，以棺材店、道士（巫婆）或棺材舖老闆、醫生（藥鋪）等兩種行業的故事為多，其次才是棺材店、道士（巫神）、郎中三種行業的故事。

這個類型的故事反映出一般人不喜生病、不想見死的民情。棺材店、道士（巫神）、郎中這些人祈求能生意興隆，觸犯了一般人的忌諱。故眾人樂得看主角所引發出的這個讓人忙成一團的笑話，故事的傳述抒發出小老百姓根深蒂固的道德觀。

（二十三）〈文盲看告示，不懂裝懂被戲弄〉故事（ATK1721）

關於這個類型，筆者所蒐集到的徐文長故事有一則，〔註171〕概要如下：

徐文長看告示時，有一個鄉人手拿著一蔑兜饅頭，問徐文長告示上寫些什麼。徐文長想吃白食，便對鄉人說：「今天告示裏有：街上吃饅頭不分吃者，捉到縣裏，拘留二天。」那鄉人聽了，急忙將蔑兜丟掉，把饅頭藏在衣袋裏。

文長又說道：「在衣袋裏私藏食物者，拘留四天；倘將食物拋在路上而不遠逃者，將人捉到縣裏，拘留半月。」鄉人聽了他話，心裡非常害怕，偷偷地將饅頭丟在路上，很快的逃回家去了。

文長見他已去遠，便把饅頭如數拾起，卻作了一餐點心。

這型故事流傳於浙江、江西、湖南、廣西、陝西及臺灣金門等地。〔註172〕徐文長故事與這型其他地區故事不同之處在於《徐文長故事‧騙饅頭》【第二集】中鄉人沒有不懂裝懂地看告示，他只是因為聽徐文長敘述告示內容，便被嚇到丟掉饅頭跑回家，而饅頭被徐文長如願以償地拾起當點心吃掉。在中國所流傳的故事中，對應的角色關係是穩定的，戲弄者是識字者，被戲弄者

〔註170〕分別參考：1 金榮華：《民間故事類型索引》（增訂本，冊3），書同註1，頁1007～1008，型號1635B〈惡作劇者說謊，不同行業的人白忙〉。2〔美〕丁乃通編著：《中國民間故事類型索引》，書同註4，頁346，型號1862*〈郎中、棺材店老闆和僧侶〉。

〔註171〕書同註23，王忱石編：《徐文長故事‧騙饅頭》【第二集】，頁34～35。

〔註172〕書同註1，金榮華：《民間故事類型索引》（增訂本，冊3），頁1062，型號1721〈文盲看告示，不懂裝懂被戲弄〉。

是文盲，戲弄物有饅頭、饃〔註173〕、蘿蔔〔註174〕等食物與狗皮帽〔註175〕（狗毛氈）〔註176〕、草帽〔註177〕等生活用品。

故事顯然是從知識份子的視角著眼，知識分子用文盲身上的物件逗弄文盲要被罰款、打、關，使他不知所措，讓文盲心裡充斥著怎樣反應都不對的著急。

第三節　程式故事

本節討論關於徐文長的五十二類成型故事中，屬於「程式故事」的三個類型，共十五篇故事之流播情形。

一、圈套故事

（一）〈請君入甕〉故事（ATK2200）

關於這個類型，筆者所蒐集到的徐文長故事有三則，〔註178〕概要如下：

> 徐文長說故事，故事講了一點就停住不講，被追問時，以一個荒謬的答案結束故事。譬如說唐僧西天取經的故事，說唐僧半路上遇到狗八戒⋯⋯，被聽眾糾正是豬八戒，他便說他忘記了，請對方說下去。

本型故事可見於希臘《伊索寓言・演說家得馬得斯》〔註179〕，故事如下：

〔註173〕書同註8，楊金州（男，48歲）於1984年講述〈愛吹牛的人〉，見《中國民間故事集成・陝西卷》（北京，1996年9月），頁657～658。

〔註174〕書同註11，《中華民族故事大系》編委會編：《中華民族故事大系5・土家族民間故事・看告示》（上海：上海文藝出版社，1995年12月），頁935。

〔註175〕書同註8，蔣慶秀（女，48歲，信豐縣餐廳職工，初小）於1984年講述〈看告示〉，見《中國民間故事集成・江西卷》（北京，2002年12月），頁763。

〔註176〕書同註8，楊麗男（男，69歲，南江鄉上樂村民間藝人，初小）於1986年10月講述〈狗毛氈〉，見《中國民間故事集成・廣西卷》（北京，2001年12月），頁857。

〔註177〕黃國泰講述〈菜籃戴草帽〉，見金榮華整理：《金門民間故事集》（臺北：中國文化大學中國文學研究所、金門縣立社會教育館，1997年3月），頁179～180。

〔註178〕分別見於：1謝德銑等編：《徐文長的故事・埠船上講故事》，書同註9，頁116～117、117～118。2林蘭編：《徐文長故事集・賺坐》異文一，書同註2，頁135。3李永鑫主編：《越地徐文長・埠船上講故事》，書同註2，頁276～277、277～278。其中，〈埠船上講故事〉，兩書內容一樣。

〔註179〕羅念生等譯：〔希臘〕《伊索寓言・演說家得馬得斯》（北京：人民文學出版社，

　　從前演說家得馬得斯在雅典城演講，聽眾都不注意聽，他就請大家允許他講段伊索寓言。聽眾大爲贊成。他開始講到：「得墨忒耳同一隻燕子、一條鰻魚一起上路，到了一處河邊，燕子飛走了，鰻魚鑽到水裡去了。」他講到這裡，便不再作聲。聽眾問道：「得墨忒耳怎麼樣呢？」得馬得斯回答說：「她生你們的氣呢，因爲你們不關心城邦大事，一心只想聽伊索寓言。」

　　所以，只圖享樂、不務正業的人，是很愚蠢的。

　《伊索寓言》中演說家得馬得斯如此作爲的目的是拉回聽眾的注意力，而徐文長說故事之動機有「大家喜歡聽他講故事」、「因爲住店沒鋪位」等兩種情形，「大家喜歡聽他講故事」見於《徐文長的故事・埠船上講故事》：

　　徐文長乘埠船去下方橋訪友。乘船的農民朋友很多，大家一見徐文長，就紛紛要求他講故事。他笑笑說：「講故事是不難的。不過，我講的故事，往往是有頭無尾，或者太短，或者太長。不知你們歡迎不歡迎？」乘客們一齊要他快點講。

　　徐文長又說：「還有，在我講故事的時候，你們千萬不要問，一問故事的尾巴就會斷掉的！」乘客們笑著說：「好，好，好！」

　　於是，徐文長坐下來，慢慢地講道：「我先講一個在樹上的故事。從前，有一座高高的山，山上有一棵矮矮的樹，樹上有一隻胖胖的鳥，有圓圓的眼，尖尖的嘴。但是，這隻鳥是光光的，身上沒有一根羽毛——」講到這裡，他歎了一口氣停止不講了。

　　有個乘客焦急地問道：「徐先生，那麼後來這隻鳥又怎麼樣呢？你快講下去吧！」

　　徐文長詼諧地說：「你問得好。諸位想一想，這隻鳥既然身上沒有一根羽毛，當然也沒有了尾巴。鳥兒沒有尾巴，這故事又那兒來的尾巴呢！」

　　大家聽了，都「噗哧」一聲笑了起來。

　　乘客們又提議說：「徐先生，上面的一個故事很好聽，不過短了一點。請你再講一個長點的吧！」

1996 年 6 月），頁 30～31。

徐文長説：「好，不過我還要關照一句，我講的時候，請你們還是不要打斷我的話頭為好。乘客們又笑著説：「對，對，對！」

徐文長又慢慢地講道：「我現在再講一個在路上的故事，從前唐朝的時候，有師徒三人從長安出發，到西天取經去。到西天去的路很遠很遠，師徒三個人一邊走一邊商量。師父名叫唐僧，大徒弟叫孫行者，這就是大名鼎鼎大鬧天宮的齊天大聖孫悟空，還有一個長得肥頭大耳的，這就是好吃懶做的狗八戒。這個狗八戒呢──」

徐文長把「狗八戒」三個字又重複拉長了聲音大講起來。旁邊有一個人實在忍不住了，他輕輕碰了碰徐文長的手，説：「徐先生，那不是狗八戒，是豬八戒呀！」徐文長慢吞吞地説：「是狗八戒。」那人堅持説：「是豬八戒，的確是豬八戒呀！」徐文長這時才笑嘻嘻地説：「我記得是狗八戒。你既然説是豬八戒，記得又這樣清楚，大約我記不清了，就請你續下去吧！」説完，笑嘻嘻地向他雙手一拱。那人一聽，眼睛睜得圓圓的，説：「我講不來。」

大家見了，都捧腹大笑起來。其中有人説：「老阿弟，你既然講不來，為什麼要去打斷他的故事呢！可見你是講得來的。徐先生想好計策，就是想找你這樣一個替身，現在只好辛苦你了！」於是又引起一陣笑。

由上可知徐文長雖然應船客之要求講了故事，不過，態度是敷衍的，只想草草了事。不過，這個做法被看穿了。

「住店沒鋪位」則見於《徐文長故事集‧賺坐》異文一：

有一次徐文長住店。這店只有一鋪坑，所以非常擁擠。徐文長因為去晚了，所以只有坐位。徐文長一時計上心頭，説要給大家講古事。

他説：「從前有一個唐僧，他有一次去西天取經。半道上遇著了一個狗八戒……」

「不對！不對！……」一個客人突然坐起來這樣説。

徐文長從容的躺下，説道：「我忘記了，請你説吧！」

哈哈！他騙得一個地位了。

徐文長藉由說故事得到一個鋪位。

此型故事現代仍流傳於浙江、廣東、北京及臺灣高雄市茂林區等地。

〔註180〕廣東的同型故事主角說故事之起因是「坐船沒鋪位」，故事大意如下：

　　　　陳夢吉由於太晚上船，只能站著，於是他說要講故事，要大家
　　讓出一個座位給他。他說：「三國時西蜀有一個流鼻，流鼻有一個軍
　　師，名叫『豬骨殼』。有個喜歡反駁的乘客馬上插嘴糾正：「三國時
　　在西蜀的叫劉備，劉備的軍師叫諸葛亮，哪裡是『豬骨殼』？！」
　　陳夢吉笑著說：「你既然會講，就接續下去吧！」他不開口了。經過
　　大家的排解、勸告、要求，陳夢吉才說：「我另講一個吧！不過要臥
　　著才能講得好聽。」大家又給他讓出一個能臥著的位置。陳夢吉又
　　閉目作一番思索，開口了：「圭峰山上有隻大烏鴉，為了要把自己裝
　　成一隻鳳凰，求得了一大束五彩羽毛，但必須把黑毛拔去換上，直
　　到把全身的毛都拔光了。」他又停止講，閉起雙眼，作睡覺狀。等
　　了一會，人們問他：「收尾呢？」他說：「毛都沒有一條，哪裡還有
　　尾可收！」說罷，擁被高眠，在眾人的指責聲中安然入睡。(《集成·
　　廣東卷·豬骨殼》)〔註181〕

故事應該以坐船時同船乘客請主角講故事為較先之發展，然後，才進展
到主角因為沒有位子坐或臥，為了要占一個位子而主動說要講故事為合理。
而坐船又應比住店為先，因為船上擁擠，比較無法可以權變，而住店仍有其
他權宜方式可以變通。

臺灣的故事和前面故事說法有所不同，故事起因於一個女兒轉述媽媽講
的故事，說有一個獵人發現樹上有一個漂亮的姑娘，因為樹很高，他爬不上
樹，於是，回村和村裡人說，很多人跟著他要去看，……後來……，女兒故
事講了一半便吞吞吐吐不再往下講，聽者忍不住問後來呢？然後，女兒說當
初他聽這故事聽到這裡睡著了。〔註182〕

主角設計在先，藉由故意說錯故事內容，而讓聽者糾正內容，好結束故
事。然後，如願得到位子睡覺。反映出平民百姓的生活內容及藉裝笨而取巧

〔註180〕書同註1，金榮華：《民間故事類型索引》(增訂本，冊3)，頁1113，型號2200
　　　　〈請君入甕〉。

〔註181〕書同註8，呂錫沛(男，59歲，江門市建興標建商店，高中)於1987年6月講
　　　　述〈豬骨殼〉，見《中國民間故事集成·廣東卷》(北京，2006年5月)，頁1138。

〔註182〕金榮華整理：《台灣高屏地區魯凱族民間故事·樹上的少女》(臺北：中國口
　　　　傳文學學會，1999年12月)，頁109～110。

的心思。

（二）〈明講故事暗調侃〉故事（ATK2206）

關於這個類型，筆者所蒐集到的徐文長故事有八則，[註183] 概要如下：

> 故事的內容多樣，徐文長的故事多為用真武大帝下的龜將軍以影射對放高利貸的剝皮烏龜的調侃。或用和嬸母相好所生的兒子應稱呼兒子還是弟弟的問題來問梨園子弟，以隱含對梨園子弟的調侃。或和尚吃魚，見有人進來，用磬把魚碗蓋住，徐文長於是以寫對聯的方式讓對方自己對「慶有餘」，藉以調侃和尚「磬有魚」。故事的最後皆隱含對聽故事者的調侃。

本型故事流傳於浙江、湖北、廣東、臺灣花蓮縣吉安鄉、高雄市等地。[註184] 故事包含「借佛罵剝皮」、「磬有魚」、「蘇字怎麼寫」、「用諧音暗調侃」等四個不同情節的說法，而徐文長的故事，僅出現於「借佛罵剝皮」、「磬有魚」等情節，且區域性色彩頗強。「磬有魚」、「蘇字怎麼寫」這兩個情節並有附會到蘇東坡這個文士的情形，故兩個情節的故事多屬於人物傳說。前三個情節的故事，故事中的主角機敏，與之對應的角色皆至最後才知主角的用意。「借佛罵剝皮」中，無論是對高利貸的剝皮老爺、船客中的梨園子弟而言，徐文長刻薄的負面形象清晰。

臺灣地區則是運用了閩南語諧音兩義的趣味性，如〈分財產〉[註185]，

〔註183〕分別見於：1 謝德銑等編：《徐文長的故事・借佛罵「剝皮」》，書同註 9，頁 75～78。2 林蘭編：《徐文長故事集・賺坐》異文二，書同註 2，頁 135～136。3 紹興市民間文學集成編委會編：《浙江省民間文學集成・紹興市故事卷・借佛罵剝皮》，書同註 6，頁 24～27。4 李永鑫主編：《越地徐文長・借佛罵「剝皮」》，書同註 2，頁 212～215。5《徐文長的故事・「磬有魚」和「呱呱呱」》第一段，書同註 9，頁 114～115。6 萬燦文講述〈磬有魚〉，見《徐文長故事集》，書同註 2，頁 19～20。7 陳慶浩等主編：《中國民間故事全集・浙江民間故事集・「磬有魚」和「呱呱呱」》第一段，書同註 55，頁 270～271。8 李永鑫主編：《越地徐文長・「磬有魚」和「呱呱呱」》第一段，書同註 2，頁 272。其中，〈借佛罵「剝皮」〉，三書內容一樣。「磬有魚」和「呱呱呱」，三書內容一樣。

〔註184〕分別參考：1 金榮華：《民間故事類型索引》（增訂本，冊 3），書同註 1，頁 1113，型號 2206〈明講故事暗調侃〉。2 歐鐵橋（男，73 歲，惠州市，農民，私塾）於 1987 年講述〈佛印和尚想吃魚〉，見《中國民間故事集成・廣東卷》（北京，2006 年 5 月），書同註 8，頁 66。

〔註185〕金榮華整理：《台灣漢族民間故事・分財產》（新北市：中國口傳文學學會，2011 年 5 月），頁 135～136。

敘述三兄弟分家產，老三抱怨自己所分到的客廳不好，大哥用諧音的方式以客廳之「廳」不好調侃說「聽」弟弟的話不好。或是〈聽古的故事〉〔註186〕，敘述老鷹、蟾蜍一起渡海，老鷹答應講故事給蟾蜍聽，可是飛到一半時，老鷹說肚子餓，陸續吃掉了蟾蜍的腳、手，後來飛到一條大船上，船上有一個大鼓，老鷹把蟾蜍放在大鼓下，說要開始講古了，說：「這裡有一隻缺手缺腳的蟾蜍要聽古」，接著朝大鼓用力敲下去，「咚」的一聲。老鷹說：「我已經講完了。這裡有一隻缺手缺腳的蟾蜍在聽鼓。」以「古」（指故事之意）諧音「鼓」。

二、其他程式故事

（一）〈千萬士兵過小橋〉故事（ATK2301C）

關於這個類型，筆者所蒐集到的徐文長故事有四則，〔註187〕概要如下：

徐文長說了一個曹操帶八十三萬大軍打劉備的故事，因為灞陵橋斷，曹操命人搭了一座獨木橋，讓士兵一個個地走過橋去，這橋一次只能走一人一馬，講故事的人有的講到這裡便不講了，有的是不斷模仿馬蹄過橋的聲音，一直到聽眾不耐煩了，他說大軍還沒過完橋。

本型故事可見於韓國（朝鮮）《蓂葉志諧・長談娶婦》〔註188〕，故事大意如下：

有一個富翁喜歡聽故事，他的女兒到要嫁人時，他想找一個會講很長很長故事的人來作女婿。有一天，有一個人來，他講了一個關於朝廷選老鼠為將出征的故事，故事是說有一天發生戰爭，朝廷要選將，選擇屬「子」的來帶兵，因為老鼠屬子，於是便選老鼠來作大將，這個老鼠就召集全國的老鼠來當兵，就一個一個的點，一

〔註186〕 書同註185，金榮華整理：《台灣漢族民間故事・聽古的故事》，頁137～138。
〔註187〕 分別見於：1 謝德銑等編：《徐文長的故事・埠船上講故事》，書同註9，頁118～119。2 林蘭編：《徐文長故事集・賺坐》，書同註2，頁131～134。3 王忱石編：《徐文長故事・講故事》【第二集】，書同註23，頁70～71。4 李永鑫主編：《越地徐文長・埠船上講故事》，書同註2，頁278。其中，〈埠船上講故事〉，兩書內容一樣。
〔註188〕 〔韓・朝鮮王朝〕洪萬宗：《蓂葉志諧・長談娶婦》（首爾：太學社，1981年）（影舊寫本，在《韓國文獻說話全集》第七冊），第6則。

直點下去，點到富翁受不了了，不想聽了，於是，就把女兒嫁給這
個人了。

韓國故事題材與中國不同。本型故事在中國流傳於浙江、廣西等地。
〔註 189〕〈騙飯吃〉〔註 190〕敘述有一戶貧苦人家，家中妻子笑老頭兒連騙飯的
本領都沒有，他便到茶樓去，見人家在聽講故事，他說人家說的故事都太短
了，他倒有一個很長的故事可以講。可是，他還沒有吃飯，得吃完飯才能說，
於是，人家就請他吃飯。吃完飯，他說了曹操領八十三萬雄兵過霸陵橋（霸
陵，亦作灞陵）的故事。廣西的同型故事則題材有所不同，故事大意如下：

> 有一個財主最喜歡聽故事，不管人家講多長的故事他都嫌
> 短，有一天，他和大家說：「誰講的故事能夠使我聽得厭，我就打
> 賞一斗銀子。」
>
> 拾糞人於是要和老爺講一個螞蟻過江的故事：在一個很遠很
> 遠的地方，有一條很小很小的江，江的一邊有九缸香油，另一邊有
> 一群螞蟻，約有十幾萬隻，江的兩岸正好有條絲線通過。螞蟻排好
> 隊伍沿著那條絲線，一隻跟著一隻過江去偷吃香油。第一隻螞蟻先
> 爬過去了，接著又爬過去了一隻……又過了一隻，又過了一隻……」
>
> 「喂喂！你為什麼老是這句話，還有完沒有？」財主有點不耐
> 煩了。
>
> 「老爺莫打岔，我已經說過是十幾萬隻螞蟻爬過江去的呀。」
> 拾糞人接著說：「又過了一隻，又過了一隻……」財主生氣地說：「算
> 了吧，聽你幾時講得完！我聽厭了，聽厭了。」就這樣，拾糞人把
> 那一斗銀子搬了回家。〔註 191〕

故事題材雖然不同，但都是主角重複同樣語句讓聽眾不耐煩的故事。

本型故事多發生於船上，船客願意讓一點地方給主角坐，要他說個故事。
船靠岸時，故事還停留在曹兵還沒有過完橋的情形。主角除了徐文長之外，

〔註 189〕書同註 1，金榮華：《民間故事類型索引》（增訂本，冊 3），頁 1116，型號 2301C
〈千萬士兵過小橋〉。
〔註 190〕書同註 90，林蘭編：《三兒媳故事・騙飯吃》，收入《東方故事》（臺北：東
方文化書局，1971 年秋季），頁 126～128。
〔註 191〕書同註 8，吳定展（男，34 歲，合浦縣欖子根鹽場幹部，中學）於 1985 年講
述〈很長很長的故事〉，見《中國民間故事集成・廣西卷》（北京，2001 年 12
月），頁 788～789。

還有另一個機智人物駱思賢。故事反應出民間生活中的某一個片段，說故事者既說起來自如，也應付了人際間的酬酢，還得了個位子。雖然用故事糊弄了聽眾，而聽眾也沒有真正和他計較，彼此只是共同消遣了一段時光。

第五章　徐文長傳說故事的視角

　　從所有徐文長傳說、故事中，可見徐文長之人物形象相當鮮明，正反面皆具。然而，如何解釋這些關於徐文長正負面形象的傳說與故事呢？可以發現與故事講述者說故事時的視角有絕對的關係。本章分別論述徐文長之「傳說」與「故事」中，故事講述者講述故事之視角。不過，由於有些故事講述人之教育程度、年齡、職業等背景資料不清楚，因此，只能從講述故事者用字或語氣之輕重與貶損意味對講故事者大概由哪個角度、偏重哪一個人來講做一推論。

第一節　徐文長傳說的視角

　　徐文長傳說主要是以徐文長為單一主角的敘事，或未成類型的故事。徐文長在事件中的表現（機智才能或行為善惡），也就是敘述者對他的認定和評價。諸說例舉於後：

一、對徐文長屢試不第的同情

　　傳說大意如下：

　　　　徐文長從小文思敏捷，而又性格頑皮。當他做童生的時候，去考了幾次秀才，總是不中。不中的原因，是因為他的文章寫得太快，他寫完之後，又不肯繳卷，於是就頑皮起來了。他把自己的文章吟哦一遍，然後動手圈點。圈點完了，時間還是很早，於是再細細地加上眉批，加上總批，把自己的文章批評得非常之好，索性在卷子

面上填了第一名的名次，才繳卷。因此，學臺看了，覺得他文章雖好，但是太狂妄了，就把他黜落了。有一次，他文章做得特別快，他不但把自己的文章圈點了，批評了，又在卷面上把名次填足了，而且在卷子後面的空白處，畫了許多祖先的神像，畫了一張供桌，供桌上面畫了許多祭品和香爐燭臺等件，又把自己的尊容畫在供桌面前，穿戴著秀才的服色，在那裏拜祖。學臺看了他的卷子，便在後面批道：「文章雖好，祭祖太早」，於是他又不得中了。後來，他的妻子知道他的脾氣，於是想了一個法子，當他進場以前，把他最愛吃的炒豆，裝滿了大半個考籃，讓他帶進去當點心。因為徐文長素來最喜歡吃炒豆，每逢有炒豆吃的時候，他便百事不做，一定要把炒豆吃完了，才動手做別的事情，這一次徐文長到了場中，照例先吃炒豆，後做文章，到了炒豆吃完，人家已經紛紛繳卷，他這才把文章一揮而就，繳卷而出。固然來不及畫祭祖圖，連圈點，批評，填名次等手續，也來不及做了，於是，徐文長就在這一場考中了秀才。〔註1〕

史實中的徐文長秀才考了三次才上榜，之後的鄉試則終生不第，然而，傳說中徐文長吃虧的機會不多，連他參加科考，還是因為考卷寫太快，無事可做之餘，因在考卷上圈點、加名次，甚至畫身穿秀才服祭祖的圖畫，致被淘汰，吃的是自己的虧，還有賴於妻子想出準備他喜歡吃的羅漢豆的對治方法，才終於考上秀才。像這樣的說法，也許是出自民間對他鄉試八試不第、科考不順的一種同情，故講述者試圖為他找些理由來說服鄉親，以彌補民間對他真實人生缺陷的遺憾。

類似的傳說尚可見於〈考場寫長文〉〔註2〕，傳說中保留他恃才傲物的一面，說他因文章寫得太短而落榜，故下一次刻意寫長，文中抨擊了科舉制度，寫到桌椅都寫滿，兩個哥哥怕他再鬧出事來，因此，就不叫徐文長去應考了。傳說將「文長」與「長文」做一聯繫，並為他在史實中考試失利做一解釋，以表其不得已。此種心理皆飽含對徐文長的同情。

〔註1〕 林蘭編：《徐文長故事集‧考秀才》，收入《東方故事》（臺北：東方文化書局，1971年秋季），頁105～108。
〔註2〕 謝德銑等編：《徐文長的故事‧考場寫長文》（杭州：浙江人民出版社，1982年1月），頁23～25。

二、對聲色場所的嘲諷

傳說大意如下：

> 某年的一天，徐文長被胡宗憲派遣到浙江督催軍餉。有一天，有位浙江巡撫衙門的幹辦師爺，就把徐文長領到了一家名喚「惜春樓」的妓院裡。那鴇兒知道名家留下的手跡，日後必成奇貨，於是請徐渭務必給新蓋的花廳留下墨寶。幹辦師爺也竭力攛掇，徐文長有意要戲弄這些人，就提起筆來寫下了三個狂草「恩愛堂」。鴇兒、王八和姑娘們一齊拍手叫好。

> 路上，幹辦師爺悄聲地問文長「恩愛堂」三字用的是哪家法帖，怎麼恩愛二個字都缺了「心」似的？徐文長仰天大笑不已。原來是徐文長認為到楚館秦樓來的紈褲子弟與這些賣身為生的女人，本都是沒心沒肝的傢伙，哪裡稱得上恩愛二字？所以才故意用文字戲弄這些人。〔註3〕

講述者顯然是識字的，故從行事有節士人的眼中對妓院下評斷，以缺了心的「恩愛」堂做為給妓院的題字，去戲弄妓院裡的這些人。然而，所反映出的也是實情。尋常人當無力改變局勢、環境時，每每以開些無傷大雅的玩笑，或是戲弄、譏諷一些看不慣的事，好讓自己能消化、接受這些人間不平事的一種自然心理。

在這種歡樂場中，如果是平民百姓，大概去見識一下場面。如果是有錢財主，大概只想醉臥溫柔鄉的尋花問柳，無暇思及如「戲子無情，娼子無義」般沉重的大哉問。唯有心中有所堅持的讀書人，會覺得有衝突，而不能輕鬆看待此事。也許認為留下筆墨給那些不懂他字裡乾坤的老鴇、妓女們，會有不值之思。這則傳說講述者掌握了徐文長的愛國心切與尖酸刻薄的一面，呼應了史實中徐文長的性格，故頗傳神。

三、對生活不拘小節的隨興

傳說大意如下：

> 徐文長去吃喜酒或去探病，需準備點禮物。他要妻子晚點出

〔註3〕　分別見於：1 吳傳來等主編：《徐渭（文長）的故事・「恩愛」堂》（北京：台海出版社，2003 年 4 月），頁 39～41。2 李永鑫主編：《越地徐文長・「恩愛」堂》（杭州市：西泠印社出版社，2011 年 1 月），頁 148～150。

門，等他買好東西再與他會合。然後，去店裡買好東西後，和老闆說他可以和迎面而來（車裡）的婦人接吻，老闆說如果能做到，就不收他買東西的錢。他於是出去和妻子接了吻，就拿了禮物走了。
〔註4〕

　　講述者的視角如果是從士人的視野看出去，主角顯然是一個貪小便宜的人，所做的事是君子不爲也。整個傳說便看來無可觀之處，也無笑點。如果從鄉下人眼中看出去，便會認爲只要動點腦筋，便可不費一絲毫的得到便宜，又讓人看不出破綻，這是聰明人才做得出的事。故事講述者在說故事時甚至可能是得意地。故從讀書人和市井之人眼中，對「聰明」的定義與期待顯然有所不同。

四、對農村惜物的尊重

　　傳說大意如下：

　　　　一天，徐文長看望一位老農朋友。因多飲了幾杯，在屋旁空地裡解了一個小溲。不料回屋時，老農直率地對徐文長說：「肥是農家寶，先生剛才出去解小溲，何不上茅廁？隨便撒在地上，實在太可惜了。」徐文長自知失檢了。

　　　　過一會，老農請徐文長寫幾個大字。徐文長已經醉了，心裡仍然想著剛才的事。不加思索地隨手寫下了六個大字：「不可隨處小便。」老農便匆匆收下題字，扶他去睡了。正巧老農的孫子回來了，和老農說這字倒寫得很好，就是怕張掛起來不好看。徐文長醒來後，老農就說徐文長看輕他們農家，要把字退還給他。徐文長才知自己酒醉誤事，笑著說：「那是我一時糊塗，把字前後寫顛倒了，你快拿把剪刀來，我改改就行了。」徐文長拿起剪刀，立即把字剪開又重新拼了起來，改成了：「小處不可隨便。」這樣便改成了一句名言。老農一看，頓時眉開眼笑，連聲說：「好，好，好！」

　　　　徐文長見老農高興，於是又根據他說的「好，好，好」三個字寫了一副門聯。門聯說：「讀書好，種田好，學好都好；創業難，守

〔註4〕　分別見於：1YKT 講述〈贏到茶食〉，見林蘭編：《徐文長故事集》，書同註1，頁 11～13。2 王忱石編：《徐文長故事‧贏到茶食》【第二集】（上海：上海經緯書局發行，1938 年 3 月），頁 59～61。

成難，知難不難。」〔註5〕

　　這則傳說由於沒有講述者的資料，以致無法推估講述者的立場。其中對聯與題辭的臨機應變，講述者看似具知識份子的背景，有著知識分子的自省，不過，對於徐文長小便不上茅廁，讓它隨便撒在地上，不澆灌在農作物上，農夫心急地脫口而出，這便是庶民憤怒情緒的直接展現。講述者顯然對農村生活也有一定的了解，以天然肥料澆灌農作物、愛惜物命，為農村生活自然之習慣。講述者講述傳說時，自然將生活經驗帶入，由傳說中自然告訴讀者或聽眾城鄉不同的生活習俗，這樣的視野便脫離了徐文長本人。如果講述者是從士人角度來講述傳說，表達方式大概會經過修飾或暗示。如故事類型 1530B.1（ATK）〈來僕不敬罰揹磨〉〔註6〕中的做法般，對不高興的事不明示，繞個彎讓對方吃點苦頭，然後，再告訴他的主人，讓僕人因此受到雙重處罰。

五、突顯徐文長的機智及紹興俗語的形成

　　「山陰勿管，會稽勿收」這句紹興俗語，意思是指沒人要管的事。透過徐文長這個人物與這句俗語的結合，不但形成了這句俗語，紹興地區打抱不平的地方民情特色也從而彰顯而出。傳說大意如下：

　　　　紹興在古時候分為山陰、會稽兩縣。這兩個縣中間只隔一條分
　　　界河，叫做官河。分界河上橫架著幾座小橋，其中有一座叫「利濟
　　　橋」，附近比較熱鬧，一直是兩縣百姓來往的交通要道。

　　　　有一年夏天，「利濟橋」上忽然發現了一具無名屍體，百姓告
　　　到官府，要求驗屍埋葬。誰知兩縣都說利濟橋不是他們縣的治下。

〔註5〕　分別見於：1 謝德銑等編：《徐文長的故事·小處不可隨便》，書同註2，頁20
　　　　～22。2 陳慶浩等主編：《中國民間故事全集·浙江民間故事集·小處不可隨
　　　　便》（臺北：遠流出版社，1989年6月），頁268～270。3 山木：《徐文長傳·
　　　　結交》（臺北：國際文化事業有限公司，1990年12月），頁150～153。4 李永
　　　　鑫主編：《越地徐文長·小處不可隨便》，書同註3，頁67～69。其中，〈小處
　　　　不可隨便〉，三書內容基本一樣。其中故事文字幾近，3則多了一個情節單元。
　　　　但故事內容仍然相近。
〔註6〕　1 金榮華：《民間故事類型索引》（增訂本，冊3）（新北市：中國口傳文學學
　　　　會，2014年4月），頁946～947，型號1530B.1〈來僕不敬罰揹磨〉。2〔美〕
　　　　丁乃通編著：《中國民間故事類型索引》（武漢：華中師範大學出版社，2008
　　　　年4月），頁272～273，型號1530B1*〈無理的送信人受罰〉。

遲遲不肯派人來驗看屍首。這件事很快傳到徐文長的耳朵裡，他馬上用大幅紅紙寫了出賣分界河的招帖，張貼在利濟橋畔。

　　兩縣縣官要問徐文長罪，徐文長理直氣壯地回答說：「利濟橋上暴屍多日，屍體發臭，無奈至今山陰勿管，會稽勿收。既然此橋不屬山陰、會稽兩縣大人管轄，那麼橋下江河，理所當然也不屬官府，不能稱為官河。今日代為賣河，為的是替死者籌措一點喪葬之費，收葬無名屍首，徐某何罪之有？」

　　徐文長說得句句是理。兩縣縣官眼睛一橫正待發作，卻見四周百姓轟動起來，都為徐文長抱不平。這兩個縣官怕事情鬧大，於是忙喝令河旁地保趕快收殮，草草埋葬了事。〔註7〕

這個傳說普傳於紹興地區，傳說內容與主角都非常穩定。講述人講述的視角如果是置於解決無人聞問的問題上，便需要知識分子的智謀，於是推展出以出賣官河為由，迫使兩縣縣官不能逃避問題，否則無法安撫民心的情節。平民百姓比較不可能有這樣的機智，知道如何與官府周旋。講述的視角如果是置於解釋俗語的起源上，那麼，附會到徐文長身上，便與他是紹興名人有關。而他的古道熱腸形象也與越地的強悍民風所展延出的愛管事、不妥協氣質相契合。傳說因為與俗語結合，故內容變異性不大，使得「山陰勿管，會稽勿收」這句俗語得以流傳至今，成了人們互相推諉的口頭禪〔註8〕。

〔註7〕　分別參考：1 吳傳來等主編：《徐渭（文長）的故事・「山陰勿管，會稽勿收」》，書同註3，頁91〜92。2 謝德銑等編：《徐文長的故事・「山陰勿管，會稽勿收」》，書同註2，頁 40〜42。3 越城區民間文學集成辦公室編：《越城區故事卷・「山陰勿管，會稽勿收」》（浙江省民間文學集成辦公室，1988 年 11 月），頁 224〜225。4 紹興市民間文學集成編委會編：《浙江省民間文學集成・紹興市故事卷・「山陰勿管，會稽勿收」》（北京：中國民間文藝出版社，1989 年 12 月），頁 28〜29。5 徐營（男，48 歲，紹興劇院職工，高小）於 1961 年 3 月講述〈山陰勿管，會稽勿收〉，見《中國民間文學集成・浙江卷》（北京：中國 ISBN 中心，1997 年 9 月），頁 820。6 李永鑫主編：《越地徐文長・「山陰勿管，會稽勿收」》，書同註3，頁 130〜131。7 浙江文藝出版社編：《紹興師爺的故事・賣官河》（杭州：浙江文藝出版社，2009 年 4 月），頁 122〜124。8 上虞縣民間文學集成辦公室編：《中國民間文學集成・浙江省・紹興市・上虞縣故事歌謠諺語卷・山陰勿管，會稽勿收》（上虞：浙江省民間文學集成辦公室，1989 年 9 月），頁 370。其中，1〜6 故事內容一樣，7 與前 6 內容基本相同。

〔註8〕　書同註7，《上虞縣故事歌謠諺語卷》，頁 370。

六、對權貴的暗諷

傳說大意如下：

> 一個盛夏的晚上，紹興知府徐煜突然微服來訪，徐知府是鄢懋
> 卿安插在紹興的人，也是嚴嵩的義子。他請徐渭幫忙寫一幅堂屏，
> 願致厚酬。徐渭滿口答應，堂屏長達八尺有餘，徐渭手執斗毫，在
> 屏上一筆草成一個「虖」字，中間一直到字尾突然收筆一撇，宛如
> 一條虎尾。這張堂屏直看是個氣勢磅礡的「虎」字，而橫擺著看，
> 卻是一幅張牙舞爪的「惡虎圖」。
>
> 愚蠢的知府大人看了喜出望外，除厚酬徐渭的潤筆之資外，逢
> 人誇耀，引爲至寶。其實，徐渭想表達的是爲虎作爪牙者的寫照。
> 〔註9〕

傳說中知府大人看不出門道，不理解徐文長的字裡帶刀，突顯出知府厚酬徐文長，並逢人誇耀引爲至寶的做法相當可笑。透露出講述者藉由傳說的講述，欲表達出庶民雖然無力抵抗強權，不過，內心仍然有著不屈服的價值觀。故表面上給予知府面子，接受請託，其實意在言外，欲藉由書寫以表達出對嚴嵩一派之鄙夷。

講述者其實想藉由徐文長表達出爲虎作倀者的寫照。這樣的例子很多，如〈青天高一尺〉〔註10〕也是敘述徐文長藉由山陰知縣轉任寧波府知府時，送一幅「青天高一尺」的橫幅表達出對他剝削地方的諷刺，使得知府聲名狼藉，最後告老還鄉。又如〈府學宮鬥欽差〉：

> 明代嘉靖年間，朝中宦官弄權，連號稱「清水衙門」的禮部，
> 也被太監把持著。他們弄得朝野怨聲載道，民不聊生。
>
> 這一年春天，京師有個姓胡的太監，掛著「欽點巡學使」的官
> 衙，來江南一帶「巡學」，到了紹興。
>
> 紹興府教諭童某，是個善於拍馬奉承、巴結上司的學棍，馬上
> 傳諭山陰、會稽兩縣秀才，前來府學宮（孔廟）集會，聆聽欽差訓
> 示；並且規定每個秀才都要獻納名爲「敬師」的禮金。童某的吩咐

〔註9〕　分別見於：1吳傳來等主編：《徐渭（文長）的故事・徐渭乘涼書「虎」軸》，
　　　　書同註3，頁24。2李永鑫主編：《越地徐文長・徐渭乘涼書「虖」軸》，書同
　　　　註3，頁89。
〔註10〕　書同註2，謝德銑等編：《徐文長的故事・青天高一尺》，頁46～47。

一下來，只有山陰秀才徐文長不買帳，分文不交。

府學宮集會這一天，那童教諭口占一課道：「桃李花開、白面書生做春夢。」便命眾秀才當場對出下聯來。徐文長在旁，早就聽出這是教諭在「指桑罵槐」，分明是對著自己不獻禮金而發的挖苦話。於是開言道：「啓稟學憲大人，這課，學生倒想好了一幅下聯，學生對的是：『梧桐葉落，青皮光棍打秋風。』」

徐文長應聲而出的下聯，話中帶刺，正觸著了童教諭的隱痛處，眾秀才不由得個個暗暗叫絕。這時，坐在太師椅上的胡太監只裝出一副若無其事的樣子。他打量了一下徐文長。只見徐文長在這陽春三月天氣，身上還穿著一件舊棉袍，手中卻執著一柄夏天用的摺扇，顯出一副寒酸潦倒的樣子，他接著出一個課是：『著冬衣，執夏扇，秀才不識春秋。』」

徐文長平日最恨這班太監專橫跋扈，現在有這樣面對面交鋒的機會，豈肯輕易饒他？於是，他理直氣壯地對答道：「攬北權，踏南地，欽差少樣東西。」

「怎麼？說俺少樣東西，俺少樣什麼東西？」胡大監不解地問著。在場的眾秀才一陣騷動，個個忍不住笑出聲來。胡太監弄不清眾人為啥如此發笑。這時，坐在旁邊的童教諭已嚇得面如土色，但見徐文長輕搖紙扇，走出府學宮大門，揚長而去了。〔註11〕

在尋常生活中，一般老百姓遇到官宦、權貴，應該是很怕惹到麻煩，避之唯恐不及的。如果有何應酬上的規矩，恐怕也是忍痛盡量滿足官宦、權貴的勒索，懷持送走瘟神的心態，以免留有後患。因為，民無法與官鬥，個人無法與官府鬥，但百姓其實是心有不甘的。上述故事中，徐文長明裡、暗裡表現出不與權貴妥協的態度，其實傳達出的便是老百姓期待有人能扮演懲治的角色，讓這些平日裡高高在上的人難看，藉以抒發出百姓不平的怨氣。故有的傳說或故事裡會談到他協助知縣或總督胡宗憲處理案件，如〈分玉鐲〉〔註12〕，〈賠兒子〉〔註13〕裡甚至把徐文長說成儼然以縣太爺之姿坐在上首審嚴世蕃之案的縣令，然而，史實中的徐文長僅是一個幕僚而已，可是，在

〔註11〕書同註2，謝德銑等編：《徐文長的故事‧府學宮鬥欽差》，頁36～39。
〔註12〕書同註3，李永鑫主編：《越地徐文長‧分玉鐲》，頁501～502。
〔註13〕書同註3，《越地徐文長‧賠兒子》，頁538～540。

民間傳說中卻有意幫他建立事功，此皆說明出民間恨不得青天的心理，故寄望於一個符合講述者心中善惡絕對的才子徐文長其人身上，而將傳說附會到他身上。

七、對徐文長抗倭行動的讚揚

傳說大意如下：

> 農民姚長子在農作時被倭寇捉住，要他指引前往「舟山」的去路，他錯聽為「州山」，怕村裡百姓遭殃，於是，決定把倭兵引向相反的方向。
>
> 到了柯山下，忽然隱約聽見岩壁下有幾個砍柴的同村人躲在草叢中的聲音。姚長子裝作自言自語的樣子，用土話要鄉親們趕快通報村裡百姓和城裡官兵。待倭兵走過橋後，就拆去南北二橋，把他們困在化人灘上。村民們聽了，立即抄小路跑了。
>
> 姚長子把倭兵領進化人灘後不久，南北兩橋當即被人拆斷。倭兵知道中了計，就把姚長子殺了。
>
> 紹興總兵俞大猷聞報後，帶了水軍圍剿倭寇，但失利。俞大猷回到紹興城裡，恰逢杭州都督府胡宗憲幕僚徐文長求見。俞大猷知道徐文長很有才略，沿海幾次抗倭大仗，他都出過計謀。於是，在徐文長的協助策劃下，倭兵上了三條從東面飄來的空船，當船來到鑑湖江面最闊的地方時，突然，兩岸殺聲四起，鼓聲震天，接著，一隻隻載著官兵的小船，四散地開出河灣，卻不接近。倭兵要想放炮，但目標太散，要想廝殺，又無從殺起。只得拚命扳槳，向東逃去。可是倭兵船大人多吃水深，無論如何趕不過官兵的小船，正當此時，船底突然冒出水來。原來是船底的幾個大木塞被當地的漁民潛下水去統統拔掉，於是，船就沉下去了。幾百個倭兵便被消滅得乾乾淨淨。在這場戰鬥中，徐文長立了大功。

（〈絕倭塗用兵〉）〔註14〕

閩浙沿海，明末時，倭寇危害甚鉅，海盜與之勾結，防不勝防。徐文長在進入胡宗憲幕府之前，就參加過紹興抗擊倭寇的戰事〔註15〕，但未見具體

〔註14〕書同註2，謝德銑等編：《徐文長的故事・絕倭塗用兵》，頁84～87。
〔註15〕江興祐：《畸人怪才：徐渭傳》（杭州：浙江人民出版社，2008年11月），頁85。

的事功紀錄。應聘進入胡宗憲幕府後，主要是負責胡氏的重要文書，談不上是參贊軍機的主要幹部，而民間傳說說他具體幫俞大猷規劃了滅倭的策略並且一戰成功，說明了地方人士對他抗擊倭寇、保衛家鄉的確認和肯定。這則傳說說明了傳說內容有時易因講述者之情感投射而予以附會，致被誤認為史實的情形〔註16〕。

第二節　徐文長故事的視角

民間流傳的徐文長故事，在結構上是雙主角，除了徐文長是當然主角外，還有一個角色（或一群人）和他互動，推展故事的發展。故事的詮釋會因敘事者的視角態度不同而有所不同。

這些主角是徐文長的故事，都是已成類型的故事，也就是說這些故事在全國各地都見流傳，而故事的主角也因地而異，不一定名叫徐文長，故事的細節也不全相同，故事套用在不同人物身上，用意不一，主要取決於敘事者的視角。各例如下：

一、〈來僕不敬罰揩磨〉故事

本型故事最早出現於十三世紀的法國，在文本中，有幾種不同的說法，各有其詮釋的重點所在。據金師榮華的探論，有：（一）佣人不好，做事漫不經心、沒有責任心，致被處罰的「蠢僕型」。（二）佣人無禮，被接信人懲以揩磨。整件事情被說成為一件趣事的「行事過當型」。（三）佣人無意中冒犯，接信人器量狹小，便予以報復的「量窄刻薄型」。（四）送信佣人是一個橫行鄉里的惡吏，接信人則是一個很有正義感的人，佣人送信態度不佳，接信人給予教訓的「惡吏型」。〔註17〕分別站在佣人、接信人及主人的立場上看待事情，各有其趣味性。

本型故事可見於中、法，至今仍流傳於浙江、江蘇、安徽、廣東、湖南、湖北、陝西、河南、河北等地。〔註18〕

〔註16〕金榮華：《民間文學概說》（新北市：中國口傳文學學會，2015 年 1 月），頁 36。

〔註17〕金榮華：〈一事四說——〈來僕不敬罰揩磨〉故事試探〉，《中國文化大學中文學報》第 29 期（2014 年 10 月），頁 27～34。

〔註18〕分別參考：1 金榮華：《民間故事類型索引》（增訂本，冊 3），書同註 6，頁

　　筆者所蒐錄的三則徐文長讓人罰揹石磨的故事，〔註19〕敘事者強調故事情節時語氣的輕重各有不同，分述如下：

（一）來僕無禮罰揹磨

故事大意如下：

　　　　一次，有個聽差，拿著信來請徐文長；進門時，臉色不和氣的說：「唉！我家老爺要你快去！」他聽了，不動聲色；把信看了說：「你家老爺還要借付磨子，信上說的，就叫你快背回去。」這聽差只得依他，背回磨子，出了一身大汗。他的老爺看見，問他怎的。他說：「徐老爺說是老爺要借的啦！」他的老爺才明白：多是得罪徐文長了，仍舊叫他將磨子送還。（林蘭《徐文長故事集・罰送石磨》）

　　故事中說佣人送信時臉色、語氣不佳，而收信人不動聲色後是立刻要佣人揹磨回去主人家，回敬佣人不禮貌的作爲。顯示故事講述者是站在同情佣人的立場來敘述故事的，透露出捉弄佣人的人有點過分，故意要找碴、爲難佣人的一種想法。

（二）來僕兇悍罰揹磨

接下來的故事對送信人與收信人的性格開始著墨，故事大意如下：

　　　　有一次，某富翁飭傭人持帖請徐文長赴宴；但這位傭人，性極驕傲，時常與人吵鬧。

　　　　他把帖子送去，恰巧文長站在門口，這傭人不認得文長，他就隨口問道：「這裏是徐文長的家嗎？」文長見他如此傲慢，心裏便大怒起來，說道：「怎麼樣？徐文長就是我！」傭人聽了，就把帖子交給他。

　　　　文長看完帖子，心想這傭人如此無理，預備捉弄他一次，便用手指著一扇破門板對他道：「既然你家店主要用。你就背去吧！」那傭人只得把一扇破門肩了就走，到了家裏，已經汗流滿面、氣喘如

946～947，型號 1530B.1〈來僕不敬罰揹磨〉。2〔美〕丁乃通編著：《中國民間故事類型索引》，書同註6，頁272～273，型號 1530B₁*〈無理的送信人受罰〉。3 李子女講述〈口氣殺煞，磨子壓壓〉，見白庚勝主編：《中國民間故事全書・浙江・倉前卷》（北京：知識產權出版社，2010年1月），頁152～153。

〔註19〕分別見於：1 徐鍾德講述〈罰送石磨〉，見林蘭編：《徐文長故事集》，書同註1，頁73。2 王忱石編：《徐文長故事・罰背大門》【第二集】，書同註4，頁45～46。3 山木：《徐文長傳・惡狗吃書》，書同註5，頁132～133。

牛了。

富翁見了他的模樣，覺得很奇怪，便問道：「誰叫你背了這扇破門來，我是叫你去請客的！」他聽了主人的話，非常驚異的道：「你⋯⋯你叫我去背的！」

富翁聽了這話，知道他一定得罪了徐文長，急忙催他去送還。

（王忱石《徐文長故事・罰背大門》【第二集】）

故事講述者在故事中說佣人「性極驕傲，時常與人吵鬧」，而收信人見傭人態度傲慢，心裏便大怒起來，也可見其睚眥必報之量小，故事中兩人之衝突性增高，可知敘述者意在得到讀者或聽者之認同，使得主角給予的懲罰變爲合理。

（三）來僕仗勢罰揹磨

又有一則敘事，送信的僕人是一個橫行鄉里的惡僕，收信人則是財主欲拉攏的讀書人。故事大意如下：

周呈祥是山陰有名的富戶，爲人奸詐。他想假裝斯文，存心拉攏徐文長。一天，特地備了一席豐盛的酒菜，寫了請帖，囑咐奴才周大升去請徐文長赴宴。這個奴才平時仗著主子的財勢，橫行鄉里。徐文長早就對他十分厭惡，很想教訓他。當周大升把請帖送到時，徐文長剛好站在門口。周大升神氣十足地衝著徐文長問道：「喂！徐文長就住在這裡嗎？」徐文長冷冷地回答他：「什麼事？徐某就是我。」周大升把徐文長前後左右打量了一番，然後才把請帖交給他。

徐文長看完帖子，心裡暗想：你周呈祥想要拉攏我徐某，眞是白日做夢。他靈機一動，隨手指著家裡一扇破門板，對周大升喊道：「你家老爺要用它，就勞你揹回去吧！」

一字不識的周大升，以爲老爺眞的是向徐文長借木板，只得揹了就走。當周大升拚命揹到家時，已經汗流浹背，氣喘如牛了。周呈祥看到奴才這副狼狽相，便責問道：「我叫你去請徐文長，你怎麼揹了這扇破門板回來？」

「是那徐文長先生叫我揹來的，他說你老爺要⋯⋯」周大升訥訥回答著。周呈祥心裡明白了，他的臉色陰沉下來。周大升一見，只道自己辦錯了事。連忙拚命把那扇笨重的破門板揹回徐文長家去。

從此，周大升把徐文長恨在心裡，逢人就講徐文長的壞話。（山
木《徐文長傳·惡狗吃畫》第一段）

僕人狗仗人勢，橫行鄉里，而收信人不願被其主人拉攏，轉爲地方上的
正直機智文士，徐文長和僕人之人物形象呈現清楚的對立面，使得主角的懲
罰越具說服力，成爲一件大快人心的事。故事之下半段以惡狗吃畫譏諷惡僕
肚裡一肚子的壞話，只是再次加強故事之張力。

由上可知，三則徐文長故事裡的人物性格越來越鮮明，兩個角色的對立
效果越見增強，故事重點在於懲治者對受懲治者懲罰的這個事件的情節單元
上，而非在徐文長這個人物上。三個故事的差別只是在於對送信佣人感受的
不同。不管是認爲佣人值得同情，佣人該受懲罰，或者是對於豪門大宅中的
惡僕仗勢欺人的厭惡，視角皆從平民大眾立場而來。因此可知隨著故事講述
者想強調的重點不同，讀者或聽者所接收到之故事格局也因此有所不同。

二、〈假裝幫人搬物〉故事

本型故事在文本中有幾種不同的說法：（一）挑糞人無意招惹幫忙者，幫
忙者假意幫忙挑糞，卻只抬一筐糞。幫忙者把事情當成一件趣事在做。〔註20〕
（二）幫忙者對挑糞人惡作劇，挑糞人被同情。〔註 21〕（三）平日不願熱心
公益的財主被懲治教訓。〔註22〕各有其趣味性。

這型故事現今仍流傳於浙江、江蘇等地。〔註 23〕角色人物多爲徐文長，
情節單元素多爲糞桶，僅〈一擔銅錢橋兩頭〉爲銅錢。

筆者所蒐錄的五則徐文長假裝幫人搬物的故事，〔註24〕有以下三種說法：

〔註20〕 〔明〕西周生：《醒世姻緣傳》（北京：人民中國出版社，1993 年 5 月）第 62
回〈狄希陳誑語辱身，張茂實信嘲毆婦〉，冊 2，頁 670～671。

〔註21〕 〔清〕采蘅子纂：《蟲鳴漫錄·舁桶過橋》，收入《叢書集成》三編（臺北：
新文豐出版社影印本，1997 年 3 月），冊 77，卷 4，頁 232 下～233 上。

〔註22〕 書同註 5，山木：《徐文長傳·一擔銅錢橋兩頭》，頁 115～116。

〔註23〕 書同註 6，〔美〕丁乃通編著：《中國民間故事類型索引》，頁 269，型號 1528A
*〈惡作劇者假裝幫鄉下人運肥〉。

〔註24〕 分別見於：1 豈明講述〈戲弄糞夫〉，見林蘭：《徐文長故事集》，書同註 1，
頁 33～34：2 前篇異文，頁 34。3 王忱石編：《徐文長故事·撞糞桶》【第二
集】，書同註 4，頁 71～72。4 山木：《徐文長傳·一擔銅錢橋兩頭》，書同註
5，頁 115～116。5〔明〕趙南星等編：周作人校訂：止庵整理：《明清笑話集·
徐文長的故事》之二（北京：中華書局，2009 年 1 月），頁 185。其中《明清
笑話集》故事與《徐文長故事集》文字基本相同。

（一）基於好玩，假裝幫人挑糞

本型故事最早見於〔明〕西周生撰之《醒世姻緣傳》〔註25〕，說法如下：

> 城裡邊有一座極大的高橋，一個半老的人，挑了一擔黃呼呼稀
> 流薄蕩的一擔大糞要過橋來。他（狄希陳）走到跟前，一把手將那
> 挑糞的人扯住，再三叫他放了糞擔，說道：「我見你也有年紀了，怎
> 挑得這重擔，過得這待的陟橋，你扯出擔子來，我與你逐頭抬了過
> 去。」那人道：「相公真是個好心的人，甚是難為。但我這橋上是尋
> 常行走的，不勞相公垂念。」狄希陳說：「我不遇見就罷了，我既是
> 遇見了，我這不忍之心，怎生過得去？若不遂了我這個心，我覺也
> 是睡不著的。」『老者安之』，我與你抬一抬，有何妨礙？」不由那
> 人不肯，替他扯出扁擔安在筐上。那人只得合他抬了一筐過那橋去。
> 他卻說道：「你在此略等一時，我做一些小事便來。」抽身而去。哄
> 得那人久候不至，弄得兩筐大糞，一在橋南，一在橋北，這樣臭貨，
> 別又沒人肯抬，只得來回七八里路，叫了他的婆子來抬過那一筐去，
> 方才挑了回家。

故事中挑糞老人並未招惹狄希陳，狄希陳無端興起「不忍之心」，便強幫老人抬一筐糞過橋，然後一走了之，讓人無法處理剩下的另一筐糞，講述者講時的角度是基於無聊、好玩。〈戲弄糞夫〉屬於這一型故事，故事大意如下：

> 徐文長在橋邊看見一個鄉下人挑著一擔糞走來，他便說：「這
> 橋上挑了不好走，我幫你抬過去罷。」鄉下人見他是斯文人，不敢
> 勞他的駕，但是他一定願意幫忙，於是把一隻糞桶抬過橋去了。隨
> 後他對鄉下人說道，「我乏極了，那一桶不能再抬，請你自己設法罷。」

（林蘭《徐文長故事集·戲弄糞夫》）

故事角色同樣是鄉下人對斯文人，一個假裝有仁心，一個本無意勞駕，後果是鄉下人得另想辦法收拾殘局。〈搶糞桶〉同屬此型故事，只是，最後知道是上了徐文長的當了。

（二）假裝幫人挑糞，以報復對方

這個故事開始有角色性格、形象的描寫，較早可見於〔清〕采蘅子撰《蟲鳴漫錄》〔註26〕，故事如下：

〔註25〕書同註20。
〔註26〕書同註21。

　　　　白下陳全，年少狡獪……一日，行至高石橋，遇老翁，擔糞二
　　桶，傴僂自南來，陳慰之曰：「爾如許高年，負重焉能過橋？吾與爾
　　作兩次，合力舁而過，如何？翁曰：「吾習慣不爲疲，不敢勞。陳曰：
　　「不遇我則已，既遇矣，我不忍老者之僕僕也，必助力焉。」翁無
　　已，卸擔與陳。共舁一桶過橋，甫及橋北，陳曰：「吾欲小遺，爾暫
　　待。」翁諾之，陳問道遁去，翁久待不至，而橋南一桶，橋北一桶，
　　無計合挑，遍哀路人，無肯與共舁者，不得已，置桶於路，奔數里，
　　歸乎子至，始舁橋南一桶，合擔而去。(清‧采蘅子《蟲鳴漫錄》卷二)

　　這則故事，在故事之前可見陳全「年少狡獪」之人物形象的描寫，對應
的是「吾習慣不爲疲，不敢勞」的客氣勤苦老者，惡作劇的成分增加，讀者
或聽者易於因此而產生對老者的同情。其後的《仕隱齋涉筆》〔註 27〕故事中
角色性格的刻劃更見清晰。故事如下：

　　　　安（士敏）出門赴飲，與擔糞者同行。是人不識安，偶言及安，
　　罵焉。安忍受之。至一獨木橋，安曰：「橋窄且長，重擔防誤事。我
　　代抬一桶過，再抬其二，方安穩。」是人從計。剛過其一，安遽去，
　　呼之不轉。桶隔一溪，無計可合。踟躕半晌，遇相識者過，乃得合
　　擔而歸。(清‧丁治棠《仕隱齋涉筆》卷七)

　　故事敘述安士敏聽到擔糞者罵他，因而施計整擔糞者。徐文長故事中的
〈戲弄糞夫〉之異文也屬於同型故事：

　　　　徐文長在橋上走時，對面來了一個挑著糞擔的鄉下人，腳步很
　　快，文長不及走避他，在衣角上擦了些糞，他正要發作，鄉人已破
　　口大罵，問爲什麼撞他的糞擔。徐文長隨即忍著氣，和顏悅色的說
　　「這橋上挑著不好走，我幫你抬過去罷。」以下的事，就和正文所
　　述的完全相同。(林蘭《徐文長故事集‧戲弄糞夫》異文)

　　這則故事，徐文長被潑到糞，睚眥必報的形象更爲清楚，鄉人雖一時口
快，贏在嘴上，卻被整到無可奈何。

（三）假裝幫人挑銅錢，以教訓對方

　　此型可見於《徐文長傳》，故事如下：

〔註 27〕　〔清〕丁治棠：《仕隱齋涉筆》卷七〈惡趣〉，網站：維基文庫，上網日期：
　　　　2015.8.10，網址：https://zh.wikisource.org/zh-hant/%E4%BB%95%E9%9A%B1%
　　　　E9%BD%8B%E6%B6%89%E7%AD%86

　　南門板橋已經破爛，需要買些木板維修，有人去商請當地商人余海財出錢，可是，他愛財如命，對公益事一毛不拔。人們也就拋開他，大家湊錢去修好橋。從此，人人都對這位吝嗇鬼嗤之以鼻。

　　一年中秋，傍晚時，余海財從鄉下收帳回來，挑著一擔沉甸甸的銅錢。挑到那座新修的板橋頭已經上氣不接下氣，只好卸下肩來歇息。

　　這時，徐文長剛好路過這裡，他一見余海財挑擔累得氣喘呼呼的那副窘態，心想今天該讓我教訓教訓你了。便笑瞇瞇的迎上去說：「余老板，我看你銅錢挑得太重，恐怕有些吃不消了吧！如果過橋時腳步走不穩翻下橋去，那是會人財兩空的呀！」余海財被他說得擔起心來，連忙懇求說：「老弟，你能幫我一下忙嗎？」徐文長看看余海財，點點頭說：「這樣吧！試試看。兩人抬總比一人挑輕便穩妥得多。」

　　余海財非常高興，連聲稱謝，一面就和徐文長抬起一頭過了橋。抬過之後，徐文長伸伸腰，吐了一口氣說道：「你這銅錢實在太多太重，我已經吃不消啦！那邊一頭，我實在無能為力了，只好請你另請高明。」說完，揚長走了。

　　富商余海財乾瞪著眼看徐文長走開，哭笑不得。他只好商請過路人幫忙抬另一頭，可是行人都認識這個不肯出一文錢修橋的吝嗇鬼余海財，誰也不理睬他。

　　後來，天黑了，他老婆久等他不見回家，迎到橋頭，只見一擔銅錢橋兩頭，才幫著他把另一頭抬過橋，一路上連老婆也埋怨他不該太吝嗇。自從受到這次教訓後，余海財對地方公益事，不再那麼吝嗇了。（山木《徐文長傳・一擔銅錢橋兩頭》）

　　在這則故事裡，主角化身為正義之士，鄉下人的角色變成財主，主角的設計作為有了合理性，不再是突兀地惡作劇，增添了教育的意義，於是，得到讀者或聽者的認同。

　　在五則徐文長故事中，包含有三種不同的說法，兩種視角。前兩種基於好玩或者是為了報復對方的說法是從城裡人的視野所說出的故事，城裡人在街上看到靠擔糞維生的辛苦人，可能穿著髒髒的，身上味道也不佳，甚至可能覺得他們很無聊，故有意逗弄、欺負為營生而腳步匆促的他們，故事只是

借用「徐文長」的這個名字來表現城裡人眼中對擔糞人身分的觀點，所以，也可以是狄希陳、陳全或是安士敏。至於為了教訓有錢的財主，則是從平民百姓的視角看到了平日裡那些為富不仁的商人、財主有錢的氣焰，欲藉故事來表達對那些愛財如命商人的厭惡感，看到他們出糗、無助，感覺到大快人心。講述故事的用意不在表現徐文長的小聰明，而是因為城鄉差距之不同，所導致的價值觀的差異。故隨著不同講述者的價值觀而把故事裡角色的身分加以改編。

三、〈小販受騙〉故事

本型故事大意如下：

> 徐文長在街上看見了一個賣柴的，累得遍身是汗，氣喘不接。於是他想道：「假使教這賣柴的跟我走幾條道倒是很有趣的。」就不知不覺的口中念念有詞道：「這木柴真好，一定很好燒的啊！」這時賣木柴的正找不到主顧，一聽到徐文長這樣讚美他的木柴，遂乃乘勢問說是否要買？徐文長遲疑地說：「要倒是想要，只是此地離我家太遠了，還得走幾條街才到。」賣木柴的隨聲答道：「那是不要緊的，我可以送去。」於是，徐文長便讓小販挑著重擔跟著他走了許多路，結果他只買一根，說要做為出殯時當哀杖使用。賣木柴的沒法，只得依了他。

> 或因店主、小販勢利，徐文長問桃子的價格，店主、小販愛理不理地回答說：「這桃子不上秤，一百文錢一隻，你買得起嗎？」徐文長於是買了一隻。但是，徐文長買完後就一直跟著店主、小販，等有顧客詢價時，就大聲說出一百文錢一隻，店家、小販於是做不成生意。最後是店主向徐文長道歉，表示願意退還桃子錢，再貼徐文長一百文錢和十斤桃子。徐文長教訓店主做生意要老實後，便退桃還錢回家了。

從上可知，徐文長故事有「讓賣柴的走冤枉路」、「惡整抬價賣物的店家」等兩種情節的敘述模式，分別討論於後：

（一）讓賣柴小販走冤枉路

故事可見於浙江、山西等地。〔註28〕有《徐文長故事集・買柴一根》

〔註28〕書同註6，〔美〕丁乃通編著：《中國民間故事類型索引》，頁271～272，型號

〔註29〕、《徐文長故事外集‧姚極的故事》之一〔註30〕兩例。兩個故事主角的動機皆出於惡作劇心態。故事核心都是讓賣柴小販走了許多冤枉路，甚至卡在夾道中進退不得，結尾是買的人只買一根或是不買，讓人無可奈何。角色部分，惡作劇者都是機智型人物，如：徐文長、姚極，被捉弄者都是賣柴小販。

在惡作劇的表象下反映出的農業社會中勞務工作的辛苦，買的人很容易挑三揀四或壓價買賣，讓以勞務維生的人很難營生，在上階層的人哈哈一笑或認為的無聊惡作劇，下階層的人卻得流下許多的汗水與淚水來謀生，故事能見出現實生活的實情。會見賣柴小販累得氣喘吁吁，覺得好玩，而故意讓賣柴小販跟著走許久，卻只買一根木柴的心態，故事的視角從城裡人而出，其中潛藏著城裡人對鄉下人的歧視，才會有見小販辛苦營生而想見他更加辛苦的思維。

（二）惡整抬價賣物的店家

故事可見於浙江、四川等地。〔註31〕在中國所流傳的故事中，對應的角色關係是穩定的，戲弄者是一個購買者，多為徐文長〔註32〕，其他角色還有張麻子〔註33〕。被戲弄者是店主、小販，情節單元素則有桃子、茄子兩種。故事結構完整，敘述販售者依人而訂定水果價格，而遭徐文長惡整後，再被徐文長曉以大義。

店家將蔬果訂高價之動機有二：一是店主狡猾、勢利，瞧不起窮人；二是店主不想去招惹麻煩人物，想因開價高而脫禍，而未能如願。所觸動的是許多人的生活經驗，小販以為玩弄了一個貧窮的書呆子或想避開難搞的人，沒想到反被捉弄，損失了幾日的營生。這故事情節的敘述模式同樣是從城裡

　　　　1530B*〈小販受騙吃苦〉。
〔註29〕書同註1，林蘭編：《徐文長故事集‧買柴一根》，頁37～39。
〔註30〕林蘭編：《徐文長故事外集‧姚極的故事》之一，收入《東方故事》（臺北：東方文化書局，1971年秋季），頁92～94。
〔註31〕書同註6，〔美〕丁乃通編著：《中國民間故事類型索引》，頁271～272，型號1530B*〈小販受騙吃苦〉。
〔註32〕分別見於：1謝德銑等編：《徐文長的故事‧一百文錢一隻桃》，書同註2，頁56～58。2山木：《徐文長傳‧一百文錢一隻桃》，書同註5，頁104～106。3李永鑫主編：《越地徐文長‧一百文錢一隻桃》，書同註3，頁177～178。4祈連休選編：《中國機智人物故事大觀‧一百文錢一隻桃》（石家莊市：河北教育出版社，1991年10月），頁403～404。1～3內容相同。
〔註33〕書同註30，林蘭編：《徐文長故事外集‧張麻子的故事》之一，頁30～31。

人的視角而出，小販用價格論人高低、貶損寒士的魯莽姿態，如同城裡人對鄉下人每有的鄙夷。不管是小販的可惡或是徐文長的堅持教訓小販的作為，藉故事來表現徐文長性格的不多，實際上故事講述者想要說的話與徐文長無關，「徐文長」這個名字只是被借用而已，故事想表達的重點在於故事所表現出的對故事人物的看法。

四、〈打賭，使人笑又怒〉故事

本型故事最早資料見於〔晉〕裴啓《裴子語林》〔註34〕。故事如下：

> 王武子葬，夕孫子荊哭之，甚悲。賓客莫不為垂涕。哭畢，向靈座曰：「卿常好驢鳴，今為君作驢鳴，既作，聲似真，賓客皆笑。孫曰：「諸君不死，而令武子死乎？」賓客皆怒。須臾之間，或悲或哭。

這則故事敘述主角在短時間內令人從悲到笑再到怒，情緒的轉折甚大。這型故事現今仍流傳於浙江、湖北、廣東等地，〔註35〕故事大意如下：

> 徐文長的朋友與他打賭，如果能使一個女子對他又笑又罵，就請他吃飯或輸他多少錢。於是，徐文長就走去買便壺，看一個，把它朝嘴對一對，好像接氣的一樣。一直看了十幾個，她不覺大笑起來。文長慢慢地說，「笑什麼？我是預備送你過門時，與你的好人共用的。」她不覺大罵。或者是徐文長對著躺在女子旁邊的一條狗作揖叫爸爸或大哥，女子見了，不禁失笑；接著，又對這女子作揖叫媽媽或大嫂，女子因而大怒。徐文長就賭贏了。

> 或是徐文長假裝自己上墳，在一位上墳寡婦悲傷時，先假裝對新墳哭得悲切，再對著墳墓表演倒立（翻筋斗），讓對方先悲後笑。

由上可知，故事有「先笑後罵」、「翻筋斗消悲傷」兩種情節的敘述模式，分述如下：

〔註34〕〔晉〕裴啓撰：《裴子語林》（臺北：新興書局，1977 年），《筆記小說大觀》第 19 編，冊 1，卷上，頁 27～28。

〔註35〕分別參考：1 金榮華：《民間故事類型索引》（增訂本，冊三），書同註 6，頁 978，型號 1559E〈打賭使人笑又怒〉。2〔美〕丁乃通編著：《中國民間故事類型索引》，書同註 6，頁 286，型號 1559E*〈哄人打賭：喜笑和盛怒〉。

（一）先笑後罵

第一種情節故事有兩種敘事模式：

1. 用便壺嘴假裝喝尿的方式逗笑一個女孩，然後，再說那是要在女孩結婚時送給新郎作禮物的戲謔方式來惹怒她。這樣的模式可見於湖北。〔註36〕

2. 用喊狗為父親、喊女孩為母親的方式逗弄一位女性讓她先笑後罵的故事。這樣的模式可見於浙江〔註37〕、廣東〔註38〕等地。

兩種故事模式的主角有徐文長、陳夢吉等。主角所喊的動物對象都是狗，對狗與女孩的稱呼以喊父母為主，也有喊兄嫂。故事得以流傳之因，應在於聽聞女性被帶有性暗示的笑話給弄得尷尬、窘迫，這種情緒讓小老百姓們得到娛樂、輕鬆的快感，消遣了餘暇。故事想表達的應該與徐文長的品格無關，因為主角可以是任何人，應該是從平民百姓的視角而出，純為笑話。

（二）翻筋斗消悲傷

第二種情節模式的故事仍流傳於浙江，且皆為徐文長故事，可見其區域性色彩。故事的模式較符合於最早《裴子語林》的模式，只是，《裴子語林》用作驢鳴的方式，而〈豎蜻蜓〉〔註39〕是倒立，〈要他先哭後笑〉〔註40〕、〈「打虎跳」智消悲傷〉〔註41〕則是以翻筋斗的方式，藉由徐文長突兀的舉動，讓人得以從哀傷的情緒中跳脫出來。

三個故事動機各不相同，〈豎蜻蜓〉意在教訓聲名狼藉的荒淫婦人，〈要他先哭後笑〉則是純粹與人打賭，〈「打虎跳」智消悲傷〉意在做善事，意在消上墳寡婦之悲傷。結局也有所不同，〈豎蜻蜓〉寡婦改邪歸正，〈要他先哭後笑〉徐文長贏得三桌酒菜，〈「打虎跳」智消悲傷〉使上墳寡婦破涕為笑。這個情節的故事應該也是從平民百姓的視角而出，開始時是一種悠閒娛樂，

〔註36〕書同註1，周健講述〈嘴對便壺〉，見林蘭編：《徐文長故事集》，頁2。

〔註37〕書同註1，1林蘭編：《徐文長故事集‧悖時鬼》，頁3。2林蘭編：《徐文長故事集‧「哥哥，你好罷！」》，頁5。

〔註38〕書同註7，彭祥開（男，40歲，江門星光製傘總廠，高中）於1987年6月講述〈逗笑冷面觀音〉，見《中國民間故事集成‧廣東卷》（北京，2006年5月），頁1139。

〔註39〕書同註5，山木：《徐文長傳‧豎蜻蜓》，頁157～159。

〔註40〕書同註3，李永鑫主編：《越地徐文長‧要他先哭後笑》，頁107～108。

〔註41〕書同註3，《越地徐文長‧「打虎跳」智消悲傷》，頁400～402。

後來才隨著講述者著重的角度不同，使得故事發展的走向不同，聽眾因而得到不同的啟發和情緒的滿足。

五、〈太太小姐丟臉〉故事

本型故事最早見於〔清〕許仲元撰之《三異筆談・袁痴》之四〔註42〕，故事如下：

> 松郡敝俗，以上塚為名，婦女多作山游，余雲尤盛。公（袁丹叔）侍姬慫恿內外諸孫，買舟同往，公禁之不得，乃屬庖人具盛饌，且多與之酒。登舟後渴甚，呼童烹佳茗沃之。至中途腹脹，公坐鷁首自言曰：「我飲茶多，欲便無所，且取嚏以圖通氣。」遂向陽作嚏再三。諸女不憶（臆）其詐，或效之，則沛然莫禦矣，乃急呼反棹。公亦不問。既登岸，乃佯驚：「若等何故濡其衣襦耶？」眾怩怩，乃徐曰：「游山固雅事，然至松間作廁，反辱煞風景耳！」至今袁氏家法，閨人無登隴者。（清・許仲元《三異筆談・袁痴》）

故事現今仍流傳在江蘇的揚州和廣東的潮州等地，〔註43〕筆者蒐錄到四則本型的徐文長故事，〔註44〕說法相同。故事大意如下：

> 有許多老太婆坐了一隻船去進香，遇見徐文長請求搭船，她們就答應了。徐文長上船後，泡起糖茶來；老太婆在徐文長殷勤相勸下，不久便覺得肚脹，想要小解。只見徐文長在那裏拿著一支紙捻刺鼻孔，很舒服似地打噴嚏呢！她們問他在幹什麼？他說他想小解，只是現在不便，所以，打幾個噴嚏通通氣，便不要緊了。她們一聽有這樣的好法子，於是齊來仿效，可是，才打了一個嚏，小便就立刻都流了出來了。或是徐文長故意讓和尚吃太鹹，使和尚飯後喝許多茶，然後，徐文長再載他們去遊船，當和尚有尿意時，他便

〔註42〕〔清〕許仲元：《三異筆談・袁痴》之四，收入《叢書集成》三編（臺北：新文豐出版社影印本，1997年3月），冊75，卷3，頁321上。

〔註43〕書同註6，〔美〕丁乃通編著：《中國民間故事類型索引》，頁300～301，型號1623A*〈太太小姐丟臉〉。

〔註44〕分別見於：1 林蘭編：《徐文長故事集・喝茶上當》，書同註1，頁34～35；2 前篇異文，p35～37。3 王忱石編：《徐文長故事・喝茶上當》【第二集】，書同註4，頁76～79。4〔明〕趙南星等編：周作人校訂：止庵整理：《明清笑話集・徐文長的故事》之八，書同註24，頁189～190。其中《明清笑話集》故事與《徐文長故事集》文字基本相同。

拾起一個草枝，往鼻子一投，説想撒尿，這樣一打噴嚏就可以止住，
於是和尚們都學他，然後，每個人都撒了一褲子的尿，才知道上了
徐文長的當。（林蘭《徐文長故事集·喝茶上當》及異文）

由上可知，故事之核心情節古今未變。故事主角有徐文長和其他人，被
惡作劇的對象有的是婦女，有的是僧尼。敘事者的視角若是在惡作劇的設計
過程，則從知識分子的讀者來看，會認爲是一件很無聊的事，作爲徐文長的
故事，就呈現徐文長是一個很無聊的文人。但是，如果敘事者的視角是從農
村民眾的角度，去看城中富家太太、小姐下鄉時的高傲、囂張、喧譁或不肖
僧尼的勢利，那麼，農村民眾在講述這則故事時，講者和聽眾都會有一快人
心之感，出主意的主角是誰不重要，徐文長被拿來做主角，反映了他們認爲
徐文長是站在他們那邊，可以爲他們出氣的形象。故這則故事反映的並非對
徐文長這個人的討厭，不是一個用「徐文長負面形象」便能歸納、涵蓋的故
事，而是一個反映了農村民眾對城裡人之有錢嘴臉看法的故事。

六、〈嫁禍和尚〉故事

這型故事最早見於〔明〕凌濛初之《初刻拍案驚奇》〔註45〕，故事如下：
錢塘有個姓李的人，雖習儒業，尚未遊庠。家極貧寠，事親
至孝。與賈秀才相契，賈秀才時常周濟他……慧空分明曉得李生
拿不出銀子，故意勒掯他……（李生）走到賈秀才家裡來，備細
述了和尚言語。賈秀才大怒道：「叵耐這禿廝恁般可惡！僧家四大
俱空，反要瞞心昧己，圖人財利。當初如此賣，今只如此贖，緣
何平白地要增價銀？錢財雖小，情理難容！撞在小生手裡，待作
個計較處置他，不怕他不容我贖！」……（賈秀才）看見慧空脱
下衣帽熟睡。樓上四面有窗，多關著。賈秀才走到後窗縫裡一張，
見對樓一個年少婦人坐著做針黹，看光景是一個大戶人家。賈秀
才低頭一想，道：「計在此了。」便走過前面來，將慧空那僧衣僧
帽穿著了，悄悄地開了後窗，嘻著臉與那對樓的婦人百般調戲，
直惹得那婦人焦躁，跑下樓去。賈秀才也仍復脱下衣帽，放在舊
處，悄悄下樓，自回去了。

〔註45〕〔明〕凌濛初：《初刻拍案驚奇》（臺北：臺灣古籍出版社，2003年2月）冊
上，第15卷〈衛朝奉狠心盤貴產，陳秀才巧計賺原房〉，頁271～275。

　　且說慧空正睡之際，只聽得下邊乒乓之聲，一直打將進來。十來個漢子，一片聲罵道：「賊禿驢，敢如此無狀！公然樓窗對著我家內樓，不知迴避，我們一向不說；今日反大膽把俺家主母調戲！送到官司，打得他逼直，我們只不許他住在這裡罷了！」慌得那慧空手足無措。霎時間，眾人趕上樓來，將傢伙什物打得雪片，將慧空渾身衣服扯得粉碎。慧空道：「小僧何嘗敢向宅上看一看？」眾人不由分說，夾嘴夾面只是打，罵道：「賊禿！你只搬去便罷，不然時，見一遭打一遭。莫想在此處站一站腳！」將慧空亂又出門外去。慧空曉得那人家是郝上戶家，不敢分說，一溜煙進寺去了。賈秀才探知此信，知是中計，暗暗好笑。

　　由上可知故事是由第三者賈秀才幫李姓書生向和尚討公道，去調戲對樓婦人，致和尚招打。與後來徐文長假扮和尚對著婦人撒尿致和尚被打的情形不同。雖皆借刀殺人，但出計者不同人。

　　本型故事仍然流傳在浙江、江蘇的無錫、武進、廣東的潮州和山東的長山等地。〔註46〕筆者蒐錄到四則本型的徐文長故事，〔註47〕說法相同。故事大意如下：

　　　　徐文長住在一個寺裏，因為方丈待他很怠慢的原故，他便把自己裝扮成個和尚，對著女子的臥房撒尿。結果，和尚被那女子家人抓住，挨了頓狠打或被打死了。結論另有一說，和尚死後，有一天，恍惚看見他的妻和一個和尚同寢，徐文長因此殺死自己的妻子，並關進監獄許多年。

　　四個故事中有三個皆因方丈待徐文長怠慢之故，方使得徐文長假扮和尚對著女子撒尿報復。〈裝僧小便〉之異文，則是敘述徐文長搭船時，聽聞一個和尚對他非議，故假扮和尚對著河邊女子撒尿報復。

　　敘事者的視角若是在惡作劇的設計過程，會認為主角的報復心盛，徐文長便呈現出一個心量狹隘、修養不佳的文人形象。但是，如果敘事者的視角

〔註46〕書同註6，〔美〕丁乃通編著：《中國民間故事類型索引》，頁342，型號1807B*〈裝和尚的流氓〉。

〔註47〕1 豈明講述〈裝僧小便〉，見林蘭編：《徐文長故事集》，書同註1，頁15～16；2 前篇異文，頁17。3 許黛心講述〈殺妻坐監〉，見林蘭編：《徐文長故事集》，書同註1，頁156～157。4〔明〕趙南星等編；周作人校訂；止庵整理：《明清笑話集·徐文長的故事》之四，書同註24，頁186～187。其中《明清笑話集》故事與《徐文長故事集》文字基本相同。

放在不肖僧尼的傲慢上，那麼，一般平民（一般會入住在寺廟裡的人可能是趕遠路的過路者，在寺院讀書、趕考的文人，或是老人。後兩者比較可能是長期借宿者，對和尚的作爲比較容易有感受。）在講述這則故事時，講者和聽眾都容易認同於和尚受到教訓的合理性，徐文長被拿來做主角，只是反映了他們認爲徐文長這樣的人可以反制勢利和尚，表達出對勢利和尚的抗議心聲。至於和尚被懲罰致死，導致後來徐文長的殺妻，則反映了世人對「天道好還」的信仰，說明民間對天理所抱持的期待。如果是站在主角「善謔多智」的視角上，那麼，主角扮和尚調戲少婦，令少婦之家人與和尚衝突，其實只是他解決問題的方法，因爲和尚離開，他便能如願在和尚原先的位置休息〔註48〕。

七、〈打賭〉故事〔註49〕

（一）〈打賭：讓陌生女子繫腰帶〉

故事大意如下：

> 有一個父親請徐文長幫忙改去他女兒喜歡站門口的習慣，一次，徐文長刻意雙手都拿著東西，赤著背，從那家門前走過。走到那姑娘面前時，徐文長把肚子一癟，褲子掉了下來，他便對著站門口的姑娘說自己手不得空，要那姑娘幫忙繫一繫褲子。那姑娘害羞地跑進屋去，以後便不再站門口了。或是徐文長的朋友與他打賭，如能讓豆腐店的老闆娘幫忙繫褲子，願意請吃午飯。徐文長故意在買完豆腐手不得空時，把肚子一癟，讓褲子掉了下來，他便要老闆娘幫忙繫一繫褲子，老闆娘紅著臉幫他繫好褲子。徐文長賭贏，於是朋友請吃午飯。

筆者蒐錄到五則本型的徐文長故事，〔註50〕其中有三個故事爲第一種說

〔註48〕楊家駱主編：《中國笑話書七十一種・石韞子》（臺北：世界書局，1980 年 5月），頁 135。

〔註49〕打賭故事包含以下兩個類型：1〔美〕丁乃通編著：《中國民間故事類型》，書同註 6，頁 344，型號 1812C*〈打賭：讓陌生女子繫腰帶〉。2 書同註 6，頁344，型號 1812D*〈打賭：讓女子從你口袋裡掏錢〉。

〔註50〕分別見於：1 昱明講述〈掉褲〉，見林蘭編：《徐文長故事集》，書同註 1，頁 1～2。2 王忱石編：《徐文長故事・落褲子》【第二集】，書同註 4，頁 33～34。3《徐文長故事・繫褲子》【第二集】，書同註 4，頁 79～80。4 李永鑫主編：《越地徐文長・徐文長救少女》，書同註 3，頁 381～384。5〔明〕趙南星等編：周作人校訂：止庵整理：《明清笑話集・徐文長的故事》之三，書同註 24，頁185。其中《明清笑話集》故事與《徐文長故事集》文字基本相同。

法，兩個故事是第二種説法。除浙江外，福建也見流傳。〔註51〕

　　故事講述者的視角，如果置於主角熱誠助人的角度上，則他的機敏便解決了求助者的難題。如果置於「生性浮滑」、「好賭」的性格著墨上，則主角之痞子、無賴的形象便躍然而生。如果是從好玩的角度來看，因爲平民百姓生活沒有什麼休閒娛樂，看到女子那種不知如何是好的尷尬，本身便具有一種趣味性。故故事之所以吸引讀者，是因爲故事情節所產生出的趣味，而非與徐文長有關之故。

（二）〈打賭：讓女子從你口袋裡掏錢〉

故事大意如下：

> 　　徐文長的朋友和他打賭説如果能使豆腐店裡的婦女，從他口袋裡拿錢出來買東西吃，便請他吃飯。徐文長應了，跑到豆腐店去買豆腐。當他兩隻手都拿滿了豆腐時，才説還沒拿出錢來，便請婦女從他口袋裡掏錢，並請她再從口袋裡掏錢幫忙買一個梨，她照辦了，把梨交給文長。文長説：「我把梨先放在這裡，等一會來拿。」説完，便出去了。(林蘭《徐文長故事集·口袋取錢》)〔註52〕

　　本型故事現代仍流傳於福建、廣東、四川等地。〔註53〕故事講述者的視角，如果是從知識分子的角度而發，便是一個無聊的人所做的無聊的事。如果從平民百姓的視角來看，講故事者所欲挑動的是女子羞怯的心態，讓人想看從陌生男子的口袋中拿錢，對女子來説那種不便的尷尬。故事反映的並非是徐文長的人品，而是平民百姓的一種樂趣。

　　上述兩個「打賭」類型的故事，從知識分子的角度大抵視爲無聊的調笑故事，比較傾向於負面的人物形象故事。隨著時代背景的不同、城鄉差距的轉變，這些類型的故事在二十世紀中葉以後變得罕見。

〔註51〕　書同註6，〔美〕丁乃通編著：《中國民間故事類型索引》，頁343～344，型號1812C*〈打賭：讓陌生女子繫腰帶〉。

〔註52〕　書同註1，林蘭編：《徐文長故事集·口袋取錢》，頁5～6。

〔註53〕　書同註6，〔美〕丁乃通編著：《中國民間故事類型索引》，頁344，型號1812D*〈打賭：讓女子從你口袋裡掏錢〉。

第六章　結　論

　　前面各章分別論述了史實中的徐文長其人與其文學藝術，並對徐文長傳說及其特色為故事之內容做一分類，再歸納、分析討論關於徐文長故事所屬之故事類型，並試從故事講述者講述傳說與故事之視角做一詮釋，以下回顧筆者對徐文長在正史與傳說、故事的幾點思考，以作為本論文之總結。

一、正史所反映出的徐文長形象

　　正史中的徐文長才學豐贍的形象鮮明，文學史上少有文人能兼擅詩文書畫及戲劇等各種體裁，在抗倭大將胡宗憲幕府中堪能發揮其文學之所長。中年以後，他因為人生際遇而性情轉變，似乎難以與人相容，性情變得古怪，不喜與權貴人士來往，不過，他在遭遇因精神疾患而殺妻入獄的困頓時，仍然有許多的朋友為他奔走，故終能在繫獄七年後出獄。而晚年也有能真誠相待的朋友與弟子，甚至得到入贅親家的善待，在次子徐枳離家營生後，仍有一遮蔽之所，直到生命終結。所以，他的德雖有所缺，然而，堅持的始終是士人所走的正道。雖不能與時勢潮流相合，卻無論何時皆不輟於創作，選擇在精神上舒心度日，故他的收藏雖然珍貴，卻又可以因為生活的困窘而出售；既可以賣畫，也可以應弟子之求而送畫。他的辟穀雖然與修道有關，而一身傲骨不願屈尊於現實，所導致生活上有難以言說之艱難，應該也是原因之一。「窮而後工」既考驗著徐文長對淡泊生活的修養，也有對創作一脈深入的堅持。兩者互相增益，造就他藝術上的融會貫通，多不拘一格。後來的石濤、石溪、八大山人至揚州八怪、陳洪綬、鄭板橋、齊白石、吳昌碩都深受其影響，也在其後的畫壇上發光發熱。畫史上把他視為大寫意畫派的創始人。他

的藝術創作無非反映著他的修道與他對人生的體會，故能寫出諸如：「隨緣設法，自有大地眾生。作戲逢場，原屬人生本色。」〔註1〕、「世間無一事不可求，無一事不可舍，閒打混亦是快樂。人情有萬樣當如此，有萬樣當如彼，要稱心便難脫灑。」〔註2〕、「樂難頓段，得樂時零碎樂些。苦無盡頭，遇苦處休言苦極。」〔註3〕這樣的題聯，透露出對世事的洞明與人生價值觀。

二、傳說與故事所反映出的徐文長形象

徐文長故事是全國普及的，此由《中國民間故事集成》各省卷皆有與徐文長故事同型的故事即可明之。故事主角可以是徐文長，也可以是馮夢龍、李漁等，他的身分可以是神童、才子、愛國文士、將軍、縣太爺、訟師、無賴等等，相當多元，為故事增添豐富的層次與張力，「徐文長」這個人物，於是形成了一個箭垛式的人物形象。而在坊間主題式的書籍中，便有機智人物、文士、師爺……等不同的歸類方式來強調徐文長其人多面向的人物特質。

所有關於徐文長傳說、故事所反映出的徐文長的形象，可以依傳說與故事類型兩方面言之，分別述之如下：

（一）傳說中的徐文長形象

徐文長聰明、有才學，能隨機應變，風趣，少有人比得上他的伶牙俐齒、佔得到他的便宜。小時候便會學他叔父幫人看相，或者是運用智慧用兩根繩子將水桶提過竹橋，然後，將竹竿拿到井裡，順利取得竹竿頂上伯父所給的禮物。大了曾以幫人測字來還酒樓的帳。他正直、有個性、不接受不合理地對待，如果不尊重他，會立刻予以反擊。敢去招惹主考官、欽差、知府、知縣、新科進士、權貴。並有熱誠願意運用才智為平民百姓及弱勢者，尤其是婦女，解決生活中的困難、為之排解糾紛，或者打抱不平、伸張正義，甚至為之懲治教訓。他有文人的省思力，平等對待不同職業的朋友，願意為大眾主持公道，也有士人報國的使命感，用他的才智、計謀破案抓到盜賊或是取得犯人的口供，為維護國家安定擬定戰略，以和倭寇對壘。也願意提醒、指點別人一些錯誤的觀念。也許是因為人們對他的才智有所期許的緣故，所

〔註1〕 〔明〕徐渭撰：《徐渭集・徐文長佚草・戲臺》（北京：中華書局，1983 年 4 月），冊 4，卷 7，頁 1160。

〔註2〕 書同註1，〔明〕徐渭撰：《徐渭集・徐文長佚草・贈人》，冊 4，卷 7，頁 1162。

〔註3〕 書同前註。

以，故事中有一些是敘述他擔任幕僚參與獻計、斷案的例子，如〈斷案〉：

　　徐文長在兩湖總督衙門裏作幕友的時候，曾發生過一件案子：一個哥哥是江西人，向在漢口做茶商營業，很積了些錢，在家鄉置了不少田產，他家中有一個兄弟，是他從小養育大的，所有田產都交給他的兄弟經營，他兄弟在房屋田產的契據上都寫了他自己的名字。哥哥年紀老了，想回家享福。那知到了家中，他兄弟不肯交還田產，並且不肯養他的哥哥。他哥哥氣極了，到縣裡去告，那知縣一看憑據，反說是他哥哥詐。哥哥在家鄉存身不住，只好再到漢口來經商，聽說兩湖總督明察，故此請求伸冤。

　　這件案子因為是江西的事情，不在湖廣總督管的範圍內，而且，因為不是命盜重案，也不能越境提人。湖廣總督與徐文長商量著，徐文長說找個強盜案件將他兄弟填上一個分贓的罪名，行文江西自然就可將他提來，提到後只要如此的問他，這件案情就能明白了。

　　總督依了他的話，行文將他兄弟從江西提到了，就坐堂審問。

　　「你為什麼通同強盜私藏贓物？現在經盜犯某某供出，你快快的實說吧。」總督這樣的問。

　　「我是安分良民，並不認識某某，實在是冤枉的。」他兄弟戰慄的跪在地上這樣的答。

　　問：「你是做什麼事情的？」答：「是在家守業的。」

　　問：「你家中有多少田產？」答：「有百多頃地，十幾所房子。」

　　問：「是你父親遺下的，還是你自己置的？」

　　答：「都是我自己歷年置的。」

　　總督一拍驚堂木喝道：「你是一個不做事守業的人，你父親又沒有遺下財產。你不做強盜，那裏來的錢置房產？你還要狡賴麼？」吩咐左右牙役上刑！

　　他兄弟嚇極了，連連嗑頭說道：「這田地房產，是我哥哥經商賺的錢，歷年叫我置的，並非做強盜得來的。」

　　總督問：「你的話實在嗎？」答：「萬不敢說謊。」

　　　　總督叫他畫了押，將他哥哥帶上堂來，叫他兄弟看著，問這
　　　　是你何人？他兄弟一看呆了，說是哥哥。問：「你家中的財產全是
　　　　你哥哥的麼？」他只能答是哥哥的。總督哈哈一笑，判將財產歸還
　　　　哥哥，將弟弟打了幾百板子，遞解回去。一件很為難的案子就算弄
　　　　明白了。〔註4〕

　　這件案子雖由湖廣總督主管審理，但因為兄弟分處不同地方，不同的行
政區域有著權限上處理的困難，徐文長於是獻計以他弟弟在別的案裡涉案之
緣由，將弟弟從江西提到漢口來問案，事情便輕易水落石出了。故事裡很明
顯地突顯出因為徐文長的才智，才使得棘手的案子輕巧的得到解決的這個重
點。

　　其他還有如：〈徐文長斷案〉〔註5〕、〈施巧計為老叟伸冤〉〔註6〕、〈審
狗救一命〉〔註7〕、〈分玉鐲〉〔註8〕、〈賠兒子〉〔註9〕等等之例，〈賠兒子〉
這個故事甚至說他儼然以縣太爺的姿態坐在上首直接問案於嚴嵩的兒子嚴世
蕃，究其實，即使是在「師爺」這個職務發展的初期，也應無權限可以直接
上堂問案。所以，這些故事應該都是因為不同地區的百姓心裡，有著對吏治
澄清期盼的投射心理所致。

　　傳說中的徐文長形象大抵是完美的，有文才、畫藝，有謀略、戰功，有
正義感，能為弱勢打抱不平，補足了現實生活中徐文長窮一生之力所無法達
到的享有功名、權勢與報效國家的缺憾。而顯露出他人格弱點的傳說也有，
如陷害、欺騙、捉弄故事類的傳說，呈現出徐文長對人強烈的好惡感受與性
格中無賴的一面，甚至還有他反被人捉弄的傳說，顯示出他這個知識分子也
有聰明反被聰明誤、啞口無言的時候。不過，大抵說來，傳說表現出的徐文
長人物形象，雖有人格上的缺點，仍以正面形象的傳說為多，可見民間對他
持的是肯定的評價。從傳說與真實人生中的徐文長相較下，可以看出傳說有
擴張人物形象的效果，使得徐文長正反面的人物形象更為鮮明。

〔註4〕　林蘭編：《徐文長故事集・斷案》，收入《東方故事》（臺北：東方文化書局；
　　　　1971年秋季），頁125～129。
〔註5〕　李永鑫主編：《越地徐文長・徐文長斷案》（杭州市：西泠印社出版社，2011
　　　　年1月），頁163～166。
〔註6〕　書同註5，《越地徐文長・施巧計為老叟伸冤》，頁464～466。
〔註7〕　書同註5，《越地徐文長・審狗救一命》，頁474～477。
〔註8〕　書同註5，《越地徐文長・分玉鐲》，頁501～502。
〔註9〕　書同註5，《越地徐文長・賠兒子》，頁538～540。

（二）故事類型中的徐文長形象

關於徐文長五十二個成型故事，共計一百七十二篇故事中，屬於「一般民間故事」類的十二個類型，共有三十六篇故事。屬於「笑話、趣事」類的三十七個類型，共有一百二十一篇故事。屬於「程式故事」的三個類型，共有十五篇故事。可知以「笑話、趣事」類故事數量為最多。而在「笑話、趣事」類之第二級類目中，以「男人的笑話和趣事」三十三類九十六篇故事為最多，在第三級類目中，則以「聰明人」二十七類七十一篇的故事為最多。這樣的形象吻合於徐文長史實中才士的人物形象。

五十二個類型故事多來自於生活題材，在「一般民間故事」類及「程式故事」類中，可見如下：徐文長沒事找人麻煩，譬如問人插了多少根秧、摘了多少瓣桑葉、痰是吐出還是咽下等問題，但是，並沒有占到口舌上的便宜。或是運用才智幫人解決問題，小至幫叔叔娶妾室、幫人取得應得工資、以諧音幫人取回失物或以「酒」諧音「九」和債主硬拗，來代替借款之利息。幫人取回典當物品、以「斗米斤雞」主持公道，或和莽漢扔物比遠、比武殺螞蟻來馴服對方，進而教導對方，或者動一點腦筋，藉由說故事得一個位子坐或調侃一些人，或是指點晚輩教導婆婆如何侍奉她的婆婆，大至看出別人的意圖，在官司上為自己解圍，或是助人贏得官司等等。

在「笑話、趣事」類中，「聰明人」除外的故事，有逞口舌之快的小氣鬼、製造誤會讓人夫妻吵架的第三者、使用巧言讓人娶到麻子臉、大腳媳婦的媒婆及故意出錯主意讓想佔媳婦便宜的公公被媳婦打。或者是戲弄文盲或報復怠慢待他的和尚，而假扮和尚對婦女小便，使和尚無辜被打。其他為別人和他打賭的故事，內容多為讓徐文長佔女子便宜的故事。

而七十一篇「聰明人」故事的內容可概分為四類：

1. 助人故事：和財主抗議飲食待遇不佳與教人移屍，助人免受牽連之罪。
2. 與情緒相關的故事：如：擺弄他人情緒，使人又笑又怒；或讓人因情急喊「呱呱呱」；故意兩頭騙人，讓人以為家人出事，而虛驚一場。
3. 愛占人便宜的故事：包含貪小便宜、貪財故事和欺騙故事，如：和仙人對課飲酒，兩位仙人分別以耳朵、鼻子為過酒菜，徐文長則拔下一根汗毛，便坐下來大吃大喝；假借幫忙評斷三個人同時看到的一枚銅錢，讓三個人都從口袋中各拿出十個銅錢，再恐嚇他們腳踏萬歲，於是，自己獨得三十一個銅錢。或者，偷布後，又得了便宜還

賣乖的教人怎麼收布才對；用計騙到店家的褲子；騙人和他比夢，然後，吃掉人家帶來的東西，再和對方圓做夢的內容。爲了警戒白食鬼，假裝帶他去喪家哭喪而得到吃食，然後，再讓對方去死者爲女性的喪家哭喪，而得到被打的教訓。因爲與人有一點過節，暗中在人家的棉被上做記號後據爲己有，原主告進衙門後還敗訴。事後徐文長將棉被還給原主，但是，當原主去拿棉被時，他又大聲喊搶奪，使原主再次受到懲罰。

4. 捉弄故事：此類故事最多。在他所捉弄的對象中，各種身分都有，比較常見的是婦女、和尚、縣官。有的只是開開玩笑，像用生漆讓縣太爺除鬚的玩笑，或使用句讀讓朋友以爲自己想強留友人家不走。有的無傷大雅，讓人見識到他的變通、慧點，如與人打賭，因賭贏便可以被請一頓，而讓人誤以爲他和婦女親吻。此外，讓坐船進香的老太太茶喝太多，致小便忍不住。讓教書先生上茅廁時跌落糞坑，或讓父親在眾目睽睽之下，拉屎出糗。更甚者是對人惡作劇，店家、小販則成了倒楣的對象，平白被騙，導致損失或白走一遭或白忙一場。或者，帶瞎子到河裡洗澡，又拿走他的衣服，喊「都來看」，而招眾人打。更有懲治欺壓善良的捕快，讓他落水被眾人笑等等。

上述這些聰明人的形象，較少於完全正面的人物形象，尤其後兩者所呈現出的徐文長形象與一般士人予人的觀感儼然不同，這些人物形象比較像市井生活中屢可見到的一些活生生的人物形貌。

總而言之，傳說收攏了單一故事，數量雖少，但擴張了徐文長人物的形象，故事類型則呈顯故事數量具有地區的代表性，呈現出人物形象的鮮明度，但這其實與徐文長的人物形象無關。徐文長只是作爲被襯托情節的一個人物而已，因爲故事的重點在於情節單元所敘述出的事件，不在於所謂的主角上，因此，這個人名能夠被取代，特別是具有同樣人格特質的人。不過，徐文長故事中的徐文長，雖然不具有典型的代表性，卻如江海納百川般的不斷的吸納已經流佈的各種零散的傳說與故事的情節，使得徐文長故事群因而不斷擴充、發展，「徐文長」遂成爲一個箭垛式的人物〔註10〕。

〔註10〕參祁連休、蕭莉主編：《中國傳說故事大辭典》（北京：中國文聯出版公司，1992年2月），頁18。

三、從視角解讀徐文長傳說與故事中的人物形象

　　一般學界談到關於徐文長傳說與故事，多從其所具的多面性人物形象言之，然而，如何解釋知識分子與無賴性格、儒雅與粗鄙氣質、熱心助人與訟師身分、具親和力與對人惡作劇、機智與犯傻等等眾多面向同時展現於徐文長一人身上？可以發現與故事之講述者或甚至是聽眾有關，故事講述者的教育程度、人生閱歷、講述技巧都影響著故事之是否能吸引人，配合聽眾的熱情與否、故事講述者所感受的氛圍，都影響著故事被加入的情節豐富與否。

　　譬如，〈絕倭塗用兵〉這個傳說，是講姚長子帶路將倭寇困入化人灘，然後俞大猷、徐文長放三條空船引倭寇入鑒湖江面最闊之處，然後派兵拔掉船底的木塞，殲滅倭寇。在〈絕倭塗用兵〉〔註11〕與紹興縣〈姚長子和「絕倭塗」〉〔註12〕、紹興市〈姚長子與「絕倭塗」〉〔註13〕三個故事中故事情節差不多，然而，在〈絕倭塗之戰〉〔註14〕這個故事中徐文長角色的扮演顯然就加重許多，姚長子顯然不再是主要角色了，成為被指揮的角色，這必定是因為講故事的人喜愛徐文長，想加重他謀略的部分之故。

　　又如〈咏詩受辱〉這個傳說也與他素有的才智形象相反：

　　　　天久不雨了！田地裏的禾稼眼看著將要乾死了！人民寢食不安，父母官領著一般小民很虔敬的祈雨。徐文長不安心禱祝而且吟起詩來：「祈雨有何用？自己找苦惱，老天願意下，纔好。」縣官聽了他念的詩說他存心不良，吩咐打了他十八個板子；然而徐文長還是面無慍色的呻吟著：「作之以十七，責之以十八，若作萬言詩，打煞？」縣官這次真怒了，把他定了個「充軍」的罪名，押解到遼陽去了。

　　　　有一次他在井邊看見了一位妙齡女郎在石台上打水，他的詩興又大動了，禁不住的微吟起來，「小姐十七八，井台把水打，洞房花

〔註11〕謝德銑等編：《徐文長的故事・絕倭塗用兵》（杭州：浙江人民出版社，1982年1月），頁84～87。

〔註12〕紹興縣民間文學集成工作小組編：《中國民間文學集成・浙江省・紹興市・紹興縣故事卷・姚長子和「絕倭塗」》（浙江省民間文學集成辦公室，1989年10月），頁136～139。

〔註13〕紹興市民間文學集成編委會編：《浙江省民間文學集成・紹興市故事卷・姚長子與「絕倭塗」》（北京：中國民間文藝出版社，1989年12月），頁305～308。《紹興縣故事卷》與《紹興市故事卷》故事內容完全相同。

〔註14〕書同註5，李永鑫主編：《越地徐文長・絕倭塗之戰》，頁579～586。

燭夜，咱倆〔倆讀作ㄌㄧㄚ〕。」不意被女郎哥哥聽見了，徐文長
的背上又印上了不少的拳痕。

　　徐文長的舅舅在遼陽從商多年了，忽聽說外甥「不遠千里」而
來，欣喜的趕來看他。見他被衙役拘著，一時悲喜交集。徐文長的
詩材又有了：「充軍到遼陽，見舅如見娘，二人同落淚，三行。」

　　原來他舅舅是個獨眼龍啊！〔註15〕

　　這個由三個情節串聯起來的故事，雖然可見徐文長的反應，但都是些不
合時宜的反應，比較像是犯傻，而非機敏。這該是有心人與他鬥嘴或鬥智鬥
不過，刻意把這種笑話用在他的身上以扭曲他的形象而流傳出的傳說，而非
想強調他的聰明或文學，卻因故事講述者之講述能力不夠而以致之。

　　而〈弄父出屎〉這個故事，這個情節原本便存在，說故事的人想強調幼
年時的徐文長頑皮、任性、難以管教，是以將其機智轉為狡點的形象。其背
後的原因，可能是講述者對徐文長其人原本便存有負面的印象，因此，套入
了這個類型。而史實中的徐文長，其父在他生出百日便已過世，所以，這個
故事當然是虛構的，不過，徐文長這個人狂妄任誕，在當世時應該是討厭他
的人可能多些，故留下了這樣的一個故事。

　　故在故事流傳的過程中，喜歡徐文長的人或者是不討厭徐文長的人，在
流傳故事時，就保留了故事情節的原貌，或者增加一些對徐文長比較正面的
情節將之流傳；反之，則杜撰些傷害他名譽的故事來流傳，以消內心之積累、
沉鬱。像這種親者無傷仇者快的心態，本符合人性，徐文長的人物形象由此
擴充而出。

　　此外，從另一個角度來說，由於印刷術的開展，使得故事得以以文字形
貌被保留下來，經過知識分子的修飾，影響所及的是讀者往往接收到的是知
識分子的價值觀，是從知識分子的角度來看這些民間材料的，與原來資料的
呈現可能是有距離的，這也是越早期的資料越可能保留原來故事情節而受到
民間文學學者珍視的原因。即使是書面資料，講述者及採錄者的資料也應該
盡量一起被保存下來，因為可能透露出關於故事的蛛絲馬跡。再者，講述者
與聽者的文化背景是不同的，所以，視角並不相同。故關於故事的追索，也
必須還原到故事講述者生活的背景與視角來看故事的問題，才容易看到來自

_____

〔註15〕書同註4，林蘭編：《徐文長故事集‧咏詩受辱》，頁157～159。

民間豐沛的生命力。它展現於故事人物中喜樂哀樂的情緒上，故事中未必能傳達出精深的微言大義，故事講述者要傳達的也許是他眼中的是非或喜怒哀樂，也許他的目的只是想消遣無聊的休閒時光。譬如「打賭」類型的故事，故事講述者並無表達社會不公、權貴魚肉鄉里之情，他也許只是想看看女性被調侃時的尷尬與羞怯，就像從以前到現代的「鬧新房」般，賓客請新郎、新娘上桌，或賓客請新郎喝新娘所穿鞋子裡的酒般的瞎鬧一場，看新人窘態百出，旁觀者似乎滋味無限，這並非來自對徐文長的負面思考。故從故事講述者的視野中，可以看到包羅萬象的徐文長，而這才是真正從民間的視角來看這些民間材料的真確態度。如果僅從人物之正負面形象來看待徐文長傳說與故事，並不能解釋所有的徐文長傳說與故事，必須跳脫二元對立的思維，對所謂的徐文長負面形象的故事意義有所釐清。亦即關於徐文長負面人物形象的故事，未必是對徐文長其人的負面思考，故事之借用徐文長之名，可能是基於對徐文長其人之才情、機敏、正義、器量偏狹的認識，因此，故事便套用到他的身上，而城鄉文化的不同也會造成故事傳述的視角不同，譬如，對城裡人和對鄉下人而言，「聰明」的定義也許是不同的，讓女子尷尬、佔店家便宜等等諧謔、騙吃騙喝的故事，也許正是差距所造成視野之不同，故徐文長故事才能吸納各方面差異的故事群。

綜而言之，徐文長一生的命運多舛，時運亦不濟，而在其人生最輝煌之時，仍然直白表現自我，既疾惡如仇，亦不假修飾，從他人角度視之，則未免驕矜狂放，目中無人。加上中年因胡宗憲失勢，憂心受到牽連，隨後接受李春芳幕僚之職，又不契合。在飽受威脅之下，終致精神失調，後來殺死繼妻張氏。謀事無成，生活窘困下，性情變得乖張，自是不難想像。從傳說與故事而言，描述他正負面形象的故事皆有，可見說他好的人有，說他壞的人也有，彰顯出他多重的複雜性格、豐富的履歷與困蹇的人生過程。

他的才學、機智、正直為大眾所肯定，傳說與故事中印證他才華的部分頗多，也可以發現到談到聰明才智的故事，如發生在湯展文、馮夢龍、李漁、關公等許多機智人物的故事，都發生在徐文長的身上，反之則未必。故「徐文長」已然成為一個箭垛式的人物故事。而否定他的故事，可能是個別的人，時間可能發生在比較後期之時。而不論是正史或者是傳說或故事，所傳達出的徐文長，無非是：他是一位士人，對報國有理想、有熱誠，但卻不得意，

他的性格有缺失，並不是一個完人。從他的際遇而言，傳說與故事其實輔助、創造了正史中他的人物形貌，更說明了他有血有肉的一生。所以，正史或者是傳說與故事對徐文長的表述雖是二元，卻非對立的。

　　也許與 2006 年徐文長故居青藤書屋、墓地被列爲全國重點文物保護單位、徐文長故事在 2008 年 6 月被列入第二批國家級非物質文化遺產名錄〔註 16〕有關，在紹興地區對徐文長傳說、故事的刻意保留下，就筆者所見文本，大概只有林蘭的《徐文長故事集》〔註 17〕對徐文長的人物形象有比較多元的描述，其他文本記述的，大多是表現徐文長機敏、才學或其熱心助人等比較正面形象的故事。保留這樣形象故事的傳達，應該與編輯者在編輯時有意爲之的心態或地方對民間文化傳承的期待有關，或者甚至把「徐文長形象」當成是一種產品包裝，刻意地爲地方形象、地方推廣做行銷有關。然而，誠如筆者在第一章第三節〈文本取材範圍〉中所言：「刪除掉民間故事所流傳出的另一種面貌的徐文長的性格，恐怕也刪除掉關於徐文長傳說與故事背後意義的一些可能性，有值得商榷之處。」不管是貪小便宜的徐文長，或是捉弄小販、女子、惡霸、權貴的徐文長，皆是富有生命力、人性的徐文長，講述者藉由講述故事時，或者加入個人對機智、玩笑的理解，或者強化了正負面之人物對立，以增強說故事之效果。因此，使得徐文長的形象與知識分子所認知之徐文長形象有所不同。可是，也正因爲如此，讀者才能從這兩類不同的徐文長故事，窺見眞實生活中正反兩種不同面貌的徐文長。

〔註 16〕李永鑫主編：《徐文長故事》（杭州：浙江攝影出版社，2012 年 5 月），頁 162
　　　　～163。
〔註 17〕書同註 4，林蘭編：《徐文長故事集》。

引用書目

　　本論文之引用書目共分爲：「故事文本」、「徐渭相關著作」、「專著」、「明代傳記叢刊」、「府縣志」、「論文」、「工具書」、「網路資料」等八大類，依書目之性質而予以分類，分類方式悉標註於各大類下，如依書名筆劃而做分類者，筆劃數之算法依據《康熙字典》之寫法。書名首字筆畫相同者，則依第二字之筆劃排列，並依此類推至第三、第四字。文字相同者，依出版時間之先後排列一處。

一、故事文本（先依時代，後依書名筆劃排列）

（一）故事集

1. 《笑林》（收入《太平御覽》），〔北宋〕李昉等編撰，臺北，臺灣商務印書館，1974 年 10 月。
2. 《明清笑話集》，〔明〕趙南星等編，周作人校訂，北京，中華書局，2009年 1 月。
3. 《明清笑話集六種》，〔清〕陳皋謨輯，張亞新、程小銘校注，鄭州，中州古籍出版社，2012 年 10 月。
4. 《七個才子六個癲》（收入《山海經故事叢書》），浙江文藝出版社編，杭州，浙江文藝出版社，2009 年 4 月。
5. 《十堰市民間故事集》，十堰市民間文學三大集成編輯委員會，1987 年 12月。
6. 《三兒媳故事》（收入《東方故事》），林蘭編，臺北，東方文化書局，1971年秋季。
7. 《中國文人傳說故事》，王一奇編，北京，中國民間文藝出版社，1982 年

12 月。

8. 《中國民間故事全集》,陳慶浩、王秋桂主編,臺北,遠流,1989 年 6 月。

9. 《中國民間故事全書・浙江・倉前卷》,白庚勝主編,北京,知識產權出版社,2010 年 1 月。

10. 《中國民間故事全書・江蘇・海門卷》,白庚勝主編,北京,知識產權出版社,2010 年 8 月。

11. 《中國民間文學集成・浙江省・紹興市・越城區故事、歌謠、諺語卷》,越城區民間文學集成辦公室編,浙江省民間文學集成辦公室,1988 年 11 月。

12. 《中國民間文學集成・浙江省・紹興市・嵊縣故事卷》,嵊縣民間文學集成辦公室編,浙江省民間文學集成辦公室,1989 年 6 月。

13. 《中國民間文學集成・浙江省・紹興市・上虞縣故事、歌謠、諺語卷》,上虞縣民間文學集成辦公室編,浙江省民間文學集成辦公室,1989 年 9 月。

14. 《中國民間文學集成・浙江省・紹興市・紹興縣故事卷》,紹興縣民間文學集成工作小組編,浙江省民間文學集成辦公室,1989 年 10 月。

15. 《中國民間故事集成》,中國民間文學集成編委會,北京,中國 ISBN 中心出版,1992 年 11 月～2008 年 10 月。

16. 《中華民族故事大系》,中華民族故事大系編委會編,上海,上海文藝出版社,1995 年 12 月。

17. 《中國笑話書七十一種》,楊家駱主編,臺北,世界書局,1980 年 5 月。

18. 《中國詩林故事》(收入《中國掌故叢書》),陳文道,臺北,漢欣文化事業有限公司,1996 年 11 月。

19. 《中國對聯故事》(收入《中國掌故叢書》),鄒紹志,臺北,漢欣文化事業有限公司,1994 年 8 月。

20. 《中國機智人物故事大觀》,祁連休選編,石家莊,河北教育出版社,1991 年 10 月。

21. 《台北縣烏來鄉泰雅族民間故事》,金榮華整理,新北市,中華民國民間文學學會,1998 年 12 月。

22. 《印度民間故事》,王樹英等編譯,北京,北京大學出版社,1984 年 8 月。

23. 《民間月刊》(收入《國立北京大學中國民俗學會民俗叢書》),婁子匡編著,臺北,東方文化書局,1970 年春季。

24. 《民間笑話》(收入《國立北京大學中國民俗學會民俗叢書》),左玄編著,臺北,東方文化書局,1970 年春季。

25. 《台灣民間故事》(1～3 冊合訂本)(收入《國立北京大學中國民俗學會

民俗叢書》），婁子匡編纂，齊鐵恨註釋，臺北，東方文化供應社，1970年春季。

26. 《台灣民間故事》，施翠峰，石家莊市，河北少年兒童出版，1987年7月。

27. 《台灣桃竹苗地區民間故事》，金榮華整理，新北市，中國口傳文學學會，2000年11月。

28. 《台灣高屏地區魯凱族民間故事》，金榮華整理，臺北，中國口傳文學學會1999年12月。

29. 《台灣漢族民間故事》，金榮華整理，新北市，中國口傳文學學會，2011年5月。

30. 《朱元璋故事》（收入《東方故事》），林蘭編，臺北，東方文化書局，1971年秋季。

31. 《列代名人趣事》（收入《東方故事》），林蘭編，臺北，東方文化書局，1971年秋季。

32. 《安吉拉・卡特的精怪故事集》，〔英〕A.Carter編，鄭冉然譯，南京，南京出版社，2011年9月。

33. 《巧舌婦的故事》（收入《東方故事》），林蘭編，臺北，東方文化書局，1971年秋季。

34. 《伊索寓言》，羅念生等譯，北京，人民文學出版社，1996年6月。

35. 《伍家溝村民間故事集》，李征康錄音整理，韓致中主編，北京，中國民間文藝出版社，1989年10月。

36. 《宋人笑話》（收入《國立北京大學中國民俗學會民俗叢書》），婁子匡編校，臺北，東方文化書局，1970年春季。

37. 《呂洞賓故事》（收入《東方故事》），林蘭編，臺北，東方文化書局，1981年。

38. 《呆黃忠》（收入《東方故事》），林蘭編，臺北，東方文化書局，1971年秋季。

39. 《走馬鎮民間故事》，中國民間文藝家協會四川省民間文藝家協會編，1997年4月。

40. 《金門民間故事集》，金榮華整理，臺北，中國文化大學中國文學研究所、金門縣立社會教育館，1997年3月。

41. 《虎哥哥》（朝鮮民間故事），林鄉編譯，北京，中國民間文藝出版社，1984年8月。

42. 《武進民間故事》，伍稼青編，臺北，臺灣商務印書館，1979年11月。

43. 《沙龍》，林蘭編，臺北，東方文化書局，1981年。

44. 《泉州民間傳說》（收入《中山大學民俗叢書》），吳藻汀編集，臺北，福

祿圖書公司，1970 年 10 月。

45. 《屏東後堆客家民間故事》，陳麗娜整理，臺北，中國口傳文學學會，2006 年 6 月。

46. 《徐文長的故事》，謝德銑等編選，杭州，浙江人民出版社，1982 年 1 月。

47. 《徐文長故事》第二集，王忱石編，上海，經緯書局，1938 年 3 月。

48. 《徐文長故事》，李永鑫主編，王浩先編著，杭州，浙江攝影出版社，2012 年 5 月。

49. 《徐文長故事集》（收入《東方故事》），林蘭編，臺北，東方文化書局，1971 年秋季。

50. 《徐文長故事外集》（收入《東方故事》），林蘭編，臺北，東方文化書局，1971 年秋季。

51. 《徐文長傳》，山木，臺北，國際文化事業有限公司，1990 年 12 月。

52. 《笑話一車》（收入《國立北京大學中國民俗學會民俗叢書》），張笑潮編，臺北，東方文化書局，1970 年春季。

53. 《高屏地區魯凱族民間故事》，金榮華整理，台北，中國口傳文學學會，1999 年 12 月。

54. 《神鳥》，〔羅馬尼亞〕薩・柯・斯特羅斯庫編，李家漁等譯，上海，少年兒童出版社，1993 年。

55. 《徐渭（文長）的故事》（收入《中國歷史文化名城紹興民間故事叢書》），吳傳來等主編，北京，台海出版社，2003 年 4 月。

56. 《浙江省民間文學集成・紹興市故事卷》，紹興市民間文學集成辦公室編，北京，中國民間文藝出版社，1989 年 12 月。

57. 《英雄駿馬》，〔蘇聯〕阿・轟恰耶夫等著，葉小鏗、王建平譯，上海，少年兒童出版社，1993 年。

58. 《紹興民間傳說》，紹興市少年宮、紹興市越城區文教局編，南京，江蘇少年兒童出版社，1989 年 4 月。

59. 《紹興師爺佚事》，徐哲身編，揚州，江蘇廣陵古籍刻印社，1998 年 12 月。

60. 《紹興師爺的故事》（收入《中國歷史文化名城紹興民間故事叢書》），吳傳來等主編，北京，台海出版社，2003 年 4 月。

61. 《紹興師爺的故事》（收入《山海經故事叢書》），浙江文藝出版社編，杭州，浙江文藝出版社，2009 年 4 月。

62. 《紹興師爺》（紹興縣文史資料第二十一輯），胡錫財主編，紹興，紹興縣政協文史資料委員會、紹興縣旅遊局、紹興縣安昌鎮人民政府委印，2009 年 8 月。

63. 《紹興師爺故事》，紹興市，文學藝術界聯合會、紹興市群眾藝術館編印，1984 年 8 月。

64. 《紹興書畫家的故事》（收入《中國歷史文化名城紹興民間故事叢書》），吳傳來等主編，北京，台海出版社，2003 年 4 月。

65. 《越地徐文長》（故事），李永鑫主編，杭州，西泠印社出版社，2011 年 1 月。

66. 《越南神話民間故事選》，呂正譯，河內，河內世界出版社，1997 年 6 月。

67. 《馮夢龍傳說故事集》，侯楷煒主編，蘇州，古吳軒出版社，2012 年 9 月。

68. 《新笑府：民間故事講述家劉德培故事集》13，劉德培講述，王作棟整理，上海，上海文藝出版社，1989 年 6 月。

69. 《福建故事》（收入《國立北京大學中國民俗學會民俗叢書》），謝雲聲編，臺北，東方文化書局，1970 年春季。

70. 《臺灣民間文學集》，李獻璋編著，臺北，龍文出版社，2006 年 9 月。

71. 《臺灣故事》（收入《國立北京大學中國民俗學會民俗叢書》），江肖梅，臺北，東方文化書局，1970 年春季。

72. 《趣聯的故事》（收入《東方故事》），林蘭編，臺北，東方文化書局，1971 年秋季。

73. 《歷代笑話集》，王利器輯錄，上海，上海古籍出版社，1981 年 1 月。

74. 《潮州歷代名人故事》（收入《國立北京大學中國民俗學會民俗叢書》，書名作《潮州七賢故事》），林培盧著，臺北，東方文化書局，1970 年春季。

75. 《澎湖縣民間故事》，金榮華整理，新北市，中國口傳文學學會，2000 年 10 月。

76. 《陸瑞英民間故事歌謠集》，周正良、陳泳超主編，北京，學苑出版社，2007 年 5 月。

77. 《蓂葉志諧》，洪萬宗，首爾，太學社，1981 年。

78. 《臨沂地區四老人故事集》，濟南，中國民間文藝研究會山東分會，1986 年 8 月。

79. 《譚振山及其講述作品》，陳益源、江帆主編，臺北，樂學書局有限公司，2010 年 5 月。

80. 《藝林趣談》（收入《中國傳奇》），姜濤主編，臺北，莊嚴出版社，1990 年 10 月。

（二）小說（包含通俗小說與筆記小說，通俗小說僅兩部，列於前。自《裝子語林》後為筆記小說）

1. 《初刻拍案驚奇》，〔明〕凌濛初著，臺北，臺灣古籍出版社，2003 年 2 月。

2. 《醒世姻緣傳》，〔明〕西周生撰，北京，人民中國出版社，1993 年 5 月。

3. 《裴子語林》，〔晉〕裴啓撰，臺北，新興書局，1977 年。

4. 《啓顏錄》，〔隋〕侯白撰，曹林娣、李泉輯注，上海，上海古籍出版社，1990 年 4 月。

5. 《玉塵新譚》，〔明〕鄭仲夔撰，《續修四庫全書》編纂委員會編，上海，上海古籍出版社影上海圖書館藏明刻本，2002 年 3 月。

6. 《舌華錄》，〔明〕曹藎之撰，臺北，新文豐出版社影《叢書集成》三編本，1997 年 3 月。

7. 《涌幢小品》，〔明〕朱國禎撰，四庫全書存目叢書編纂委員會編，臺南，莊嚴文化影遼寧大學圖書館藏明天啓二年刻本，1995 年 9 月。

8. 《情史》（收入《馮夢龍全集》），〔明〕馮夢龍評輯，周方等校點，南京，江蘇古籍出版社，1993 年 3 月。

9. 《智囊補》，〔明〕馮夢龍輯，四庫全書存目叢書編纂委員會編，臺南，莊嚴文化影中央黨校圖書館藏明積秀堂刻本，1995 年 9 月。

10. 《解慍篇》，〔明〕樂天大笑生輯，《續修四庫全書》編纂委員會編，上海，上海古籍出版社影上海圖書館藏明逍遙道人刻本，2002 年 3 月。

11. 《萬曆野獲編》，〔明〕沈德符撰，北京，中華書局，1959 年 2 月。

12. 《廣笑府》（收入《馮夢龍全集》），〔明〕馮夢龍編，馬清江校點，南京，江蘇古籍出版社，1993 年 4 月。

13. 《都公談纂》，〔明〕都穆撰，〔明〕陸采輯，臺北，藝文印書館影清道光蔡氏紫黎華館重雕乾隆金忠淳輯刊硯雲甲乙編本，1967 年。

14. 《獪園》，〔明〕錢希言撰，《續修四庫全書》編纂委員會編，上海，上海古籍出版社影北京圖書館藏清抄本，2002 年 3 月。

15. 《三異筆譚》，〔清〕許仲元撰，臺北，新文豐出版社影《叢書集成》三編本，1997 年 3 月。

16. 《白茅堂集》，〔清〕顧景星撰，四庫全書存目叢書編纂委員會編，臺南，莊嚴文化事業有限公司影福建省圖書館藏清康熙刻本，1997 年 6 月。

17. 《客窗閒話》，〔清〕吳熾昌撰，《續修四庫全書》編纂委員會編，上海，上海古籍出版社影遼寧省圖書館藏清光緒元年味經堂刻本，2002 年 3 月。

18. 《消夏閑記摘鈔》，〔清〕顧公燮撰，上海，商務印書館影涵芬樓祕笈第二集鈔本，1917 年 2 月。

19. 《蟲鳴漫錄》，〔清〕采蘅子纂，臺北，新文豐出版社影《叢書集成》三編本，1997 年 3 月。

20. 《騙術奇談》，〔清〕雷君曜編，臺北，新興書局，1981 年。

21. 《閩中話》，拾遺室主人，上海，國華書局，1914 年。

22 《清稗類鈔》，徐珂編撰，北京，中華書局，2010 年 1 月。

23. 《鐵冷叢談》，劉鐵冷著，北京，中國圖書館學會高校分會委託中獻拓方電子製印公司複印，2009 年。

二、徐渭相關著作（依書名筆劃排列）

（一）徐渭作品

1. 《十三調南呂音節譜》，〔明〕徐渭撰，臺北，新文豐出版社影《叢書集成》三編本，1997 年 3 月。

2. 《水墨絕唱——徐渭》，《第一影響力藝術寶庫》編委會編著，北京，北京出版社，2005 年 1 月。

3. 《青藤山人路史》，〔明〕徐渭撰，四庫全書存目叢書編纂委員會編，臺南，莊嚴文化事業有限公司影清華大學圖書館藏明刻本，1995 年 9 月。

4. 《青藤書屋文集》，〔明〕徐渭撰，臺北，新文豐出版社影《叢書集成》新編本，1985 年。

5. 《南詞敘錄》（收入《國學名著珍本彙刊》），〔明〕徐渭撰，楊家駱主編，臺北，中國學典館復館籌備處發行，鼎文書局經銷，1974 年 2 月。

6. 《南詞敘錄》，〔明〕徐渭撰，臺北，新文豐出版社影《叢書集成》三編本，1997 年 3 月。

7. 《南詞敘錄》，〔明〕徐渭著，《續修四庫全書》編委會編，上海，上海古籍出版社影民國六年董氏刻讀曲叢刊本，2002 年 3 月。

8. 《徐文長三集》，〔明〕徐渭撰，臺北，國立中央圖書館編印，1968 年 7 月。

9. 《徐文長文集》，〔明〕徐渭撰，四庫全書存目叢書編纂委員會編，臺南，莊嚴文化事業有限公司影中國社會科學院文學研究所所藏明萬曆四十二年鍾人傑刻本，1997 年 6 月。

10. 《徐文長佚草》，〔明〕徐渭撰，《續修四庫全書》編纂委員會編，上海，上海古籍出版社影寧波天一閣博物館藏清初息耕堂抄本，2002 年 3 月。

11. 《徐文長佚稿》，〔明〕徐渭撰，臺北，淡江書局，1956 年 6 月。

12. 《徐文長逸稿》（收入《中國名著精華全集》），〔明〕徐渭撰，李敖主編，臺北，遠流出版公司，1983 年 7 月。

13. 《徐文長逸稿》，〔明〕徐渭撰，《續修四庫全書》編纂委員會編，上海，上海古籍出版社影明天啓三年張維城刻本影印，2002 年 3 月。

14. 《徐渭》，袁寶林著，中國巨匠美術週刊，臺北，錦繡出版公司，1996 年 7 月。

15. 《徐渭》，邵捷，臺北，石頭出版股份有限公司，2005 年 2 月。

16. 《徐渭》，劉正成主編，北京，榮寶齋出版社，2010 年 1 月。

17. 《徐渭》，袁劍俠編，鄭州，河南美術出版社，2010 年 6 月。

18. 《徐渭》，陳連琦主編，北京，中國書店，2011 年 4 月。

19. 《徐渭生平與作品鑒賞》，紫都、杜海軍編著，呼和浩特，遠方出版社，2005 年 1 月。

20. 《徐渭行書唐詩》，康耀仁編，成都，四川美術出版社，2010 年 5 月。

21. 《徐渭集》，〔明〕徐渭撰，北京，中華書局，1983 年 4 月。

22. 《徐渭書前赤壁賦》，何海林編，上海，上海辭書出版社，2012 年 6 月。

23. 《徐渭書唐詩宋詞》，何海林編，上海，上海辭書出版社，2012 年 6 月。

24. 《徐渭書畫集》，〔明〕徐渭繪，北京，北京工藝美術出版社，2005 年 1 月。

25. 《筆玄要旨》，〔明〕徐渭撰，四庫全書存目叢書編纂委員會編，臺南，莊嚴文化事業有限公司影上海圖書館藏明萬曆三十二年淵雅堂刻本，1995 年 9 月。

26. 《舊編南九宮目錄》，〔明〕徐渭撰，臺北，新文豐出版社影《叢書集成》三編本，1997 年 3 月。

（二）徐渭傳記

1. 《天地一枝——明代奇傑徐渭》，魯齊，昆明，雲南人民出版社，1996 年 1 月。

2. 《東方畸人徐文長傳》，丁家桐著，上海，上海人民出版社，1999 年 10 月。

3. 《徐文長外傳》，廖汀著，臺北，世界文物出版社，1983 年 2 月。

4. 《徐文長外傳》，西林著，臺北，世界文物出版社，1992 年 7 月。

5. 《徐文長評傳》，駱玉明、賀聖遂著，杭州，浙江古籍出版社，1987 年 8 月。

6. 《徐渭》，李德仁，長春，吉林美術出版社，1996 年 5 月。

7. 《徐渭》，王鋼，臺北，知書房出版社，2000 年 2 月。

8. 《徐渭》，周群著，昆明，雲南教育出版社，2010 年 6 月。

9. 《徐渭》，張志民編著，太原，山西教育出版社，2010 年 9 月。

10. 《徐渭》，丁家桐，南京，南京大學出版社，2010 年 11 月。

11. 《徐渭畫傳》，周時奮著，濟南，山東畫報出版社，2003 年 2 月。

12. 《徐渭傳》，王家誠，天津，百花文藝出版社，2008 年 8 月。

13. 《畸人怪才：徐渭傳》，江興祐，杭州，浙江人民出版社，2008 年 11 月。

（三）註譯評釋本

1. 《四聲猿》（附歌代嘯），〔明〕徐渭著，周中明校注，臺北，華正書局，2003 年 9 月。

2. 《明代散文選譯》，田南池譯注，南京，鳳凰出版社，2011 年 5 月。

3. 《南詞敘錄注釋》，李復波、熊澄宇注釋，北京，中國戲劇出版社，1989 年 1 月。

4. 《徐文長小品》，劉楨選注，北京，文化藝術出版社，1996 年 8 月。

5. 《徐渭小品》，黃桃紅、劉宗彬編，南昌，江西人民出版社，2010 年 10 月。

6. 《徐渭詩文選譯》，傅傑選注，南京，鳳凰出版社，2011 年 5 月。

7. 《唐李長吉詩集》，〔唐〕李賀撰，〔明〕徐渭、董懋策批註，臺北，新文豐出版社影《叢書集成》三編本，1997 年 3 月。

8. 《新譯明散文選》，周明初注譯，臺北，三民書局，1998 年 5 月。

（四）徐渭研究

1. 《中國書畫名家畫語圖解‧徐渭》，李祥林、李馨編著，北京，中國人民大學出版社，2005 年 11 月。

2. 《布衣與簪裾：科舉下的徐渭董其昌畫風》，孫明道，北京，中國社會科學出版社，2013 年 9 月。

3. 《明代文人的命運》，樊樹志，北京，中華書局，2013 年 8 月。

4. 《書畫同源‧徐渭》，任軍偉著，北京，榮寶齋出版社，2013 年 4 月。

5. 《徐渭三辨》，王長安著，北京，中國戲劇出版社，1995 年 10 月。

6. 《徐渭的寫意花鳥畫》，杜永剛編著，長春，吉林文史出版社，2010 年 1 月。

7. 《徐渭的選擇》，黃永厚著，北京，海豚出版社，2013 年 5 月。

8. 《徐渭研究》，張孝裕，臺北，學海出版社，1978 年 3 月。

9. 《徐渭散文研究》，傅瓊著，上海，上海古籍出版社，2007 年 12 月。

10. 《徐渭評傳》，周群、謝建華著，南京，南京大學出版社，2011 年 4 月。

11. 《徐渭論稿》，張新建著，北京，文化藝術出版社，1990 年 9 月。

12. 《徐渭戲劇研究》，陳遠洋，北京，中國社會科學出版社，2014 年 3 月。

13. 《聖徒與狂俠：凡高、徐渭比較研究》，邱春林著，上海，中西書局，2010 年 10 月。

14. 《顛沛的命運與不羈的靈魂：徐渭心理論》，郭曉飛著，北京，光明日報出版社，2011 年 10 月。

三、專著（先依時代，後依書名筆劃排列）

1. 《續疑獄集》，〔五代〕和凝、和㠓撰，臺北，臺灣商務印書館影清文淵閣《四庫全書》本，1986 年 3 月。

2. 《五代史》，〔宋〕歐陽修撰，臺北，臺灣商務印書館影清文淵閣《四庫全書》本，1986 年 3 月。

3. 《折獄龜鑑》，〔宋〕鄭克撰，臺北，臺灣商務印書館影清文淵閣《四庫全書》本，1986 年 3 月。

4. 《棠陰比事》，〔宋〕桂萬榮撰、〔明〕吳訥刪補，臺北，臺灣商務印書館影清文淵閣《四庫全書》本，1986 年 3 月。

5. 《正統道藏》，〔金〕白雲觀長春真人編纂，臺北，新文豐出版公司，1985 年 12 月。

6. 《朱文懿公文集》，〔明〕朱賡撰，四庫全書存目叢書編纂委員會編，臺南，莊嚴文化事業有限公司影湖北省圖書館藏明天啓刻本，1997 年 6 月。

7. 《曲律》，〔明〕王驥德撰，《續修四庫全書》編纂委員會編，上海，上海古籍出版社影北京圖書館藏明天啓五年毛以遂刻本，2002 年 3 月。

8. 《胡公行實》，〔明〕胡桂奇撰，四庫全書存目叢書編纂委員會編，臺南，莊嚴文化影北京圖書館藏清鈔本，1996 年 8 月。

9. 《皇明史概》、《皇明大政記》、《皇明大訓記》、《皇明大事記》等，〔明〕朱國禎撰，《續修四庫全書》編纂委員會編，上海，上海古籍出版社影明崇禎刻本），2002 年 3 月。

10. 《盛明百家詩》，〔明〕俞憲編，四庫全書存目叢書編纂委員會編，臺南，莊嚴文化事業有限公司影浙江圖書館藏明嘉靖至萬曆刻本影印，1997 年 6 月。

11. 《茅鹿門先生文集》，〔明〕茅坤撰，《續修四庫全書》編纂委員會編，上海，上海古籍出版社影中國科學院圖書館藏明萬曆刻本，2002 年 3 月。

12. 《琅嬛文集》，〔明〕張岱著‧云告點校，明清小品選刊，長沙，嶽麓書社，1985 年 7 月。

13. 《張陽和先生不二齋文選》，〔明〕張元忭撰，四庫全書存目叢書編纂委員會編，臺南，莊嚴文化事業有限公司影影湖北省圖書館藏明萬曆張汝霖張汝懋刻本，1997 年 6 月。

14. 《嘉靖東南平倭通錄》，〔明〕徐學聚撰，北京，全國圖書館文獻縮微複製中心出版，2004 年 5 月。

15. 《陶庵夢憶》，〔明〕張岱撰，新北市，頂淵文化事業有限公司，2004 年 3 月。

16. 《豐對樓詩選》，〔明〕沈明臣撰，四庫全書存目叢書編纂委員會編，臺南，莊嚴文化事業有限公司影浙江圖書館藏明萬曆二十四年陳大科陳堯佐刻本，1997 年 6 月。

17. 《明史》，〔清〕張廷玉等撰，楊家駱主編，臺北，鼎文書局，1982 年 11 月。

18. 《明史紀事本末》，〔清〕谷應泰撰，臺北，臺灣商務印書館影清文淵閣《四庫全書》本，1986 年 3 月。

19. 《明詩人小傳稿》，〔清〕潘介祉纂輯，國立中央圖書館特藏組編輯，臺北，國立中央圖書館，1986 年 1 月。

20. 《明詩紀事》，〔清〕陳田輯，上海，上海古籍出版社，1993 年 12 月。

21. 《明會要》，〔清〕龍文彬撰，北京，中華書局，1956 年 10 月。

22. 《黃宗羲全集》，〔清〕黃宗羲著，沈善洪主編，杭州，浙江古籍出版社，2005 年 1 月。

23. 《越畫見聞》，〔清〕陶元藻撰，上海，上海神州國光社，1928 年。

24. 《莊子集解》，〔清〕王先謙撰，臺北，世界書局，2006 年 8 月。

25. 《賴古堂書畫跋》，〔清〕周亮工撰，上海，上海神州國光社，1928 年。

26. 《中國民間故事與故事分類》，金榮華著，新北市，中國口傳文學學會，2007 年 9 月。

27. 《中國民間故事類型研究》，劉守華主編，武漢，華中師範大學出版社，2002 年 10 月。

28. 《中國越學》，王建華主編，北京，中國文聯出版社，2010 年 7 月。

29. 《比較故事學論考》，劉守華著，哈爾濱，黑龍江人民出版社，2003 年 5 月。

30. 《民間文學概說》，金榮華著，新北市，中國口傳文學學會，2015 年 1 月。

31. 《明世宗實錄》，臺北，中央研究院歷史語言研究所，1965 年 1 月。

32. 《明穆宗實錄》，臺北，中央研究院歷史語言研究所，1965 年 11 月。

33. 《到民間去：1918～1937 年的中國知識分子與民間文學運動》，〔美〕洪長泰著，董曉萍譯，上海，上海文藝出版社，1993 年 7 月。

34. 《胡宗憲傳》，卞利著，合肥，安徽大學人民出版社，2013 年 1 月。

35. 《徐渭的文學與藝術》，梁一成編著，臺北，藝文印書館，1977 年 1 月。

36. 《浙江民間故事史》，顧希佳著，杭州，杭州出版社，2008 年 1 月。

37. 《晚明小品研究》，吳承學著，南京，江蘇古籍出版社，1998 年 7 月。

38.《清朝野史大觀》，小橫香室主人編，臺北，臺灣中華書局，1986 年 4 月。

39.《道教服食技術研究》，黃永鋒著，北京，東方出版社，2008 年 4 月。

40.《鍾敬文文集》，鍾敬文著，合肥，安徽教育出版社，2002 年 12 月。

四、明代傳記叢刊（依出版者之編輯順序排列）

1.《明儒學案（一）》，〔清〕黃宗羲撰，周駿富輯，《明代傳記叢刊·學林類1》第 1 冊，臺北，明文書局，1991 年 1 月。

2.《皇明詞林人物考（二）》，〔明〕王兆雲輯，周駿富輯，《明代傳記叢刊·學林類 14》第 17 冊，臺北，明文書局，1991 年 1 月。

3.《皇明三元考》，〔明〕張弘道、張凝道同輯，周駿富輯，《明代傳記叢刊·學林類 16》第 19 冊，臺北，明文書局，1991 年 1 月。

4.《國朝列卿紀（七）》，〔明〕雷禮纂輯，周駿富輯，《明代傳記叢刊·名人類 7》第 38 冊，臺北，明文書局，1991 年 1 月。

5.《皇明應諡名臣備考錄（一）》，〔明〕林之盛編述，周駿富輯，《明代傳記叢刊·名人類 21》第 56 冊，臺北，明文書局，1991 年 1 月。

6.《明畫錄》，〔清〕徐沁著，周駿富輯，《明代傳記叢刊·藝林類 1》第 72 冊，臺北，明文書局，1991 年 1 月。

7.《明史竊列傳（三）》，〔明〕尹守衡著，周駿富輯，《明代傳記叢刊·綜錄類 5》第 84 冊，臺北，明文書局，1991 年 1 月。

8.《明史稿列傳（二）》，〔清〕王鴻緒等撰，周駿富輯，《明代傳記叢刊·綜錄類 9》第 96 冊，臺北，明文書局，1991 年 1 月。

9.《明分省人物考（六）》，〔明〕過庭訓纂集，周駿富輯，《明代傳記叢刊·綜錄類 36》第 134 冊，臺北，明文書局，1991 年 1 月。

10.《明越人三不朽圖贊》，〔明〕張岱纂，周駿富輯，《明代傳記叢刊·綜錄類 51》第 149 冊，臺北，明文書局，1991 年 1 月。

五、府縣志（先依時代，後依書名筆劃排列，如《山陰縣志》、《青州府志》等）

1. 嘉靖《山陰縣志》，〔明〕許東望修、張天復、柳文纂，殷夢霞選編，日本藏中國罕見地方誌叢刊續編第 3、4 冊，北京，北京圖書館影明嘉靖三十年刻本，2003 年 8 月。

2. 嘉靖《青州府志》，〔明〕劉應時，馮惟訥等撰，上海，上海古籍書店影寧波天一閣藏明嘉靖刻本，1982 年 8 月。

3. 浙江省《杭州府志》，〔明〕陳善等修，中國方志叢書·華中地方·第 524 號，臺北，成文出版社影明萬曆七年刊本，1983 年 3 月。

4. 浙江省《紹興府志》，〔明〕蕭良幹等修；張元忭等纂，中國方志叢書·華中地方·第 520 號，臺北，成文出版社影明萬曆十五年刊本，1983 年 3 月。

5. 萬曆《紹興府志》，〔明〕蕭良幹、張元忭等纂，臺南縣，莊嚴文化事業有限公司影明萬曆（十五年）刻本，1996 年 8 月。

6. 四川省《虁州府志》，〔明〕吳潛修輯·林超民等編，中國西南文獻叢書第一輯·西南稀見方志文獻第 9 冊，蘭州市，蘭州大學出版社影 1963 年上海古籍書店複製寧波天一閣藏明正德刻本，2003 年 8 月。

7. 嘉慶《山陰縣志》，〔清〕徐元梅等修；朱文翰等輯，中國方志叢書·華中地方·第 581 號，臺北，成文出版社影清嘉慶八年修，民國二十五年紹興縣修志委員會校刊鉛印本，1983 年 3 月。

8. 江蘇省《丹徒縣志》，〔清〕何紹章等修；〔清〕楊履泰等纂，中國方志叢書·華中地方·第 11 號，臺北，成文出版社影清光緒五年刊本，1970 年 5 月。

9. 康熙《永州府志》，〔清〕劉道著修，〔清〕錢邦芑纂，北京，中國科學院圖書館選編，2007 年 2 月。

10. 《甘肅通志》，〔清〕許容等監修，臺北，臺灣商務印書館影清文淵閣《四庫全書》本，1986 年 3 月。

11. 安徽省《休寧縣志》，〔清〕方崇鼎：何應松等纂修，中國方志叢書·華中地方·第 627 號，臺北，成文出版社影清嘉慶二十年刊本，1985 年 3 月。

12. 安徽省《休寧縣志》，〔清〕廖騰煃修；〔清〕汪晉徵等纂，中國方志叢書·華中地方·第 90 號，臺北，成文出版社影清康熙三十二年刊本，1970 年 12 月。

13. 山東省《益都縣志》，〔清〕陳食花修；〔清〕鍾鍔等纂，中國方志叢書，華北地方，山東省·第 375 號，臺北市，成文出版社影清康熙十一年刊本，1976 年。

14. 光緒《益都縣圖志》，〔清〕張承燮修：〔清〕法偉堂等纂，中國地方志集成山東府縣志輯 33，南京，鳳凰出版社影清光緒三十三年（1907）刻本，2004 年 12 月。

15. 浙江省《紹興府志》，〔清〕李亨特總裁：平恕等修，中國方志叢書·華中地方·第 221 號，臺北，成文出版社影清乾隆五十七年刊本，1975 年。

16. 福建省《邵武府志》，〔清〕王琛等修：〔清〕張景祁等纂，中國方志叢書·第 73 號，臺北，成文出版社影清光緒二十六年刊本，1967 年 12 月。

17. 道光《貴陽府志》，〔清〕周作楫修；蕭琯等纂，南京，鳳凰出版社影咸豐二年朱德璲綏堂刻本，2006 年。

18. 康熙《會稽縣志》，〔清〕董欽德輯，中國方志叢書‧華中地方‧第 553 號，臺北，成文出版社影清康熙二十二年董欽德輯民國二十五年紹興縣修志委員會校刊鉛印本，1983 年 3 月。

19. 浙江省《諸暨縣志》，〔清〕沈椿齡等修；樓卜瀍等纂，中國方志叢書‧華中地方‧第 598 號，臺北，成文出版社影乾隆三十八年刊本，1983 年 3 月。

20. 浙江省《餘姚縣志》，〔清〕邵友濂修；孫德祖等纂，中國方志叢書‧華中地方‧第 500 號，臺北，成文出版社影光緒二十五年刊本，1983 年 3 月。

21. 安徽省《績溪縣志》，〔清〕清愷等修；席存泰等纂，中國方志叢書‧華中地方‧第 724 號，臺北，成文出版社影清嘉慶十五年刊本，1985 年 3 月。

22. 民國《宣化縣新志》，陳繼曾，陳時雋修，郭維城纂，中國地方志集成，河北府縣志輯，上海，上海書店出版社，2006 年 10 月。

23. 浙江省《新昌縣志》，金城修；陳畬等纂，中國方志叢書‧華中地方‧第 79 號，臺北，成文出版社影民國八年鉛印本，1970 年 7 月。

24. 江蘇省《寶應縣志》，戴邦楨等修；馮煦等纂，中國方志叢書‧華中地方‧第 31 號，臺北，成文出版社影民國二十一年鉛印本，1970 年。

六、論文

（一）學位論文（先依出版時間，如出版時間相同，則依書名筆劃排列）

1. 《臺灣地區邱罔舍故事研究》，林培雅，新竹，國立清華大學中國文學研究所碩士論文，1995 年 7 月。

2. 《命運悲歌與人生戀歌──徐渭詩歌的雙重解讀》，傅瓊，曲阜，曲阜師範大學碩士論文，2001 年 4 月。

3. 《八法散聖，字林俠客──徐渭書法研究》，洪光耀，臺北，國立臺灣師範大學美術研究所碩士論文，2001 年 6 月。

4. 《徐渭人格論》，陳志國，濟南，山東師範大學碩士論文，2002 年 4 月。

5. 《眼空千古，獨立一時──論徐渭文學思想與心學的淵源關係》，張金環，曲阜，曲阜師範大學碩士論文，2002 年 4 月。

6. 《越中派初探》，王燕飛，濟南，山東師範大學碩士論文，2002 年 4 月。

7. 《台灣客家李文古故事研究》，吳餘鎬，嘉義，國立中正大學中國文學研究所碩士論文，2002 年 5 月。

8. 《徐渭書法風格論》，馬煒，重慶，西南師範大學碩士論文，2002 年 5 月。

9. 《論徐渭的詩文理論》，張瑞芳，鄭州，鄭州大學碩士論文，2002 年 5 月。

10. 《面向「大地眾生」反映「人生本色」——論徐渭的戲曲美學思想，鄭小雅，福州，福建師範大學碩士論文，2002 年 6 月。

11. 《書法線條中的情緒表現~以顏真卿、蘇東坡、徐渭爲例》，許玉芳，屏東，國立屏東師範學院視覺藝術教育研究所，2002 年 6 月。

12. 《徐渭文藝理論：氣的觀點》，邱寶惠，臺中，私立東海大學中國文學研究所碩士論文，2002 年 6 月。

13. 《徐渭書法藝術之研究》，林榮森，臺中，國立中興大學中國文學系碩士在職專班碩士論文，2002 年 9 月。

14. 《徐渭大寫意畫風之研究》，王俊盛，國立臺灣藝術大學造形藝術研究所碩士論文，2003 年。

15. 《徐渭題畫文學之繪畫理念研究》，黃秋薇，屏東，國立屏東師範學院國民教育研究所碩士論文，2003 年 1 月。

16. 《徐渭本色論內涵及其在晚明文學思想演變中的地位》，張慧群，北京，首都師範大學碩士論文，2003 年 5 月。

17. 《徐渭戲曲淺論》，曾維芬，廣州，華南師範大學碩士論文，2003 年 5 月。

18. 《凡高、徐渭比較研究》，邱春林，南京，南京藝術學院博士論文，2004 年 4 月。

19. 《徐渭散文的特色及其在文學史上的地位》，傅瓊，上海，復旦大學博士論文，2004 年 4 月。

20. 《中國古代早期的獨幕劇——明代一折短劇研究》，陳爽，揚州，揚州大學碩士論文，2004 年 5 月。

21. 《明代戲曲本色說考論》，敬曉慶，蘭州，西北師範大學碩士論文，2004 年 6 月。

22. 《徐渭之《玉禪師翠鄉一夢》與沙特之《無路可出》中人的存在循環與超脫》，曾明鈺，嘉義，國立中正大學比較文學研究所碩士論文，2004 年 6 月。

23. 《凡高與徐渭——兩位瘋癲藝術家之比較》，仇國梁，南京，南京大學碩士論文，2005 年 4 月。

24. 《明代中后期徐渭書畫轉型的成因研究》，范美俊，成都，四川大學碩士論文，2005 年 4 月。

25. 《論徐渭對杜詩的接受》，郭皓政，濟南，山東師範大學碩士論文，2005 年 4 月。

26. 《借其異跡，吐我奇氣——徐渭《四聲猿》中的女扮男裝現象透視》，張洪橋，武漢，華中科技大學碩士論文，2005 年 5 月。

27. 《徐渭的藝術精神》，吳鵬，貴陽，貴州師範大學碩士論文，2005 年 6 月。

28. 《徐渭詩文研究》,李利軍,蘭州,西北師範大學碩士論文,2005 年 6 月。

29. 《晚明浪漫書風研究》,鞏緒發,濟南,山東師範大學碩士論文,2006 年 4 月。

30. 《徐渭大寫意繪畫風格研究》,劉洋,保定,河北大學碩士論文,2006 年 6 月。

31. 《徐渭及其散文研究》,杜宏波,呼和浩特,內蒙古大學碩士論文,2006 年 6 月。

32. 《徐渭「本色」論的理論內涵及價值研究》,李曉蕾,濟南,山東大學碩士論文,2007 年 4 月。

33. 《徐渭小品的審美取向和創作姿態》,李子良,長春,東北師範大學碩士論文,2007 年 5 月。

34. 《心學與徐渭藝術思想研究》,張劍,北京,中央美術學院博士論文,2007 年 6 月。

35. 《徐渭及其題畫藝術》,徐瑞香,臺北,臺北市立教育大學中國語文學研究所碩士論文,2007 年 6 月。

36. 《徐渭詩歌思想內容研究》,佟昊,呼和浩特,內蒙古大學碩士論文,2007 年 6 月。

37. 《徐渭傳世繪畫作品中題跋之詮釋》,吳南忻,臺中,私立東海大學美術研究所碩士論文,2007 年 7 月。

38. 《徐渭文化心態研究》,汪沛,西安,陝北師範大學博士論文,2007 年 10 月。

39. 《徐渭詩歌研究》,張淼,上海,復旦大學博士論文,2008 年 4 月。

40. 《民間視野中的「徐文長」》,馬汀,上海,華東師範大學碩士論文,2008 年 5 月。

41. 《徐渭和他的雜劇考論》,馬小明,蘭州,蘭州大學碩士論文,2008 年 5 月。

42. 《論徐渭的戲劇理論》,陶小紅,烏魯木齊,新疆大學碩士論文,2008 年 5 月。

43. 《徐文長故事與人物形象研究》,陳雅貞,臺中,國立中興大學中國文學研究所碩士論文,2008 年 6 月。

44. 《徐文長詩歌創作研究》,蔡丹著,西安,陝西師範大學碩士論文,2009 年 5 月。

45. 《唐伯虎與風流才子——歷史與傳說的糾葛》,高靖琪,臺中,私立東海大學中國文學研究所碩士論文,2010 年 2 月。

46. 《徐渭戲曲美學思想研究》,畢思峰,濟南,山東師範大學碩士論文,2010

年 4 月。

47. 《徐渭戲曲與戲曲論研究》，鄭恩玉，上海，上海戲劇學院博士論文，2010年 4 月。

48. 《狂傲與瘋癲——論徐渭、凡高癲狂之同象異質》，高遠，南京，南京藝術學院碩士論文，2010 年 5 月。

49. 《徐渭花鳥畫藝術自主性研究》，吳蕙君，臺南，國立成功大學藝術研究所碩士論文，2010 年 6 月。

50. 《徐渭及其佛教文學》，許郁眞，臺南，國立臺南大學國語文學研究所碩士論文，2010 年 11 月。

51. 《嘉靖能臣胡宗憲之研究》，賴淑芳，桃園，國立中央大學歷史研究所碩士論文，2011 年 1 月。

52. 《徐渭本色戲曲創作論研究》，楊玲燕，南寧，廣西民族大學碩士論文，2011 年 4 月。

53. 《論徐渭狂性美學》，辛立松，南京，南京師範大學碩士論文，2011 年 4 月。

54. 《徐渭的美學思想研究》，王鳳雪，濟南，山東師範大學碩士論文，2011年 5 月。

55. 《徐渭題畫書法研究》，潘嬌嬌，南京，南京師範大學碩士論文，2011年 5 月。

56. 《徐渭繪畫作品研究》，劉雅竹，北京，中央民族大學碩士論文，2011年 5 月。

57. 《徐渭《四聲猿》版畫研究》，郭奕蘭，臺北，國立臺灣師範大學藝術史研究所碩士論文，2011 年 6 月。

58. 《徐渭詩文編年考論》，李春雨，西安，西北大學碩士論文，2011 年 6 月。

59. 《異境/藝境：徐渭詩文中的疾病與自我》，許若菱，南投，國立暨南國際大學中國語文學研究所碩士論文，2011 年 7 月。

60. 《「書畫同體」觀念與徐渭大軸書法的繪畫性表現》，王東民，杭州，浙江大學碩士論文，2012 年 2 月。

61. 《布衣與簪裾——科舉下的徐渭董其昌畫風》，孫明道，北京，中國藝術研究院博士論文，2012 年 6 月。

62. 《徐渭的大寫意風格》，張耀龍，蘭州，西北師範大學碩士論文，2012年 6 月。

63. 《論徐渭戲劇的創新精神與藝術特色》，高亞娟，西寧，青海師範大學碩士論文，2012 年 6 月。

64. 《徐渭《狂鼓史漁陽三弄》雜劇研究》，孫鄂南，新竹，玄奘大學中國語

文學研究所碩士論文，2012 年 7 月。

65. 《徐渭大寫意花鳥畫筆墨初探》，孫英，杭州，中國美術學院碩士論文，2013 年。

66. 《徐渭與晚明文人畫之個性解放取向》，李佳玲，新竹，國立新竹教育大學人資處美勞教學碩士班碩士論文，2013 年。

67. 《「道在戲謔」——論徐渭繪畫的精神旨趣》，曹海洋，北京，北京服裝學院碩士論文，2013 年。

68. 《由病入詩／畫：徐渭之精神疾病及其隱喻書寫》，謝琬婷，臺北，臺灣大學中國文學研究所碩士論文，2013 年 1 月。

69. 《以徐渭的作品論中國的繪畫與書法的相融性》，武靜，石家莊，河北師範大學碩士論文，2013 年 5 月。

70. 《徐渭題畫文學研究》，李殿君，南京，南京大學碩士論文，2013 年 5 月。

71. 《以書入畫，格高氣盛——陳淳、徐渭大寫意花鳥畫風之研究》，宋曉薈，曲阜，曲阜師範大學碩士論文，2013 年 6 月。

72. 《徐渭大寫意花鳥「放逸」風格探析》，黃斐斐，南昌，江西科技師範大學碩士論文，2013 年 6 月。

73. 《試論徐渭的書畫藝術》，黃驂龍，曲阜，曲阜師範大學碩士論文，2013 年 6 月。

74. 《越俗越雅：徐渭人物畫中的俚俗性》，林利彣，桃園，國立中央大學藝術學研究所碩士論文，2013 年 7 月。

75. 《徐渭雜劇藝術探究》，洪敏，泉州，華僑大學碩士論文，2014 年 3 月。

76. 《徐渭在明代書史的定位問題考察》，郭麗媛，北京，首都師範大學碩士論文，2014 年 4 月。

77. 《徐渭生平及戲曲創作研究述論》，任立欣，蘭州，蘭州大學碩士論文，2014 年 5 月。

78. 《寫意花鳥畫中「破墨法」之研究和實踐》，曹蒙娜，南京，南京師範大學碩士論文，2014 年 5 月。

79. 《陳淳與徐渭藝術風格之比較》，劉曉，青島，青島大學碩士論文，2014 年 5 月。

80. 《以表演為重心：徐渭南戲理論研究》，呂行，恩施，湖北民族學院碩士論文，2014 年 6 月。

81. 《明代中后期戲曲尚「真」美學思想研究》，孫楠，臨汾，山西師範大學碩士論文，2014 年 6 月。

82. 《徐渭書法的「求變」藝術思想研究》，張祥帥，曲阜，曲阜師範大學碩士論文，2014 年 6 月。

83. 《淺析中國畫作品中的抒情性》，黎丹，長春，吉林大學碩士論文，2014
年 6 月。

（二）期刊論文（依出版時間排列）

1. 〈民間故事類型第二次修訂版的介紹與評價〉，丁乃通，《清華學報》新 7
卷第 2 期，1969 年 8 月。

2. 〈徐渭家世考略〉，駱玉明、賀聖遂，《復旦學報》（社會科學版）1984 年
第 2 期。

3. 〈《南詞敘錄》非徐渭作〉，駱玉明、董如龍，《復旦學報》（社會科學版），
1987 年第 6 期。

4. 〈關於徐文長先生事四問〉，洛地，《中華戲曲》，1996 年第 1 期。

5. 〈入浙御倭前胡宗憲活動事蹟考〉，卞利、洪仁傑，《安徽史學》，1999 年
第 2 期。

6. 〈談徐渭的道士身分及其與道家道教的關係〉，張松輝，《古籍整理研究
學刊》，2000 年第 6 期。

7. 〈藥源性急性鉛汞混合中毒 20 例分析〉，張華、冷梅、繆璐，《職業衛生
與應急救援》第 19 卷第 1 期，2001 年 3 月。

8. 〈張岱與徐渭〉，張則桐，《中國典籍與文化》，2002 年第 3 期。

9. 〈一個機智人物故事的原型與流傳——AT1635A 型故事的中國原型探
尋〉，黃永林，《華中師範大學學報》（人文社會科學版），第 41 卷第 3 期，
2002 年 5 月。

10. 〈徐渭瘋狂新論〉，仇國梁，《揚州職業大學學報》，第 8 卷第 1 期，2004
年 3 月。

11. 〈民間文化視野中的徐渭〉，宋浩成，《紹興文理學院學報》，第 24 卷第 3
期，2004 年 6 月。

12. 〈徐渭研究百年述評〉，傅瓊，《藝術晨家》，總第 75 期，2004 年。

13. 〈藥源性鉛、汞中毒 45 例臨床分析〉，崔萍、馬藍等，《中國職業醫學》，
第 34 卷第 5 期，2007 年 10 月。

14. 〈胡宗憲幕府人物考略〉，呂靖波，《滁州學院學報》，第 10 卷第 4 期，
2008 年 7 月。

15. 〈談徐渭的本色〉，張繼玲，《現代語文》（文學研究版），2009 年 7 月。

16. 〈民歌與徐渭〉，陳書錄，《南京師範大學文學院學報》，2009 年 9 月第 3
期。

17. 〈徐渭本色論中的觀眾視點〉，廖玉婷，《淮北煤炭師範學院學報》（哲學
社會科學版），第 30 卷第 6 期，2009 年 12 月。

18. 〈理性與畸情：張元忭與徐渭的文化身分認同〉，汪沛，《文化與詩學》，

2010 年第 1 期。

19. 〈淺析《南詞敘錄》作者爭議問題〉，張婷婷，《文學界》（理論版），2010年第 11 期。

20. 〈論李如松與徐渭的交游〉，王振寧，《理論界》，2011 年第 12 期。

21. 〈一事四說──〈來僕不敬罰揩磨〉故事試探〉，金榮華，《中國文化大學中文學報》，第 29 期，2014 年 10 月。

22. 〈從徐文長到阿 Q 的「精神勝利法」〉，鹿憶鹿，《民間文化論壇》，第 229期，2014 年第 6 期。

七、工具書

以下列舉索引項目多爲民間文學研究之工具用書，及論文中所提及相關人物需參考之年譜資料。

（一）索引（先中文後外文，中文依書名筆劃排列，英文依字母順序排列）

1. 《丁乃通《中國民間故事類型索引》情節檢索》，金榮華著，臺北，中國口傳文學學會，2010 年 3 月。

2. 《中國民間故事類型》，〔德〕艾伯華著，王燕生、周祖生譯，北京，商務印書館，1999 年 2 月。

3. 《中國民間故事類型索引》，〔美〕丁乃通編著，武漢，華中師範大學出版社，2008 年 4 月。

4. 《中國叢書綜錄》，上海圖書館編，上海，上海古籍出版社，2007 年 3 月。

5. 《六朝志怪小說情節單元索引》（甲編），金榮華著，臺北，中國文化大學中國文學研究所，1984 年 3 月。

6. 《民間故事類型索引》（增訂本）四冊，金榮華著，新北市，中國口傳文學學會，2014 年 4 月。

7. 《明清進士題名碑錄索引》，編輯部編輯，臺北，文史哲出版社，1982 年7 月。

8. Aarne Antti, Verzeichnis der Märchentypen（FFC No3） Helsinki, 1910.

9. Eberhard Wolfram, *Typen Chinesischer Volksmärchen*（FFC No120）Helsinki, 1937.

10. Ting, Nai-Tung, *A Type Index of Chinese Folktales*（FFC No223）, Helsinki, 1978.

11. Thompson, Stith, *Motif-Index of Folk-Literature*, Bloomington, Indiana University press, 1975.

12. Thompson, Stith, *The Types of the Folktale*（FFC No184）, Helsinki, 1981.

13. Uther, Hans- Jörg. *The Types of International Folktales*（FFC No285）, Helsinki, 2004.

（二）年譜（依書名筆劃排列）

1. 《中國古代名人生卒、歷史大事年譜》，〔清〕吳榮光編，北京，北京圖書館出版社，2002 年 10 月。

2. 《中國歷代人物年譜考錄》，謝巍編撰，北京，中華書局，1992 年 11 月。

3. 《中國歷代名人年譜總目》，王德毅編，臺北，新文豐出版社，1999 年 5 月。

4. 《中國歷代年譜總錄》，楊殿珣編，北京，北京圖書館出版社，1996 年 5 月。

5. 《徐文長先生年譜》，《中國詩歌研究》（第五輯），教育部省屬高校人文社會科學重點研究基地，首都師範大學中國詩歌研究中心主辦，北京，中華書局，2008 年 12 月。

6. 《徐氏歷代名人錄》，香港徐氏宗親會編輯委員會，香港，香港徐氏宗親會，1971 年 3 月。

7. 《晚明曲家年譜》第二卷・浙江卷，徐朔方著，杭州，浙江古籍出版社，1993 年 12 月。

8. 《歷代名人年譜》，〔清〕吳榮光著，北京，北京圖書館出版社，2002 年 11 月。

八、網路資料

1. 《仕隱齋涉筆》，〔清〕丁治棠撰，維基文庫，上網日期：2015.8.10。網址：https://zh.wikisource.org/zh-hant/%E4%BB%95%E9%9A%B1%E9%BD%8B%E6%B6%89%E7%AD%86

附錄一　徐文長傳說故事 459 篇篇目表

說明：

　　本附錄呈現的是筆者所收錄之以徐文長為傳說、故事主角之六百零七篇故事之歸納表，其中文字相同或相近者共計一百四十八篇，歸納於「篇目」之中，因此，次第至四百五十九。表格中之「故事出處」，或未全銜，至於詳目，則須參見〈引用書目〉。

次第	故　事　出　處	篇　　　目
1	徐渭（文長）的故事、徐文長的故事、紹興市故事卷、中國民間故事集成·浙江、越地徐文長	竿上取物 p1-2、竿上取物 p1-2、竿上取物 p3-4、竿上取物 p821-822、竿上取物 p9-10
2	徐渭（文長）的故事、越地徐文長	徐渭路經「梟姬祠」p3-5、徐渭路經「梟姬祠」p38-40
12	徐渭（文長）的故事、越地徐文長	徐渭才名貫九天 p31-32、徐渭才名貫九天 p121-122
3	徐渭（文長）的故事、越地徐文長	徐文長酒樓題茱名 p6-11、徐文長酒樓題茱名 p46-50
4	徐渭（文長）的故事、越地徐文長	徐文長經商 p12-14、徐文長經商 p58-60
18	徐渭（文長）的故事、徐文長的故事、紹興市故事卷、越地徐文長	寫招牌 p42-44、寫招牌 p62-64、寫招牌 p21-23、寫招牌 p186-188
5	徐渭（文長）的故事、紹興市故事卷、越地徐文長	對課 p15-16、對課 p5-6、對課 p16-17
6	徐渭（文長）的故事、越地徐文長	童年難倒張會元 p17-19、童年難倒張會元 p18-20
7	徐渭（文長）的故事、越地徐文長	作詩表清白 p20-21、作詩表清白 p70-71

8	徐渭（文長）的故事、越地徐文長	寫壽聯 p22-23、寫壽聯 p548-549
9	徐渭（文長）的故事、越地徐文長	徐渭乘涼書「虎」軸 p24、徐渭乘涼書「廑」軸 p89
54	徐文長的故事、徐文長傳、越地徐文長	為虎作「倀」p43-45、為虎作「倀」p48-50、為虎作「倀」p137-138
10	徐渭（文長）的故事	聖賢愁 p25
21	徐渭（文長）的故事、越地徐文長	拔毛過酒仙贈藤 p51-55、拔毛過酒仙贈藤 p26-29
11	徐渭（文長）的故事、越地徐文長	七十二峰深處 p26-30、七十二峰深處 p111-114
13	徐渭（文長）的故事、越地徐文長	王木匠巧對徐文長 p33-34、王木匠巧對徐文長 p132-133
14	徐渭（文長）的故事	徐文長寫戲聯 p35
15	徐渭（文長）的故事、越地徐文長	巧題對聯 p36、巧題對聯 p139
16	徐渭（文長）的故事、徐文長的故事、紹興市故事卷、七個才子六個癲	遊湖題詠 p37-38、遊湖題詠 p123-124、遊湖題詠 p17-18、遊湖題詠 p40-44
17	徐渭（文長）的故事、越地徐文長	「恩愛」堂 p39-41、「恩愛」堂 p148-150
19	徐渭（文長）的故事、越地徐文長	徐文長作「蚊蟲詩」p45-48、徐文長作「蚊蟲詩」p159-162
20	徐渭（文長）的故事、越城區故事卷、越地徐文長	徐文長題匾 p49-50、徐文長題匾 p235-236、徐文長題匾 p169-170
22	徐渭（文長）的故事	題聯三江閘 p56
32	徐渭（文長）的故事、越地徐文長	湯太守結識徐文長 p83-86、湯太守結識徐文長 p216-219
23	徐渭（文長）的故事、徐文長的故事、紹興市故事卷、越地徐文長、中國機智人物故事大觀	「嫁乎？不嫁？」p57、「嫁乎？不嫁？」p104-105、「嫁乎？不嫁？」p33-34、「嫁乎？不嫁？」p251-252、「嫁乎？不嫁？」p402-403
24	徐渭（文長）的故事、越地徐文長	徐文長接聯救先生 p58-59、徐文長接聯救先生 p179-181
25	徐渭（文長）的故事、越城區故事卷、越地徐文長	仗義截騙賊 p60-61、徐文長仗義截騙賊 p230-231、仗義截騙賊 p184-185
26	徐渭（文長）的故事、越地徐文長	拆字解急 p62-66、拆字解急 p189-193
27	徐渭（文長）的故事、越地徐文長	徐文長義取翡翠鐲 p67-71、徐文長義取翡翠鐲 p196-199
28	徐渭（文長）的故事、越地徐文長	懲治奸商 p72-75、懲治奸商 p203-206
29	徐渭（文長）的故事	三兩酒 p76-77

30	徐渭（文長）的故事、越地徐文長	徐文長氣死高知縣 p78-79、徐文長氣死高知縣 p210-211
31	徐渭（文長）的故事	徐文長戲弄黑心人 p80-82
33	徐渭（文長）的故事、越城區故事卷、紹興市故事卷、越地徐文長	舌戰趙文華 p87-90、徐文長舌戰趙文華 p220-223、舌戰趙文華 p35-38、舌戰趙文華 p224-227
34	徐渭（文長）的故事、徐文長的故事、越城區故事卷、紹興市故事卷、中國民間故事集成・浙江、越地徐文長	「山陰勿管，會稽勿收」p91-92、「山陰勿管，會稽勿收」p40-42、「山陰勿管，會稽勿收」p224-225、「山陰勿管，會稽勿收」p28-29、山陰勿管，會稽勿收 p820、「山陰勿管，會稽勿收」p130-131
35	徐渭（文長）的故事、越地徐文長	徐文長魁星寺作聯 p93-94、徐文長魁星寺作聯 p228-229
36	徐渭（文長）的故事、越城區故事卷、紹興市故事卷、越地徐文長	壽堂鬥智 p95-97、壽堂鬥智 p237-240、壽堂鬥智 p39-42、徐文長二救老獵戶 p232-234
37	徐渭（文長）的故事、越地徐文長	智鬥顏捕快 p98-103、智鬥顏捕快 p238-242
38	徐渭（文長）的故事、越地徐文長	小尼姑登門求文長 p104-109、小尼姑登門求文長 p245-250
39	徐渭（文長）的故事、徐文長的故事、紹興市故事卷、越地徐文長	「一頭牛」和「一斤油」p110-112、「一頭牛」和「一斤油」p16-19、「一頭牛」和「一斤油」p30-32、一頭牛和一斤油 p61-63
40	徐渭（文長）的故事、越地徐文長	三個燒餅買「湧金」p113-115、三個燒餅買「湧金」p253-255
41	徐渭（文長）的故事、越地徐文長	題畫改詩 p116-118、題畫改詩 p258-260
42	徐渭（文長）的故事、越地徐文長、七個才子六個癲	南鎮詳夢 p119-121、南鎮詳夢 p264-266、南鎮殿詳夢 p58-61
43	徐文長的故事、越地徐文長	猜帽子 p3-4、猜帽子 p11-12
44	徐文長的故事、越地徐文長	「該當何罪？」p5-7、「該當何罪？」p24-25
45	徐文長的故事、徐文長傳、越地徐文長	斗米斤雞 p8-10、斗米斤雞 p97-99、斗米斤雞 p30-32
46	徐文長的故事、越地徐文長	「僧在有道」p11-13、「僧在有道」p41-43
47	徐文長的故事、越地徐文長	寫呈子 p14-15、寫呈子 p51-52。
48	徐文長的故事、中國民間故事全集・浙江民間故事集、越地徐文長	「小處不可隨便」p20-22、小處不可隨便 p268-270、小處不可隨便 p67-69

49	徐文長的故事、中國民間故事全集‧浙江民間故事集、越地徐文長	考場寫長文 p23-25、考場寫長文 p266-268、考場寫長文 p79-80
50	徐文長的故事、紹興市故事卷、中國民間故事集成‧浙江、越地徐文長、中國機智人物故事大觀	卸御賜金牌 p26-29、卸御賜金牌 p7-9、徐文長卸御賜金牌 p818-819、卸御賜金牌 p85-88、卸御賜金牌 p390-392
51	徐文長的故事、越地徐文長	「牛頭牛毛」的字 p30-32、「牛頭牛毛」的字 p94-96
52	徐文長的故事、越地徐文長	貢院考試 p33-35、貢院考試 p109-110
53	徐文長的故事、越地徐文長、中國機智人物故事大觀	府學宮鬥欽差 p36-39、府學宮鬥欽差 p117-120、府學宮鬥欽差 p392-394
55	徐文長的故事、徐文長傳、越地徐文長	「青天高一尺」p46-47、青天高一尺 p51-52、「青天高一尺」p146-147
56	徐文長的故事、越地徐文長	泰山石敢當 p48-49、泰山石敢當 p157-158
57	徐文長的故事、越地徐文長、中國機智人物故事大觀	蠟燭頭魚行主 p50-51、蠟燭頭魚行主 p167-168、蠟燭頭魚行主 p404-405
58	徐文長的故事、徐文長傳、越地徐文長	兩顆良心一般黑 p52-55、兩顆良心一般黑 p100-103、兩顆良心一般黑 p174-176
59	徐文長的故事、徐文長傳、越地徐文長	一百錢一隻桃 p56-58、一百文錢一隻桃 p104-106、一百文錢一隻桃 p177-178
60	徐文長的故事、徐文長傳、越地徐文長	豬玀朝奉 p59-61、豬玀朝奉 p117-119、豬玀朝奉 p182-183
61	徐文長的故事、徐文長傳、越地徐文長	利息三兩酒 p65-67、利息三兩酒 p69-71、利息三兩酒 p194-195
62	徐文長的故事、越地徐文長	氣煞馬員外 p68-71、氣煞馬員外 p200-202
63	徐文長的故事、中國文人傳說故事、越地徐文長	屍體落河 p72-74、智懲地頭蛇 p316-317、智懲地頭蛇 p207-209
64	徐文長的故事、紹興市故事卷、越地徐文長	借佛罵「剝皮」p75-78、借佛罵剝皮 p24-27、借佛罵「剝皮」p212-215
65	徐文長的故事、越地徐文長	免死金牌 p79-83、免死金牌 p220-223
66	徐文長的故事	絕倭塗用兵 p84-87
67	徐文長的故事、中國民間故事全集‧浙江民間故事集、越地徐文長、紹興師爺的故事	二聖祠題聯 p88-92、二聖祠題聯 p273-278、二聖祠題聯 p53-57、二聖祠名士題聯 p114-121
68	徐文長的故事、紹興市故事卷、越地徐文長	大堂畫 p93-94、大堂畫 p10-11、大堂畫 p230-231
69	徐文長的故事、紹興市故事卷、越地徐文長	「田水月」畫群貓 p95-97、「田水月」畫群貓 p12-14、田水月畫群貓 p235-237

70	徐文長的故事、紹興市故事卷	三江題聯 p98-100、三江題聯 p15-16
71	徐文長的故事、越地徐文長	南鎮留墨 p101-103、南鎮留墨 p243-244
72	徐文長的故事、越城區故事卷、中國民間故事集成‧浙江、越地徐文長	廿年媳婦廿年婆 p106-107、傳代碗 p301-302、一隻傳代碗 p785-786、廿年媳婦廿年婆 p256-257
73	徐文長的故事、越地徐文長	昌安門比武 p108-110（＋1092A）、昌安門比武 p261-263（＋1092A）
74	徐文長的故事、徐文長傳、越地徐文長	「紅白詩」與「酒壺詩」p111-113、紅白詩與酒壺詩 p169-171、「紅白詩」與「酒壺詩」p267-269
75	徐文長的故事、中國民間故事全集‧浙江民間故事集、越地徐文長	「磬有魚」和「呱呱呱」p114-115、「磬有魚」和「呱呱呱」p270-271、「磬有魚」和「呱呱呱」p272
76	徐文長的故事、越地徐文長	埠船上講故事 p116-119、埠船上講故事 p276-278
77	徐文長的故事、越地徐文長	天天天天天天天 p120-122、天天天天天天天 p281-283
78	徐文長的故事、徐文長傳、越地徐文長	「遲」「早」三個月 p125-126、遲早三個月 p160-161、「遲」「早」三個月 p286
79	徐文長的故事、越地徐文長	「落雨天，留客天」p127-129、「落雨天，留客天」p289-291
80	徐文長的故事、徐文長傳、越地徐文長	涼亭比夢 p130-133、涼亭比夢 p175-178、涼亭比夢 p295-298
81	徐文長的故事、中國民間故事集成‧甘肅、徐文長傳、越地徐文長	何忍於心 p134-137、何忍於心 p790-791、何忍於心 p179-182、何忍於心 p301-304、
82	徐文長的故事、徐文長傳、越地徐文長	「化千成萬寶中寶」p138-140、化千成萬寶中寶 p183-185、化千成萬寶中寶 p307-308
83	徐文長故事集、明清笑話集	掉褲 p1-2、徐文長的故事之三 p185
84	徐文長故事集	嘴對便壺 p2
85	徐文長故事集	悖時鬼 p3
86	徐文長故事集	上頭還有一撇 p4
87	徐文長故事集	「哥哥，你好罷！」p5
88	徐文長故事集	口袋取錢 p5-6
89	徐文長故事集	智捏少婦腳 p7
90	徐文長故事集	嗅婦女的臉 p7-8
91	徐文長故事集	騙小姨脫褲 p8-9

92	徐文長故事集、徐文長故事集	設法接吻 p9-10（異文 p10-11）
93	徐文長故事集	贏到茶食 p11-13
94	徐文長故事集	同她睡一夜 p13-15
95	徐文長故事集、徐文長故事集、明清笑話集	裝僧小便 p15-16（異文 p17）、徐文長的故事之四 p186-187
96	徐文長故事集	裝女調僧 p17-19
97	徐文長故事集	磬有魚 p19-20
98	徐文長故事集	以打爲不打 p20-21
99	徐文長故事集	床前繡鞋 p21-22
100	徐文長故事集	布施萬忽 p22-23
101	徐文長故事集、徐文長故事集、明清笑話集	誰吃了糞 p24（異文 p25-26）、徐文長的故事之六 p188-189
102	徐文長故事集、明清笑話集	買雞蛋 p27、徐文長的故事之七 p189 買雞蛋
	徐文長故事集、徐文長故事集、徐文長故事集	買雞蛋異文一 p27-28、買雞蛋異文二 p28、買雞蛋異文三 p29
103	徐文長故事集、徐文長故事集、明清笑話集	缸幾錢一斤 p29-30（異文，p30-32）、徐文長的故事之一 p184
104	徐文長故事集	屠戶被抓 p32-33
105	徐文長故事集、徐文長故事集、明清笑話集	戲弄糞夫 p33-34（異文一 p34）、徐文長的故事之二 p185
106	徐文長故事集、徐文長故事集、明清笑話集	喝茶上當 p34-35（異文 p35-37）、徐文長的故事之八 p189-190
107	徐文長故事集	買柴一根 p37-39
108	徐文長故事集	弄父出屎 p39-41
109	徐文長故事集、徐文長故事集	用刀殺妻 p42-43（有一異文）
110	徐文長故事集	巧服惡媳 p44-45
111	徐文長故事集	死丐凶過惡夫役 p45-p47
112	徐文長故事集	咬耳勝訟 p47-48
113	徐文長故事集	父有董卓之行 p49
114	徐文長故事集	打落門牙 p49-50
115	徐文長故事集	牛喫麥苗 p50-51
116	徐文長故事集	寡婦改嫁 p51-p52
117	徐文長故事集	免殺某盜 p53-54
118	徐文長故事集	移屍 p54-55

119	徐文長故事集	訟勝得羊 p56-57
120	徐文長故事集	作弄醫生與棺材老板 p57-p59
121	徐文長故事集	借錢不還 p60-61
122	徐文長故事集	混蛋罵誰 p60
123	徐文長故事集	調嬉媳婦 p61-62
124	徐文長故事集	學生挨打 p63-64
125	徐文長故事集	先生跌入毛廁 p65
126	徐文長故事集、徐文長故事集	喚都來看 p66-67（異文一，p67-68）
127	徐文長故事集、徐文長故事集	出來瞧 p68-70、出來瞧異文 p70-71
128	徐文長故事集	謊你的 p71-72
129	徐文長故事集	罰送石磨 p73
130	徐文長故事集	被角寫字 p74-75
131	徐文長故事集	憎厭白鬚 p75-76
132	徐文長故事集	石匠受騙 p76-77
133	徐文長故事集	嬲哭丈母 p77-79
134	徐文長故事集	不像人了 p79-80
135	徐文長故事集	一首詩壓倒太守 p80-p82
136	徐文長故事集	物歸原處 p82-83
137	徐文長故事集、明清笑話集	三呼墮貧 p83-84、徐文長的故事之五 p187-188
138	徐文長故事集、明清笑話集	天下大平 p84-85、徐文長的故事之五 p187-188
139	徐文長故事集	對諸賓不歡 p85-87
140	徐文長故事集	踢毽子 p87-88
141	徐文長故事集	發根 p88
142	徐文長故事集	譏諷麻面郎君 p89
143	徐文長故事集	怪字 p89-91
144	徐文長故事集	詠蚊詩 p91-93
145	徐文長故事集	咏蚊蟲 p94-95
146	徐文長故事集	點心店 p95-100
147	徐文長故事集	玉衡山房 p100-p102
148	徐文長故事集	蜑二 p103-104
149	徐文長故事集	看大船去 p104-105

150	徐文長故事集	考秀才 p105-108
151	徐文長故事集	見於著述的遺事 p108-112
152	徐文長故事集	天雨留客 p112-p113
153	徐文長故事集	批考卷 p114
154	徐文長故事集	物色繼室 p115-116
155	徐文長故事集	寫對 p117-118
156	徐文長故事集	對聯嘲僧 p118
157	徐文長故事集	讀祭文 p119
158	徐文長故事集	省煤省力 p119-122
159	徐文長故事集	得了一匹布 p122-123
160	徐文長故事集	摔碎玉器 p123-125
161	徐文長故事集	斷案 p125-129
162	徐文長故事集	牽狗 p129-131
163	徐文長故事集、徐文長故事集、徐文長故事集	賺坐 p131-p134（異文一，p135，異文二，p135-136）
164	徐文長故事集、徐文長故事集、徐文長故事集	罵官 p136-137（異文一，p137-138，異文二，p138）
165	徐文長故事集	帶尾子罵人 p138-139
166	徐文長故事集	賣烏龜的 p139-140
167	徐文長故事集	下騾子 p140-141
168	徐文長故事集	官服出恭 p141-143
169	徐文長故事集	得錢十串 p143-145
170	徐文長故事集	盪壞賓客 p145
171	徐文長故事集	短衣遇岳父 p146
172	徐文長故事集	花錢免災 p146-147
173	徐文長故事集	一兩酒 p147
174	徐文長故事集	玩弄矮子 p148
175	徐文長故事集	竿頂取物 p148-149
176	徐文長故事集	巧過竹橋 p149-150
177	徐文長故事集	打破油瓶 p150-151
178	徐文長故事集	鹽荣 p151-152
179	徐文長故事集	臨終毀婦容 p153
180	徐文長故事集	裸體遇妻 p154

181	徐文長故事集	衣沾糞漿 p154-155
182	徐文長故事集	鬥智失敗 p155-156
183	徐文長故事集	殺妻坐監 p156-157
184	徐文長故事集	咏詩受辱 p157-159
185	徐文長故事第二集	瞎子上當 p1-2
186	徐文長故事第二集	寫屏賀師 p2-4
187	徐文長故事第二集	令尊 p4-5
188	徐文長故事第二集	騙大荣吃 p5-10
189	徐文長故事第二集	講碎話 p10-11
190	徐文長故事第二集	點句子 p11-12
191	徐文長故事第二集	撒屁 p13-14
192	徐文長故事第二集	吃糟蝨 p14-18
193	徐文長故事第二集	諷刺麻面 p18
194	徐文長故事第二集	進士第 p19-20
195	徐文長故事第二集	取名字 p20-21
196	徐文長故事第二集	試子的才 p21-23
197	徐文長故事第二集	寫對 p23-24
198	徐文長故事第二集	瞎子借傘 p25-28
199	徐文長故事第二集	門口撒屎 p28-29
200	徐文長故事第二集	摸少婦的奶 p29-31
201	徐文長故事第二集	對課 p31-32
202	徐文長故事第二集	落褲子 p33-34
203	徐文長故事第二集	騙饅頭 p34-35
204	徐文長故事第二集	寫軸祝岳 p35-37
205	徐文長故事第二集	取笑朝奉 p37-39
206	徐文長故事第二集	教官出恭 p39-41
207	徐文長故事第二集	同她拜堂 p41-43
208	徐文長故事第二集	戲弄小僧 p43-45
209	徐文長故事第二集	罰背大門 p45-46
210	徐文長故事第二集	狗麥 p47-48
211	徐文長故事第二集	討便宜 p49
212	徐文長故事第二集	騙錢過節 p50-51
213	徐文長故事第二集	刁難府台 p51-54

214	徐文長故事第二集	繭綢袍子 p54-56
215	徐文長故事第二集	秤缸 p56-58
216	徐文長故事第二集	用計騙褲 p58-59
217	徐文長故事第二集	贏到茶食 p59-61
218	徐文長故事第二集	勾引婦女 p61-62
219	徐文長故事第二集	點心店 p62-64
220	徐文長故事第二集	便桶塗墨 p64-66
221	徐文長故事第二集	頑皮小孩 p66-67
222	徐文長故事第二集	買鴨子 p67-69
223	徐文長故事第二集	寫春聯 p69-70
224	徐文長故事第二集	講故事 p70-71
225	徐文長故事第二集	撞糞桶 p71-72
226	徐文長故事第二集	戲弄少婦 p72-74
227	徐文長故事第二集	用計娶妾 p75-76
228	徐文長故事第二集	喝茶上當 p76-79
229	徐文長故事第二集	繫褲子 p79-80
230	徐文長故事第二集	摸小腳 p80-81
231	徐文長故事第二集	打碎油瓶 p81-82
232	徐文長故事第二集	玩弄石匠 p82-83
233	徐文長故事第二集	烏鬚藥 p83-85
234	徐文長故事第二集	嗅她的嘴 p85-88
235	徐文長故事第二集	鄉人吃糞 p88-90
236	徐文長故事第二集	寫婚聯 p90-91
237	徐文長故事第二集	要她點頭 p91-93
238	徐文長故事第二集	給妓女的對 p93-94
239	徐文長故事第二集	當皮袍 p94-96
240	徐文長故事第二集	讀祭文 p95-96
241	徐文長故事第二集	吃牛屎 p97
242	徐文長故事第二集	計摘黃瓜 p98-99
243	徐文長故事第二集	得到白布 p99-100
244	徐文長故事第二集	徐遇敵手 p100-101（文本少一頁）
245	越城區故事卷	徐文長與「文昌閣」p226-227
246	越城區故事卷	徐文長寫春聯 p228-229

247	越城區故事卷	徐文長為「魁星閣」題聯 p232-233
248	越城區故事卷、紹興市故事卷	徐文長打官司 p241-245、打官司 p43-47
249	越城區故事卷、紹興市故事卷	徐文長告狀 p246-248、告狀 p48-50
250	越城區故事卷、紹興市故事卷	徐文長對課 p249-250、巧對服將軍 p51
251	紹興縣故事卷、紹興市故事卷	姚長子和「絕倭塗」p136-139、姚長子與「絕倭塗」p305-308
252	紹興縣故事卷	山陰勿管會稽勿收 p390-391
253	紹興縣故事卷、紹興市故事卷	魁星閣題聯 p582-583、魁星閣題聯 p19-20
254	紹興縣故事卷	一毛不拔 p584-585
255	紹興縣故事卷	白吃酒 p586-588
256	嵊縣故事卷	徐文長「拜堂」p575-576
257	嵊縣故事卷	徐文長講空話 p577-578
258	上虞縣故事卷	徐文長巧對命聯 p369
259	上虞縣故事卷	山陰勿管，會稽勿收 p370
260	紹興民間傳說	徐文長名字的傳說 p29
261	紹興民間傳說	山陰不管，會稽不收 p30-31
262	紹興民間傳說	三個「蘿蔔」p32-33
263	紹興民間傳說	徐文長智鬥大財主 p34
264	紹興民間傳說	徐文長巧計換寶瓶 p35-36
265	紹興民間傳說	巧除惡霸 p37-38
266	紹興民間傳說	題畫改詩 p39-40
267	紹興民間傳說	十三齣頭 p91-93
268	中國文人傳說故事、中華民族故事大系‧漢族、藝林趣談	徐文長難倒竇太師 p309-311、徐文長難倒竇太師 p99-101、徐文長難倒竇太師 p197-201
269	中國文人傳說故事	賣河 p312-313
270	中國文人傳說故事、藝林趣談	西湖救漁民 p314-315、西湖救漁民 p202-205
271	中國文人傳說故事	徐文長與青藤書屋 p318-319
272	中國民間故事集成‧浙江、七個才子六個癲	智打縣太爺 p821、「秦檜」翻梢 p55-57
273	中國民間故事集成‧上海卷	徐文長的「吉利」詩 p114-115
274	中國民間故事集成‧上海卷	徐文長愛吃茴香豆 p115-117
275	中國民間故事集成‧上海卷	徐文長戲謔惡鄉紳 p117-118
276	中國民間故事全書‧浙江‧倉前卷	吻 p161

277	中國民間故事全書・江蘇・海門卷	曹秀珍戲弄徐文長 p71-72
278	中國民間故事全書・江蘇・海門卷	「心」字缺一點 p76
279	徐文長傳	巧對難知縣 p15-21
280	徐文長傳	看相 p22-25
281	徐文長傳	難倒竇太師 p26-29
282	徐文長傳	比力氣 p30-33
283	徐文長傳	叔父騎馬到諸暨 p34-36
284	徐文長傳	吃羅漢豆中秀才 p37-39
285	徐文長傳	考場寫長文 p40-42
286	徐文長傳	「天」字詩 p43-45
287	徐文長傳	賣官橋 p46-47
288	徐文長傳	嫁，嫁，嫁！ p53-54
289	徐文長傳	爲屠夫脫罪 p55-56
290	徐文長傳、越地徐文長	做媒 p57-62、做媒 p33-37
291	徐文長傳	一個烏龜一個鱉 p63-64
292	徐文長傳	加倍索還銀子 p65-68
293	徐文長傳	十七字詩 p72-74
294	徐文長傳	富家十口尸 p75-76
295	徐文長傳	吃飯不動下巴 p77-79
296	徐文長傳	麻子一臉星光 p80-83
297	徐文長傳	十八層地獄不吃肉 p84-86
298	徐文長傳	爲一枚銅錢評理 p87-89
299	徐文長傳	當掉債主的皮袍 p90-91
300	徐文長傳	隆慶無甲子 p92-94
301	徐文長傳	魚行店王個個草包 p95-96
302	徐文長傳	買頭痛膏藥 p107-108
303	徐文長傳	買兩三斤缸 p109-111
304	徐文長傳	買茶壺柄 p112-114
305	徐文長傳	一擔銅錢橋兩頭 p115-116
306	徐文長傳	面面相覷，莫名其妙 p120-122
307	徐文長傳	雞籠揹走了 p123-125
308	徐文長傳	貪小失大 p126-131
309	徐文長傳	惡狗吃書 p132-133

310	徐文長傳	打狗儆主 p135-137
311	徐文長傳	禿驢「和尚」p138-139
312	徐文長傳	智賺縣印 p140-142
313	徐文長傳	一點一豎爲民釋嫌 p143-146
314	徐文長傳	盜鐲掀被 p147-149
315	徐文長傳	結交 p150-153
316	徐文長傳	羞走神仙 p154-156
317	徐文長傳	豎蜻蜓 p157-159
318	徐文長傳	警戒白食鬼 p162-165
319	徐文長傳	薯皮生糠治懶病 p166-168
320	徐文長傳	說親 p172-174
321	越地徐文長	比力氣 p13-15
322	越地徐文長	徐文長認親娘 p21-23
323	越地徐文長	竹苞 p44-45
324	越地徐文長	遊湖題詠 p64-66
325	越地徐文長	一幅酒仙圖引出一道名菜 p72-78
326	越地徐文長	山海關題趣聯 p81-82
327	越地徐文長	徐文長和傲醫生 p83-84
328	越地徐文長	徐文長與戲曲 p90-91
329	越地徐文長	徐文長送魚 p92-93
330	越地徐文長	寶太師途中難文長 p97-100
331	越地徐文長	豆芽店題聯 p101-102
332	越地徐文長	徐文長賭吻 p103-106
333	越地徐文長	要他先哭後笑 p107-108
334	越地徐文長	徐文長擺渡 p115-116
335	越地徐文長	都來看 p123-124
336	越地徐文長	徐文長講故事 p125-129
337	越地徐文長	徐文長和呂神仙 p134-136
338	越地徐文長	農婦反難徐文長 p140-143
339	越地徐文長	徐文長罷館 p144-145
340	越地徐文長	自討沒趣 p151-152
341	越地徐文長	徐文長智救寡婦 p153-156
342	越地徐文長	徐文長斷案 p163-166

343	越地徐文長	徐文長送壽聯 p171-173
344	越地徐文長、紹興師爺（胡錫財）	幫討賒賬 p270-271、幫討賒賬 p426-427
345	越地徐文長	勸人節儉 p274-275
346	越地徐文長	占卜軼事 p279-280
347	越地徐文長	吟詩罵地痞 p284-285
348	越地徐文長	製謎嘲惡奴 p287-288
349	越地徐文長	猜謎吃美食 p292-294
350	越地徐文長	小文清妙答天高地厚 p299-300
351	越地徐文長	婉勸胡宗憲激流勇退 p305-306
352	越地徐文長	作詩爲胡商解圍 p309-310
353	越地徐文長	驅蚊秘方 p311-313
354	越地徐文長	歡樂的對聯 p314-316
355	越地徐文長	棉被改名 p317-319
356	越地徐文長	賣瓜啓事 p320-321
357	越地徐文長	書畫頌三師 p322-323
358	越地徐文長	討彩頭 p324
359	越地徐文長	仗義酒樓 p325-326
360	越地徐文長	代作壽聯 p327-329
361	越地徐文長	徐文長貼告示 p330-332
362	越地徐文長	巧贈賀婚聯 p333-334
363	越地徐文長	徐文長做媒 p335-338
364	越地徐文長	巧遮過失 p339-340
365	越地徐文長	懲治「笑面虎」p341-342
366	越地徐文長	長生果 p343-344
367	越地徐文長	測字 p345-346
368	越地徐文長	巧施水墨應付「筆債」p347-348
369	越地徐文長	徐渭戲小偷 p349-350
370	越地徐文長	做中人 p351-353
371	越地徐文長	借扁擔奪銀 p354-355
372	越地徐文長	春花秋月何時了 p356-360
373	越地徐文長	「渦」鷄搭牛 p361-364
374	越地徐文長	徐文長巧答總督考 p365-366
375	越地徐文長	赴法會妙聯刺貪官 p367-368

376	越地徐文長	巡撫遇才贈雅號 p369-371
377	越地徐文長、紹興師爺（胡錫財）	徐文長改名字 p372-374、徐文長改名字 p431-433
378	越地徐文長	誇父母擊敗紈綺子弟 p375-376
379	越地徐文長	嚴助廟戲臺題聯 p377-380
380	越地徐文長	徐文長救少女 p381-384
381	越地徐文長	獻計送專帖員外免禍 p385-387
382	越地徐文長	戲弄刮皮縣官 p388-390
383	越地徐文長	從大門進府衙 p391-392
384	越地徐文長	猜姓秀才 p393-394
385	越地徐文長	拆牌坊 395-397
386	越地徐文長	七步成詩挫敗同僚 p398-399
387	越地徐文長	「打虎跳」智消悲傷 p400-402
388	越地徐文長	詩伴棋友成莫逆 p403-404
389	越地徐文長	比誰力氣大 p405-407
390	越地徐文長	捉「鬼」 p408-410
391	越地徐文長	賒傘贈聯題店號 p411-413
392	越地徐文長	智伏強姦犯 p414-417
393	越地徐文長	用小錢吃大餐 p418-420
394	越地徐文長	開導棋迷 p421-423
395	越地徐文長	縣太爺染髮 p424-427
396	越地徐文長	吟詩痛斥花員外 p428-429
397	越地徐文長	巧懲刁半仙 p430-435
398	越地徐文長	妙對服塾師 p436-437
399	越地徐文長	逆子賣娘 p438-441
400	越地徐文長	巧治頑疾 p442-444
401	越地徐文長	「露腳」對聯 p445-446
402	越地徐文長	扯衣緣 p447-449
403	越地徐文長	巧打耳光 p450-455
404	越地徐文長	酒葫蘆 p456-458
405	越地徐文長	怒懲轎夫 p459-461
406	越地徐文長	爲茱館掌櫃解圍 p462-463
407	越地徐文長	施巧計爲老叟伸冤 p464-466

408	越地徐文長	「蓋澆麵」擋道 p467-468
409	越地徐文長	一株不賣 p469-470
410	越地徐文長	送禮戲欽差 p471-473
411	越地徐文長	審狗救一命 p474-477
412	越地徐文長	戒賭詩 p478-480
413	越地徐文長	杖刑賞貪官 p481-483
414	越地徐文長	一畫百兩銀 p484-486
415	越地徐文長	師爺做「賊」 p487-490
416	越地徐文長	一毛不拔 p491-493
417	越地徐文長	遊靈隱作聯 p494-495
418	越地徐文長	妙詩諷貪官 p496-497
419	越地徐文長	我叫——你爺爺 p498-500
420	越地徐文長	分玉鐲 p501-502
421	越地徐文長	巧改牡丹畫 p503-504
422	越地徐文長	奇畫戲巨商 p505-508
423	越地徐文長	炒石獅 p509-513
424	越地徐文長	妙詩羞貴客 p514-515
425	越地徐文長	板子縣官 p516-517
426	越地徐文長	奪鐲揭被 p518-519
427	越地徐文長	智鬧「百美宴」 p520-523
428	越地徐文長	無賴吃屎 p524-530
429	越地徐文長	巧貼春聯 p531
430	越地徐文長	一鬌裏的醋 p532-535
431	越地徐文長	氣節 p536-537
432	越地徐文長	賠兒子 p538-540
433	越地徐文長	嘲諷吝嗇鬼 p541-543
434	越地徐文長	吊賊 p544-547
435	越地徐文長	徐渭殺妻的故事 p550-566
436	越地徐文長	桐鄉狼煙 p567-578
437	越地徐文長	絕倭塗之戰 p579-586
438	越地徐文長	人言可畏未必有的放矢 p587-594
439	紹興師爺的故事	賣官河 p122-124
440	七個才子六個癲	徐文長「併吞六國」 p38-39

441	七個才子六個癲	對倒烏縣令 p45-48
442	七個才子六個癲	二十大板 p49-51
443	七個才子六個癲	「百鳥朝鳳」p52-54
444	七個才子六個癲	「秦檜」翻梢 p55-57
445	中國機智人物故事大觀	智鬥太守 p395-396
446	中國機智人物故事大觀	青天高一尺 p396-397
447	中國機智人物故事大觀	鬥敗刁師爺 p397-398
448	中國機智人物故事大觀	一個烏龜一個鱉 p398-399
449	中國機智人物故事大觀	狗不如吃巴掌 p399-401
450	中國機智人物故事大觀	十四字打贏官司 p401-402
451	中國機智人物故事大觀	一百文錢一隻桃 p403-404
452	中國機智人物故事大觀	蘿蔔課 p405-407
453	紹興書畫家的故事	葡萄畫中寓深意 p53-54
454	紹興書畫家的故事	徐文長寫對聯 p55
455	中國對聯故事	徐文長巧對知府聯 p107-109
456	中國詩林故事	〈紅白詩〉與〈酒壺詩〉p394-398
457	中國詩林故事	徐文長依韻巧題〈天字詩〉p399-402
458	中國詩林故事	三兩老酒四人爭 p403-407
459	藝林趣談	徐文長壽禮哄堂 p207-210

附錄二 徐文長故事所屬之故事類型表

說明：

　　本附錄用意在呈現關於徐文長故事的五十二個成型故事之分布情形。表中第一欄為「次第」，依序陳列故事類型之計數。第二欄「故事類型」以記故事歸屬之類型，如為丁乃通所歸類之類型號，於數字後標示「ATT」；如為金師榮華所增訂者，於數字後標示「ATK」，以明其區別。第三欄「故事出處」以記故事來源，書目全銜須參照〈引用書目〉。第四欄「篇數」，統計該類型所出現篇數。

次第	故事類型	故　事　出　處	篇數
1	876（ATK）巧媳婦妙對無理問	《徐文長故事集》〈鬥智失敗〉p155-p156、《越地徐文長》〈農婦反難徐文長〉p140-143、《徐文長傳》〈結交〉p150-153。	3
2	926L.1（ATK）麻袋套頭破奸計	《越城區故事卷》〈徐文長打官司〉p241-245、《紹興市故事卷》〈打官司〉p43-47。	2
3	926T（ATK）斗米斤雞	《徐文長的故事》〈斗米斤雞〉p8-10、《徐文長傳》〈斗米斤雞〉p97-99、《越地徐文長》〈斗米斤雞〉p30-32。	3
4	929D（ATK）偽毀贋品騙真誠	《徐文長故事集》〈摔碎玉器〉p123-125。	1
5	980B（ATK）跌碎飯碗勸婆婆	《徐文長的故事》〈廿年媳婦廿年婆〉p106-107、《越地徐文長》〈廿年媳婦廿年婆〉p256-257。	2
6	980G（ATK）智服伯母	《徐文長故事》第二集〈用計娶妾〉p75-76。	1

7	997（ATK）囓耳訟師（給打傷自己父親的忤逆兒子出主意）	《徐文長故事集》〈咬耳勝訟〉p47-48、《徐文長故事集》〈打落門牙〉p49-50。	2
		《徐文長故事集》〈父有董卓之行〉p49、《中國機智人物故事大觀》〈十四字打贏官司〉p401-402。	2
8	1000D（ATK）財主諧音欺長工	《徐渭（文長）的故事》〈「一頭牛」和「一斤油」〉p110-112（＋2009ATK增訂本棋盤上的麥粒）、《徐文長的故事》〈「一頭牛」和「一斤油」〉p16-19、《紹興市故事卷》〈「一頭牛」和「一斤油」〉p30-32、《越地徐文長》〈一頭牛和一斤油〉p61-63。	4
9	1062A（ATK）扔物比遠	《徐文長的故事》〈昌安門比武〉p108-110（＋1092A）、《徐文長傳》〈比力氣〉（＋1092A）p30-33、《越地徐文長》〈昌安門比武〉p261-263（＋1092A）、《越地徐文長》〈比誰力氣大〉p405-407（＋1092A）。	4
10	1092A（ATK）比武殺螞蟻	《徐文長的故事》〈昌安門比武〉p108-110（＋1062A）、《徐文長傳》〈比力氣〉（＋1062A）p30-33、《越地徐文長》〈昌安門比武〉p261-263（＋1062A）、《越地徐文長》〈比誰力氣大〉p405-407（＋1062A）。	4
11	1137（ATK）假名諧音巧脫身	《徐文長故事集》〈謊你的〉p71-72、《徐文長傳》〈雞籠揹走了〉p123-125。	2
12	1137A（ATK）智者諧音討公道	《徐渭（文長）的故事》〈三兩酒〉p76-77、《徐文長的故事》〈利息三兩酒〉p65-67、《徐文長故事集》〈一兩酒〉p147、《徐文長傳》〈利息三兩酒〉p69-71、《越地徐文長》〈利息三兩酒〉p194-195。	5
		《越地徐文長》〈一株不賣〉p469-470。	1
13	1305E.2（原作1305E.1）小氣鬼請客（ATK增訂本）	《徐文長的故事》〈「遲」「早」三個月〉p125-126、《徐文長傳》〈「遲」「早」三個月〉p160-161、《越地徐文長》〈「遲」「早」三個月〉p286。	3
14	1353（ATK增訂本）夫妻中計起爭吵	《徐文長故事》第二集〈便桶塗墨〉p64-66。	1
15	1441C*（ATT）公公和兒媳	《徐文長故事集》〈調嬉媳婦〉p61-62。	1
16	1457C（ATK）媒婆巧言施詭詐	《徐文長故事集》〈物色繼室〉p115-116。	1
17	1525W（ATT）教人怎樣避免被偷	《徐文長故事集》〈得了一匹布〉p122-123、《徐文長故事》第二集〈得到白布〉p99-100。	2
18	1525S*（ATT）偷褲子	《徐文長故事》第二集〈用計騙褲〉p58-59。	1

19	1526A.2（ATK）白吃大王，神仙也無奈	《徐渭（文長）的故事》〈聖賢愁〉p25、《徐渭（文長）的故事》〈拔毛過酒仙贈藤〉p51-55、《紹興縣故事卷・一毛不拔》p584-585、《徐文長傳》〈羞走神仙〉p154-156、《越地徐文長》〈拔毛過酒仙贈藤〉p26-29、《越地徐文長》〈徐文長和呂神仙〉p134-136。	6
20	1526A.4（ATK）自稱是死者的朋友	《徐文長傳》〈警戒白食鬼〉p162-165。	1
21	1528A＊（ATT）惡作劇者假裝幫鄉下人運肥	《徐文長故事集》〈戲弄糞夫〉p33-34（異文一p34）、《徐文長故事》第二集〈撞糞桶〉p71-72、《徐文長傳》〈一擔銅錢橋兩頭〉p115-116、《明清笑話集》〈徐文長的故事〉之二p185。	5
22	1530A（ATK）賣蛋小販上了當	《徐文長故事集》〈買雞蛋〉p27、《徐文長故事》第二集〈買鴨子〉p67-69、《明清笑話集》〈徐文長的故事〉之七p189。	3
23	1530B（ATK）小販受騙	《徐文長故事集》〈買柴一根〉p37-39。	1
		《徐文長的故事》〈一百文錢一隻桃〉p56-58、《徐文長傳》〈一百文錢一隻桃〉p104-106、《越地徐文長》〈一百文錢一隻桃〉p177-178、《中國機智人物故事大觀》〈一百文錢一隻桃〉p403-404。	4
24	1530B.1（ATK）來僕不敬罰揹磨	《徐文長故事集》〈罰送石磨〉p73、《徐文長故事》第二集〈罰背大門〉p45-46、《徐文長傳》〈惡狗吃書〉（第一段故事）p132-133。	3
25	1530C（ATK增訂本）祇買一部份	《徐文長故事集》〈買雞蛋〉異文一p27-28、《徐文長故事集》〈買雞蛋〉異文二p28、《徐文長故事集》〈買雞蛋〉異文三p29。	3
		《徐文長故事集》〈缸幾錢一斤〉p29-30（異文，p30-32）、《徐文長故事》第二集〈秤缸〉p56-58、《徐文長傳》〈買兩三斤缸〉p109-111、《徐文長傳》〈買茶壺柄〉p112-114、《明清笑話集》〈徐文長的故事〉之一p184。	6
26	1534E（ATK）縣官審案，霸佔引起爭執的物件	《徐文長傳》〈為一枚銅錢評理〉p87-89。	1
27	1534F＊（ATT）死屍二次被吊	《徐文長故事集》〈移屍〉p54-55。	1
28	1539B（ATT）漆作生髮油	《徐文長故事集》〈憎厭白鬚〉p75-76、《徐文長故事》第二集〈烏鬚藥〉p83-85、《徐文長傳》〈做媒〉p57-62、《越地徐文長》〈做媒〉p33-37、《越地徐文長》〈縣太爺染髮〉p426-427。	5

29	1543E（ATK）假毒藥和解毒劑	《徐文長故事集》〈誰吃勽糞〉p24（異文 p25-26）、《徐文長故事》第二集〈鄉人吃糞〉p88-90、《徐文長傳》〈薯皮生糠治懶病〉p166-168、《越地徐文長》〈無賴吃屎〉p524-530、《明清笑話集》〈徐文長的故事〉之六 p188-189。	6
30	1559E（ATK 增訂本）打賭，使人笑又怒	《徐文長故事集》〈嘴對便壺〉p2。	1
		《徐文長故事集》〈悖時鬼〉p3、《徐文長故事集》〈「哥哥，你好罷！」〉p5。	2
		《徐文長傳》〈豎蜻蜓〉p157-159、《越地徐文長》〈要他先哭後笑〉p107-108、《越地徐文長》〈「打虎跳」智消悲傷〉p400-402。	3
31	1559F（ATK）打賭要官學狗叫	《徐文長的故事》〈「磬有魚」和「呱呱呱」〉第二段 p115、《中國民間故事全集‧浙江民間故事集》〈「磬有魚」和「呱呱呱」〉第二段 p271-273、《越地徐文長》〈「磬有魚」和「呱呱呱」〉第二段 p272-273。	3
32	1563B（ATK）讓人誤認在親吻	《徐文長故事集》〈嗅婦女的臉〉p7-8、《徐文長故事集》〈設法接吻〉p9-10（異文 p10-11）、《徐文長故事》第二集〈嗅她的嘴〉p85-88、《徐文長故事》第二集〈要她點頭〉p91-93、《中國民間故事全書‧浙江‧倉前卷》〈吻〉p161、《越地徐文長》〈徐文長賭吻〉p103-106、《越地徐文長》〈徐文長救少女〉p381-384。	8
33	1567A.1（ATK）抗議飯茱太壞的塾師	《紹興民間傳說》〈三個「蘿蔔」〉p32-33、《中國機智人物故事大觀》〈蘿蔔課〉p405-407。	2
34	1568B**（ATT）頑童和糞坑裡的老師	《徐文長故事集》〈先生跌入毛廁〉p65。	1
35	1577A（ATT）盲人落水	《徐渭（文長）的故事》〈智鬥顏捕快〉p98-103、《越地徐文長》〈智鬥顏捕快〉p238-242。	2
36	1577B（ATK 增訂本）盲人出醜（盲人挨打）	《徐文長故事集》〈喚都來看〉p66-67（異文，p67-68）、《越地徐文長》〈都來看〉p123-124。	3
		《徐文長故事集》〈出來瞧〉p68-70。	2
		《徐文長故事集》〈出來瞧〉（異文，p70-71）。	
		《徐渭（文長）的故事》〈小尼姑登門求文長〉p104-109、《越地徐文長》〈小尼姑登門求文長〉p245-250。	2
37	1594A.1（ATK 增訂本）暗做記號，冒認財物	《徐文長故事集》〈被角寫字〉p74-p75、《徐文長傳》〈貪小失大〉p126-131、《越地徐文長》〈棉被改名〉p317-319、《七個才子六個癲》〈二十大板〉p49-51。	4

38	1619（ATK）可以兩讀的文句（錯讀沒有標點的文句）	《徐文長的故事》〈「落雨天，留客天」〉p127-129、《徐文長故事集》〈天雨留客〉p112-p113、《徐文長故事》第二集〈點句子〉p11-12、《徐文長故事》第二集〈寫對〉p23-24、《越地徐文長》〈「落雨天，留客天」〉p289-291。	5
39	1623A*（ATT）太太小姐丟臉	《徐文長故事集》〈喝茶上當〉p34-35（異文p35-37）、《徐文長故事》第二集〈喝茶上當〉p76-79、《明清笑話集》〈徐文長的故事〉之八p189-190。	4
40	1623B*（ATT）惡作劇者捉弄父親	《徐文長故事集》〈弄父出屎〉p39-p41。	1
41	1626（ATK 增訂本）比夢	《徐文長的故事》〈涼亭比夢〉p130-133、《徐文長傳》〈涼亭比夢〉p175-178、《越地徐文長》〈涼亭比夢〉p295-298。	3
42	1635A（ATK）惡作劇者兩頭騙人，被騙者虛驚一場	《徐文長故事集》〈嚙哭丈母〉p77-79、《徐文長傳》〈面面相覷，莫名其妙〉p120-122。	2
43	1635B（ATK）惡作劇者說謊，不同行業的人白忙	《徐渭（文長）的故事》〈徐文長戲弄黑心人〉p80-82、《徐文長的故事》〈兩顆良心 一般黑〉p52-55、《徐文長故事集》〈作弄醫生與棺材老板〉p57-p59、《徐文長傳》〈兩顆良心一般黑〉p100-103、《越地徐文長》〈兩顆良心一般黑〉p174-176。	5
44	1721（ATK）文盲看告示，不懂裝懂被戲弄	《徐文長故事》第二集〈騙饅頭〉p34-35。	1
45	1807B*（ATT）裝和尚的流氓	《徐文長故事集》〈裝僧小便〉p15-16（異文p17）、《徐文長故事集》〈殺妻坐監〉p156-157、《明清笑話集》〈徐文長的故事〉之四p186-187。	4
46	1812A*（ATT）打賭：摸姑娘腳	《徐文長故事集》〈智捏少婦腳〉p7。	1
		《徐文長故事》第二集〈摸小腳〉p80-81。	1
47	1812B*（ATT）打賭：摸姑娘乳	《徐文長故事》第二集〈摸少婦的奶〉p29-31。	1
48	1812C*（ATT）打賭：讓陌生女子繫腰帶	《徐文長故事集》〈掉褲〉p1-2、《徐文長故事》第二集〈落褲子〉p33-34、《徐文長故事》第二集〈繫褲子〉p79-80、《越地徐文長》〈徐文長救少女〉p381-384、《明清笑話集》〈徐文長的故事〉之三p185。	5
49	1812D*（ATT）打賭：讓女子從你口袋裡掏錢	《徐文長故事集》〈口袋取錢〉p5-6。	1

50	2200（ATK）請君入甕	《徐文長的故事》〈埠船上講故事〉p116-117、p117-118；《徐文長故事集》〈賺坐〉（異文一）p135；《越地徐文長》〈埠船上講故事〉p276-277、p277-278。	3
51	2206（ATK 增訂本）明講故事暗調侃	《徐文長的故事》〈借佛罵「剝皮」〉p75-78、《徐文長故事集》〈賺坐〉（異文二）p135-136、《紹興市故事卷》〈借佛罵剝皮〉p24-27、《越地徐文長》〈借佛罵「剝皮」〉p212-215。	4
		《徐文長的故事》〈「磬有魚」和「呱呱呱」〉第一段p114-115、《徐文長故事集》〈磬有魚〉p19-20、《中國民間故事全集‧浙江》〈「磬有魚」和「呱呱呱」〉第一段p270-271、《越地徐文長》〈「磬有魚」和「呱呱呱」〉第一段p272。	4
52	2301C（ATK）千萬士兵過小橋	《徐文長的故事》〈埠船上講故事〉p118-119、《徐文長故事集》〈賺坐〉p131-p134、《徐文長故事》第二集〈講故事〉p70-71、《越地徐文長》〈埠船上講故事〉p278。	4